二魚文化

報導文學讀本 增訂版

向陽 須文蔚——主編

臺灣現代文學教程

REPORTAGE

報導文學讀本

CONTENTS 目錄

編輯凡例

一、本教程為製作嚴謹的現代文學選集，第一批出版「小說」、「散文」、「新詩」、「報導文學」、「當代文學」五種讀本，為昭公信，每種讀本由任教於大學的作家主編，並邀請開設臺灣現代文學課程的學者出任編輯委員。

二、每種讀本的入選作品，均廣納各方意見，多次開會討論決定，務期作品具代表性與文學價值。

三、編選範圍，自日治時期迄今，務期呈現臺灣現代文學的發展脈絡。

四、作品排列，《散文讀本》及《新詩讀本》大抵按作者出生先後為序。《小說讀本》、《報導文學讀本》以作品發表日期為序；《當代文學讀本》以文類，再依作者出生先後排列。

五、本教程由主編撰寫「導論」或「緒言」、「作者簡介」、「作品評析」、「延伸閱讀」，務期方便欣賞、習作，與研究。各種讀本在格式上不盡相同，如《新詩讀本》的主編考慮詩語言充滿歧義性，乃將作品評析部分融入「作者簡介」概述；《小說讀本》亦然。

六、「導論」旨在陳述文學思潮流變，彰顯文學發展座標；「作者簡介」呈現作家生平概略，與整體創作風貌；「作品評析」為體貼讀者欣賞，深入淺出地導讀文本；「延伸閱讀」條列選文重要的評論、訪問篇目，提供進一步研究的參考。

再現臺灣田野的集體記憶
——從社會運動與再現論考察下的臺灣報導文學史

須文蔚
（國立東華大學華文文學系副教授）

壹、前言

當一九三五年是臺灣報導文學史光輝的一年，文學家吳希聖與楊逵先後提出了報導文學的前衛創作。一九三五年三月，《臺灣文藝》上刊出了吳希聖所著〈人間・楊兆佳——形見のプロペラ〉一文。此文的寫作背景，本於當時轟動一時的楊清溪空難事件，而文章中的「楊兆佳」不但真有其人，且是當時赫赫有名的臺籍政治運動家「楊肇嘉」。同年四月十一日的卓蘭大地震發生後，文學家楊逵深入災區，望見七・一級的地震摧毀了一座又一座的庄頭，全島因此死亡了三千兩百七十六人，他以見證者的身份舉筆以日文寫下了〈臺灣震災地慰問踏查記〉，開啟現代臺灣文學史上作家進行報導文學的新頁，再現了一份屬於臺灣田野的共同記憶（楊逵，1937）。

從吳希聖和楊逵開始，歷經了大半個世紀，臺灣報導文學受到殖民者箝制、白色恐怖鎮壓乃至大眾文化壓抑等輪番的困頓，正像一絲瘦弱溪水，引領著生靈穿過山谷重重設下的排障與傷害，航向廣闊的流域，匯流更多支流，鋪綠無涯蔓生的草原。

和其他幾乎同一時代誕生的文類相較，報導文學的場域還沒有繁花似錦過，作者人數與作品量都難以和詩、散文與小說匹敵。但是任誰也不能否認，在臺灣邁向民主、自由與多元化社會的過程，許多令人難忘的報導文學作品，揭露出島嶼上幽暗甚至腐臭的面向，讓人民錯愕、震驚與傷痛之餘，這些來自於現場的反省、批判與進步的聲音，正提供了社會運動飛馳的航線，更鼓動大眾改革社會的熱情。

像報導文學如是影響力巨大的文類，卻始終因為理論付諸闕如，迄今仍未建立一套清晰的文學批評架構，就連：「報導文學是什麼？該如何寫？」這樣簡單的問題，都言人人殊。本文藉由回顧臺灣報導文學與社會運動發展的緊密關係，彰顯出臺灣報導文學發展的原動力應為社會運動，而不僅限於大眾媒體編輯的提倡，或是文學獎的提攜。換言之，本文針對臺灣報導文學代表性作品對照社會運動史進行考察，標示出作品與時代、政治、經濟、社會、文學環境等特質，可以展現出作為一種進步性的文類，如何展現出文學的社會動員力。

至於「報導文學該如何寫？」本文不擬一一詳述，僅循著臺灣報導文學的發展軌跡，針對目前多數作品的弊端，大膽提出「鬆綁論」，希望藉由解除絕對客觀書寫、學術式書寫以及體式偏向散文等迷思，擴大書寫者的空間，讓報導文學能回歸文學創作的場域，累積與民間社會的緊密臍帶關係。

貳、報導文學與社會運動之關聯

在社會運動風起雲湧的時代，許多非建制化的團體出現，他們是由一群對現實環境感到不滿的群眾組成，進而與政府、經濟體系與社會結構間存在著對抗關係。運動的領導者不透過其他中介體直接與群眾聯結，為了改變既有的不平等與不合理的制度集體抗爭訴求（蔡文輝，1997）。報導文學在現代文學的場域中出現的三〇年代，就與社會運動有密不可分的關係。從三〇年代中國左翼作家聯盟提倡「創造我們的報導文學」，發表「無產階級文學運動新的形式與我們的任務宣言」，指示要以這種文學形式，為政治服務。由於戰爭及時代的悲劇，報告文學在抗日時期流行一時，對社會及時局都有強烈的批判性，成為當時的文學主流（周錦，1987；彭家發，1993）。

社會運動是一個動員的過程，群體藉著運動提示社會裡的人們社會問題的癥結所在，以及強力民意主導的政治改革的必要性。社會運動的發起者必須能夠揭露弊端，標舉出運動的正當性，進而透過資源動員與社會脈絡的聯繫，讓民眾從自怨自艾的個人情緒中走出，藉助出版、造勢、遊行、遊說等活動，向社會大眾展現影響力（李長貴，1991：107-109）。報導文學在當代的社會運動過程中，一直扮演著揭露社會弊端，提出社會運動理想的角色。誠如Hoffer（1988：161-3）指出，現代群眾運動的創始人，必定是詩人、作家、史學家或哲學家，他們藉著不斷的譏嘲和指摘，搖撼民眾對於現行制度的信念與忠誠。

理想上，報導文學能透過大眾傳播媒體刊行，進而展現聯繫與動員的功能，透過媒體對於訊息的解釋、剖析與評論，建立公共論壇，凝結民意，調整分歧的行動，並鼓舞社會成員監督政府，參與社會決策（McQuail，1987：71；陳雪雲，1991：17）。不過實際的政治生活中，電視、報紙及廣播電臺皆受權勢利益團體控制下的情形，抗爭者的聲音很難在媒體中出現（彭慧蕙，1997）。甚至社會運動者會被傳播媒體「抹黑」造成負面的社會形象，影響運動的發展（蔡文輝，1997）。

報導文學的作者也往往因此成為一種悲劇人物。他們先於群眾望見舊秩序的不合理，他們用文字攻擊原有的信仰與制度，但是在文學傳播的過程中，大眾媒體會檢選對群眾信仰傷害較小的報導刊登，或是拒絕刊登。報導文學的邊緣化，以及採取另類媒體刊登的現象，也就成為一種宿命。

參、臺灣報導文學的緣起：隨殖民地夭折的社會運動噤聲

臺灣報導文學的誕生，遲於臺灣新文學在一九二〇年代的風起雲湧，一直要到一九三五年以後才由吳希聖與楊逵聯袂吹響號角，才開始萌發生機。一種文類的產生，必須仰賴客觀的環境。報導文學的興起與飛揚，必然和媒體環境變遷、社會運動和文學運動等客觀條件，有著密不可分的關係，也受到客觀環境的牽動。

在清代的臺灣，並沒有符合現代大眾傳播媒體特徵的報業，也就沒有形成報導文學的客觀條件。直至一九〇〇年時，大量自日本本地的移民潮湧進臺灣，超過三萬八千人移居到臺灣各地，也形成都市型態的人口結構。報紙與雜誌一時之間成為政治圈、商業界渴求的媒體，尾崎秀真

（1939）描述的：「一時之間湧進的內地人，對於報紙的需求甚於一切」，頗能反映當時社會氣氛。於是在一八九六年開始，《臺灣新報》與《臺灣產業雜誌》接續發行，將日本內地大眾傳播樣式移入臺灣。在殖民地言論管制政策夾縫下生存的本土媒體，隨著管制政策時鬆時緊，也有令人驚豔的表現。如於一九二〇年八月由臺北辯護士會主要成員所創刊之《臺灣民報》，首度開拓了民間輿論的空間（李承機，2000）。一九二二年在日本的臺灣留學生，辦的第一本臺灣政治運動機關刊物《臺灣青年》，其後改名為《臺灣》，雖只存續到一九二四年，但文學史上公認臺灣新文學起點的作品，如謝春木（追風）的詩文，都是發表於其上（陳芳明，1998：30）。新的報刊出現，也帶來了白話的報導文體，促成了新文學運動的多重可能性，也帶來了社會運動與政治運動的訊息。

在大眾媒體的衝擊下，臺灣文化界開始體會，反日運動不能單靠武力，必須喚起民眾、普及文化、提昇臺灣人的知識水準，才能與日本對抗。所以，一九二〇年代也是臺灣政治運動的鼎盛時期，湧現許多政治運動、社會主義運動、農民運動、工人運動，和無政府主義運動。以一九二一年開始的「臺灣議會設置請願運動」為代表，經過十四年的努力，繼續十五次的請願，帶動了社會運動的風潮。而文化上的啟蒙者則為同年在臺灣成立的「臺灣文化協會」，加上「臺灣工友協助會」、「臺灣工友聯合會」、「臺灣農民組合」、「臺灣民眾黨」、「臺灣共產黨」、「臺灣左翼文化聯盟」等組織前後存在，激盪出各式各樣的新思潮與行動主張（王詩琅，1988：8；陳芳明，1998：31-32）。但隨著一九三一年以後，日本在亞洲大陸發動軍事侵略，對殖民地言論管制改採取高壓政策，假以有效率的官僚體制運作之下，臺灣當時的政治、社會運動，不免一一遭到瓦解與肅清。

臺灣知識份子反抗運動的使命並未隨之消退，文學家挺身繼承了左翼政治運動的精神。臺灣作家在一九三二年成立的「臺灣文藝研究會」與「臺灣文藝協會」，企圖從文學工作入手，以文化形體使民眾理解民族革命，以文學介入社會與政治的雄心是極為深切的。及至一九三四年全島作家匯集在「臺灣文藝聯盟」的旗幟下，喊出「寧作潮流先鋒隊，莫為時代落伍軍」的口號，其會誌為《臺灣文藝》，於當年十一月創辦，漢日文各半。在一九三五年三月，《臺灣文藝》二卷三號上刊出了吳希聖所著〈人間・楊兆佳——形見のプロペラー〉一文，記錄了臺灣史上第一位遭遇空難的臺籍飛行士楊清溪（1908-1934）的故事，忠實記錄下楊肇嘉推動楊清溪鄉土訪問飛行，透過臺灣飛行員的高飛，建立民族自信心的過程，以及楊清溪失事後，楊肇嘉的悲痛、哀悼與重新振作的過程（須文蔚，2010）。

隨後，也在行列中的楊逵發出推動報導文學的先聲，他在一九三七年二月五日的《大阪朝日新聞》臺灣版上發表了〈談「報導文學」〉；同年四月二十五日，又在《臺灣新民報》發表了〈何謂報導文學〉兩篇短文，簡要地界定了報導文學的特質。繼而同年六月，楊逵在《臺灣新文學》雜誌上發表〈報導文學問答〉一文，強調開拓臺灣新文學，報導文學是一個基本的領域，可以讓作者走出書房，尋求抽象與具體、理論與實踐、思考與觀察之間的關係，以期能把握社會事物的真面目。

作為臺灣左翼文學作家的代表人物之一，楊逵（1937；1937B）希望以報導文學的形式洗滌文學中頹廢、去勢或流於空泛的弊端，強化文學的社會性，其用心與一九三〇年發源於上海的「中國左翼作家聯盟」，力倡以報告文學揭露工人對資本家剝削的猛烈反抗、農村貧困破產的景象、動蕩不安的城市生活，可說同樣具有批判、反省與進步的氣息。也頗能反映出報導文學與虛構見長的小說、現代詩與散文最大的不同，應當就在於其強烈的進步傾向性和改造論，在創作的目的上，報導文學有著干預生活、改造生活的特質，自與倡言反對文學表現任何思想、內容和意義，一味追求技巧的玩弄的現代主義格格不入（陳映真，2001）。

作為報導文學的提倡者，楊逵（1937A）下了一個較為寬鬆的定義：第一，極為重視讀者；第二，以事實的報導為基礎；第三，筆者對應該報導的事實，必須熱心以主觀的見解向人傳達。因此在形式上，報導文學可以是小品文、書信和日記，甚至小說、詩歌、紀行文都可以納入（楊逵，1937B：525）。顯然在楊逵心目中，報導文學是最簡單、最自由奔放的寫作方式，是反映時代的最佳文學形式。不過楊逵仍然為報導文學懸下幾道禁律：第一，報導文學絕不是「自慰式」的寫作方式，務求讓讀者完全理解（楊逵，1937A：503）。第二，報導文學雖然允許對事實做適度的處理與取捨，但絕不允許憑空虛構（楊逵，1937A：503）。第三，報導文學與新聞報導和通訊不同，不能單純羅列事實。報導文學作為文學之處不在於虛構，而是要有「形象」，亦即描寫出某一事實或事件生動的姿態，讓讀者深刻地印在腦海裡，這就是文學的生命。第四，報導文學不能不講究作品的結構，也就是必須以良好的整理題材的方法，以便將內容或思想，更容易、正確、有效地引入讀者的腦海裡（楊逵，1937B：525）。

陳映真（2001）特別指出，楊逵對報導文學的認識和理論，放在一九三七年的時代背景下來看，是獨一的、宏亮的高音。但是回答他的，竟是漫長的沉默。畢竟一九三七年以後，日本發動了全面的侵華戰爭，中國左翼文學運動一時銷聲匿跡在「抗戰文學」的風潮中；而在海峽另一方的臺灣，日本更大幅度提高殖民統治的強度，在一片「皇民文學」的運動中，臺灣的新文學也受到壓迫。楊逵倡行的報導文學自然會因為帶有思想性、批判性與鬥爭性，和殖民者的意識形態扞格不入，無法望見有具體作品呈現，更遑論有接續更深入的論述出現了。

在一九四五年臺灣光復後至一九四九年之間，自詡「在冰山底下生活，雖然到處碰壁，卻未曾凍僵」的楊逵雖然一度對政治環境感到消沈，在極其艱困的環境下，他於一九四八年在《力行報》上繼續提倡實為報導文學的「實在的文學」，徵求：「在我們日常生活中所見所聞，如期能夠使我們感奮、高興、憤慨、傷心的事情，我們皆要將其發端經過結末仔細考察一下，而把它記錄起來（楊逵，1948）。」不過好景不常，翌年春天，島內爆發「四・六」事件，警備總司令部拘捕臺灣大學與師範學院（今臺師大）的大批學生自治會學生，當局認為楊逵也是滋事分子之一，藉口他因「和平宣言」的文責，同時拘捕之，並將其判徒刑十二年之久（陳映真，1999）。繼而國民黨政府針對島內的左派組織及各種潛存的反對勢力，展開全面的「肅清」工作，數以萬計的左翼人士與無辜被株連的民眾遭到秘密逮捕（藍博洲，2001：35-37）。自此，臺灣文學進入了「反共文藝」與「現代主義」交互激盪的時期，左翼的寫實主義思潮噤聲不語，報導文學更不見容威權體制的言論管制架構下。自一九三七年楊逵倡導報導文學以來，由於這些特殊的時代、歷史和政治條件，臺灣的報導文學的作品和理論，呈現長達三十餘年的極度沉寂、不發達和荒蕪的景況（陳映真，2001）。

肆、臺灣報導文學的賡續

自一九四九年以後，報導文學在臺灣五〇到六〇年代的文學史上是罕見的。只有少數文學家展開文史記錄的工作，賡續報導文學的命脈，其中最著稱者為吳新榮，他從一九五二年起十五年間對臺南縣及嘉義縣部分進行了七十四次的田野調查工作，留下珍貴的《震瀛採訪錄》，成為臺灣報導文學的前驅者（莊永明，1989）。至於官方的「國軍文藝金像獎」、「中山文藝獎」中，雖然設有報導文學獎項，但無非反映反共抗俄文學的主流價值，或是資深記者駐外的通訊或見聞，缺乏針對鄉土、環境記錄的動人報導。

在五〇到六〇年代政治氣氛的壓縮以及官方對媒體的全面操控之下，社會運動沒有空間，報導文學在臺灣也就缺乏發展的條件。然而隨著七〇年代的到來，社會運動隱然騷動，也就重新引燃報導文學的燎原火勢。

一、社會運動與報導文學同時萌芽的七〇年代

一九七一年一月，釣魚臺問題引發留美學生抗議示威，也引發島內以愛國運動為名義的社會運動與學生運動力量集結，是為「保釣運動」。社會運動勃興，文學界很快附和挑戰，一九七二年

二月關傑明於中國時報「人間」副刊發表〈中國現代詩的幻境〉及〈中國現代詩的困境〉二文，針砭葉維廉編譯《中國現代詩選》、張默主編《中國現代詩論選》、洛夫主編《中國現代文學大系》（詩部份）等三書缺乏現實意識，使當時詩壇陷入「困境」和「幻境」，隨即引發所謂的「現代詩論戰」。在此風波下，高信疆於一九七三年五月接掌「人間」副刊，他在一九七五年七月十四日推出「現實的邊緣」的專欄，可謂「人間」副刊長期推動報導文學的濫觴，焦桐（1998）就指出：

> 通過報導文學對洪通、朱銘、侯金水、雲門舞集、雅音小集，及中國大陸抗議文學、傷痕文學等等的大量推介，肯定本土藝術家的成就和民族情感，討論傳統與現代化議題。

上述說法也反映這個時期的社會運動色彩，議題泰半環繞在文化議題之上。一九七七年鄉土文學論戰在報端點燃，文學藉以小說、報導文學書寫涉入社會現實的行動引發騷動。同時揭櫫「批判的現實主義」大旗的《夏潮》雜誌，不但刊登過由古蒙仁、張良澤等人書寫的五篇報導文學作品，也仿效楊逵，於一九七七年一月以「我一天的工作」為題，舉辦徵文，徵求各行各業者實在的故事，透過報導文學的體例，把讀者拉進了批判、控訴與生活實踐的革命行列中（郭紀舟，1999：136-138）。

值得注意的是，當時一度離開「人間」副刊的高信疆，在一九七八年重掌主編，立即籌辦第一屆時報文學獎，並且開風氣之先設置「報導文學」項目，試圖尋求一種「有社會性前瞻性和文學性的新聞學形式」，期使這種「直接有力、融合新聞與史觀、結合事實與思考的新形式能為文學注入新的血脈（高信疆，1980）。此舉不但為報導文學正名，取得正當性，而且就時代氛圍上，報導文學為當時正熾的鄉土文學論戰打頭陣，創造出一番新氣象，向陽就指出：

> 報導文學曾經在七〇年代的臺灣風起雲湧，創造出波瀾壯闊、勢不可擋的氣勢。當時臺灣的文學家秉於一顆愛鄉愛土的鮮紅的心，上山下海、深入臺灣民間，採擷民情，記述風土，蔚然成為刺激臺灣社會變遷的不可忽視的一股力量。

時報文學獎（中國時報）的作品，無論是古蒙仁的〈黑色的部落〉，邱坤良（1979）的〈西皮福路的故事〉，翁台生（1980）所書寫的〈痲瘋病院的世界〉，陳銘磻的〈最後一把番刀〉，林元輝（1985）的〈蘭陽平原上的雙龍演義〉，馬以工的〈幾番踏出阡陌路〉，以及心岱的〈大地反撲〉，一時之間均成為報導文學作品的典範。

相對於現實主義在人間副刊（中國時報）與另類雜誌的湧現，一九七七年接掌聯合副刊的瘂弦無疑創造了一種現代主義式的「鄉土文學」，聯合副刊不但提倡報導文學，同時還開設了「大特寫」、「傳真文學」、「新聞詩」、「極短篇」與「錄音投稿」等專欄。瘂弦認為，副刊的讀者並不比知識份子差，具有新聞性與簡短的專欄都有助於讀者介入，也讓文學有走入群眾的機會（杜南發，1982：135）。一九七八年《民生報》創刊，這個讓傳播學者稱為專營新聞「營生功能」的媒體，提供實用之生活訊息，以協助讀者安排日常生活為主要目標（陳世敏，1987：44-45），因此環保、生態與鄉土等議題，也陸陸續續藉由報導文學作品加以深化，林元輝關心臺灣黑熊保育的作品〈黑熊悲血滿霜天〉也正是藉由民生報的一隅刊出，引發當時方興未艾的保育界極度的重視與討論（林元輝，1980）。

而另一個並不強調批判的現實主義，而是將鄉土文化精緻化的平面媒體，則是《漢聲》雜誌。這一份雜誌將鄉土、傳統與現代精緻攝影技術接合的模式，「傳統」成為鄉土回歸的代名詞，消弭了現代與傳統的對立性，進而成為一種商品（郭紀舟，1999：157）。報導文學的批判力道很快就被主流媒體給收編，轉化成柔軟的實用資訊，第二屆時報文學獎報導文學類推薦獎頒給漢聲雜誌的〈國民旅遊專輯〉，可見一斑。

報導文學微弱的社會運動力量不斷遭到主流媒體削弱，加上一九七九年爆發「美麗島事件」後的風聲鶴唳，特別是《八十年代》與《夏潮》等政論雜誌先後遭到行政院新聞局停刊，島內言論環境一時風聲鶴唳，報導文學的論述與主題也就停留在原住民、文化、弱勢族群、生態與環保等議題書寫上，沒能跨越到更深刻的勞工、農民甚至政治等公共議題上。

七〇年代報導文學議題的狹隘，與以文學獎為核心的報導文學發展模式，大體上與媒體的「中立」、「保守」與「維持既得利益」的形象接近，自然會與社會運動保持著若即若離的關係。加上媒體的報導文學獎常重視作品的「報導面」，不少學院田野工作的報告獲獎，更促成了報導文學從「散文化」進而「學術化」的道路，也促成報導文學從「田野」靠向「學院」的特殊現象。陳映真就指出：

> 報導文學主要是屬於批判、揭發、反思的文類，雖然現今也有不少的報導文學獎，但究竟報導文學是什麼，似乎到目前還很困惑，沒有弄清楚，很多得獎作品看來不錯，但充其量只是深度報導、特別報導，或擴大報導，但不能稱之為「報導文學」（楊渡，2000）。

事實上，仰賴報紙副刊發表以及文學獎滋養的報導文學，不只因為思考的理路不清，而陷入困境，同時也會隨著主其事者的去職，而顯得力不從心。當高信疆於一九八三年三月離開中國時報《人間》的編輯臺，報導文學也可說漸漸淡出輝煌的大眾媒體時代。

報導文學在七〇年代的意義莫過於，憂民淑世的新生代知識份子紛紛走出學院，成為文化界的尖兵，熱情與理想匯聚成一股道德勇氣，以一切可能的形式投射在他們所生存的空間（李瑞騰，1984）。回顧七〇年代報導文學的興盛，並不僅僅是單純的寫實主義復甦，如是的寫作形式不妨視為從文學理論思潮的變遷昇華出的一種新的實踐方式。對文學工作者而言，透過這種服務於現實人生的良心作業，文字工作已經不是純粹的創作，更包含了追求真實與推動變遷的目的性了。

二、社會運動與報導文學整合的八〇年代

表面上，八〇年代以後報導文學似乎開始式微。在報禁解除之後，文學副刊隨著報紙的增張漸漸退居角落，影響力逐漸式微（李瑞騰，1991：186）。編輯人為求在激烈的報業市場上能有競爭力，「文學副刊」已然轉變為大眾文化論壇，受到大眾消費文化的影響，使得「輕、薄、短、小」成為八〇年代副刊論述的主流（林燿德，1991），報導文學因之退出副刊文學的行列。

副刊不再支持報導文學，使得需要媒介經濟奧援的作者無法繼續從事創作工作。民生報副刊〈天地〉的取消，以及時報報導文學獎自第六屆到第十三屆的取消，都使得創作誘因中斷。另一方面，編輯人的「計畫編輯」轉向文化批評與專題製作，一旦報導文學不受新生代副刊編輯的青睞，加上平民大眾寫作風潮勃興，聯合報「繽紛版」、中時「浮世繪版」甚至比副刊還受到歡迎，報導文學的市場優勢已經蕩然無存。

臺灣文學社群從崇尚寫實主義到後現代主義的興盛，文字工作再一次與寫實主義分化，甚至開始出現大量的新聞小說，像張大春一再反覆用新聞報導的語法書寫小說，並挑釁地質問讀者：

> 你讀過，也聽很多這種口吻的大眾報導，可能會信任報導的事件屬實。問題在於：你的信任建立在對這種報導的口吻習慣上。

林民昌（1997）就指出，當小說領土的擴張，漸漸逼得「報導文學」無法有本體上的優勢，特別是敘述上的優勢。

其實這樣的觀察都是以「文學副刊」與「文學獎」為核心的看法，報導文學其實在八〇年代才開始真正與社會運動結盟，利用報紙與雜誌繼續實現寫實主義文學的理想，產生了豐富的報導成果。

事實上，如果把眼光放大到文學獎作品以外的文學場域，在八〇年代，報紙副刊上所刊登的報導文學作品仍有引發社會關注的鉅作。其中以柏楊（1982）關心罹患「先天性魚鱗癬症」的馬來西亞華僑張四妹，寫下的〈穿山甲人〉一文，經《人間》副刊登載，進而轟動全臺灣與東南亞的華人社群，長庚醫院和中國時報讓張四妹免費接受醫治。在二十一世紀伊始，香港電臺廣播劇還根據此篇報導，加上採訪，製作了長達二十五集的廣播劇「穿山甲人」，足證此篇報導的感染力跨越了地理的疆界。

同時在臺灣解嚴前後，也就是一九八五年間，陳映真懷抱著「從社會弱小者的立場去看臺灣的人、生活、勞動、生態環境、社會歷史，從而進行記錄、見證、報告和批判」的理想，結合臺灣著名的報導寫手與攝影記者，創辦了《人間》雜誌，開啟了集結社會運動能量到報導文學中的道路，也累積了可觀的作品量。

陳映真（2001）表示，《人間》雜誌有兩條編輯上的指導思想：一是，以文字和圖像為媒介，從事對於生活的觀察、發現、記錄、省思和批評；二是，站在社會上的弱小者的立場，對社會、生活、生態環境、文化和歷史進行調查、反思、記錄、和批判。臺灣的報導文學至此，可以說回應楊遠在一九三七年倡議的寫作方向，大量來自人民生活現場的聲音與畫面藉由雜誌刊載出來，揭露了原住民運動、環保運動、生態保護運動、雛妓保護、兒童保護、農民運動、學生運動、工人運動以及政治受難者權益恢復等社會運動議題。臺灣的報導文學至《人間》雜誌上的作品出現，才進入了一個新的、比較成熟的階段。

當時報導、批判和文學感染力俱佳的作品不少，諸如官鴻志（1986）書寫曹族少年湯英伸接受司法審訊的〈不孝兒英伸〉與〈我把痛苦獻給你們〉；藍博洲（1987）報導寫地下黨員郭琇琮的〈美好的世紀〉，以及揭露基隆中學校長鍾浩東在白色恐怖時代，因為思想問題遭受政治迫害與處決的〈幌馬車之歌〉（藍博洲，1988）；以及廖嘉展（1992）寫白化症兒童處境的〈月亮的小孩〉等作品，都引起社會廣泛的重視，間接促成了原住民運動、平反政治犯以及促進兒童福利等社會運動者的結盟與行動。

臺灣當時處於社會遽變的時代，社會運動與民主運動如野火般燎原，但是無論規模、動員力與理論論述都不成熟。資深新聞工作者楊渡（2000）就這樣形容：

> 《人間》雜誌所扮演的角色，不只是個媒體，《人間》雜誌所代表的就是臺灣社會遽變的現況，如社會運動之初的反杜邦，一直到所有工運、農運的現場，《人間》所扮演的幾乎是社會遽變的最前緣。

雖然於一九八九年，《人間》雜誌因為經濟因素被迫休刊，但是這一批文學工作者在文壇上、新聞界與社運界所引起的騷動，卻不容忽視。

三、社會運動與報導文學飛馳的九〇年代

解嚴之後，隨著社會環境的開放，社會運動議題更加多元與具有行動力，報導文學在九〇年代進入了豐收的年代。大體上，有兩股重要的力量彰顯出報導文學的生命力：一是，透過廖嘉展、顏新珠、藍博洲、李文吉、鍾喬、賴春標等人繼續從事田野工作，《人間》雜誌的理念仍在臺灣各個角落發酵與傳布；二是，更多投身臺灣文史工作與社區營造者，他們孜孜不倦地從事報導文學創作，建構出更多新穎與貼近臺灣土地的報導議題。

九〇年代臺灣的報導文學中，曾經投身《人間》雜誌工作者後續的堅持，交出許多亮麗的成績單。像廖嘉展與顏新珠夫婦投身社區營造工作，先後在嘉義新港與南投埔里的記錄，都讓人為之震動。廖嘉展（1995）出版的《老鎮新生》，曾獲得次年中時開卷年度十大好書獎，是臺灣第一本完整書寫社區運動的報導文學作品，生動記錄了「新港文教基金會」的形成過程，以及它如何凝聚新港鄉里的共識，推展出截然不同的社區文化運動，也啟發了許多後起的臺灣社區營造工作團體。一九九九年在中華民國社區營造學會支持下，廖嘉展創辦了《新故鄉》雜誌社，希望將社區營造、教育改革、婦女、原住民、自然環境等社會運動的理念，落實在一般社區中，透過社區的集體意

識，將家長、學校、與社區生活緊密連結在一起，以形成一種特定的機制，讓社區成為臺灣的生命力，也累積了許多動人的報導文學篇章。

相對於廖嘉展、顏新珠投身社區營造工作，鍾喬熱中社區劇場的理論建構，藍博洲則堅持走向政治事件的揭露上，他從一九九〇年開始，陸續出版的《日據時期臺灣學生運動》、《白色恐怖》、《尋訪被湮滅的臺灣史與臺灣人》、《共產青年李登輝》、《天未亮：追憶一九四九年四六事件》、《麥浪歌詠隊》等著作，都以一種特異獨行的姿態，重新檢視臺灣的「白色恐怖」史實，希望能展示當年敢於螳臂擋車，奮不顧身與威權政權、帝國主義勢力相抗衡，站在窮農的位置作鬥爭的左翼運動前鋒的事跡，藍博洲戒慎恐懼的是：

> 在還未來得及清理遮蔽歷史的血跡斑斑之前，令人耽心的是，「白色恐怖」這議題的號召力是否能持久？能否來得及在喧嚷聲消退之前，受到應受的重視，並累積成為我們的集體記憶？

顯然，藍博洲希望在社會運動的能量未能擴散前，能重新定出一個更周延的基調，而不要讓歷史記憶淪為輕浮的政治符號，成為機會主義者與政客的工具。

事實上，九〇年代開始落實的文史工作、社區營造、生態保育、女性主義與原民運動，不只由《人間》雜誌的同仁開拓戰場，相關論述大量在這個時期出版，展示出臺灣報導文學厚重的深度。長期從事文史記錄的楊南郡、徐如林、鄧相揚、瓦歷斯・尤幹等人，他們從文史工作的田壤細細培植出的報導，都有歷史文獻的深沈，又兼有報導文學帶來的臨場感。

楊南郡從事登山、臺灣南島語族文化、古道、遺址探勘研究，長達三十年之久。他在九〇年代出版與翻譯的系列報導作品，諸如《臺灣百年前的足跡》、《與子偕行》（與徐如林合著）等，都獲得極高的評價。他在一九九二年獲得第十五屆時報文學獎報導文學類的〈斯卡羅遺事〉，書寫斯卡羅族的歷史，兼論從清代以降，這個漢化最早，也最早受到日本「撫育」的原住民族，部落文化遽然中斷，族群的歷史步向茫茫風中的窘境。

無獨有偶的，一九九三年的時報文學獎報導文學類頒給書寫霧社事件的鄧相揚，這位生長在埔里的醫檢師，長期關心原住民歷史，利用工作之暇，從事「霧社事件」與泰雅族、邵族、平埔族的田野調查。鄧相揚（1993）的〈霧重雲深〉一文，寫霧社事件中，擔任霧社地區最高警政首長的佐塚愛祐家族的故事。透過翔實與跨越國界的調查採訪，這篇作品揭顯了佐塚愛祐的泰雅族妻子亞娃伊・泰目與子女，在家國劇烈的變動中，在泰雅族的弱勢、日本的戰敗、臺灣政權的漠視下，顛沛流離，沒有歸屬感，沒有族群認同，失根飄零的窘迫。

鄧相揚以大河式家族史來鋪陳報導文學，氣魄上確屬罕見，但可惜無法兼顧深層指涉殖民權力與宰制的思辯，也無從從原住民角度思索其真實處境的問題。原住民作家瓦歷斯・尤幹的作品〈Mihuo〉（瓦歷斯・尤幹，1993）、〈LosinWadan〉（瓦歷斯・尤幹，1994）二文，表露出身為泰雅新一代知青對於祖先記憶的孺慕企仰，也以第一人稱的見證方式，融合了小說、現代詩、散文的技巧，並挪用神話與札記的形式，描寫出現代原住民回歸部落、追找祖靈榮光的反省與批判過程。他不僅追尋泰雅的記憶與神話，透過書寫瓦歷斯．尤幹創造了新的自我，他的報導以「當地人視域」的觀點出發，言說權與詮釋權，歸泰雅所有，展現出歷來從事原住民報導文學時少見的可信度與真實感（江育翰，2000）。

同樣在處理族群認同的問題，長期從事金門文史工作的楊樹清，由於有遊學加拿大的特殊背景，無論在〈被遺忘的兩岸邊緣人〉中處理發生在兩岸隔離環境下，由於政治管制導致手足骨肉分離的荒謬處境（楊樹清，1997），或是小留學生及新移民失根漂流的現象，都有獨到之處，也開發出了具有新聞性的新題材。

在九〇年代的生態書寫方面，報導文學並未缺席。長期開發自然生態書寫的劉克襄，寫步道、森林、生態，可說已經蔚然成家，也是不少保育工作者奉為社會實踐的重要讀本。另一位值得注目的生態書寫寫手當屬楊南郡的夫人徐如林，她的報導文學作品雖然不多見，但她與楊南郡為了踏勘古道，一同進出國家圖書館、博物館，遍讀清末的「月奏摺」相關文獻，再查證日人有關臺灣古道的資料、著作。接著便冒著生命危險，親至人煙罕至的山區，探尋百年前的古道的精神，令人感佩。歷經重重險阻記錄下的，〈在臺灣，一條生命之河的故事——源自聖稜線〉（徐如林，1995），以考證的資料配合感性的人文關懷來寫淡水河，猶如讀水經注。

九〇年代開始大量出現論述的女性主義運動，也不乏以報導文學與全民寫作的模式，打動人心。最著名的例子應為，一九九五年初秋臺北市女性權益促進會所推出《阿媽的故事》和《消失中的臺灣阿媽》兩書，以及一九九八年推出的《阿母的故事》徵文比賽選集。透過以報導文學的筆法

「重構臺灣婦女生活史」，顯現出時代變遷、性別結構改變的痕跡，十分動人，也讓人們從文學中深思女性主義運動的重要性。

真正讓報導文學與社會運動互為表裡的，莫如一九九九年九二一集集大地震後，文學界與社運界對於震災帶來傷痛所積極從事的書寫。

在文化界自發性的書寫與結集，在地震週年時由林黛嫚主編的《九二一文化祈福——在地的記憶鄉土的見證》可為代表，其中除了回顧地震的創傷外，不乏對災區社會運動工作者的推崇。而更為具體以文字與社會運動結合者，則為災區的社區報工作者，他們作為社區總體營造的推手，協助各個集體組織動員其支持者，幫助他們傳達具有實效的抗議意見，並提出在地與另類的政策與方案。

從災後社區媒體的表現中，藉由不斷地創造議題，成功動員了地方居民，引入外來資源協助地方重建，中寮鄉的「中寮鄉親報」堪稱第一。須文蔚（2000）的〈五個女子和一份報紙〉就在介紹這份鄉親報，這份以果然工作室成員組成的報紙，在地震之後以專業媒體的身分進駐中寮，定位為「轉譯重建資訊告知鄉民」的角色。鄉親報簡單易懂的語彙、文學的筆法、全彩印刷和強調人物圖像的編排策略，旋即引起一陣騷動，大家爭相索閱。發刊沒多久，便成為鄉民間和鄉外的話題，大家都知道中寮有一個「中寮鄉親報」。在此同時，果然工作室的成員以鄉親報記者的身分順利地打入鄉民的生活。之後，鄉親報陸續報導中寮的組合屋問題、土石流問題等，企圖喚起鄉民對這些問題的注意，一方面不斷地創造新聞議題，吸引主流媒體和中央政府聚焦；一方面又鼓勵鄉民組織巡山團隊，建立土石流預警制度，並把鄉民踏勘整理的土石流危險地段名單對外發布。

另一股民間力量的推動者，莫屬「921民報」。這些出身於《人間》雜誌的工作者，像是李文吉、藍博洲等人，意識到災區社區報皆有經費、人力及讀者群侷限的問題，因此希望透過組成「災區社區報編聯會」，發行聯合性的社區報，一方面透過共同印刷、人力共享的方式，達到節省人力、物力及資源的效果，以有效地運用社區報有限的資源；一方面也希望透過議題的結盟，達到經驗交流，集結災區輿論壓力的效果。

伍、再現臺灣田野共同記憶的書寫策略──鬆綁論

脫胎自左翼文學傳統的報導文學，有其高度傾向性、進步性、批判性與人文關懷精神，因此動人的報導文學作品必須以具備社會改革功能的意圖為核心，並且以田野調查的方式觀察事件，佐以採訪充實作品觀點，透過具有感染力的描述、敘事與結構安排，再現出臺灣田野的共同記憶。

臺灣報導文學作者普遍在書寫上面臨了瓶頸，大體上不出下列幾個迷思：一、強調報導的絕對客觀化；二、過度表彰「學術化」的書寫框架；三、忽略散文以外的文學體式。因此有必要提出報導文學的「鬆綁論」，去除迷思，重新省思報導文學的書寫策略，指出現有作品的侷限，讓報導文學回到文學創作的領域中，讓未來的作者走出書寫的困境。

●報導文學的任務是「再現」田野

在目前絕大多數從事報導文學書寫者的心中，「客觀」與「真實」隱然成為最高指導原則。理論界更一味的套用新聞寫作規範，援引附會純淨新聞寫作的標準：處理資料要儘可能客觀公正，要平衡報導，並且反對文字中帶有議論，企圖藉此確保報導文學的「客觀性」。如此一來，要讓一個文學作品兼備純淨新聞的客觀，又兼具文學的創意，不免讓創作者兩面為難。

其實傳播界近年來不少論述修正了「新聞報導是客觀」的看法，不再認為記者能像鏡子一樣反映社會真實。文化研究學者Carrngee（1991:1）就指出，將新聞視為是一種以符號活動對社會與政治真實的描述，已取代過去將新聞看作是傳輸過程（transmission）的典範。文化研究的巨擘Hall更進一步表示，媒體僅能忠實地以符號再現（representation）社會既有組織權力與秩序。另一方面，傳播研究者也承認，新聞媒體的影響力不能自外於其他社會機構，依大眾媒介的本質看來，新聞媒體是一種制度，即生產和傳送符號的制度；依制度的本質看來，新聞媒體是社會生產和複製所需資源的叢集處；依競爭的觀點看來，在社會複製過程中，新聞媒體是個人和集體等競相爭取使用的資源之一，所以新聞媒體中呈現的真實，是在特定社會、歷史條件下，透過複雜的競爭過程所建構而成的（陳雪雲，1991：47）。臧國仁（1999：321-324）就採取建構論的觀點認為，新聞是社會真實的建構，而非社會真實的客觀反映。

同理，而經常站在田野中，支持社會貧困者、弱勢者的報導文學寫手，無論是為江河日下的自然生態、人文環境或是社會關係請命，遠較新聞記者更無庸考量「平衡報導」。透過建構論的觀點，其任務無非是再現田野中的特定事件，以報導文學形成一個「版本」，相對於事實本身，作品因為篩選了事實，必然會有出入，而且不同的報導者介入，往往會形成更多種「版本」。既然報導文學永遠不可能直接地反映真實，作品永遠是一種建構，一種再現，而非映照真實的鏡子，創作者實在不需要遷就傳統新聞寫作的框架，追求絕對的客觀公正，排斥主觀的介入。

報導文學本身應當包含了一定程度的主觀與價值判斷，楊逵（1937A）就主張，作者對應該報導的事實，必須熱心以主觀的見解向人傳達。潘家慶指出，報導文學是一種非虛構的事實，透過文學的表達形式，目的只在發掘真相，表達作者本身的理念，而希望能產生改革社會的效果（文訊，1987）。以這樣的標準，報導文學的任務是「再現」田野，借用新聞寫作的聲調，但是讓報導文學「姓文不姓新」，回到文學傳統中，實有其必要性。

●回歸「實在的文學」的報導傳統

報導文學縱使鬆開了絕對客觀的束縛，但在崇尚「學術化」書寫框架的臺灣文壇，大篇幅的引經據典，加上不注重敘事、描述，泰半的報導文學作品不具可讀性，作品對讀者的感染力幾乎也都不高。

其實讓報導文學從「田野」走向「學院」，從「散文化」突變成「學術化」的書寫框架，與七〇年代中葉以降，兩大報文學獎的典律化作用，以及學術界的推波助瀾脫不了干係。

不少報導文學獎得獎作品的「前身」是學術研究，研究者挾著田野調查的豐富資訊，以及鉅細靡遺的文獻調查，以優美的筆調改寫後，參與報導文學獎的甄選。這類作品通篇鮮少著墨於人物的刻劃、環境的描寫與氛圍的渲染，卻能擄獲評審青睞，長此以往，後繼者群起仿效之，自然造成一股風潮。以時報文學獎為例，首屆甄選獎首獎得主邱坤良，當時已經從中國文化學院（文化大學）史學研究所畢業，並擔任中國文化學院戲劇系講師，在研究戲劇之際，蒐集民間藝術的資料加上長期的田野調查，促成了報導文學的寫作。同屆甄選獎優等獎得主王鎮華之追尋書院建築，也是導因於對建築學的研究，而轉化為報導文學的寫作。這兩篇作品的書寫框架，潛移默化地影響了其後的創作者、與文學批評者，也建立了一種學院樣式的報導文學。

另一方面，來自學院的報導文學作品也不斷加速「學術化」的趨勢。不少以社會為研究對象的學者，在學術研究的同時，除了發表學術性的文章外，就同一題旨再從事報導文學創作者，所在多有。如人類學者胡台麗，就經常在撰寫學院式的報告之餘，為研究對象付出關愛而發出不平之鳴，寫一些較通俗的文章為他們呼籲，把問題向社會呼籲。慢慢地這就形成另一種風氣，構成一種不完全以書齋，而全以社會為對象的學術傳統（李亦園，1986）。

這種在學院興趣與社會責任之間取得均衡的作品，固然是報導文學相當重要的一個面向，也將更豐富的思考性與批判力帶入文學界。但是，後繼者毫不反省地模仿，只成就了資料堆砌的文本，反而與社會生活漸行漸遠，更與「實在的文學」的理想背道而馳。因此，鬆開「學術化」書寫框架的限制，讓文獻資料作為觀察、採訪的背景知識，作者不僅只是運用優美的文筆，更重要的是栩栩如生地再現了現場，教田野中的消息來源發聲、批判與辯駁，應當是另一個值得正視的議題。

● 報導文學體式的多元化

報導文學的體式，一般來說是以散文呈現，但不僅僅如此，也可以用日記體、書信、論文體、報告劇、議論體等。茅盾（1937）比較中外的報導文學後，就主張報導（告）文學不應當以體式為界限，而應以性質為主。換句話說，採用散文以外體式的文學作品，有其高度傾向性、進步性、批判性與人文關懷精神，其內容以紀實為主，應當仍屬於報導文學的範疇中。

固然，報導文學務必排除虛構，不像小說創作能出入虛構與紀實，可以為了作者的想法而虛構事件、典型化人物、改寫現實世界，且在情節與氛圍的渲染上富有煽動性。但報導文學通過了書寫者的思索和文字的表現，應當可以向小說家借用刻畫人物、描寫環境以及渲染氣氛的手法，必要時也可對事實做適度的處理與取捨，以想像力進行合理的推論與想像，但是不能背離真實。

在鬆綁理論下，報導文學不像純淨新聞寫作具有一定的形式，如果有必要，「新聞寫作」的常見框框應當可以打破。也就是在敘事的手法上，把事實穿插連貫起來，展開情節，應為可行的手法。為了讓讀者瞭解，縱令使用對話或一問一答方式，使文章帶上一點小說形態，本質上還是報導文學（牧內節男，1989/林書楊：163-4）。在美國新聞界，採行非虛構寫作著稱者，如《冷血》

（InColdBlood）的作者卡普特（Capote）、《王國與權力》（TheKingdomandthePower）的作者塔尼斯（Talese）以及伍爾夫。他們的風格包括重新創造記者或其他人可能聽不到的對話，以及描述主角在新聞情境中的思想與感情。對這些傳統新聞學上認為小說化的寫作方式，這些作者提出的辯護理由是，作者如此接近所撰寫的新聞事件與人物，因此重新建構這些事件、人物與思想，就像寫純淨新聞的記者摘要選擇具有代表性的引言一樣地忠於現實（Hulteng,1985/羅文輝譯，1992）。

另一方面，在生態書寫或歷史人物的報導上，保育動物並不能言語，已經往生的歷史人物更無從採訪，在從事報導上勢必遭遇困難。在與報導文學十分近似的紀錄片領域中，近年來就針對同樣的困境，有許多不同手法，採納主觀觀點，甚至「想像」與「再現」成分進入紀錄片中。

紀錄片中採納主觀觀點者，如互動式紀錄片，在語言聲音方面，自由引用攝者與被攝者的敘述，兩種聲音交替出現或互相辯證；在影像方面，作者經常出現在畫面內，直接討論事件，或與受攝者交換意見，因此導演具有出入時間與歷史事件的自由（盧非易，2000）。另一方面，更為前衛的紀錄片中，不乏找演員重現歷史場景，或是採用虛構的畫外對白，都廣為西方紀錄片影展接受，著名的例子如葛瑞塔席勒的《掩護曼德拉的人》，或如蘇俄導演歐斯波夫的《心聲》，皆出現過採納類此手法，並不減損其在紀錄片史上的地位（游惠貞，2000）。一般大眾更熟悉的「探索」（Discovery）頻道或「美國國家地理雜誌」頻道中的生態記錄，也常見以擬人化的方法，進行動物生活的報導，十分生動有趣。

在鬆綁論下，報導文學寫手應當重新思索非虛構的書寫體系，無論是採用前衛性紀錄片般的主張，或是採納新新聞學理論，報導者可利用的敘事手法、推論與全式的空間，應當都更加寬闊，報導文學美學價值也自然較能提升。

陸、代結語：等待更多來自現場的聲音

預示社會運動的出現，是臺灣報導文學在二十世紀的軌跡，所有在田野、現場的人、事、生活滋養了報導文學的作者，啟發了大眾關懷社會，讓書寫者、讀者以新的眼光重新去認識臺灣與世界。

臺灣的報導文學並沒有消失，只是面對大眾傳播媒體的庸俗化、大眾化與商業化，報導文學的「理想主義」顯得過於沈重，也遭到了邊緣化。但是有更多可以承接報導文學的媒體出現，出版業、雜誌、網路作為社會媒體新世紀的傳播管道，在二十世紀末就已經展現出無窮的活力。但是如何能夠提高報導文學的動員力，並且讓作品更具藝術價值與可讀性，顯然必須重建一套文學傳播的機制，容納更邊緣與更貼近現實的報導作品；另一方面，報導文學的書寫策略上，也應當從再現論的角度重新思考，一套新的創作與批評標準。

展望新世紀臺灣報導文學的書寫，不必悲觀。相信只要社會運動不停歇，人文關懷不停歇，報導文學工作者就有豐厚的田野可投身。文化評論者南方朔在接受明日報的訪問時就表示：

未來的寫作者，必須更敏感、更細膩，尋找新議題。因為報導文學在不明言的脈絡當中，某一個議題之所以需要被寫出，基本上就是一種對於現狀的批判、糾正。

在臺灣步向政治充分民主的新環境中，當民間社會不耐於擺盪在市場的混亂與國家的過度干涉，當人們警覺到來自國際的力量不斷傾壓本土文化，來自草根的聲音必然會對現狀不斷提出批判，而具有文學心靈的報導者將會帶給大眾更多隱而未見的報導，相信絕對會超越上個世紀報導文學作品所提供的思考、視野與批判力。

參考書目

Bailey, K. D.（1982）.Methods of Social Research. 3rd Edition. New York: Free Press.

Brown, J. D. etal.（1987）.Invisible power: Newspaper news sources and the limits of diversity, Journalism Quarterly, 64（1）:45-54.

Capote, Truman ／楊月蓀譯（1975）：《冷血》。臺北：書評書目。

Carrage, K. M.（1991）.News and ideology: An analysis of coverage of the West German Green Party by the News York Times. Journalism Monographs No. 128.

Fetterman, D. M.（1989）.Ethnography: Stepby step. Newbury Park, CA.: Sage.

Habermas, J.（1989）.The structure transformation of the public sphere.（tran.）Gurger, T., Great Britain: Potity Press.

Hoffer, Eric ／且文譯（1988）：《群眾運動》。臺北：久大。

Hollowell, J.（1977）.Fact and fiction: The journalism and the nonfiction novel.Chapel Hill: The University of North Carolina Press.

Hulteng, J .L.（1985）.The messenger's motives: Ethical problems of the news media，羅文輝譯 1992，信差的動機，臺北：遠流。

McQuail, Denis（1987）.Mass Communication Theory, 2nd Ed., Newbury Park: Sage Publication Inc.

Parsigian, E. K.（1987）."News reporting: Method in the midist of choa", Journalism Quarterly, 64（4）:721-730.

Schudson, M.（1978）.Discovering the news: A social history of American news pappers，Basic Books，何穎怡譯，1993，《探索新聞》，臺北：遠流。

Tuchman, G.（1972）."Objectivity as strategic ritual: An examination of newsman's notions of objectivity.'American Journal of Sociology. 77:pp.660-79.

Tuchman, G.（1978）.Making news: A study in the construction of reality. NewYork: FreePress.

Wright,CharlesR.（1986）.MassCommunication:ASociologicalPerspective,3rdEd.,NewYork:RandomHouse.

丁琬（1980）：〈行者的話〉，《臺灣時報副刊》，10 月 13 日。

文訊月刊社（1987）：〈當代文學問題討論會之二——報導文學〉，《文訊》第 29 期，頁 165-85。

王谷、林進坤（1978）：〈報導文學的昨日、今日、明日〉，《書評書目》第 63 期，頁 6-13。

王詩琅譯註（1988）：〈臺灣總督府警察沿革誌第二編（中卷）：臺灣社會運動史——文化運動〉。臺北：稻鄉。

臺灣新聞報等（1983）：〈報導文學往何處去〉，《臺灣新聞報》，臺北：行政院文化建設委員會。

瓦歷斯．尤幹（1993）：〈Losin．Wadan——殖民、族群與個人〉，收入楊澤主編《送行》。臺北：時報文化。

瓦歷斯．尤幹（1993）：〈Mihuo——土地紀事〉，收入楊澤主編《耶穌喜愛的小孩》。臺北：時報文化。

瓦歷斯．尤幹（1993）：〈Mihuo——土地紀事〉，收入楊澤主編《耶穌喜愛的小孩》。臺北：時報文化。

向陽（1984）：〈七〇年代現代詩風潮試論〉，《文訊月刊》六月號。

向陽（1986）：〈序〉，劉克襄，《天空最後的英雄——旅次札記》，臺北：時報文化。

向陽（1992）：〈副刊學的理論建構基礎〉，收錄於林耀德編，《當代臺灣文學評論大系．文學現象卷》，臺北：正中。

江育翰（2000）：〈族群的傷痛：以 1978~1995 年時報報導文學獎得獎作品為例〉。《南師語教系學刊》。（http://www.ntntc.edu.tw/%7Egac620/book/4-4.htm）

江育翰（2000）：〈族群的傷痛：以1978~1995年時報報導文學獎得獎作品為例〉。《南師語教系學刊》。（http://www.ntntc.edu.tw/%7Egac620/book/4-4.htm）

竹中勞（1989）：《現場採訪的第一步——現場報導的戰術與戰略》，徐代德譯，臺北：人間。

行政院文化建設委員會（1983）：〈報導文學的現況與未來〉，收錄於《中華民國71年文藝季座談實錄》，臺北：行政院文化建設委員會。

吳新榮（1981）：《震瀛採訪錄》。臺南：臺南縣政府。

呂正惠（1988）：《小說與社會》，臺北：聯經。

呂正惠（1992a）：〈八〇年代臺灣現實主義文學的道路〉，收錄於氏著，《戰後臺灣文學經驗》，臺北：新地。

呂正惠（1992b）：〈分裂的鄉土，虛浮的文化〉，收錄於氏著，《戰後臺灣文學經驗》，臺北：新地。

呂正惠（1992c）：〈臺灣文學的浮華世界〉，收錄於氏著，《戰後臺灣文學經驗》，臺北：新地。

尾崎秀真（1939）：〈臺灣新聞界の回顧〉。《臺灣時報》。第231號，日文，68頁。

李亦園（1986）：〈序〉，胡台麗著，《性與死》，臺北：三民。

李利國（1979）：《時空的筆記》，臺北：時報文化。

李承機（2000）：〈日本治下殖民地臺灣媒體政策的確立——輿論與大眾傳播媒體〉。發表於「近代日本與臺灣研討會」。輔仁大學日本與文學系主辦：國家圖書館。12月22、23日。

李昂（1990）：《非小說的關懷》，臺北：社會大學出版社。

李昂編選（1984）：《鏡與燈》，臺北：中國文化大學出版部。

李長貴（1991）：《社會運動學》，臺北：水牛。

李瑞騰（1984）：〈從愛出發——近十年來臺灣的報導文學〉，《文藝復興月刊》158期，頁50-58。

李瑞騰（1991）：《臺灣文學風貌》，臺北：三民。

杜南發（1982）：《風過群山——當代名家對話錄》。臺北：遠景。

瘂弦（1987）：〈一代一代地寫下去〉，《抗戰文學回憶錄》，臺北：聯經。

周立波（1936）：〈談談報告〉，《讀書生活》，第三卷，第十二期，轉引自，周麗麗（1980）：《中國的現代散文發展》，臺北：成文。

周錦（1974）：《中國新文學史》，臺北：長歌。

周錦（1987）：《抗戰「報告」》，臺北，智燕。

周麗麗（1980）：《中國的現代散文發展》，臺北：成文。

官鴻志（1986）：〈不孝兒英伸〉。《人間》7 月號。頁 92-113。

林元輝（1980）：〈黑熊悲血滿霜天〉。《民生報》1980 年 11 月 10-11 日，頁 12（副刊）。另收《江湖春秋》。頁 197-220。

林民昌（1997）：《當代臺灣小說文本知識的構成——寫作政治研究藍圖初步》。國立成功大學藝術研究所碩士論文。

林清玄（1980）：《鄉事》，臺北：東大。

林福岳（1993）：《將社區劇場視為另類傳播媒介之研究——以「民心劇場」為例》，國立政治大學新聞研究所碩士論文。

林耀德（1987）：〈臺灣報導文學的成長與危機〉，《文訊月刊》第廿九期。

林耀德（1991）：〈聯副四十年〉，《聯合文學》第八十三期。

牧內節男（1989）：《新聞記者的風範和信念——新時代的新聞寫作》，林書揚譯，臺北：人間。

邱坤良（1979）：〈西皮福路的故事〉。收《民間戲曲散記》。臺北：時報文化。頁 151-82。

姚朋（1965）：《新聞文學》，臺北：記者公會。

柏楊（1985）：〈不信喚不回——關於心岱的「大地反撲」〉，收錄於心岱，《大地反撲》，二版一刷，臺北：時報文化。

皇甫河旺（1980）：〈什麼是新聞文學？〉，《報告》6 卷 5 期，頁 45-48。

胡菊人（1979）：〈序〉，陳銘磻，《賣血人》，臺北：號角。

孫陵（1987）：《邊聲》，臺北，智燕出版社。

徐如林（1995）：〈在臺灣，一條生命之河的故事——源自聖稜線〉。《聯合報》聯合副刊。10 月 12-16 日。

翁台生（1980）：〈痲瘋病院的世界〉。收《痲瘋病院的世界》。臺北：皇冠，1980。頁 32-61。

荊溪人（1976）：〈新聞文學及其形成〉，《報學》5 卷 6 期，頁 22-27。

高信疆（1980）：〈永恆與博大——報導文學的歷史線索〉，陳明磻編《現實的探索——報導文學討論集》，臺北：東大。

高信疆編（1987）：《體檢美麗島》，再版，臺北：敦理。

張作錦（1993）：〈「報導」和「文學」的矛盾與統一〉，《聯合報》，10 月 10 日，頁 37。

張錦華（1994）：《傳播批判理論》，臺北：黎明。

曹聚仁編撰（1973）：《現代中國報告文學選：甲編》，臺灣翻印本未著出版社。

莊永明（1989）：〈報導文學的前驅作品〉。收錄於《臺灣紀事》。同時收錄於《臺灣古早味》（http://www.readingtimes.com.tw/folk/taiwan/diary/d-1206b.htm）。

郭紀舟（1999）：《70 年代臺灣左翼運動》。臺北：海峽學術。

陳世敏（1987）：《媒介文化：批判與建言》。臺北：久大。

陳明磻編（1980）：《現實的探索——報導文學討論集》，臺北：東大。

陳芳明（1998）：《左翼臺灣殖民地文學運動史稿》。臺北：麥田。

陳映真（1987）：〈四十年來臺灣文藝思潮的演變〉，《中華雜誌》第廿五卷 6 期，總號 287。

陳映真（1988）：〈我們愛森林的朋友阿標〉，《自立晚報副刊》，三月三日。

陳映真（1999）：〈楊逵「和平宣言」的歷史背景——紀念「宣言」發表五十周年〉。收錄於《勞動人權協會》網頁（http://www.china-tide.org.tw/labor/news/p022.htm）。

陳映真（2001）：〈臺灣報導文學的歷程〉，《聯合副刊電子報》。2001/08/18 第 125 期與第 127 期。

陳雲雪（1991）：《我國新聞媒體建構社會現實之研究——以社會運動報導為例》。國立政治大學新聞研究所博士論文。

陳銘磻（1979）：《賣血人》，臺北：號角。

彭家發（1993）：〈細說新新聞與報導文學〉，《新聞鏡週刊》第二六三期，頁 30-33。

彭慧蕙（1997）：《大眾傳播媒介與社會運動——以『反雛妓』社會運動為例》。文化大學新聞研究所碩士論文

游惠貞（2000）：〈各展手法，捕捉歷史人物的身貌〉，收錄於（http://iwebs.edirect168.com/main/html/filmism/36.shtml）。

焦桐（1998）：《臺灣文學的街頭運動》。臺北：時報文化。

楊南郡（1992）：〈斯卡羅遺事〉，收入楊澤主編《異鄉人》。臺北：時報文化。

楊渡（2000）：〈最後的馬克思——專訪陳映真〉。收錄於《人生採訪——當代作家映象》。（http://www.chinatimes.com.tw/style/literature/keep/special/89012301.htm）

楊逵（1935）：〈臺灣震災地慰問踏查記〉。《社會評論》（東京）第一卷，第四號，日文。／邱振瑞譯（2000）：〈臺灣震災區看察慰問記〉。《聯合報》。1 月 4 日。聯合副刊。並收錄於彭小妍主編（2001）：《楊逵全集》，第九卷．詩文卷（上）。頁 218-229。

楊逵（1937）：〈報告文學に就て〉。《大阪朝日新聞》臺灣版。2 月 5 日，日文。現收錄於彭小妍主編（2001）：

《楊逵全集》，第九卷．詩文卷（上）。頁 466-468。／涂翠花譯（2001）：〈談「報導文學」〉，收錄於彭小妍前揭書，頁 469-470。

楊逵（1937A）：〈報告文學とは何か〉。《臺灣新民報》。4 月 25 日，日文。現收錄於彭小妍主編（2001）：《楊逵全集》，第九卷．詩文卷（上）。頁 500-502。／邱慎譯（2001）：〈何謂報導文學〉，收錄於彭小妍前揭書，頁 503-505。

楊逵（1937B）：〈報告文學問答〉。《臺灣新文學》。第二卷，第五號 6 月，日文。現收錄於彭小妍主編（2001）：《楊逵全集》，第九卷．詩文卷（上）。頁 512-521。／邱慎譯（2001）：〈報導文學問答〉，收錄於彭小妍前揭書，頁 522-530。

楊逵（1948）：〈「實在的故事」問答〉。《力行報》。「新文藝」第四期 8 月 23 日。現收錄於彭小妍主編（2001）：《楊逵全集》，第十卷．詩文卷（下）。頁 259-262。

楊樹清（1997）：〈被遺忘的兩岸邊緣人〉，《聯合報》聯合副刊。10 月 17-18 日。

葉石濤（1987）：《臺灣文學史綱》，高雄：文學界雜誌社。

須文蔚（2010）：〈吳希聖〈人間．楊兆佳〉之真實再現與文體研究〉，《成大中文學報》，第三十期，頁 141-172。

葛浩文（1987）：〈光明裡的黑暗〉，收錄於孫陵著，《邊聲》，臺北，智燕。

詹宏志（1981）：〈紙上風雲第一人〉，收錄於周寧編，《飛揚的一代》，臺北：九歌。

廖嘉展（1992）：《月亮的小孩》，臺北：時報文化。

廖嘉展（1995）：《老鎮新生》，臺北：遠流。

臧國仁（1994）：〈新聞工作者與消息來源的互動〉，《新聞鏡週刊》第二九〇期，頁 6-9。

臧國仁（1999）：《新聞媒體與消息來源：媒介框架與真實建構之論述》。臺北市：三民。

蔣勳（1985）：〈路遙情深——心岱與「大地反撲」〉，收錄於心岱，《大地反撲》，二版一刷，臺北：時報文化。

蔡文輝（1997）：《不悔集：日據時代臺灣社會與農民運動》。臺北：簡吉陳何基金會。（http://www.fic.org.tw/books/eb/39000.htm）。

蔡源煌（1992）：〈報導文學與新新聞〉，收錄於氏著《當代文化理論與實踐》，臺北：雅典。

蔡源煌（1994）：《從浪漫主義到後現代主義》，臺北：雅典。

鄭明娳（1987）：〈報導文學〉，收錄於氏著《現代散文類型論》，臺北：大安出版社。

鄭明娳（1987）：《現代散文類型論》，臺北：大安。

鄭明娳（1988）：〈報導文學與文學的交軌——報導（告）文學初論〉，收錄於氏著《當代文學氣象》，臺北：光復書局。

鄧相揚（1993）：〈霧重雲深：一個泰雅家庭的故事〉。《中國時報》1993 年 11 月 28 日 -12 月 3 日，頁 39（副刊）。或見楊澤編。《耶穌喜愛的小孩》。臺北：時報文化，1993 年。頁 236-274。

盧非易（2000）：〈紀錄片的再現技術與觀念之轉變〉，收錄於（http://iwebs.edirect168.com/filmism/000704a.htm）。

鍾喬（1990）：《回到人間的現場》，臺北：時報文化。

藍博洲（1988）：〈幌馬車之歌〉。《人間》。第三卷，第 11 期。頁 157-168；第三卷，第 12 期。頁 141-147。

藍博洲（2001）：《天未亮》。臺北：晨星。

藍博洲（2001）：《麥浪歌詠隊》。臺北：晨星。

羅文輝（1991）：《精確新聞報導》，臺北：正中。

鐘麗慧（1986）：〈近三十年報導文學選集提要〉，《文訊月刊》第 22、23 期。

人間・楊兆佳①
——紀念的螺旋槳

吳希聖
（陳怡君翻譯、須文蔚校訂）

一

「臺北！臺北到了！」

「好吃的便當、壽司喔～～」

螞蟻般的人群所製造出的無意義嘈雜聲中，站務員和販賣員的喊叫聲顯得格外的高亢響亮。禮帽、手杖、眼光、鞋子、赤腳、笑聲……擠來推去、爭先恐後的鑽動著，就和蟻巢崩壞時驚惶失措四處亂攢的螞蟻一模一樣。

甫抵達的上行列車，長長的車廂橫靠在月臺上，像是要去除長途疾駛後的疲累般氣喘噓噓的吐著黑煙。

將站內的紛擾吵雜置於腦後，似被人群簇擁而出的楊兆佳從1號剪票口慌張的走出。幾乎是小跑步的模樣。是什麼事讓一個人如此慌張？與他沉著穩重的完全不相稱。

「呼～～」

他稍稍停下腳步，從緊閉的嘴巴中長長的吐了一口氣。然後他把兩手交疊在原本所握的、雖不知名但看來木頭質感極佳的手杖上，叉開了兩腳，向上凝視著臺北的天空。不知想著什麼的他目光灼灼的望著天空。上天啊！為什麼要從我們的身邊奪去我們的飛行家？就好像小麻雀衝向高展翅膀的禿鷹般令人感到悲壯！

臺北的天空和「臺中的天空」一樣的藍。幾片白雲點綴其間。明亮的光彩令人想起母親的懷抱。雖是隨時抬頭看都感到親切的天空，但一想到這片天空不久前才讓一個青年失去了寶貴的生命，他忍無可忍的將手裡握的手杖拋向這靜止的平面。飄著白雲的天空、明亮的天空，這片天空哪有慘劇發生的痕跡！這不就是自古以來不變的天空嗎？這個時候，他看到了天空有著都市人的雙重性格，對天空的偽善感到無比的憎恨。

「天空啊、天空。飛機……飛機。楊君他……。」

他的雙眼矇矓了起來。天際間白雲上出現了架飛機，螺旋槳的聲音在天空隆隆響起。感到全身痙攣的他跑了二、三步，短暫閉起眼睛再張開眼看，天空中什麼也沒有。一陣冰涼的感覺從背脊傳到腰間，他的身體止不住的發著抖。

「唉～～！」

他眼神無力的垂看地上，嘆了口氣。站在原地就像化石般動也不動。過了幾分鐘，他如夢初醒般抬了起頭，完全不顧周遭事物，迅速的穿過臺北車站前的廣場。

站前的廣場依舊是車水馬龍。眼前正在轉彎的銀色市營公車、笨重的像是六隻腳陷在地裡的公路局巴士、還有車頭擦得晶亮秩序井然的小型計程車。再怎麼說汽車就像是市民的雙腳一般，是近代交通工具的菁華。他朝向這近代交通工具的菁華走了過去。

「喂！司機先生，快開吧！」

他自顧自的開了門，也沒說要去哪裡就穩當的坐下來，閉上了沉重的眼皮。

但內心的那片天空此刻正颳著狂風暴雨。他臉上深刻的紋路就像西鄉隆盛③與胡佛④一樣，寫滿了哀傷與憂愁，像是被層層烏雲籠罩，睫毛看起來也有點濕潤。

不論是幾週不見的島都之門戶，還是寬闊三線道馬路旁有名的椰子樹，現今在他眼裡看來再也不如昔日般新鮮，一切所看到的所聽見的都只令人感到哀傷。他也完全不想看到，不想聽見任何事物，最好能夠不要思考。他只想著最好自己的這身軀殼能儘快運到某處去。到何處去呢？他似乎連這也無法思考了。

車子迅速的發動。

「您去哪兒呢？」

他沒有答腔，是沒有聽到嗎？司機感到納悶，邊轉動方向盤邊回過頭看，再次用粗憨的聲音大聲問道：

「先生！要去哪裡呢？」

「什麼？」

被這麼一喊，靠在椅背上的頭好像被猛的拍了一下。他，兆佳慌張回過神來，眼前看到的是司機冷冷的臉。

「噢噢，請去新民報⑤社。」

兆佳一副想看清這是哪裡的表情，看著窗外兩旁飛逝而過的景物。計程車此時正無聲的行駛在北門附近的柏油路面上。消防隊紅色的車子在椰子樹葉間時隱時現。

他又回到方才的自己。努力的想記起些什麼，但愈想愈是急躁，就好像壞心眼的故意想逃避什麼一樣，到底是什麼呢？怎麼也想不起來，實在令人感到著急。他的手伸進口袋，將觸碰到的東西拿了出來。是一封電報。

「楊飛行員墜機身亡。⑥」

他貪婪地把電文反覆看了又看，嘴裡喃喃自語。果然是真的沒錯！這內容和在火車上看的沒有不同，明明白白寫著「墜機身亡」這幾個字。

今早十點左右一收到電報，兆佳就火速搭了十二點十九分出發的快車北上。在車上已把電報讀了上百遍，但他還是抱著懷疑的態度，不斷祈禱著如果是弄錯就好了。雖然明白的寫著「楊飛行員墜機身亡」，但他無論如何都不相信，不！是根本不願意相信。

為什麼要相信呢？那個楊君，五天前還活潑健康充滿朝氣的楊君死了？不可能！想必是哪裡弄錯了。對！一定是弄錯了。

車輪發出壓過小碎石的聲音，車子嘎的一聲停了下來。

「這不是兆佳先生嗎？」門房瞪大了眼睛。

二

「是兆佳先生嗎？可真是稀客呀！」

部長N先生將筆擱下，走了過來。看到毫無精神的兆佳，他嚇了一大跳。

「什麼時候上來的？」

「搭快車才剛抵達而已。」

「電報收到了吧？」

兆佳把視線別開代替了回答。一直到剛剛還認為「是不是弄錯了？假使消息有誤就太好了」的想法，在這一瞬間突然幻滅，消失得無影無蹤。看來是千真萬確的了？他感到喉嚨哽住，二樓的地板搖晃了起來。到底是如何走上三樓的部長室，他竟完全記不得了。好像是被兩三位記者支撐著走上狹窄的樓梯，但他卻也無法肯定。他甩了甩頭試圖喚回一些記憶，但好像不是那麼容易。

——對了，那時一聽到N部長問「電報收到了吧？」突然頭就轟的一聲，身體也整個癱軟下去……然後就……嗯，就是這樣吧……。

他閉著眼睛，握著拳頭輕敲了額頭兩三下。他的臉色十分蒼白，嘴唇也沒了血色。暈眩的感覺讓人覺得會隨時倒下，他環顧四周，心想若有個沙發什麼的就好了，至少能讓他躺臥下來稍作休息。找到沙發了！他想張開口呼喊，但卻只是直愣愣的看著沙發。因為他連站起來的力氣都沒有，根本動彈不得。他頭部某處感到一陣劇痛，痛得好像連額頭都被刺穿了。後腦杓也沉重得像灌了鉛似的。他用力搖了搖頭，緩緩地睜開了眼。

「好像引起輕微的腦貧血。」

「不，已經沒關係了。」

「是這樣嗎？」

「如果覺得哪裡不舒服，還是請醫師過來看看吧。」只見N部長又開口說。

「哈！哈哈！不要緊的。只是一下子而已……沒什麼啦……哈哈哈……。」

「那真是太好了！我還想……這個……嘿嘿嘿……」

對話就此突然停了下來。兩個人似乎都害怕說多了又會提及「那件事」，所以只是無意識的看著屋裡四處。但一直這樣下去也不是辦法吧？兆佳倏地將椅子拉到跟前，下定決心似的開了口。

「果然是千真萬確的吧？N君。」

「啊？什麼？」

「楊君墜機身亡這件事。」

「嗯……的確沒錯。事實上今天已經決定刊出這樣的一篇號外了。」

「什麼？號外？」

兆佳將N部長遞來的「號外」搶了過來攤開在桌面上，馬上站了起來。他的眼睛直盯著看，集中注意力的撫摸著每一個鉛字。他的胸部急促的上下起伏，鼻子發出濃濁的喘息聲，壓著號外兩端的手看來異常的用力。他就這樣一個人勇敢的讀著號外上斗大的字。

嗚呼哀哉！楊飛行員
環島一周飛行壯舉成空
與臺北練兵廠的朝露一同消散了
於第二次迴繞降落之際墜落失事

……由於雲層太厚及強風的關係，於上午七時十分左右再度返回練兵廠。此外……起飛後在臺北市上空盤旋飛行…在臺北及近郊上空迴繞兩三圈後準備從練兵廠南側著陸時，突然向右急駛並向南方旋升，機體就像翻筋斗似的栽下墜落。時間為上午八時二十六分，楊飛行員當場殞命。

軍方官兵前往探察
對其慘狀全體無言以對

接到此一惡耗的總督府及軍方已儘速派出代表……見到失事現場及楊飛行員慘不忍睹的遺體，眾人莫不流下同情的淚水，之後在各探視者及本報同仁的目送之下，楊飛行員的遺體被納入棺木，送往稻江會館。損毀的機體則將於失事現場就地燒燬……（新民報號外）

他感到非常吃驚。不！早就吃驚過了啊，但為何還有如此驚恐的感覺？他哭也哭不出來，既然在內心中男人的眼淚已流盡，那麼如果現在哭泣的話流出來的一定是血吧。他再一次的把報導從頭開始讀起，但映入眼裡的盡是「由於雲層太厚及強風的關係」、「再次盤旋飛行」、「倒栽墜落」、「楊飛行員當場殞命」、「楊飛行員慘不忍睹的遺體」等字眼。他不再責備大自然的無情，當時能不那麼做，而是再次迴繞飛行就好了。對於這無法重來的一切，他也不再抱怨，僅僅在內心深處有著淡淡的悲傷，心情現在已平靜多了。有什麼好悲傷的呢？光是悲傷就行嗎？在如此悲慘的事件跟前人類是渺小的，在這樣的悲慘事件之中，人類的悲傷是看不出來的。這就是人類哪！

號外上刊登著楊飛行員生前的照片與他的心愛的飛機——「高雄號」倒栽入蘿蔔園的照片。這兩張照片彷彿正等待著楊兆佳慈愛的撫慰，他的手本能的游移著。乍看之下，高雄號的殘骸似乎隱沒在他毛髮濃密的手中。他用力的搓揉著，耐不住如此粗暴的強撫，號外，不，「高雄號」它蟋蟋嗦嗦的哭了起來。他的手就像鋒芒一樣，轉而向楊飛行員的照片襲去。不同的是這次動作不再粗暴，取而代之的是輕輕的撫摸。這應是一個活著的人哪……他對身遭橫禍的得意門生露出疼惜的慈愛。他的手指深深的嵌入照片上的臉頰，彷彿能感受到手指與臉頰上血液流動的溫暖，此時碩大的淚珠一滴二滴的落到了照片中的臉上。「楊君啊！你死得好慘哪！你死得真、真、太慘了啊！」

三

〈楊君啊！你死得好慘哪！你死得真、真、太慘了啊！〉

決堤的淚在兩頰留下了淚痕，啪搭啪搭的滴落到地上。楊兆佳絲毫沒有擦去眼淚的意思，龐大的身軀彎了下來，靜靜看著躺在白木棺材裡的楊飛行員的遺容。這張臉已經不能稱作是臉了。纏著繃帶的半邊臉仍然看的出滿佈著嚴重的撞傷及黑色的血糊。鼻子也歪了，腫得令人不禁想問這是鼻子嗎？從嘴巴邊斜斜的裂了個大縫，裂縫中還不斷的有血水汩汩的冒出。嘴唇因為這個裂縫而變成四塊，長度各異各有著奇怪的形狀，嘴巴也不成嘴樣了。若不是看到底下的牙齒，又有誰會知道這是嘴巴呢？變短的下顎就好像是不堪使用的鋸齒般粗鈍，臉的輪廓也完全變形，幾乎是不成人樣了。

這是我所認識的楊君的臉嗎？與號外上的那張臉相差太多了吧！他感到非常驚恐，伸出了顫抖的手，輕觸著不成形的臉，感覺這臉就像冰一樣的冷。

「楊君！」

他大聲用力的吸著鼻水，

「楊君！是我喔……我是兆佳，你聽見了嗎？」

熱淚再度從內心深處迸了出來，他邊啜泣著邊從口袋裡取出手帕，輕擦著楊飛行員纏著綳帶的臉，黑色的血糊緊緊的黏在臉頰上，不是很容易擦去。他一邊擦著血漬，一邊向死者問了起來。

「為什麼你都不回答？為什麼連一個字也不對兆佳說？喂！」

多麼令人肝腸寸斷，這充滿情感的無理要求終究是令人失望。

聚集在稻江會館⑦內的群眾一片鴉雀無聲，不久後此起彼落的傳出低泣聲。緊臨身旁的人連呼吸都小心翼翼。

「這位是死者的父親嗎？」

「應該是吧。你看他是那麼的哀痛，聽到他說的話，我也不禁要哭出來了。」

「我也是……。」

「有這麼好的父親，死者也會感到幸福吧。」

群眾們斷定他是楊飛行員的父親，同情的淚水流個不停。這並不是他們眼睛出了問題，若非不是自己的父親，誰會哭得如此悲痛？又有誰會如此的親近愛撫？看到這樣的場景，大家流淚感動不已。

「楊君！」

與方才脆弱的聲音完全不像，現在聽到聲音充滿了力量。

「你的死去絕不是徒勞無功，你的犧牲是非常寶貴的。你為臺灣民間航空史寫下精彩的第一頁，你所流的血不但激勵了數千位年輕人，更讓幾萬同胞覺得激動。每次聽到你要飛行的消息，報紙總用粗大的字體報導，人們也跟著興奮狂熱起來。在讚頌之辭中成長茁壯的你也在一片讚頌之辭中開啟了旅程。今天新民報社也刊出了號外喔。這麼一來，想必你於九泉之下足以安然瞑目了吧。這不就是男人一生的宿願嗎？」

他聲音沙啞了起來，全身打著顫。不斷咳嗽後嚥了好幾口口水。在旁的群眾看呆了，只是凝神傾聽著。

「兆佳不是在哭泣喔。兆佳是感到高興！楊君，請安息吧！你是光榮的戰死，不管是誰都會認為你的死充滿榮耀。飛行員與飛機一同喪失了生命，若不是戰死的話是什麼呢？這種榮耀再也不會有了吧？只可惜你的雄心壯志就此打斷了，令人感到非常惋惜啊。不過，你的理想並不會就此停擺，一定會有後繼之人的。你是先驅，是開拓者！……。兆佳不是在哭泣喔。兆佳是感到高興！楊君，請你好好安息吧！」

「兆佳先生請節哀，否則對身體不好喔。還是……」

「不，別這樣……我只是想和楊君多說幾句話而已。」

N部長走了過來，用眼神向隨待者示意。隨即待者馬上蓋上了棺蓋。

「再一下下就好，別蓋上棺蓋。我想再看看楊君的臉。只是想再多看幾眼。」

兆佳著急的挨了過去。

四

靠近一看，倒栽在蘿蔔園內的「高雄號」機頭插入土中，殘破的機身笨拙的指向天空，就好像是令人感動落淚的標本一樣。昔日英姿煥發的模樣已不復見，像是變成了飛機的木乃伊。暮色低垂的練兵場周遭一個人也沒有，眼裡所見淨是蘿蔔園內好奇的觀望者留下的亂七八糟的腳印。「高雄號」看來顯得格外的孤單淒涼。兆佳的眼神望向天空，天空中飄著幾片淺灰色的雲。感到些微寒意的他，把領子拉了上來。

和心愛的飛機一同殉情的楊君說起來比我幸福得多吧？他這麼想著。但究竟什麼是幸什麼是不幸，他自己問自己，終究還是沒有答案。現在的幸福或許在日後看來是不幸吧？他這麼想著，對人生無常這句話有了深切的體悟。

堤防上背著槍的阿兵哥們來來去去，但不知是不是「高雄號」指向空中的殘骸不足以引起他們的注意，阿兵哥們連看都不看一眼。兆佳向「高雄號」走了過去。蘿蔔園對他來說很是難走。

「這架飛機聽說將被燒燬，是不是，N君？」

「嗯。我想是這麼處理吧……。」

「如果要燒掉的話，真希望是藉著我的手將它燒去啊……。」

這樣說不過分吧？如果不讓我來埋葬它的話，還有誰能做這事呢？——他一開始就這麼打算，現在也如此確信著。這並不是想要獨占什麼，而是故人在世的時候來不及表達所有的善意，當他在這光榮的一役壯烈犧牲後，至少讓我親手埋葬他心愛的飛機，也算是能稍稍表達對他的疼惜之情。

兆佳鑽進「高雄號」的機腹，往機頭的方向深入。飛機的機翼折斷了，螺旋槳深深的戳進土裡，被撞歪的操縱桿向前傾斜，墜落當時的所受的衝擊一定非常大，到處可見斑斑血跡。機關部整個彎曲變形，上面的鐵片一片片散落下來。「高雄號」光榮受傷的程度與「楊飛行員」可說是不相上下。

「在臺中意外著陸時，我被機翼猛烈的撞了一下呢。」

「真的？結果呢？」

「人沒有受傷，只是差一點掉到排水溝裡而已。」

「是什麼原因呢？」

「什麼原因啊……。」

兆佳閉起了眼，似乎想起了什麼，親切的撫摸著「高雄號」的機翼。機翼摸起來是粗糙的感覺。此時他聽見螺旋槳轟隆隆轉動的聲音，眼前浮現的是向兩旁伸展出巨大機翼的「高雄號」迎面而來的景像。他吃了一驚回過神來，搖搖晃晃的後退了兩三步。

「我站在警戒線外揮動著旗子，但高雄號卻一直來到了警戒線前才停了下來。總之是因為臺中練兵場的滑行道太窄太危險了，操作時往往無法如意。它一直滑到警戒線來，就在我的眼前而已。我就是抓著這個機翼，你看！我緊緊的抵住它，把它往反方向推回去。我的身後就是個大坑洞，只要再後退一點點就會掉下去呢！哈哈，哈哈哈！」

「是這樣呀？真的很危險啊。」

「是的，當時的情況真是有點危險呢。」

兆佳挨近操縱室，試著轉動方向盤，但方向盤已經無法轉動了。他用力拉扯二三次，但即使那樣，突出機艙外的方向盤卻怎麼也拔不起來。哼！他嘴裡嘟囔者，使力的敲打方向盤，但聽到的只是鐵片發出的回音。他的手感到極度的痛楚。

「喂！你們在做什麼？」

穿著和服的中年男子喘噓噓的走過來。二人同時回過頭看。

「你們在這胡來可是不行的喔！」

「？」

兆佳眨了眨眼，用眼神向部長詢問來者為何人，但他也只是歪頭想著，不知他到底是誰。對方毫無氣派的，或者是對兩人的態度表示讓步，男子抓了抓頭髮，有點難為情的說：「這飛機我買下來了喔！」一臉笑嘻嘻的。

「你買下了？」

「是啊。」

「你、你……」

本是想問「你向誰買下的？」卻只是發呆的站著，出乎意料的沒問出口。兆佳咬著嘴唇，硬是按捺住激動的心情。人都還沒下葬就把「高雄號」給賣了……這是對亡者該有的禮儀嗎？這樣做對得起亡者嗎？對於什麼都不管，唯利是圖的同胞的俗賤本性，他忍不住抽抽噎噎的哭了起來。

「我叫做兆佳，是死去的楊飛行員的好友。你是否可將方向盤和螺旋槳讓給我呢？」

「方向盤和螺旋槳？」

五

提著笨重的方向盤和螺旋槳，楊兆佳在告別式（臺北）的隔天晚上回到了臺中。

圍著兆佳妻子手製黑色喪巾的飛行員遺照就放在廣大書房的正面，多位前來弔唁的賓客並排在香爐前。

「您回來了！」

「爸爸你回來啦！」

隔壁的客廳傳來了聲音，天真的女兒們伴著兆佳一同入內。

「爸爸！之前飛來臺中的那個叔叔過世了！」

大家看到兆佳皆把視線停留在他臉上。他的臉上已不再籠罩烏雲，看起來清醒多了。

「楊先生你回來了！」

「辛苦你們大家了。」

兆佳簡單的問候一聲就坐下來盯著照片看。在世的時候是這個模樣啊。他的心思完全被照片吸引住，彷彿是見到剛陷入愛河的戀人般目不轉睛的專心凝視著照片。被他真摯態度所打動的賓客們也靜靜的盯著照片。每個人都感到有種說不出來的悲痛。

「總歸一句是命運哪！只能這麼想了吧！不管是誰都得一死，只是優秀的人就這麼死了，未免也太殘酷了吧。臺灣人絕不是怕死。怕死的人是不會開著飛機的……我是這麼想的。」

兆佳浮腫的雙眼好像要迴避來自賓客的強烈目光似的低頭看著膝蓋。

「楊飛行員駕著老舊的飛機飛行而失事讓大家為他抱不平，但其他的飛行員不也是開著這種飛機？也有人說要在失事地點立紀念碑。雖然說得很有道理，但如果有這些錢的話，我倒是想買一架飛機讓其他飛行員來駕駛……。」

沒有私人飛機的飛行員彭金國⑧聽到想買下這架飛機讓其他飛行員駕駛這段話，抬起頭來的瞬間正好接觸到兆佳的眼神。——兆佳好像想起什麼似的，把帶回來的螺旋槳和方向盤搬了過來給大家看。

「這是楊君的血喔，請大家仔細看。」他邊說邊從口袋裡取出手帕。眾人靠過來看到血跡，但只是感到一陣麻木。

「為臺灣航空界犧牲是楊君的宿願，所以他死後在黃泉之下一定感到滿足吧。相信他也會感謝後援會的各位。」

兆佳把螺旋槳和方向盤分別用白布包住，放在遺照旁邊。

「只是死得太早了令人感到遺憾啊！」

兆佳指了指牆壁又接著說。

「請看那座羊的雕刻，那是已故黃土水先生的作品。旁邊的油畫『淡水風景』，是已故陳植棋先生所畫。這兩位讓臺灣美術揚眉吐氣的青年，也是像楊君這麼年輕就過世了。努力固然是件好事，但沒有健康體魄的話也就半途而廢了。這也是我一直鼓勵運動的最終精神。就如同大家所知，張星賢先生理解了我的心情所以更加奮鬥不懈，前年更榮選為日本代表，前往洛杉磯參加國際奧運。那時的照片還掛在客聽裡，請大家可以看看。再怎麼說還是身體重要啊……。」

兆佳的一席話讓賓客的心情從失望的谷底升了上來。他用更大的音量說。

「臺灣的現狀可用難產二字來涵蓋。不只是飛行問題，自治問題、義務教育、文化事業、還有工商問題都處於難產的狀態。今後請大家同心協力一同為臺灣盡力。是為了一人而對萬人坐視不管，還是犧牲一人使萬人得以生存？相信大家都很清楚。」眾人邊凝視著牆上的畫作，一個個露出了激動的眼神回頭聽。

顏水龍在巴黎羅浮宮美術館臨摹的名畫「泉」、廖繼春沉靜淡雅的「靜物」、楊佐三郎溫潤色彩的「巴里初春」、李石樵的彷彿能看到血液流動的「橫臥裸婦」等畫作，一一被用心瀏覽，兆佳滿足的看著這光景，待大家都欣賞完畢，他輕聲開口說：

「今天叨叨絮絮的說了一大堆，真是不好意思。因為還有未完成的工作，請容我先告退了。歡迎再度光臨寒舍。明後天將為楊君舉行追思會，請大家撥空出席……對了，請參加的人都佩戴喪章。」

「會場在哪裡呢?」

「臺中寺。」

六

於臺中寺——

故楊清溪飛行員追思會場——黑紙白字的告示牌因為黑紙與白字更加顯得冷冰冰。看到的人無不覺得有股寒意襲來。在光影與樹影微微的搖動中,稍不留神就感覺好像身處墓地中,又好像身在海底般。不知名的小蟲唧唧的訴說冬天的寂寞,差不多是開始的時候了,但前來的人還不多。

「真的令人惋惜!失去這一位傑出的青年真是臺灣的一大損失啊。接到失事的消息時,當真是讓我垂胸頓足啊……我謹代表不肖的╳╳諸位,斗膽前來向亡者表達敬意。」

突然寺中響起了鞋子走下祭壇的喀躂喀躂聲。此時剛好是竹下知事致詞結束,會場內擠得水洩不通的追悼群眾仍然低著頭,現場一片鴉雀無聲。數以千計的追悼著面前,線香的煙正裊裊上升。

會場的正中央——祭壇的上方懸掛著亡者的大幅照片,兩側掛滿了一面面寫有「嗚呼哀哉楊飛行員」、「駕鶴西歸」、「壯志未酬」、「英雄蓋世」、「可歌可泣」等字樣的布幔。遺照的正下方則被楊兆佳、林獻堂、知事、大隊長、中部後援會、文藝聯盟、中央書局、各銀行、公司、學校等等致贈的花環層層包圍。這些花環遠遠看起來就像座小山丘，而亡者在這一片花團錦簇中被引領到天國的花園。引人熱淚的遺物螺旋槳與方向盤，獨佔了祭壇旁的桌子，人望極佳的沾滿了前來追悼者的指紋。兆佳戴著純白的手套靜靜的出現在祭壇上，穿著長禮服的他左腕佩戴著喪章。

「各位，亡者的遺族由於參加在岡山的告別式，今日無法前來，懇請大家諒解。」

簡短的說明後，兆佳向後退了一步，將手背在身後，挺起了胸膛。他首先述說亡者的生平，接著說明了臺灣環島旅行的動機及飛機失事的始末。針對他親自前往探看的與亡者一同慘烈犧牲的「高雄號」，更是特別詳細的報告。會場裡迴盪著他有血、有淚的激昂演說。這時的他已非平日的他了。伴隨著他的聲音，與會的群眾漸漸散去。

「上天是盲目的！讓一個不應該死去的人死了，在不該奪去他性命的時候硬是把他帶走了，這不是盲目是什麼？即使是犯人，我們也不容許上天做這樣的判決。為使楊君在天之靈得以安息，我們有義務要興師問罪，為他進行復仇之戰。大自然如此逞起淫威是身為文化人的恥辱。我們不是為了個人的名譽，而是為不幸喪生的楊君與他心愛的飛機「高雄號」出一口氣。我們決不能忘了這點。所以我想最好的復仇方法，就是培養新的飛行員讓他繼續完成環島飛行的夢想。這樣楊君在黃泉之下也會感到高興吧！嗚呼哀哉！我們的楊飛行家！雖然不幸的慘遭天嫉而受到如此的重擊，但你已為臺灣的航空史寫下輝煌的一頁，這是永遠不會被抹滅的！你的精神永遠與我們長在。不久也許我們之間誰將為了你的犧牲而振奮，以雪恥的氣慨向大自然進行挑戰。那個時候，你也……。」

這一場聲淚俱下的大型追思會，讓與會者的心重重的激盪者。現場沒有人不受感染的。終了，會場回復寂靜，連螞蟻的腳步聲都聽不到。

——謹獻鳥人・楊飛行員靈前

註：

①：（原載昭和10年・1935年，臺灣文藝二卷三號）主角楊兆佳應為楊肇嘉名字的諧音。楊肇嘉出生於臺中牛罵頭牛埔子（清水鎮秀水）佃農楊送之家，本名番兒，兄弟共十三人，排行第七。1897年，過繼給臺中縣清水鎮首富、前清誥授奉政大夫楊澄若為養子，改名楊肇嘉，排行第三，養母陳氏春玉無子嗣。因養父家境寬裕，1901年，楊肇嘉得以進入牛罵頭公學校就讀。1909年（明治42年）留學於東京京華商業學校。1917年（大正6年）楊澄若任牛罵頭區長，一切實務均由楊肇嘉代理。1920年（大正9年）地方制度改制，楊肇嘉任清水街長，向當局爭取海線鐵路經清水、沙鹿之建築計劃。楊氏投身臺灣民族運動，主要是受蔡惠如影響。1925年（大正14年）楊氏不顧總督府之壓迫，代表臺灣議會設置請願運動赴東京請願。1926年入早稻田大學攻讀政治經濟，同時任東京新民會常務理事，並結交日本政界開明人士，厚植臺灣民族運動之根基。1930年，楊氏於東京反對臺灣總督府重發「阿片（鴉片）吸食牌照」，由新民會刊印《臺灣阿片問題》發佈各界，迫使總督府收回成命。1930年林獻堂等人致書楊氏回台主持臺灣地方自治聯盟。1933年楊肇嘉偕同葉清耀、葉榮鐘赴朝鮮考察地方自治制度。自1931年春臺灣民眾黨被禁後，臺灣地方自治聯盟即擔負臺灣民族運動之責。九一八事變後，以荻洲立兵為首之軍部，對台人壓迫日深，至1934年臺灣議會請願運動亦被迫停止。

1935 年總督府實施第一屆市會及街庄協議會員選舉，地方自治聯盟獲勝，不過仍未達成實質的地方自治。同年 8 月，林獻堂在地方自治聯盟會員大會中，提議改組為政黨，未獲通過。1936 年林獻堂引發「祖國事件」。1937 年 4 月，臺灣報刊全面廢止中文版，在此情勢下，楊氏遷居東京，與林獻堂、吳三連共謀他計。1939 年總督府提出米穀管理案，楊氏與吳三連等人策劃抵制。1940 年 1 月 18 日，蔡培火、吳三連以「反軍思想」之嫌遭逮捕，楊氏決意投奔祖國。1941 年，擬取道朝鮮，轉北京，往上海，但於新義州時，被疑為重慶間諜而遭到逮捕，後由吳金川營救而出。戰後，楊氏自上海回台，於民國 38 年（1949 年）出任省府委員，兼任民政廳長。民國 39 年（1950 年）辦理第一屆縣市議員選舉，還在 1959 年善後「八七水災」。綜而言之，楊肇嘉急公好義，為臺灣新民報股東，日治時期助成無數臺灣青年，如獎勵青年畫家（如李石樵）參加「帝展」、資助飛行家、鼓勵文學青年翻譯《紅樓夢》等。

②：吳希聖，生於 1909 年，乳名松茂。曾任《臺灣新民報》記者、小說家。中日戰爭期間，潛入中國大陸參加「臺灣義勇隊」，因而結識江西日報女記者段淑玉，結為夫妻，育有三男三女。戰後返臺，曾任職於臺灣糖廠、報館、華南銀行臺北總行，嗣後很少執筆。吳希聖的文學創作，以小說為主，重要作品有〈豚〉（發表於《フォルモーサ》第三期）、〈乞食夫妻〉（發表於《臺灣文藝》第二卷第一期）、〈人間楊兆佳〉（發表於《臺灣文藝》第二卷第三期）；其中以〈豚〉最受當時文壇矚目。

③：西鄉隆盛（さいごうたかもり），（1828 年 1 月 23 日— 1877 年 9 月 24 日），是日本江戶時代末期（幕末）的薩摩藩武士、軍人、政治家。原名西鄉隆永，隆盛是其父的名字。他和木戶孝允（桂小五郎），大久保利通並稱「維新三傑」。

④：赫伯特・克拉克・胡佛（Herbert Clark Hoover，1874 年 8 月 10 日— 1964 年 10 月 20 日），美國第三十一位總統。他也是採礦工程師，亦被譽為人道主義者。他出生於愛荷華州一個貴格會的德國裔家庭，也是第一個出生於密西西比河以

西的總統。他的父母分別於1880年和1884年去世。1885年，11歲的他乘火車往俄勒岡州的舅父家中居住。他在那裡的6年生活使他養成了獨立的性格。在他舅舅的公司裡他學習了簿記和打字，晚上還修讀商業。1891年秋天他入讀加州史丹福大學。在大學的地質學實驗室他認識了妻子露·亨利·胡佛。兩人於1899年結婚。婚後受雇於一家英國公司，於1899年至中國擔任天津附近的開灤公司煤礦工程師，1913年離開中國，其間曾在義和團運動期間督導西方軍隊建造軍營。他是美國共和黨的成員。美國總統中不拿薪水的只有兩位，他是其中一位（另一位是約翰·甘迺迪），因為他擔任總統期間，美國正經歷史上最嚴峻的經濟大蕭條。美國最大的水壩——胡佛水壩就是以他來命名的。

⑤：日治時期唯一由臺人發行的報刊。前身為《臺灣民報》，1923年4月15日於東京創刊，由臺灣雜誌社發行，初為半月刊，後為旬刊（1923年10月）、週刊（1925年7月）。《臺灣民報》以中文編印，網羅之前新民會《臺灣青年》月刊（1920年7月創刊，後改名《臺灣》，1924年6月停刊）的精英參與，承繼主張臺灣議會設置及勇於批評時政的精神，並提倡白話文運動。該報於東京編印，經嚴密檢查後輸入臺灣，「治警事件」發生後，刊行「特別號」詳盡報導。雖在海外發行，但臺人支持者不減，1925年8月26日67期發行紀念「創週年及一萬分突破」的特刊，發行份數僅次於日報《臺灣日日新報》、《臺南新報》。1927年7月16日終獲總督上山滿進之准許，遷至臺灣發行。此時已具有現代報紙的規模，居本土輿論領導地位。時島內社會運動方興未艾，臺灣文化協會等團體已相繼成立，於是有擴大為日刊的倡議，1929年1月株式會社臺灣新民報社於臺中市大東信託公司召開創立大會，資金36萬2,500圓，董事長為林獻堂。翌年3月正式改刊名為《臺灣新民報》。1932年1月9日獲准發行日刊，4月15日正式發行，以中文為主體，三分之一為日文。報社組織龐大，總社設在臺北市，有編輯局，下分整理部、政治部、經濟部、通信部、學藝部、調查部，另有營業局、印刷局，分社相繼成立，計有上海、廈門、東京、大阪、臺中、基隆、新竹、嘉義、彰化、臺南、高雄、屏東、花蓮等13處。1934年發刊晚報。所討論的問題集中於政治、經濟、社會、文化等方面，以批判立場反映本土輿論，有「臺灣人喉舌」報之美譽。1936年小林躋造總督上任後，推行皇民化運動，1937年廢止漢文欄，言論自由大受限制，更因戰

爭統制因素，於1941年2月11日被迫更名為《興南新聞》（1944年3月與其他五家報紙合併為《臺灣新報》）。

⑥：來自高雄的楊清溪於留日期間考入東京多摩郡的立川飛行學校，在1933年取得「二等飛行士」的執照；在兩位兄長的支持以及楊肇嘉等人的募款資助下，1934年9月楊清溪購入Salmson2A2型偵察機，並命名為「高雄號」，進行鄉土訪問飛行計畫，造成轟動。1934年11月3日楊清溪為感謝贊助他的飛行事業的樂捐者，特別安排他們搭乘高雄號從高空鳥瞰臺北，但天公不做美，根本不適合飛行，但他仍不願意放棄，於上午6時55分發動木製螺旋槳起飛，但飛到新店上空時，能見度低，被迫折回，由於適時臺北帝國大學操場舉行臺北州聯合運動會，他先載台中富紳鄧錫明飛臨大會會場低空繞場兩周致敬，回陸地後大稻埕北街中和商行的老闆王德福趕到，要求他人先讓其搭乘飛機，8時19分高雄號在臺北上空迴繞兩圈欲返航著陸時，楊清溪認為可能會撞及新店溪堤防，便立即旋升向右急駛，但剎那間機體忽然急速栽下，轟然巨響，從50公尺的高度墜落於距練兵場1500公尺的東園町54番地蘿蔔田中，楊清溪當場殞命，王德福從機艙被救出來，送醫途中不治。楊清溪成了臺灣史上第一位失事的航空飛行員受難者。

⑦：位於臺北大稻埕。

⑧：繼謝文達之後，在日據時期共有8名臺灣籍人士取得商用航空飛行員之資格，其依序分別為謝文達、徐雄成、陳金水、彭金國、楊清溪、賴春貴、黃慶、張坤燦。

作者簡介：

吳希聖（1909-）為日治時期重要的小說家之一。乳名松茂，臺灣淡水人。三〇年代，吳希聖曾加入「臺灣藝術研究會」，與王白淵、張文環、蘇維熊、曾石火、吳坤煌、巫永福、劉捷、施學習等人共同發行《福爾摩沙》（フォルモーサ）雜誌。並曾擔任《臺灣新民報》記者。中日戰爭期間，潛入中國大陸參加「臺灣義勇隊」，戰後返臺，任職於臺灣糖廠、報館、華南銀行臺北總行。退休後，與文壇並無聯繫。吳希聖聞名於臺灣文壇，是他在一九三四年的《福爾摩沙》第三期上，發表了以社會寫實小說〈豚〉，評論家張深切、徐路生都將吳希聖的〈豚〉與楊逵的〈送報伕〉、呂赫若的〈牛車〉等作品，鼎足而立，讚譽為開創臺灣文學新氣象的重要作品。

譯者簡介：

陳怡君，輔仁大學日文系畢業，業餘翻譯。

〈人間・楊兆佳〉評析：

從一九三四年，臺灣史上第一位擁有三種機型駕照的二等飛行士楊清溪（1908-1934），在眾人的贊助下購得一架中古兩百三十四馬力的薩爾牟遜型偵察機，準備進行一系列的鄉土訪問飛行。而在當時，最大力支持且主導這次活動的，正是被以諧音寫入〈人間・楊兆佳〉的楊肇嘉

（1892-1976）。楊肇嘉是日治時期臺灣民族運動重要的發起者之一。一九二五年（大正十四年）不顧總督府之壓迫，代表臺灣議會設置請願運動赴東京請願。一九二六年入早稻田大學攻讀政治經濟，同時任東京新民會常務理事，並結交日本政界開明人士，厚植臺灣民族運動之根基。一九三〇年林獻堂等人致書楊氏，請其回臺主持臺灣地方自治聯盟，自此楊肇嘉以其旺盛的鬥志與人望，透過辦理媒體、贊助藝文活動與鄉土飛行等，為臺灣的民主與地方自治運動，與日人展開一連串的周旋。

據楊肇嘉的回憶文字所載，他希望看見臺灣人能夠翱翔於天際，與日本人並駕齊驅，全然是民族自尊心的作用，於是與楊清溪企畫了一趟環島的「鄉土訪問飛行」。楊肇嘉不僅出錢幫楊清溪購買飛機，命名為「高雄號」，還為楊清溪在行前舉辦介紹會，透過輿論的宣傳以及後援會的組織，讓全臺知道此項壯舉。

楊清溪當時所規劃的路線，是開著「高雄號」從臺北練兵場出發，行經臺中、臺南、岡山、右沖、屏東、臺東、花蓮港，再繞行回臺北。在全省造成轟動，不過由於天候不佳，沒有取道東部，在一九三四年十一月三日，原本與武內機關士駕機飛往花蓮港，又因天候不佳返回，等待天候期間，為了感謝贊助的友人，乃安排特別的載客飛行，不幸失速從十六丈高空墜下。楊氏當場慘死，為臺灣史上第一次有臺籍人士死亡的空難事件。本文就是記錄楊清溪身故後，楊肇嘉的哀痛，以及重新振奮的過程。

經過史料與文本的比對，可以發現，吳希聖的〈人間・楊兆佳〉一文，並沒有虛構事實，本於事實寫作。吳希聖在寫作〈人間．楊兆佳〉一文時，臺灣文壇上沒有關於報告文學或報導文學的討論，但由於他從事新聞採訪寫作工作，應當也有機會貼身採訪楊肇嘉，使得他有機會本於事實，以小說筆法寫出了一則動人的報導文學。如果論者質疑其中有「虛構」的成分，事實上經過前文查證楊清溪遇難前後的新聞媒體報導，不難發現〈人間．楊兆佳〉一文，一方面與新聞報導、號外互文，其所採納基礎的事實都排除虛構，務求有所本。另一方面，該文通篇的寫作上，則與小說互文，亦即向小說借用刻畫人物、描寫環境以及渲染氣氛的手法，必要時也可對事實做適度的處理與取捨，以想像力進行合理的推論與想像。於是，吳希聖藉由新聞報導、號外、小說的互文，巧合地為臺灣的報導文學創立了一篇開山鉅作。

延伸閱讀：

1 楊逵，〈報告文學問答〉，《臺灣新文學》，2：5（1937），日文。現收錄於彭小妍主編，《楊逵全集》（臺南：國家臺灣文學館，2001），第九卷．詩文卷（上），頁512-521。／邱慎譯，〈報導文學問答〉，收錄於彭小妍前揭書，頁522-530。

2 楊肇嘉，《楊肇嘉回憶錄》（臺北：三民書局，2007，四版）。

3 須文蔚，〈吳希聖〈人間．楊兆佳〉之真實再現與文體研究〉，《成大中文學報》第三十期（2010.10），頁141-172。

臺灣地震災區勘察慰問記

楊逵
（邱振瑞譯）

四月二十一日的劇震

四月二十一日早上六點多，我拿起筆正要工作時，突然間屋子搖晃起來，簡直像搭電梯時冷不防往下墜落似的。此時，昨天剛領到的支氣管炎藥的瓶子，從櫃子上面掉下來，碎了一地，這是近幾年來罕見的強烈地震。大驚之下，我扔下筆桿，搬來一張桌子擋在身旁熟睡的孩子們的頭上。原本打算喚醒妻兒們到屋外走避，但由於三餐來源的翻譯工作已經被三番兩次地催稿，因此決定暫且靜觀其變再說。雖然地震震搖了兩三下便停止了，但聽得見樓下和鄰居慌忙開窗的聲音和女人的驚叫聲。如此一來，我又覺得有些不安。心想，如果這時再震搖一次，或許我會搖醒妻兒們一起避難。不過，地震就這樣結束了，一剎那之間的事情而已。我站起身從窗口察看屋外的動靜，除了路上的行人鬧鬨哄哄之外，別無異狀。剛才那女人的哀叫聲，大概是因為情急跑得過快跌倒所致。我想像著她狼狽的模樣，不禁莞爾，同時為自己的沉著應付感到自豪。妻子和孩子們仍酣睡著，我把桌子挪回原位，再度拿起筆桿。

到公園避難

外出的妻子十點左右回家劈頭就說：「老伴，不得了了！聽說這次地震死傷了數千人！」她這麼說時，我並沒理睬。

「什麼嘛！才這樣就大驚小怪。」我滿不在乎，但是，鐵青著臉的妻子頻頻催促要去公園避難，不理會我。孩子們也吵著早點去公園邋鞦韆、看猴子，於是一個抓我的頭髮，一個拉我的耳朵，「快去，快去嘛。」催趕著我。因此，我就無可奈何地嚥下不想吃的飯，跟他們一起出門。

出門以後我才大吃一驚。湊熱鬧的人說：「清水死了幾千人」、「豐原死了幾百人」，我還能微笑聽著，但是一看見一輛計程車經過臺中第二市場旁，車上載著被裝入袋中的屍體，兩條腿露出車門外晃盪著，此時我才驚覺事態嚴重，本來我認為死十個人就很嚴重了，不過，我擠進人群看到張貼在第二市場牆上的《臺灣新聞》、《臺南新聞》的號外，真的嚇呆了。因為報導指出，有數百人死亡，幾千人受傷。回頭一看，幾輛滿載傷患的卡車、計程車陸續地開上縱貫公路，往醫院的方向奔馳，我楞楞地跟著湊熱鬧的人走了一會兒，就來到體仁醫院前面；一輛計程車載著頭和手纏裹著層層繃帶的傷患，從醫院裡面開了出來。這輛計程車一開出醫院，馬上另一輛計程車載著沾滿紅黑色血斑的女人和三個同樣渾身是血的孩子，擠開圍觀的群眾開了進來。我顫慄起來。孩子們連聲喊恐怖，拉著我的手。我們離開現場，走向公園。

在公園附近遇見G君。他和妻兒們在馬路中央的樹下一起避難。發生關東大地震時，他正好人在東京。由於有過震災的經驗，他嚇得臉色蒼白。全市瀰漫著驚恐的氣氛。

這麼多的死傷者到底從哪裡來的呢？眾說紛云，目前還不知道詳細情況。進入公園時我們看見裡面已有避難的傷患，詢問來處，說是新庄子來的，又說新庄子全毀了。說到新庄子，前幾天我遇到從東京回來的R君，他說他就住在新庄子。綜合各方聽來的消息，再參考報紙號外加以分析，豐原、清水一帶似乎受創嚴重。

由於我許多朋友和前輩都住在豐原和清水，我開始感到不安。可是，不清楚確切的情況，我拿不定主意應該去哪裡，或是探望誰才好，直到傍晚都在公園蹓躂，天色暗了之後才回家。

受災慘重的地區

透過翌日的《臺灣新聞》號外的報導，才得知稍微確切的狀況。報導指出，山線因隧道塌陷不通，海線也因鐵橋陷落受阻，受災最嚴重的地區是屯子腳、新庄子、神崗、清水、豐原。由於我的朋友都住在這些地方，因此我丟下工作立即出發。我決定按北屯、豐原、屯子腳、神崗、新庄子、清水的路線走一趟。

首先到了北屯，從車上見賴慶君的家沒有異狀，旋即趕往豐原。到了豐原聽說賴明弘平安，已經出去探望他的姊姊了。於是我又轉訪林越峰君，獲悉他也安然無恙參加「壯丁團」去了，我即時奔赴屯子腳。

走向全毀的屯子腳

開往屯子腳的車上非常混雜，我聽了看過屯子腳的人的話，才得知大體的災情。好像真的全毀了。不久，我的車超越了載著棺材的卡車、牛車和拖車，使我不由得深深為死亡而哀傷。由於橋樑斷毀道路龜裂，公車沒法開到屯子腳，我便中途下車抄近路去屯子腳。快到村庄的路上，又碰上棺材的行列，有許多送葬的人。臺灣人對死者的葬禮非常隆重，一般是請八個人抬棺，而現在卻用拖車搬運，有時一輛牛車還堆疊四、五個棺材，形成行列運往墳場。這種不同平常的出殯行列，淒涼的哀號，深深震撼著我。一進到村子，遇見友人張倉義君臉色蒼白，拖著碩大的身軀四處奔走。在他的帶領下走了一會兒，樹蔭下排列著二十幾具大人和小孩的屍體。放眼望去，看不到一間還保持房屋模樣的房子，真是悽慘！

過了殘橋來到鎮上一看，數百戶的人家骨牌般倒成一堆，連路都被倒塌的房屋埋沒了。剛被挖出的屍體散放四處在炙熱的陽光下曝曬著。一個三十歲左右的女人抱著用草蓆包裹的小孩的屍體，在倒塌的屋子廢墟上徘徊痛苦著。

那邊呼喚孩子，這邊喊爹叫娘、叫兄弟的哭號聲揪人心肺，猶如身在屠宰場。連斷腿的人都奮力要挖出自己的孩子。

豐原公所派來的慰問隊雖然送來飯糰，但在馬路上轉瞬即過，有的因為傷重沒法去拿，有的根本就不知道，抱著肚子喊餓。其中，有一個八歲大的孩子分到兩個飯糰，高興得直跳。問他這麼高興嗎？他就發著呆。問他父母是否平安？他才哇的哭了起來。我不知道該如何形容自己的心情。

在這段時間，到處有人挖出屍體，有人把屍體裝入棺材，有人搬運棺材，忙得不可開交。據說，在這個小村庄，死了五六百人，傷患一千多人，重傷者佔全人口的八、九成，剩下的人大多也受了一點傷。罹難者約佔全人口的三分之一，甚至有戶二十人左右的人家，只有兩個小孩倖存下來，其餘的全部罹難。我不覺呆住了。我仔細察看全毀現場，沒有倒塌的房屋只有兩戶，一處是村公所，另一處是張信義的公館。

從豐原到神崗、新庄子

從屯子腳上了公路，我攀附著卡車被載到豐原，從那裡一步一步走到神崗。神情恍惚地正要進入鎮上時，被在那裡警備站崗的巡查喝斥：「不准進入！」鎮上雖然沒像屯子腳那樣夷為平地，但房屋全毀或半毀的，幾乎各佔一半。聽說，這個小鎮也死了兩百人，但因我見識過屯子腳的災情，所以並不覺得震驚。我立即趕到新庄子。

在中途有數十町步①寬闊的墓地，很多人掩埋屍體，一片喧囂。載運棺材的牛車接踵而至，第五輛牛車甚至疊著四具棺材，後面跟著一個用繃帶裹住半個臉頰的十四五歲的女孩，邊走邊哭。揹在她背後的嬰兒不知人事地睡著。據途中同行的人說，這家人一共九口，死了七個人，存活的只剩這兩個。又說有具棺材還擠放了兩三具屍體。想到這兩個孩子的將來，我不禁啞然。

這時候右邊的路上又出現幾具棺材。那位同行的人告訴我：

「對面來的是新庄子的，右邊來的是圳堵的。這兩個村落雖然很小，但加起來也死了四百個人。」

一進到愛愛村，二、三十間倒塌成一堆的房屋映入眼簾。樹下擺著三具兒童的屍體……②。旁邊有一隻四腳僵直的死豬，稍往裡面察看，地上橫躺著兩具看似年輕的男屍。小路右側的農田上，公所剛配給的簡陋棺材堆積如山。

再往前走，我看見一個兩手纏著繃帶、大約六歲大的小孩，倚靠著母親喊餓，母親的頭也包著層層的繃帶，給血滲透染紅了。

雖然屯子腳並非所有的人都配給到食物，但已經配給了飯糰，這裡卻似乎連一個飯糰也還沒配送。一個幫忙老太婆的男子說，因為從昨天早上就一點東西都沒吃，所以連收拾屍體的力氣也沒有。大概是因為地處偏僻吧，來幫忙挖掘屍體的人一個都見不到。

震災是否無法防範？

雖說地震造成的嚴重災害是無法防範的，但如果國家力量真正代表國民大眾，加以整頓，地震的預測方法或預測機構更加充實，或者所有的建築都依專家充分考量過耐震結構才建造的話，即使蒙受同樣的災害，理應不致如此慘重。導致如此慘重災害的主要原因乃出於建築失當，這是一目瞭然的。雖然屯子腳全毀了，村公所和張信義的公館沒有倒塌的事實，就是最好的證明。現今，臺灣農村的許多房子都屬於危屋，不過因為生活困頓，應該改建也沒錢改建，臨時以棍柱頂撐，必須修繕的也無力補修，任其放置。我必須說住在這樣的破屋中，碰上這種地震，不發生災難才是匪夷所思。

參與救濟活動

我認為，我們經常提倡社會理想，一切的理想，若不從目前的當急之務一步一步解決的話，終究是一場空想。現在，眼下就有眾多的人受到輕重傷寸步難行，瀕臨飢餓、沒有穿的衣物、沒有住房、沒有吃的食物而坐困愁城，甚至連安置屍體的地方也沒準備好，令人困擾。在這個節骨眼，光說理想卻袖手旁觀的話，等於背叛社會理想。我們的首要任務，即從罹難災民的救濟行動開始。

因此，我抱定決心先動員朋友，便急忙趕回去。我跑到神崗等公車。等車的時間，我也在思考應該如何與罹難的災民共同度過這次難關。正當我左思右想神情恍惚之際，突然回過神，看見《臺中新報》慰問隊的卡車揚起沙塵從前面經過。我有很多朋友都在《臺中新報》工作，心想搭個便車，便連喊幾聲：「停車！」但卡車已消失了蹤影。不過，這時候從後面來了一輛計程車停在我的旁邊。這輛也是《臺中新報》的車，車內已坐滿我的朋友。我看見妻子也別著慰問隊的臂章參與活動，感到欣慰。然後，我也同乘，繞過清水、沙鹿、梧棲等，給每個公所送去慰問品，可是我不認為這是有效的辦法。

清水也受災嚴重。郡公所的後院災民竄動不已，為了領取一合③的米，幾千人大排長龍。我必須指出，雖然只是這種程度的救援行動，都比新庄子等地來得好。當我聽到民主主義的健將、參與所有進步運動的楊肇嘉父子，積極地從事由挖掘屍體到處理傷患等活動時，感到很大的鼓舞。我也更堅定決心，一定盡能力所及地動員外地的朋友。

臺灣文藝聯盟的救援行動

二十二日早上在臺中新報社發生了一些議論，到底是直接把慰問品送交災民手上呢，或是委託當局發放。許多臺灣文藝聯盟的成員參加，熱烈議論，最後決定自行調查罹難災民的境況，直接配送物資。說起文學青年，一直都被人當神仙或無業遊民恥笑，我們二十幾名文聯盟員踴躍參加，真的值得大書特書。

這些文聯盟員與臺中新報社的同仁成立一個救災總部，募捐班主要是由女性全權負責，另外，又組織幾個調查班、配給班，深入災區進行救援活動。這個調查、配給班投入活動直到五月六日解散為止的十幾天，一天也不停歇地在臺中、新竹兩州下的山間僻地伸出援手、詳細調查，盡全力配給災民所需的物品，慰問他們。募捐班從附近的各鄉鎮開始，一直進入嘉義市，拿起擴音喇叭在街頭徵募小額捐款和民生用品。接著這些各班的負責人，每晚一直到十一、二點還聚在救災總部報告活動及討論翌日的計畫。因為在如此慎重的策畫之下推展工作，雖然收到的錢和東西很少，但實質上可以說是最能因應災民所需，確實把東西送到災民手上。另一個重大的意義是：通過這次經驗，讓我確信窮人才會真心關懷窮人，有錢人之間，除了具有社會意識的少數人之外，幾乎都是極端自私自利之徒，拿出多額的義捐，就想獲取某種效用，真正關心災民處境的人少之又少，同時，眾多災民在震災之前已陷入半飢餓狀態的諸多事實，也歷歷在目。此外，我深深體會到，一旦發生不測，真正擔心自己安危的人，其實正是與自己同樣受苦受折磨的人……④。

實地調查日記

看到以下實地調查的部分日記，就能了解上述的情況吧。

二十三、四日

我成為新庄子及圳堵調查、配給班的一員。這裡今天才有一碗米（約一合五勺）的配給，據說地震後第三天才吃到稀飯，而且一碗米不及普通的一餐，卻要充當一日的份量。

在這地區，由於山地缺水，加上兩年來的旱災，地震以前就已經是糧食匱乏之地。他們期望有稀飯吃就好，即便填不飽肚子，只要給我們三頓的米和鹽巴的份量就夠了。因為他們肚子餓，所以沒力氣搭蓋小屋，擔心不知幾時下起雨來。我們向公所派來的配給員懇求公所多給一些米糧，配給員說：「主管人員說這樣就夠了，有稀飯吃該夠了。」不理會我們。於是，我們就自己配給了炊煮用具和一天份的四合米和副食品，大家有了精神，著手搭蓋小屋。

二十六日

昨天，日下州知事⑤來視察時，向我們道聲「謝謝」，我們向他說明米糧欠缺，以及米糧的充分供給與災後重建的關聯，之後他說道：「缺什麼東西，隨時到公所來拿。」我們火速趕到公所，就米糧的需求量陳述我們的意見，現在不只是保命的時候，應該讓災民填飽肚子好好勞動，這樣大家才有幹勁搭建小屋，因為就要下雨了，總要能避雨。說是這樣說了，但一直說不通。後經說明此事曾向知事請託，好不容易才得到承諾。

二十七日

根據大安班的報告，他們下了山坡通知庄民前來領取慰問品時，庄民說不要。又說，就算餓著肚皮，使盡腳力去領糧，也只是堆在派出所，一點也不發給我們。大安班的人說，「並非只堆在派出所，而是直接交給你們。」不久，他們才相約，數十人一隊，踴躍地前來領取慰問品。

二十八日

下后里　幾乎所有的人都是日薪零工，此地也是在地震以前就是三餐不繼的村落，住房也全毀。雖然至今領到一日二合（平時的一餐分）的配給，但沒有力氣工作，搭棚進行緩慢。

屯子腳　是內埔村公所的所在地，我們會見現今的代理庄長，也就是過去的郡庶務科長，向他陳述災民的慘狀，懇求他至少充分地供給米糧，他卻要吵架似地說：「給二合不夠嗎？老是聽這些笨蛋胡言亂語盡說一些辦不到的事，真受不了！」並不把我們的要求當一回事。

詢問災民之後發現，為了公平起見，這裡鍋子的配給，是依抽籤決定。不過有的人領到兩三個人的份，有的人卻領不到，真是頭痛。這就是他們所說的公平的配給。

頂后里　此地巡查非常體恤災民的痛苦，令人欣慰。

圳堵、新庄子　說好了充分供給米糧，正覺安心之際，但只一天維持配給三合左右，立即恢復原來的二合。

大突寮　我是聽說大突寮有災困才來的。人口五千，一天只分配到一石二斗米，負責配給的巡查也發牢騷：「我不知道該怎麼處理才好？」當我們捐出剩下的所有東西，並向他保證明天再送十五俵米⑥過來時，他猶如自己能領到配給似地高興不已。

三十日　各班報告

（一）在清水一位老阿婆一家三口，一天只配到一碗白米。老阿婆懇求說：「這點不夠吃，請多給一些。」配給員叫她滾，把她趕走了。

（二）在雞籠，被動員的壯丁在途中餓得倒下來。前去救援的巡查，每吃一頓就抱怨飯難吃，要求給酒喝。

（三）某護士說：「屯子腳的好的配給品，都被有頭臉的人拿走，或者送給自己的情人。」

（四）草屯有一個老太婆捐出身上所有的現金二十錢，甚至還捐贈手錶，感激募捐班。

（五）「愛的使徒」草屯基督教會某教友（富商）拒絕募捐。

（六）警察全力募集被派到災區的警察慰問金，聽說成績超過災民慰問金。

（七）員林有個盲目的乞丐婆把全部財產二錢捐給募捐班。

（八）大甲一位身住破屋，七十歲以上的老太婆拄著柺杖，將現金兩圓連同錢包捐給募捐班。募捐班的人員擔心探問：「這樣沒問題嗎？」她火冒三丈：「再嘀嘀咕咕，我拿這柺杖打你喔！」

（九）新庄子有一位祖母說：「我的孫子已有稀飯可吃，請將配到的牛奶送給沒娘的孩子。」便把牛奶還給我們。

註：

①：一町為九．九一八平方米。

②：此處原文刪除，應為雜誌社自行約束之刪除，而非被當局檢查所刪。

③：一合為〇．一八公升。

④：同註②。

⑤：知事相當於縣長。

⑥：一俵約等於六十公斤。

作者簡介：

楊逵，男，原名楊貴，另有筆名楊建文，臺南人，一九〇五年十月十八日生，一九八五年三月十二日辭世，享年七十九歲。臺灣省立臺南一中畢業，日本大學文學藝術科肄業。曾參加臺灣農民組合、臺灣文化協會、臺灣文藝總聯盟，一九三五年創刊《臺灣新文學》雜誌，同時擔任《臺灣文學》、《中國文學叢刊》之主編。曾先後被日警逮捕下獄十餘次，經營「首陽農場」，取伯夷、叔齊餓死首陽之意，以示反抗到底。臺灣光復後，創辦《一陽周報》，任《和平日報》新文學版編輯，發行《臺灣文學叢刊》，一九四九年因簽署提出「和平宣言」，入綠島監獄服刑十二年，刑期屆滿歸農，經營「東海花園」達十五年。一九八二年參加美國愛荷華大學國際寫作計劃，一九八三年獲第六屆吳三連文藝獎、第一屆臺美基金會人才成就獎。作品全集已由國立文化資產保存研究中心籌備處出版。

譯者簡介：

邱振瑞，筆名色丹，男，嘉義人，一九六一年九月十三日出生。曾任前衛出版社總編輯，現在從事日本文學譯介，並為自由創作者。譯著有二十餘種。

〈臺灣地震災區勘察慰問記〉評析：

臺灣百年來奪走人命最多的地震並不是「九二一集集大地震」，而是發生在一九三五年四月廿一日的「臺中、新竹烈震」，共造成了三千二百七十六人死亡。如是慘重的震災後，若非楊逵用人道的觀察以及寫實的筆觸留下記錄，恐怕臺灣人的集體記憶中，這場地震不過換算成一個統計數字罷了，與「失憶」其實沒有兩樣。

新聞界有句名言：「一千萬人死亡只是一項統計數字，一個人死亡卻是一場悲劇。」因此，一篇報導如果能從個人的角度出發，描述或解釋新聞事件對個人可能產生的影響，往往能使複雜的問題變得簡單易懂，容易引起讀者共鳴，激發欲罷不能的閱讀慾望。楊逵正是以個人見證的角度觀察災情，以行動從事救災工作，他簡單幾筆描寫災區的慘況，重現了現場的「實況」，如「一個三十歲左右的女人抱著用草蓆包裹的小孩的屍體，在倒塌的屋子廢墟上徘徊痛苦著。」或如「連斷腿的人都奮力要挖出自己的孩子。」在在讓讀者為之鼻酸。

作為一個報導文學的工作者，楊逵樹立了一個偉大的精神典範，就是透過文字展現不停歇的批判力與公道觀。望見公所發送飯糰的賑災隊伍，他會關切傷重沒法去拿，或是根本就不知道，卻陷於飢餓的可憐民眾。望見幾近全毀的現場，他會質問：「地震真的不能防範？」答案當然是肯定的。震災表面上是天災，其實導致慘重災害的主因應當是「人禍」，若非建築失當，若非農村窮困，當不致死傷如此慘重。他更進一步反省賑災物資與捐款運用的狀況，力主將捐款和民生用品點滴送到災民手中，不要透過官方，也不應讓有錢人滿足不正當的虛榮心理。在楊逵的心目中，報導文學可以是散文、書信或是日記。〈臺灣地震災區勘察慰問記〉也綜合散文與日記，不過就體例上顯得有些雜亂，書寫上未見良好的結構鋪陳。無論如何，作為一份臺灣報導文學的文獻資料，本文揭示出：「今天的報導文學，就是明天的歷史。」這樣一篇洞察社會與人性光輝與醜惡面的文字，自有不可磨滅的啟發性。

延伸閱讀：

【理論部分】報導文學起源

1 楊逵（1937）：〈報告文學に就こ〉。《大阪朝日新聞》臺灣版。二月五日，日文。現收錄於彭小妍主編（2001）：《楊逵全集》，第九卷・詩文卷（上）。頁466-468。／涂翠花譯（2001）：〈談「報導文學」〉，收錄於彭小妍前揭書，頁469-470。

2 楊逵（1937A）：〈報告文學とは何か〉。《臺灣新民報》。四月廿五日，日文。現收錄於彭小妍主編（2001）：《楊逵全集》，第九卷・詩文卷（上）。頁500-502。／邱慎譯（2001）：

〈何謂報導文學〉，收錄於彭小妍前揭書，頁503-505。

3 楊逵（1937B）：〈報告文學問答〉。《臺灣新文學》。第二卷，第五號，六月，日文。現收錄於彭小妍主編（2001）：《楊逵全集》，第九卷・詩文卷（上）。頁512-521。／邱慎譯（2001）：〈報導文學問答〉，收錄於彭小妍前揭書，頁522-530。

——須文蔚

痲瘋病院的世界

翁台生

黃西泉呱呱落地就被抱離生父生母，在基督教會辦的育幼院中度過了童年。他從不知依偎在母親懷裡是什麼滋味，也不知道父母是什麼模樣。他的爸媽都是省立樂生療養院的痲瘋病人。

卅二歲的高平益從醫生判定他得了痲瘋病那一刻開始，真正體會到生離的滋味。他的妻子要求離婚，往日常來往的親朋好友一下子失去蹤影。他像被判了無期徒刑的囚犯一樣搬進了這個痲瘋病院。過去的一切剎那間變成是很遙遠的事了。

這裡是縱貫公路上臺北縣與桃園縣交界的迴龍，佔地卅四公頃的山坡地上住著八百一十三位痲瘋病人。這片綠樹叢的大土地與外界沒有圍牆與鐵絲網相隔，但跟人世卻遙不可及。山下公路上車聲喧囂，人來人往；療養院裡頭卻是個孤獨封閉的世界。人們對痲瘋病的恐懼與歧視把他們隔離了，他們與外界的關係在這裡斷了線。但在這裡，他們也感受到外面社會所缺乏的真情。

病人自己建立他們特殊的世界。他們自己碾米，自己種菜，自己餵豬，自己養雞養兔養魚，自己管理他們的商店。卅四公頃大的療養院就是一個千人大社區，有餐廳、合作社、理髮廳、圖書室、運動場、醫療室、花園涼亭，還有佛堂、基督教堂、天主堂，完全是一個自給自足的大社區。維持生活所必須的機能幾乎是齊備了，欠缺的是對生活步調的安排與外界的接觸。

大部分病人無顯著病癥，只是眉毛脫落，有的身上只有一塊塊白皮，禿斑；但有的人卻有生動的病苦模樣。他們的手足收縮只剩一截肉樁，指趾捲曲如爪，潰爛的腳上包著繃帶，撐著拐杖，行走艱難；有的抬起傷殘的臉，塌鼻眼盲，獅面肥耳，眼球凸出。對初進入這個世界的人來說，病人友好的笑容也會變成可怕的睨視。

在院內四處走一遭看不到一雙皮鞋，每一個走過的病人腳底下不是塑膠拖鞋，就是黑布鞋。痲瘋病人最常發生而又最嚴重的就是外周末梢神經被侵犯造成合併症，病人手足受侵蝕毫無知覺，穿上硬底皮鞋、膠鞋，腳很容易受損傷，病人又無感覺，時日一久就會起水泡、化膿、潰瘍。痲瘋的腳需要的是柔軟、舒適的鞋子，價廉的黑布鞋成了院內的註冊商標。

行動不便的痲瘋病人是個大忙人。起床後穿衣套鞋成了一樁困難的工作，把衣服扣子逐一扣進釦門的過程，平常人看來簡單，但需要手指的許多神經、肌肉靈活配合，痲瘋病人手腳大多萎縮癱瘓，知覺遲鈍消失，無法用力，穿一件衣服花上十幾分鐘是常有的事。

在石階上經常可以看到病人彎下身子集中精神地繫鞋帶，用卷曲拇指和收縮的掌心緩慢地蠕動，總要好長一段時間才起身。

每天三頓飯也很難辦，院舍所使用的炊具、熱鍋、熱壺、電壺及熱茶杯等可以導熱的東西都必須裝上不傳熱的木柄以防燙傷，大部分痲瘋病人的手腳麻痺沒有知覺，平常大家都得特意保護自己的手，煮一鍋稀飯，炒道菜，燒開水……都得小心，否則不會傳達痛楚的手就會遭到損傷引起潰爛。

有菸癮的痲瘋病人的手指呈現黃褐色，中指、食指末梢在長期煙油燻燙之下特別明顯。他們手上的香菸常是燒到末端還不自覺，幾個老菸槍圍在一塊聊起天來，很容易就忘掉手上還燃根菸。

病人的視力也容易受到損傷。痲瘋桿菌直接侵入眼球後，若未能及時治癒處理，眼睛很快就會瞎掉。有的病人入院時，視力正常，等到痲瘋桿菌擴散到眼神經、顏面神經後，連成整個眼瞼內翻或外翻，甚或上下眼瞼不能閉合，眼球凸出長期暴露就經常可能染患角膜炎、結膜炎，眼角膜也逐漸潰瘍，視力一天天衰退。

儘管視力不易維護，痲瘋病人看書報還是很仔細，從不略過有關外面世界訊息的一字一行，以找尋一整天的談話資料。電視機是長時間開著，螢光幕上每一個畫面都會帶給他們有關外面世界的聯想，那些有二、三十年沒出過院門的病人當然不會放掉這個對外溝通的唯一工具。

樂生療養院內收容的八百一十三位病人幾乎有三分之一以上，二、三十年沒有接觸過院外的世界，他們除了透過電視畫面去領略外面社區的變遷外，在他們看得見的周遭環境最大的改變就是山坡下縱貫公路車聲日漸嘈雜，和那山下迴龍社區逐漸蓋起的公寓住宅。

跟這些新式公寓比較起來，山坡上六十一棟院舍顯得老舊，不過對山下住慣公寓狹窄空間的人，樂生療養院內開闊的空間卻是他們理想的居住環境。

山坡中央石階走道來往的中心點，樹立了前任院長題的一座「以院為家」石碑。這座石碑是在民國卅六年立起來的，有好多比這個石碑更早進院的病人至今仍住在石碑上方的院舍中。

六十一棟馬蹄型、長方型、L型的院舍分成六排依次排蓋在山坡地上，房舍左右前後，各有石階、石板道通往下方的護理治療室。每一棟院舍前院裡種著枝節蔓生的大榕樹，兩、三對石椅、石桌依次排開；院舍後方是一排排絲瓜架，左右兩邊空地分別開闢成小型菜圃，番薯枝葉爬滿一地，不時可見土雞跳躍走動。這是典型痲瘋病人的家園。陽光似乎穿不透有四十年樹齡的大榕樹枝，也驅不走院舍長廊陰晦的濕氣；對照之下，院舍四周納涼聊天的環境要比房內侷促的空間舒坦多了。

走進單身房舍內，可以感受一種說不出的擠迫感。病人床舖四周都塞滿了衣服皮箱、收音機、電扇、臉盆、鍋爐、碗筷……這是他們所有的家當，全部塞在這蜷曲二、三十年的角落裡，情況稍好的病人床尾茶几上會擺著黑白電視機，陪伴左右兩旁病人打發每天大半時間。房舍各個角落散發著一股潮濕空氣具有的霉味。

這類濕潤空氣分布的空間使人聯想起痲瘋病發病的原因。至今醫學一直無法找出這個疑點，只知道人的肌膚長期暴露在冷熱不定，潮濕的空氣中，就容易受到痲瘋桿菌的侵犯，臺灣全省臺南、嘉義、高雄、澎湖……等沿海地帶，成了痲瘋桿菌肆虐的地帶。許多居住環境不良的中下階層居民就成了這不知來由的受難者。

大多數院民都是在二、三十年前被強迫收容進來的，有不少都跟家裡失去了聯絡，過去的一片已不復記憶，只有所住院舍的取名能撩起他們的鄉思。

住在「嘉義」舍的王知義，六十一歲，嘉義布袋人。廿三年前搬進樂生療養院後，最初數年家人逢年過節會來探望兩、三次，偶爾寄點錢來接濟，從他五十歲以後一直是孤零零地過日子。

王知義細長雙手因服用一種DDS特效藥後，皮膚萎縮、鬆皺，呈古銅色，黑白斑紋遍布。他現在每天架著老花眼鏡，靠這雙手替別人做衣服，賺點零用錢。他說：「得了我們這種病還有什麼好說的？命啊！要緊的是日子還得過下去。」

住在王知義斜對面「西高雄」的鄭必信，家住旗津，住進來近三十年只回過家一次。那是十三年前回去看他唯一的兒子成婚；他遠遠地望著兒子握著媳婦在露天酒席來回不停地敬酒，跟胞弟打過招呼後，就沒再和家人聯絡。他也沒有什麼埋怨。他指著牆上貼著的兒子結婚照片說：「這是我兒子。染上這種病真是的……我兒開機車店，生意忙也抽不出時間來看我。」

五十五歲的吳金福孑然一身，了無牽掛。他的身高一百一十公分，只及一般成人的腰帶，話中有一種莫可奈何的樂觀，多少帶點自諷的味道。他相信是媽媽懷他時犯了忌，綁了他手腳，使他長不高。他在民國五十年被送進院來前，曾在家裡被「關」了七年，進院時雙手已萎縮失去知覺。

吳金福做的是院內傳達工作，喜歡到各個院舍去陪人聊天，他指著院舍最上方的一座精神病院，自慰地說：「那裡關著十四個瘋子，話都說不清楚，真可憐……。」

病人言談中都帶有點像吳金福這樣具有宿命色彩。他們自怨自艾，同時也自憐自愛。也有人受不了現實煎熬懸樑自殺，有的想不開發了神經。近年來，這種情形已逐漸減少。

樂生療養院在日據時期強制收容這批病患時，曾分別按他們的居住所在地，安置在同一院舍互慰鄉思，高雄地區住「東高雄」、「西高雄」舍；澎湖地區的住「漁翁舍」；嘉義地區就住「嘉義」舍；臺北地區住「七星」、「大屯」舍；臺南地區病患較多，分列為六棟，都稱「臺南」舍。民國卅八年政府遷臺以後，部隊裡陸續發現有些轉戰滇緬、廣東、福建痲瘋病流行的士兵受到痲瘋桿菌侵襲，也都送進樂生安置，也打破了院舍的地域觀念。

部隊中的痲瘋病患發現得早，四肢受到戕害的程度較輕，等進院四、五個月，痲瘋桿菌壓制以後，除了皮膚顏色稍微變黑、結疤以外，通常與常人無異，卻得過著比軍隊還不自由的隔離生活。許多人按捺不住，常鬧情緒，打架、滋事，院方迫不得已，增加了一些輔導人員，並蓋了一座「反省室」，等於把那些控制不住情緒的人關警閉。隨著病患年事不斷增高，火氣暫消，反省室經常空在那兒，有一陣子還改成臺灣地區最小一座監獄，關些臺北地檢處判了刑的痲瘋病人。

趙英是在隨部隊轉戰廣東、福建，而後駐紮澎湖時被發現四肢皮肉腫脹。有一天下午，部隊長請了一位到澎湖來搜尋痲瘋病人的檢驗員用手術小刀在他面部、耳部劃了六刀，他卻一點感覺都沒有。那位檢驗員很含蓄地說：「不是你真能忍痛，就是我的手很輕。」切片浸潤組織液後在顯微鏡下呈現一團團痲瘋桿菌。

成群同事擠在馬公碼頭和他做生死訣別，他當時心情就像是押進死牢的囚犯。到院後，發現院內情況並沒有外傳那麼恐怖，趙英靜心接受治療。他為了早些康復，提早下山，曾因大量吞食一種叫DDS的新藥，弄得嘴唇發紫，腹部絞痛，惡夢不醒，差點喪命。

他撿回這條命後，買參考書，聽廣播，一心一意準備退除役官兵轉任教師資格考試。他原打算取得教師任用資格後到山地學校教書。

他報了幾次名都被打了回票，原因是「健康條件不符」。後來他拿了榮民總醫院的健康證明去報名，承辦人員才告訴他，因為他住過痲瘋病院，政府機關不能任用。這對他是個很大的打擊。他不懂，醫院既然證明他的症狀已列為隱性，可以就學就業，他為什麼還是碰釘子？他下定決心今生今世再也不出痲瘋病院一步。因此，他皈依了佛門，去年一整年每天早出晚歸，到三峽一座荒山上蓋廟。

丁士祺是在抗日戰爭期間在滇緬地區染上了痲瘋病，被送回成都後，太太要求離婚，女兒又小，他身心都受了創痛。他會修汽車，對機械很在行，因一病在身，從此也無用武之地。

他在民國四十八年進了療養院後，整天廿四小時不曉得該怎麼打發。有一次，院長千方百計的請到一隊康樂隊上山來表演，一個星期前付了訂金，到了表演前一天康樂隊負責人聽說要上痲瘋病院，嚇得連夜退錢。丁士祺氣不過，設法訂做了十幾套制服，組織了一隻鼓樂隊，後來口琴隊、國樂隊跟著成立，籃球隊、排球隊也紛紛組成，院內活動辦得有聲有色。

他的女兒有了男朋友，他堅持不讓準女婿到痲瘋病院去看他，恐怕會誤了女兒的終身。另一棟院舍的一位女病人的姐姐就是被連累而嫁不出去的。丁士祺的準女婿是一位醫生，了解痲瘋病是不會遺傳的，他的女兒不久前結婚了。

不幸的是，他的女兒新婚不久就得了腦瘤去世了。丁士祺熬過了病院裡一、二十年的日子，卻受不了這個打擊，信了基督，目前他帶著基督教女青年服務隊員陪那些行動不便，孤苦無依的老病患聊天，陪他們出遊。

張啟平在廿四歲那年突然發現皮膚上有光亮的斑點，出汗時更加明顯，看了幾次皮膚科醫生都沒有結果。出斑點的部位逐漸像是有很多螞蟻在爬，時常會口舌乾燥，流鼻血，渾身不自在，透過當地教會門診的結果，竟然是痲瘋病。張啟平一直不敢面對這樣的事實，結婚不到兩年的妻子回娘家一住就沒有消息。最後他媽媽送他走進樂生療養院，他噙著淚水住了下來。

張啟平病況控制後，曾出外謀事，別人一打聽到他住過痲瘋病院，馬上就將他解職了。後來他乾脆回院內辦消費合作社，賣些日用雜貨。

院內成立合作社是一件偶然的事。政府撥付樂生療養院收容病患每人每月可領到卅九公斤自設碾米廠打出的白米，加上三百四十三元菜錢；退除役官兵另加三百四十元零用錢。到今年七月，一般院民也可以多領到三百七十元零用金，這些補貼不斷受到騰升物價的壓力，用起來相當吃力。

早期山坡下迴龍社區的菜販也不太願意把東西賣給院民，居民還傳出痲瘋病人放出的垃圾水會感染疾病。逼得沒辦法只好由病人自組一個合作社，兼賣些香菸、日用雜貨。後來院方乾脆開放一個餐廳做為菜市場，每天一大早合作社辦事員趕早到桃園採買，臺北縣政府也特別通融，准許一位幹過屠夫的院民每天私宰一頭免稅豬。這大概也是臺灣地區唯一的合法免稅豬。

樂生療養院在十五年前開放隔離政策後，有工作能力，四肢外觀未受損的病人每天可以到院內附設的製磚廠當搬運工作或外出打零工，院民生活大為改善，菜市場的交易也轉旺，山坡下面生意人開始上山做生意，附近的居民每天一大早趕著上山買便宜的免稅豬肉。

在擔任合作社理事時候，張啟平邂逅了現在的太太，他們戀愛六年終於結了婚，這成為痲瘋病院裡大家津津樂道的韻事。

張太太是高雄人，她最初的症狀看起來像皮膚病，跑了幾家醫院都治不好。最後到臺灣大學附屬醫院看病，醫師診斷後起先不敢把病情告訴她；有一天她的家人沒有陪她去看病，主治醫師說出了實情。她聽了以後僵了半天，接著放聲痛哭，一直到她進了痲瘋病院後還是整日哭哭啼啼的。

張啟平看在眼裡就不時勸她看開些。她仍然不死心。過了兩年，她的病況控制住了，沒有散播病菌的危險，她滿懷希望和信心回高雄做事。

一年以後，她受不了左鄰右舍甚至家裡人的精神壓力，哭著回到療養院。她和張啟平的情感到了談及婚嫁的時候，她的爸爸卻因為他是外省人而不肯答應，婚事一拖又是兩年。前年他們準備公證結婚，她的爸爸不同意她在法院結婚又拒絕了。最後總算在高雄行了婚禮。

住在張啟平夫婦隔鄰的陳姓夫婦也是在療養院內認識、結婚的。陳先生是臺北人，他在十三年前進痲瘋病院之後就嚐到了妻離子散的滋味。

陳太太的前任丈夫從苗栗送她進院後，就沒來看過她。聽人說他家裡又另外找了老婆。

起初陳太太是幫忙陳先生補衣服，陳先生也貼補她一些日用品，後來兩個人在院裡由同居而結婚，他們生了一個小孩，現在唸小學，寄居在親戚家裡，寒暑假才回院內跟他們同住。陳先生現在在臺北附近做流動性批發雞蛋、鴨蛋生意，生意還夠全家人餬口。

這兩對夫婦都是在患難中相依為命，自莫可奈何的苦悶中培養出真情來，療養院裡共有卅五對這種同病相憐的夫婦。

百分之九十的人對痲瘋病人都有自然抵抗力，只是嬰兒抵抗力較弱，在與患病母體長期接觸下，有可能被傳染，最直接的傳播方式是吮吸母奶時，嬰兒的口腔黏膜接觸母親的奶頭皮膚傳染，長大後可能十年、廿年才開始發作。

早幾年，院方還准許他們有小孩，送到院外的育幼院養，後來因為這樣牽扯情感太深，院方規定要結婚就得結紮。

夫婦合住的房舍內部看起來較寬敞，沿著馬蹄型的走道，擺滿著瓦斯爐，塑膠水缸，洗衣機，炊具，一日三餐都是在院子內起鍋的。經常有單身院舍的人跑來搭伙。

院舍邊緣山坡地散搭著一間間草棚，病人在那兒養雞、餵兔子，也養著幾頭豬。平常沒事大家幫著採些番薯葉、青草，每隔一段時間，飼主就載著鐵籠四處兜售，回來免不了左鄰右舍圍坐打一場牙祭。

嘉義來的一對張姓兄弟因發現治療太遲，眼面被侵蝕嚴重，嘴歪眼斜，無法外出工作，純靠養雞兔維生。家裡除了一位七十幾歲的老爸爸外，就只有一個正在唸國中的妹妹，周圍鄰居都很同情他們的遭遇，沒事幫著照顧雞兔，到了一定時間，總有人騎腳踏車幫他們叫賣，幫忙多籌些錢寄回家。

這類相互扶持的小事在這裡相當普遍。

經常可看到男女病人圍坐在大榕樹下的石桌椅合做手工藝品、或簡易的電子組件，每個人各依其雙手、手肢關節的狀況，負不同的責任。

以四人合作的電燈開關組件來說，在平常人看來組合四項小零件稀鬆平常，他們卻做得很帶勁。

手指微微彎曲無法用力的人，只能用手肋夾住開關元件搭在一起，另一個十指腫脹，指甲烏黑，拼合組件也不容易。有的手已經由手腕關節處切除，腳背、腳趾還纏著紗布。真正能用得上力的把守最後一關，用鐵鉗子把四個組件鉗緊。這樣四人合做零件一組可以賺五分錢，每天手腳快的話可以做上一千五百個上下；還得一大早就四人圍坐在馬蹄型院舍前樹下圓桌開始動工，有時又會在樹上吊盞日光燈，工作到深夜。

病人接這樣的工作，不純粹是為了錢，也賺不到幾個錢。他們總是一面做，一面聊；有時候左鄰右舍一些手腳殘缺的也跟著圍進來閒聊。

在這個小天地裡，聊天已成了每天生活的主要部分，和吃飯、看電視一樣重要；每天早上十點過後，榕樹下就開始擺出躺椅，沿著石階望過去，一排排石椅上到處圍著一團人，蓮花涼亭、單車房舍的長廊角落到病床上，四處都在擺龍門陣。

他們聊的話很廣也很細，經常會為著報上一小則新聞或是電視幾秒鐘的畫面反覆爭論、頂嘴；兩個人一起下棋總引得大堆人圍觀，指指點點。

痲瘋病人大概是世界上最懂得消磨時間的人，他們的生活步調相當慢，這裡沒有人會感受到時間的壓力，他們幾十年都熬過了，也沒有人趕著過這麼一天。

這段「時間」的考驗，對父子妻女之間的親情是一段最真切的試煉。樂生療養院左側一座簡陋竹棚搭建起的村子卻處處洋溢著中國人特有的倫理親情。

這座「龍壽村」住的都是痲瘋病人的親屬，有些病人住進樂生療養院後，他的家人也跟著搬到療養院外圍以便相互照應。他們在那裡搭起的房子越來越多，慢慢形成一個小村落。一些出了院無處投靠的人也搬進這個村子長住下去，每隔兩三個月回院裡定期檢查也方便些，還有同病相憐的朋友可以無拘無束的聊天。

龍壽村上方的一塊山坡地上，中校退伍的張先生和少校退伍的韓先生合夥養了四百多隻雞。張先生在出院期間曾看了一場以古羅馬時代為背景的宗教電影「賓漢」，其中有幾個鏡頭描寫痲瘋病人躲在荒山野谷的生活。他鄰座的一位女子看到這兒突然驚叫一聲：「唉呀！這些大痲瘋真是恐怖，我旁邊如果生著一個痲瘋病人多嚇人。」他強忍著一肚子氣，走出了戲院。他們都曾外出謀生碰壁，才回到這塊空曠山坡地上養雞。

有些病人在不會傳染痲瘋桿菌後，院方通知他們的家人領回休養，卻一直沒有回音。許多老弱病人寧願留在院內互相慰藉，也不願回家給親人添麻煩，遭到冷落。更有人在住進來後就決心這輩子抱殘守終了。

樂生療養院幾乎所有病人都把戶口遷進了病院；戶口名簿「住遷註記」欄上，填的都是「臺北縣新莊鎮中正路七百九十四號」，外面有些人一看到這個地址就知道曾在痲瘋病院出來的，給出院謀生求職的病患帶來很多的不便，一直到幾年前，院方開放隔離治療，改採追蹤門診，盡量替對方保密，才鼓勵院民把戶口遷出去。

在院內落戶生根的院民中，最可憐的要數盲人舍的那群老人了。痲瘋桿菌特別容易侵蝕眼面神經，視力重度障礙的人佔去很大比例，這些老弱病人，獅面、兔眼、肥耳、塌鼻、四肢不全，大都已由院方強迫收容二、三十年以上。目前院內看護人員不夠，只有找其他養護房舍病情較輕、能夠走動的人來替他們換洗衣服、餵飯、照應起居。

六十坪大L型房舍內，在一長排床板上，雙目凸出的病人依次癡癡地坐著，有些氣色較差的病人蜷縮在被子裡，床下擺著馬桶、尿杯、痰盂，四周牆上貼著象徵上天國的一些宗教圖片，使人領受到生命的脆弱、無力。

在痲瘋病人不自覺的傷殘過程中，肢體受到痲瘋桿菌侵蝕後，四肢似乎一點一點地短下去，直至只剩下一截肉樁，甚或全部喪失為止。這個銷蝕過程實際跟病菌沒有直接關係。有的病人痲瘋桿菌已經壓制了七、八年，然而手指、腳趾仍然繼續潰爛，細究原因在痲瘋病人的手腳知覺遲鈍，他們手腳用力過度，難免受到剉傷、壓傷、切傷、撕傷……這些皮骨長期損傷的累積結果使手足逐漸潰爛、消蝕。這些定期更換紗布的病人就成了護理室的常客。

頭帶圓頂白帽，一身白色制服的女護理人員在上午八點十分進入護理室，門外的長廊裡早已排滿了手腳裹著紗布，滿臉愁苦的病人。護理室有一張長形方桌，卅四位護士輪班查驗病歷，填寫表格，有的在細數病人一月份的藥劑，有的用消毒棉布擦拭注射器，有的把大綑紗布攤開準備作業。

卅四名護士有三分之二以上跟大多數病人一樣都已經在這裡工作二、三十年，每個人在左胸制服都繡上名字。病人很少直呼他們大名，通常都用閩南語直呼他們慣用的綽號；手腳不便，精神不濟的病人坐定後，一個個伸出萎縮的手腳，直指皮膚潰爛部位，等著塗消毒藥水更換紗布繃帶。

比這些外傷、潰爛更叫病人受折磨的是長期偶發的神經炎、神經痛、關節疼痛、長骨炎。護理室每天廿四小時不斷有滿臉病苦的患者前來索取止痛劑。得了鼻炎，眼角膜炎的病人來接受抗生素治療的人也不少。

護理室例行繁忙的工作是病人注射抗痲瘋桿菌藥劑，調配長期服用的藥丸、藥粉。痲瘋病人的營養狀況與抵抗力的強弱直接影響到對抗痲瘋桿菌的治療效果，病人急需補充高蛋白食物，維他命B、C，預防貧血及其他併發症。問題是病人長期服注藥劑，腸胃無法適應，營養不能吸收，頭暈目眩，噁心嘔吐。常有臉色慘白，精神恍惚病人走進護理室，要求打營養針劑，補充體力。

能上護理室看病都是還能夠行動的，在院內六十一棟院舍內，幾乎有四分之一的病患臥床靜養，無法起身行走，三餐都是趴在床上吃的；日班護士每天得輪班巡察這些病患，替他們的潰爛傷口消毒，更換紗布繃帶，打抗生素，注射營養針，偶爾也陪他們聊些老舊不斷重複的往事。沿著小山坡石階梯巡迴一趟至少也得花上兩小時。

緊鄰護理室的是檢驗室，裡頭上下支架盛滿各種組織液，皮下組織切片，還有幾具顯微鏡。痲瘋病人按發作時身體狀況不同分成四種類型，有的皮膚會出現結節斑紋，皮膚增潤肥厚，全身腫脹，有的皮膚會出現斑疹、丘疹等紅色斑點，也有的人會同時出現這兩種病徵；病人入院連續服用立復黴素或DDS特效藥後，可以壓制體內痲瘋桿菌。病菌檢查呈陰性，就不具有傳染性，但得隨時接受追蹤檢查治療，繼續服藥。

住院舊病人通常每三個月得檢查一次，由檢驗員持手術小刀取下患者顏面、眉、耳部位皮下組織液，或是鼻腔黏膜液，腫大周圍末梢神經塗白染色檢查，在顯微鏡下觀察，按痲瘋桿菌多少分成零、一、二、三、四、五個測度。

樂生療養院八百一十三位住院病患中只有百分之六左右帶菌量在二度以上具有傳染性，其餘百分之九十四病患常年檢查結果，切片測度徘徊在一與零之間，體內已經不含病菌，無法根除，但不會傳染給別人，屬於非開放性病患。

帶菌的開放性病患採取隔離治療法，連續服用三個月抗痲瘋桿菌特效藥後，就轉為非開放性病例，只需要定期接受門診。

接受過治療的痲瘋病人很少死於痲瘋病。他們身體其他部位有了疾病，碰到需急診，痲瘋病反應引起的其他併發症時，馬上從養護房舍移到急病房治療。院內內外科醫生都缺乏，眼科、骨科醫師根本請不到人來。萬不得已就只有轉送到外頭醫院。

目前退除役官兵，榮民之家病患送榮民總醫院，一般病患只有馬偕醫院肯收留。許多病人住院治療時都有很深的自卑感，萎縮的雙手藏在被子裡，不願意讓護士量脈搏、打針。

鄭美在樂生療養院做護理治療已經有卅四年了。跟她同時考進來的護士還有二十個左右留在院內。她從臺北樹林高校畢業考進這裡來接受三個月講習，就開始工作：「那時候大家對痲瘋病仍然相當恐懼，護士規定穿長筒膠鞋，穿戴手套，整個臉都罩起來，只露出二隻眼睛，病人看到我們這副模樣無形中感到自卑沉重。」

當時還有日本警察押進院裡的痲瘋病人問鄭美：「日本人是不是準備毒死我們？」這類的恐懼感至目前仍存留在未出面治療的痲瘋病人心裡。

廣東、福建、臺灣民間有關痲瘋病流行的傳說很多；有人迷信禁絕煙火可以防止痲瘋病傳染，北投有一位老婦人得了痲瘋病死了，她出殯前，嚇得左鄰右舍的人不敢生火煮飯。澎湖離島有一個小村莊中，更發生過為了一個死掉的痲瘋病人，全村遷移的怪事。

卅幾年前，樂生療養院到澎湖去收容痲瘋病人時，沒有人肯提供暫時收留所，痲瘋病人只好借住在省立澎湖醫院的太平間，當地人知道這件事都繞道而行。到處傳言痲瘋病人是千奇百怪的怪物，更有的說他們會飛簷走壁。

這類以訛傳訛的誤解，使樂生療養院的追蹤檢查人員在作業上常碰到很多困擾。一般人家裡有人得痲瘋病就把他藏起來，深怕家醜外揚；有些新發現的病例在檢查人員第二天上門時已經搬了家；還有的檢查人員常遭到惡言相向。

感染痲瘋病菌不會馬上發病，有一段不規則潛伏期，長的可拖到廿年，短的則幾個月，平均三至五年後發病。樂生療養院護理主任陳雪三年前剛從臺南結核病防治醫院調過來，痲瘋桿菌要比結核桿菌脆弱得多，一碰到空氣就活不長。要經過長期皮膚緊閉接觸才會受到感染。事實上，樂生療養院從民國十九年成立以來，前後有近兩百位醫生、護理人員在那兒待過。有的護理人員跟病人接觸四十六年也沒有異樣。

一般人不了解這個事實。仍是心存恐懼地歧視或躲避，像一層無形的網，封住痲瘋病人的出路，使病人的精神和他們四肢同趨痲木，逼得一些可以走出痲瘋病院過正常生活的人，再度逃回這個封閉的世界。久而久之，他們的心裡也築起了一道牆，阻斷了跟外界溝通的機會。

痲瘋病人在現實精神生活中找不到出路，他們的希望寄託在渺不可知的未來。八百一十三位院民幾乎都信了教，有四百卅多人皈依佛門，兩百人左右信基督，七十多人信奉天主。

走進這大片山坡地，最先映入眼簾的可能是左方山坡上基督教堂上的十字架。從這座教堂大門前望過去是一座琉璃門宮殿建築的佛教「棲蓮精舍」，離佛堂不到三十公尺處，蓋著一座宮殿式的天主堂。

每天清晨五、六點鐘，天空乍明的陽光洒落在這片山坡地時，山坡石階道上來來往往都是趕往「棲蓮精舍」聽經講道的信徒，有撐著枴杖的，有坐輪椅的，大家輪流默坐靜跪在佛祖金身前，祈求我佛慈悲，賜與再生希望。

三個教派在這塊小天地裡，不單是闡揚出世的精神，替信徒導引心理出路，更需要做的是入世的工作，幫忙信徒解決生活細瑣的問題。他們各有組織，彼此解決困難，很少發生衝突。

每個教派都成立福利互助會的組織，輪流接辦院內三、四百人的伙食，安排行動方便的教友就近照應無法起身的病人，若有教友住進急病房，則互相濟助，代為禱告。

天主教會過去幾年一直派有外國修女照應病患，院民都親切地稱呼她們「姑娘」……這些修女年紀已高，工作負擔不了，有的回國休假就沒再回來。照顧病人的擔子逐漸交由天主教輔仁大學的一個學生社團。

輔仁大學醒新服務社是在七年前成立的，團員一直維持在四十人左右。這批大學生常利用假日到院內陪老弱病人聊天，還曾替龍壽村痲瘋病人子女補習功課。好些團員瞞著家人參加，父母知道後都要求他們不要太傻，有一度服務社被迫解散幾個月。

隊員在與病人聊天時，發現竟然有些人二、三十年未跨出療養院一步。一項院外參觀遊覽活動就辦了起來。最初沒有遊覽公司願意租車給他們，隊員輪流用借來的轎車來回接送，慢慢有遊覽公司租車給他們用；隊員們陪病人走高速公路，看石門水庫、蘇澳港，出遊的病人見聞一開聊天的聲音就比別人大多了。

最近兩年，基督教女青年會服務團也加入他們的行列。

樂生療養院重建科主任胡舜之很歡迎這批年輕人上山。過去一直只有外國教會團體、扶輪社、獅子會會員上來參觀，本地人上山來看護的人不多，這等於切斷病人跟外界接觸面。他說：「比這些病患可怕的外觀更令人傷心的是他們內心的孤獨、絕望，病患心理上治療遠比藥物治療來得重要。」

教會對臺灣地區痲瘋病防治醫療貢獻很多。全省各地分設有九個門診中心給藥、治療。聖經馬太福音第十章第八節上說：「醫治病人，叫病人早日恢復健康，叫死人復活，叫長大的痲瘋潔淨。」前後有不少外國教會人士抱著這樣濟世活人的奉獻精神到臺灣來替痲瘋病人工作。

澎湖男女老少都叫得出口的白小姐、白媽媽，是最顯著的例子。她在民國四十四年，由基督教信義會派到澎湖工作，這位廿二歲的美國姑娘經常在強風烈日下，搭著舢板、漁船到離島去訪視痲瘋病人，已連續工作了廿三年，白媽媽成了澎湖家喻戶曉的人物。

在樂生療養院和八里的樂山療養院內，先後有幾位類似白小姐這樣的人，貢獻二、三十年青春時光陪著痲瘋病人度過，這些愛心點滴累積已逐漸打開病人內心和外在封閉的世界。

單靠這些少數人的愛心是衝不破痲瘋病院那層無形的網。我們的社會亟需要的是具有奉獻精神的社會工作者，更重要的是要有更多的機會幫助社會大眾消除對痲瘋病人的誤解，鬆開他們的精神束縛，讓他們有走下山坡過正常生活的希望。

美國時代雜誌曾以封面故事介紹一位在印度加爾各答街頭收容垂死痲瘋病患的修女泰麗沙的事蹟，稱譽這位瘦削、羸弱奉獻的修女為「活聖人」。她的可貴在於尊重痲瘋病人的求生意志，和在卑微環境下造就的尊嚴感。

樂生療養院痲瘋病人需要的不只是內科、外科醫生、看護人員、和一些物質上的濟助。他們更迫切期待那些能夠以整個人生活、希望完全投入的奉獻者。

作者簡介：

翁台生，男，廣東省化縣人，一九五一年十二月二十七日生。國立政治大學新聞系畢業，美國紐約州立大學環境科學系碩士。曾任《綜合》月刊編輯，《中央日報》、《民生報》、《聯合報》記者，《聯合報》編務副總編輯。現任（二〇一一）紐約世界日報總編輯。曾獲中國時報第一屆報導文學獎，一九八〇、一九八四年連續二次獲得曾虛白公共服務獎，一九八九年獲亞太文化交流獎，一九九〇、一九九一連續獲得金鼎獎的新聞報導獎，一九九一年又獲得第一屆傑出新聞人員研究獎，一九九三年再獲得吳舜文新聞特寫獎，在新聞報導類別中幾乎拿下了所有重要獎項。二〇〇三年獲第二十六屆吳三連獎報導文學類。作者是臺灣重要的報導文學作家之一，在環保問題上曾追蹤報導多氯聯苯中毒案、戴奧辛污染事件、核四與建問題。著有《痲瘋病院的世界》、《玉山頂的沉思》、《共有地的悲劇》、《黑貓中隊》（與包柯克合著）、《CIA在臺活動秘辛》。

〈痲瘋病院的世界〉評析：

本文所要揭露的，並不僅止於一個與人世隔絕的空間——省立樂生療養院，其實整篇文字的關懷，已經從痲瘋病院投射到我們生活空間中痲瘋病患的生命尊嚴上。

英國的小說家康拉德說過：「藝術最主要的目標，就是要使你能看見。」如果報導文學有其藝術性，而翁台生又選擇痲瘋病這個題材，一個「與外界關係斷了線」的所在，那麼他首要的工作，就要讓讀者在視覺上看清楚這個至為恐怖的現實。這個責任，作者忠實的做到了，他很明快的把痲瘋病的面貌描寫出來，那些穿著黑布鞋的身影，給人的震撼不可謂不大。

至於是否因為採用了過多的恐懼訴求，可能讓讀者恐懼過了頭而產生退縮感？而使得文章的訴求力量降低？似乎是作者面臨的第一個挑戰。在這一點上，作者表現出的節制功夫應當相當的深，用很短的篇幅報導痲瘋病的症狀，其後所描寫的就不是病人的形體，而轉向痲瘋病患生活尊嚴的說明與討論。

痲瘋病患生活尊嚴，是這篇報導終極的關懷。以表現成果來看，這個題材本身雖然是令人感官上不悅的，讓人感到社會的冰冷，與人情冰冷的無可奈何，但作品給讀者的效果來說，正恰恰相反。文章中透露出的訊息，正是人性中極有尊嚴的一面。

如果只寫出痲瘋病人的苦楚，不過只是報導而已。作者不只觀察，還不斷的提出許多藝術上的道德命題，而透過許多具有衝突性的故事，娓娓地向讀者拋出，其節奏之明快，可見作者剪裁的用心。

從宿命者的自怨自艾，遭到社會拒斥後的不服氣，與兒女的互動中透露出的父愛，困厄中相扶持的高尚精神，以及時間考驗下的倫理關係，作者以相當廣泛的觀照，顯現出痲瘋病人征服了命運的惡劣情勢，爭取作為一個人的尊嚴。

在報導文學寫作技巧上，翁台生的手法至少有幾個值得重視的：第一，題旨建構十分清楚，分層敘述，邏輯井然；第二，作者十分重視段落跳接部分的書寫，避開一般人常用的轉接語，利用敘事、對話、故事來轉折，給讀者一氣呵成的感覺；第三，作者十分吝惜運用直接引句，讀者如細心品味，文中每一個直接引句都十分精彩。

要勉強指出本文有所不周到處，應當是在論述痲瘋病院外的種種醫療與社會服務的問題上，使得結尾的部分顯得零碎與瑣細。到此處還論說歷史因素造成大眾的刻板印象，不免在論題次序上顯得太遲了些。而且不斷反覆界說外界對痲瘋病的誤解，與痲瘋病患心中築起與世隔絕的牆，不但顯得重複，反而讓中段提升起來的情緒，又突然跌了下來。

這是一篇精於採訪者提出的報導，在文字的背後還有個動人的故事。翁台生剛開始接觸痲瘋病患時，有位病人送了個橘子給他，他毫不避諱地當場剝皮吃下。翁台生戰勝了病患的試探，走進了痲瘋病院的世界。

有志於報導文學的作者應當銘記，請帶著勇氣走進現場。

延伸閱讀：

【理論部分】報導文學的復興

1王谷、林進坤（1978）：〈報導文學的昨日、今日、明日〉，《書評書目》第63期，頁6-13。

2高信疆（1980）：〈永恆與博大——報導文學的歷史線索〉，陳明磻編《現實的探索——報導文學討論集》，臺北：東大。

3 鄭明娳（1988）：〈報導文學與文學的交軌——報導（告）文學初論〉，收錄於氏著《當代文學氣象》，臺北：光復。

【創作部分】

1 邱坤良（1979）：〈西皮福路的故事〉。收《民間戲曲散記》。臺北：時報文化。頁151-182。

2 翁台生、PocockChir（1990）：《黑貓中隊：U2高空偵察機的故事》。臺北：聯經。

——須文蔚

大地反撲

心岱

木麻黃望春風

海洋和陸地接壤處，長滿了生物、植物，這些潮汐漲退的海岸，原是肥沃、生意盎然的自然區，尤其是沙灘，總給人類聯想起度假嬉遊的好去處。

然而，桃園縣沿海地帶所呈現的，卻是一片荒涼，幾近死亡的景觀。

從林口，林口火力發電廠以南，沿岸的道路旁是光禿禿的沙丘，暑夏裡，隨著那捲起沙礫的海風，格外有火毒的酷熱。一條碧藍的水帶鑲著綿延起伏的沙丘外緣，那是美麗的臺灣海峽，可是，對於這裡，大海是不被岸上的人所歌頌，他們認為它沒有同情、沒有律法，它甚至以它的偉大和力量來和人類爭地。

海洋到了岸邊，激盪成波浪，這些波浪的飛濺，把海中的鹽分送入空氣中，形成無敵殺手的海風四處噴灑，人類懷著謹慎的警戒，不眠不休的築造屏障，木麻黃算是人類要和海洋爭奪版圖的長城。現在，這些沙丘上卻是能看見整齊挨次的防風籬，一面為了固沙以防沙子流失飛揚，一面為了保護籬下的木麻黃。

這些木麻黃受到了竹籬遮蔽的部分果然生長得還好，但只稍暴露於籬外的，枝葉竟全數焦黃枯死，形成不平衡的生長現象，侏儒一般的躲藏在尺高的竹籬下。

在海湖林務所沙崙工作站負責造林的林站長說：

「過去以三十公分的苗栽下去，一年就可以長三公尺高，現在，怎麼也拉拔它不大。」

林洋港主席曾親往視察，建議將防風籬加高到三米，以保護幼苗的生長。目前，工作站正依指示在進行，但防風籬加高固然可使樹苗受到較多的保護，籬本身吃風力也大，偶一不牢固，即有傾塌的危機。

林站長是沙崙本地人，依他的記憶，從前，這沿海一帶的木麻黃，密布得連耕牛跑進去，人要鑽進去找都非常困難。

海湖村七十八歲老農陳隆生也說：

「過去，鄉間道路兩旁都是木麻黃，枝葉相連，大一點的車子都得先撥開枝條才通得過去，隨便田埂邊也有粗如臂抱的木麻黃，躺在樹下好納涼，如今……」

在這些老者心中，木麻黃的雄壯已經成了只能回憶的印象。

木麻黃是最適宜供做防風、定沙、過濾風中鹽分的海岸植物。從一八九七年到一九一三年間陸續自小笠原群島引進十餘種品種，經試驗後即推廣造林。桃園縣蘆竹、大園、觀音、新屋等四鄉的沿海地區，早年極為荒涼，飛沙走石、草木不生，因而於民國初年編為飛沙防止保安林，面積有二千多公頃。二次大戰末期，遭到日軍的破壞及莠民濫伐，於是又成為一片荒漠。

光復後，政府在該地區加強造林，慘澹經營，於民國四十四年已全面完成破壞林帶的復舊工作。

如今，再度面臨嚴重的困境了，木麻黃原是粗壯而堅耐的樹種，它遭到了詛咒嗎？何以現在變得脆弱，禁不起迎面的海風。

跨過和林口交界的蘆竹鄉海湖村後，不僅防風林全面到了坐以待斃的命運，連沿途可見的林樹野草俱是一片枯黑，農舍晒穀場旁向來供家小乘涼的黃槿粿葉樹、老榕、籬圍的扶桑等，彷彿遭火神焚過的遺屍，枝葉不留，只剩一段焦黑的軀幹，附近麻竹林被淋了污油一般，不見一隻綠色的葉片，野地的雜草和林投樹叢也全染成褐黃。

「不是海風吹的關係，海風過去也是一樣的吹啊，不要怪什麼鹽分，要怪就怪那『毒氣』。」海湖村民認為「毒氣」是他們隔鄰的林口發電廠因燃燒煤和重油後所排出的廢氣，如二氧化硫等，再遇東北季風帶來的潮濕，在空氣中形成硫酸霧氣，導致防風林的大量枯死。

「大園鄉工業區的工業廢水污染了河川，也是關鍵之一呢。」

「不，要怪『毒氣』和『廢水』之前，倒該先怪當年保安林解除得太多，現在是食了惡果的時候。」村民大家意見紛紛，但焦慮卻是相同的。

原來二千多公頃的保安林經過復舊造林後，因要配合增加農工業的發展，逐一解除部分保安林，闢為農地或工業用地，其中以民國四十六年安置石門水庫淹沒區遷移民用耕地四百多公頃為較大宗，現在僅存一、〇四五公頃，原有面積的半數都不到了。

不幸的是，在民國五十六年至五十八年間，數度遭受強烈颱風的侵襲，防風林遂全部發生相繼枯萎、死亡的現象，沿海農田失去屏障，風沙鹽分直驅而入，作物受到侵犯無法收成。五十九年後，情況更加慘烈，林務局從六十四年起開始接掌加強恢復造林的工作，然而，這五年來，投資數萬元，所種植的防風林木尚未長到理想高度，又逢今年的大旱來臨。

五月的十六、十七、十八三天，突然一陣狂風從東北方掃來，附近所有稻田和植物轉眼間成了紅色。

「太可怕了！」

當地的村民形容作物乾得像人乾裂的嘴唇，血跡斑斑。這陣風捲走後，遺下更大的浩劫——老天爺不曾再下過半滴雨水。

由於去年的四月裡，此地也發生同樣的風災，村裡每個人心中都隱約的曉得：大旱要來了。

出石門記

田地都龜裂了，一期稻作就要收割，可是沒有雨水，所結的穗子像染了病害，或缺了肥，看不到有飽滿金黃的穀粒。居住草漯移民新村的呂鄰長，他從自家廚房的米缸中掏了一把米放在茶几上：

「這就是田裡收成的米，比糙米還不如，簡直是蟑螂屎，怎能跟市面上賣的白米相比！」

儘管嫌它，癩痢頭兒子是自己的好；穀子對農民來說像他的孩子，這是一個多災多病又告殘缺的孩子呢。呂鄰長無限感觸的說。他的身邊站著已經服役歸來的兒子：

「田不種，長滿雜草不甘心，種了田又收不回工錢，悽慘喲。年輕人就讓他出外進工廠了，這樣賺點工錢還可以補貼。可也不是人人都可找到差事，像我就被人嫌老，不得不再回頭踏入田地。」

田地是永不會嫌棄莊稼漢的，他可以從年輕一直做到老，現在卻是逼得他們不得不放棄它。

這些立即有廢耕命運的土地，北從大園鄉的圳股頭、許厝港而至觀音鄉的草漯、樹林仔、大潭、茄苳坑，這是一條綿延二十多公里的海岸線，原是保安林區，面積達數百公頃。由於積年伸向海邊植林，林木茂密，綠蔭蔽天；民國四十六年，石門水庫興建，為了安置移殖石門水庫淹沒區內的居民，規畫人員四處覓地，為了配合大壩工程的進行，必須及時遷移，所以決定以臺灣公有荒地、山地、林地、海埔地為目標進行勘選，最後發現這塊海岸地區，認為可以岸邊的沙堤做界，堤外新植的保安林業已成長，可以做防風之用，而堤內的保安林木再無繼續保留必要，依法可以改闢耕地使用。此案決議後，不惜將大半的保安林砍伐解除，以供移民耕作，移民新村也就在同時大興土木。

「厝頂有日本瓦的就是新村的標誌。」

呂鄰長指著鄰家幾幢閩式建築的房屋，中開大門，兩旁有窗的紅磚平房，垂斜的屋簷下停放著各式農具，屋子裡外均看不見人影，只幾隻狗在院子走蕩。

「都上工去了，沒辦法。這裡人口越來越少，留在家中的都是老弱婦孺。」

「我們是比較幸運的，全家四代同堂，十多年來，一家還團聚一起。」

呂鄰長介紹他的雙親、兄弟、媳婦、孩子，喜悅之情就在他眉宇間。

在社會逐漸轉型的今天，農村向來保有的大家庭制度已漸漸瓦解，要看到四代同堂的家族生活在一起還真不簡單，無怪呂鄰長是這麼的欣慰和光耀的說。他們舉家遷徙的時候，他十八歲，兩個哥哥都去當兵，弟妹還小，他算是父親的得力助手，所以從計畫遷村到移殖安定的過程，他都參與有分，這塊土地對他個人的意義來講，猶如開天闢地，他成婚後，堅持一家人永不分開。雖然自民國五十八年以後，收成每下愈況，到了現在幾乎不能維持生活起碼的水準了，移民紛紛向上級呈報狀況，政府也有收回耕地重新再作林地的打算，曾以二分地三十五萬元的標準向移民收購，但這仍需要配合耕地是在防風林帶三百公尺以內的條件，並非每一家移民都可任意更換。

「再說，不管怎樣，田地是莊稼漢的根、命，沒有人會輕易拿它去賣錢的。」

世代以務農為主的農民，他們耕耘土地，從土地中獲得回報，土地於他們的情感已不僅是溫飽一回事，土地是他們精神盤據、信仰依持的地方。何況，再次的遷移對有些人在適應上比田地無收成更加困難；呂鄰長他就不論如何要死守這裡，因為十七年來，他們在此落地生根，從一家八口增到十九口，這一倍多的人都是這裡的土地餵養的，他們彼此有太深厚不可分割的感情。

在都市裡，人口流動率很高，今天租住松山，明天也許就遷往新店，但對農民來說，不光是居住的問題一項，他們深受天人合一的觀念，自然、土地、房舍和生命是相連在一起的，儘管從石門山區遷移到海口來，並沒有走出桃園縣，但對整個意義上，他們有若跋山涉水、遠渡重洋。

呂鄰長一家原世居阿姆坪對面的條興村。民國四十六年政府土地改革後，為了農田的灌溉系統，準備在石門狹谷建造水壩，以能蓄水成水庫，自石門大壩溯大嵙崁溪而上，直至拉號，長約十六．五公里，兩岸標高二五〇公尺以下的土地，與大壩下游後池左右兩岸標高一四二．五公尺以下的土地，都是水庫淹沒區的範圍。在此範圍內有自耕農、半自耕農、佃農、雇農、地主等等，政府均參照各地先例及本區實際情況，於該年六月間，分批召集當地居民開會，以每甲地八千到一萬八千元不等的地價作土地徵收，地上物和遷移費用都有補償，再經抽籤使居民公平的移殖到新址，而移民新村的興建也依人口數目分甲、乙、丙、丁四種大小規格，予以貸款給居民。

獲得被安置的移民共有兩百七十八戶，從民國四十八年八月起開始分批遷移，第一批二十九戶移殖於草漯，第二批四十八戶移殖於樹林子，第三批四十戶移殖於大潭、大崙尾、茄苳坑等處，第四批七十九戶移殖草漯、樹林子、大潭、許厝港及圳股頭等地，第五批八十二戶先移殖於中庄後改移大潭、茄苳坑。

呂鄰長一家是在民國五十一年七月，列入第四批，和他們村頭的十幾戶一同遷移草漯。

「本來是山區生活，到了海口，背景完全不同，當然很不習慣，尤其這一地帶，終日颳風，飛沙走石的，像一片蠻荒之境。木麻黃在我們搬來之前，公家已經砍伐完了，但地上還凸著樹頭，那樹頭藏在地下，又牢又深，普通鋤頭動不了它，比石頭還頑固，每挖一株樹頭大約要費時三天，只好請工人幫忙墾地，前前後後也忙了一年多。

我們家算是人口多的，房子申請甲種，貸款一萬一千五百元。當時遷搬是分次的，首先運大件家具，你曉得，莊稼漢的所謂大傢伙不外是神桌、飯桌椅、眠床、鍋鼎等等。我們用牛車一部分一部分運，最後走的是家畜和農具。在這一程途中遇了大雨，來到新村後，十幾條豬仔相繼發瘟，雞也跳走了幾隻，這並不算什麼損失，新的遠景就在前面。

新居比老宅要舒適光亮許多，交通也比山區方便太多，新起的灶裡每天有燒不完的柴火。全村的男人出外去挖樹頭，女人小孩在家劈柴，那些木麻黃樹頭真是把我們的力氣都耗掉了，但話說回來，整地是移民首要的工作，有了乾淨、平坦、肥沃的土地什麼都不用怕了。這樣，不到兩年，家中的私蓄也貼光了。

好在移民都很團結，能同甘共苦，到陌生地方，只有互相幫助才行，這附近的原住居民對我們也很友善。短短兩年中，七零八落的林地終於被犁成了耕地，插下秧苗後，一改過去的荒漠，成了綠油油的、充滿生趣的田園景色。

我服役後每次休假回家，就是先下田去看。這些用我雙手一鋤一鋤開拓出來的田地，已經長著作物。那幾年收成很好，頭一年的時候在樹下種甘藷，也有收穫，如今，播什麼只要到九月就死掉，血本無歸。」

由於北部濱海地區在六月一期稻作時，颳的是南風，而冬末二期稻作正要結穗時，東北季風就起了，這北風對該地的農民猶如洪水猛獸。因為從民國五十八年林口火力發電廠發動後，再加上大園鄉改成工業地區，北風一吹，顯然帶了某種污染毒氣，他們那半冬的辛苦就隨風而去。

「頭十年的日子令我們相當有希望。我結婚後又把房子翻修擴大，還刻上我們呂姓的『河東』堂號，我希望這裡變成我們永居的地方，可是……才十年，十年轉眼一過，歹年冬就跟著來了，像鬼魑一樣終年累月環繞著這地區，稻子死亡沒有收成，後來改種雜糧雖不無小補，卻嚴重缺水，使這條路也踏不出去，改種西瓜倒還成，我們變成果農了；有的租來機器，在田裡手中田沙抽土，把地弄低窪，準備改魚池，蓄水養蛤養魚，大家都在拚命，沒有給我們觀望的機會。」

過去，一個農夫必得要有土地，現在，即使有土地也未必能發揮他的本事，相對的條件越來越複雜，雖然耕作已有許多機器代替，不像過去完全憑人力的辛苦，但文明究竟幫助了人類得到多少既得利益呢？

原居住水源頭的這批移民，如今處在灌溉區的水尾，即令水庫放水，怕一時也無法應急，他們一心一意祈求天雨，如果能在北風吹過後，有一陣及時雨，把風帶來的污染洗刷，那就有救了。

「一般一甲地可收五千到六千臺斤的穀子，我們每甲地往年還能收到一千臺斤的程度，去年是八百臺斤，今年，再沒有水，就是一堆乾草。」

呂鄰長說著說著幾乎哽咽了，他表示他家中壯丁多，還能依靠工業做工來維持生活，但地處觀音鄉的大潭移民，全村目前端賴政府發放的救濟金在撐活。

漂流的家園

桃園客運的招呼站寫著「新村路口」，這是第五批八十二戶泰耶魯族移民的大潭新村。站牌對面是售票兼營菸酒的雜貨舖，店東也是新村居民，後來在自宅前面蓋屋開業，門端還掛了「臺灣世界展望會」、「大潭兒童計畫區辦事處」兩張牌子。

「沒生意啦，人都走光了，不信，進去看看就知。」

老闆娘一口標準國語，無可奈何的手指向新村路口。

那路口正好是一間頹壁、缺門的男廁，好像開著大口對凡是路經的人告幫。

大潭的山地籍移民原先從石門遷居中庄，中庄位於淡水河經過大溪鎮中新里時，分成南北兩流，中間浮出的一塊小沙洲，面積約達二五〇公頃，早有開墾農民居住在該地中央。山胞代表於四十七年提出申請移殖，經勘查後，將水利局計畫在該河北部建築四千公尺的堤防法線調整，挪出可利用的土地面積約有九〇公頃，連同南河河床地，共一八三公頃，移做山胞之用，不幸於五十二年九月葛樂禮颱風中受災，田地、房舍全漂流走失，所有山胞遂復重行移殖到此安居。

如今又遇困境，全無收成，移民於六十五年再度申請遷村，但目前尚未找到適宜的地方，省府撥補助金二十五萬元給每一戶，要他們自行購置其他土地，以五分不能施作的地抵押，去換即使是一分的良田也是划算的，但附近都是世代農家，誰也不會輕易出賣田地。這批移民買不到地，等於無法翻身，全村人只好依賴每月的救濟金生活。

新村道路寬闊平坦，房屋也是紅磚紅瓦，整齊美觀，可是一幢幢都是空屋，門窗有的已遭破壞毀損，有的垂簾深鎖，路上靜悄悄沒有一絲聲息，到了村中廣場，才見幾個男人抱著孩子在閒聊。廣場的左邊有一幢禮拜堂，尖頂上的十字架消失了，玻璃窗被打得稀爛，從外面可看到那水泥砌高的講道臺，默默地迎照了一抹斜陽。

一位人稱馬沙的男子說：

「牧師他也要吃飯呀，他改行啦！」

宗教在這裡已不是信仰的問題，而是奢侈品。

「誰還去聽道理，飯都吃不飽，田裡的事要緊還是去聽他胡扯要緊，我們不想上天國，只想回山地。」

馬沙激憤的又加了這一句。

沒有信徒的教會是支持不下去的，所以牧師走了，這座禮拜堂就與其他的屋宅一同荒廢。

新村裡，每戶人家都有一個大院子，院籬都是林投樹。由於大半數的山胞移民不能適應平地環境，有的就設法搬回山上去生活，目前還居住在新村內的僅剩一百多人。他們的兒女都上大潭國民小學就讀，所以新生的一代都能說很好的國語，可是山胞過去生活的影子依舊殘留在他們的意識裡，他們不大能適應平地的居住習慣，比如他們特別怕熱，每戶都把大床抬到院子的一角，再搭蓋一隻布篷或草篷，全家大小都在此納涼睡覺。

「在山上有三、四分地就足夠了，在這裡即使有一甲也不夠吃。」

馬沙說，他在村中開了一間雜貨舖，是村裡面的日常用品供應站，他和寡母、太太及三個月大的兒子住在這裡，村子荒了，他的生意也沒落了，因此他覺得閒散，百無聊賴，他懷念山地的原始生活。他們健步如飛，交通的便利使他們無動於衷，舒適敞亮的房屋對他們沒有誘引，他們喜歡山上遊獵、自在的日子。

「我們村子在去年七月暑天，連續死了六個老人。前輩的血汗結果就是現在這樣的沒落景況。」

村中尋不到什麼老者，記憶被割斷了，他們沒有遷徙的故事，但他們還有一股信念，希望返回山居。

大地之怒

「你們這種行動——正是替你們的子孫積德。」

民國五十一年十二月十一日，故副總統陳誠在第一區移民新村落成典禮中，對他們說。他的話使得在場的移民個個感動得熱淚盈眶，政府做了最合理、最優惠的補償，使他們也尊重政府的安排，石門水庫得以順利興建，完成了預定灌溉系統的目標。

這一種灌溉系統的完成，使臺灣北部東起大嵙崁溪，西至鳳山溪，南依大山，北臨海峽的扇形大平原中廣大面積的農地，充分提高其生產能力。

同時，石門水庫又具有發電、防洪、公共給水、開闢遊覽區以發展觀光的多元性效用。

這些移民也因遷移而從偏僻之地走出來，接觸文明的洗禮，雖然他們幾經墾拓的艱辛，畢竟那是人類邁向進步和發展的路途。

為什麼今天，他們在希望中匍匐、跌倒、掙扎，為什麼他們焦慮、悲愁、哭泣？

人類有這麼光榮的成就，但有些人卻那麼暗淡！

移民被安排去與海爭地，第一回合他們的勝利，靠的是不屈不撓的決心與配合文明的種種因素。然而，人類的命運和自然的命運彼此互相依賴，任何狂妄的要加以操縱的想法，都改變不了。固然，我們需要最有效的農業及生產系統，但若要長期保持效率，少不得要和自然環境取得協調，自然能夠影響水源、溫度、風力、雨水、濕度，使環境得保穩定，如果將大地所有的一切都利用於生產人類的食物，結果，處境一定會有變化，難以預測的災禍就會臨頭了。

桃園海岸防風林的大量砍伐解除，正是人類經驗失敗的一個實例，不幸這些移民成了大地反撲的對象。

一株野草，一棵雜木都有維持大自然的平衡和長久相互依持的功用；人也只不過是這個自然界的一分子，由於人類智慧與經驗的累積，儼然成了宇宙的主宰，按照己意處理周圍的環境，忘了自己是從自然環境生長出來的。在這個極度開發的時代，我們對道德的系統必須再重新深思，把關心擴及到整個大地的生命世界。

大地是沈默的、包容的，它承受所有人類文明的重擔，提供我們一切的需求，如果我們覺得征服了自然，同時也毀壞了自然，大地總有反撲的一天，它會將憤怒留下一些痕跡，迫使人類退縮，而這小教訓只是使我們學習怎樣和它協調相處的教本。

當我們準備開發似乎沒有用處的荒地，砍伐植物予以造房子、築路、蓋工業區、建娛樂場所時，我們想想移民的遭遇，雖然海洋和陸地的界線那麼分明，不可超越，但生命原是一隻巨大無端的鏈，在大自然裡，誰也不能扮演掠奪者。

作者簡介：

心岱，女，本名李碧慧，彰化人，一九四九年十二月十五日生於古城鹿港。育達商職夜間部畢業。曾任《國語日報》語文中心作文班教師、《自立晚報》副刊策劃、《皇冠》雜誌社採訪部策劃、《工商時報》副刊編輯、《中國時報》、《民生報》記者、創意工作室主持人、時報出版公司編輯、時報出版公司副總編輯兼主編。一九九二年創辦「愛貓族聯誼會」、發行《MAO》貓雜誌，擔任愛貓族聯誼會會長。二〇〇八年退休，專心於貓書著作。一九七五年投入報導文學工作，為臺灣環境保育呼籲第一代作家。以女性角度關注並理解自然保育，致力於本土人文及自然生態兩大系列的報導，曾獲全國青年文藝大競賽小說首獎、新文藝月刊小說徵文首獎、兩屆時報文學獎報導文學獎首獎、中華文化復興委員會「散文金筆獎」等。著有報導文學《大地反撲》、《千種風情說蓮荷》、《天堂自己造》、《發現綠光》等書。除了從事報導文學，參與其他文化傳播工作外，仍然不忘情於文學創作的空間，結集出版的小說、兒童文學與散文作品共有三十餘冊。近期創作轉向書寫人與寵物（貓）之間的親密互動，並關注臺灣貓族的權益與相關研究。

〈大地反撲〉評析：

一九七〇年代中期是臺灣環保意識的萌芽期，知識界引進了「環境權」的觀念，但西方環保運動的能量，始終沒能在戒嚴體制下的臺灣爆發出來。一直到八〇年中葉以降，民眾受工業污染的痛苦不斷積累，方才由民間社會發起一波波的抗爭活動，諸如：一九八五年臺中縣大里鄉的反三晃農藥廠運動，一九八六年彰化縣鹿港鎮的反杜邦運動，以及同年的新竹李長榮化工抗爭圍廠事件等，為臺灣的環保運動史揭開序幕。

當環境權觀念正在蒙昧不清的七〇年代末，心岱的身影已經徘徊桃園一帶，觀察環保殺手如何輪番摧殘農田，奪去人們的生機。她敏銳地紀錄下，在工業國家以國際分工角色定位下的臺灣，如何成為「加工基地」，如何引進石化工業，以及如火力電廠、水庫等能源配套措施後，大地所逐步罹患的慢性病。

心岱綿密的推理能力，宛如寫下環保鉅作《寂靜的春天》的瑞秋．卡森（Rachel Carson），她不將土地所受的傷害歸諸於單一的污染來源。在海口時，她細細觀看扶不起的防風林，藉由縝密的訪問，推斷當地農業是受到林口火力電廠、大園鄉工業區以及失當的防風林保育政策所扼傷。她並上溯居民遷徙開墾的歷史，一步一步揭露人們企圖獲得更多資源，與造水庫、火力發電以及與海爭地的企圖心，在在由於忽略人類應與自然環境相互融合的鐵律，最後招致大地反撲。

回顧臺灣報導文學的歷史，〈大地反撲〉一文是七〇年代時，在環保書寫上最具代表性的作品，在寫作上，心岱利用了類似小說對話的形式，讓消息來源的話語交錯出現，營造出農民的形象。不過，直接引句過長的話，往往顯得冗贅，也沒有說服力，特別在「出石門記」一節，幾次以大段落引用呂鄉長的話，如果改寫為間接引句的形式會更佳。此外，本文的題旨從生態污染寫到開發政策，大段落之間缺少連結與交代，不免有焦點渙散的問題。

〈大地反撲〉猶如曠野中的一聲吶喊，心岱用文學家細膩的感受、科學家的研究精神和人類學家翔實的田野紀錄，改變了臺灣環保運動的進程。如果沒有心岱，沒有楊憲宏、翁台生等人投入環保報導文學寫作；如果沒有《夏潮》、《人間》和《大自然》等刊物持續報導環保議題，臺灣的環境運動或許會延宕下去，或者現在還沒有開始。

延伸閱讀：

【理論部分】分析與寫作

1李利國、黃淑敏合譯（1995）：《當代新聞採訪與寫作》。臺北：周知。第五章。

2王洪鈞（2000）：《新聞報導學》。臺北：正中。第四章。

3柏楊（1985）：〈不信喚不回——關於心岱的「大地反撲」〉，收錄於心岱，《大地反撲》，二版一刷，臺北：時報文化。

【創作部分】

1 Carson, Rachel（1962）. Silent Spring. Boston: Hought on Mifflin.／李文蓉譯（1997）：《寂靜的春天》。臺中：晨星。

2 楊憲宏（1985）：《走過傷心地》。臺北：圓神。

3 馬以工、韓韓（1983）：《我們只有一個地球》。臺北：九歌。

——須文蔚

黑熊悲血滿霜天

林元輝

民國六十五年十月初旬，北横道上高義附近的山嶺，秋日下午的陽光像成色均勻的金色流質，從山頂灌瀉而下，溫暖中帶著薄薄的涼冷，一隻魁梧的臺灣黑熊，正置身這片彩色中，在蒼墨染金的樹海裡時沒時現；秋天的山風像趕遞消息的飛騎，一下子就把這情報傳得整個山林嘩騰紛紛。

黑熊越攀越高，也越走越深。慢慢地，連高踞天頂的太陽也瞭牠不到。

黑熊並沒有循一般的山路樵徑爬升，牠在茫茫樹林裡左突右闖，挑的盡是隱蔽的路線，沿路爬還沿路聞聞嗅嗅，好像此行為的就是找尋某種東西。

終於，在一處背臨斷崖的高頂，牠停了下來。離懸崖邊緣不遠的地方，有一棵斷倒下來的大樹幹，正好在眾樹之間，與地面斜架成半人高的凹洞，此後一兩天，黑熊全窩在這洞裡。牠的身體約有二百公斤，全身漆黑，前胸部位卻突破似的長了一撮「V」字形白毛，正是純種臺灣狗熊的正字標記。

黑熊一直趴在洞中不動，腹部圓鼓著一條優美的曲線，幾天的慎重和安靜，似乎意味著什麼重要的事就要來臨。終於，牠腹內蠕起了一陣緊過一陣的求援訊號，胎壁也開始張縮，雖然開口的部位不大，但由於裡面的東西動個不停，加上黑熊吃力地擠送，終於，在牠體內待了七個多月的幼熊「玄兒」出世了。

這一天，是政府實施三年全面禁獵，卻因效果不彰，又延長實施三年的第二個年頭開始。玄兒的誕生，給這項缺乏統計數據的辦法，添進了「一」隻可貴的數字。

◆

剛生下來的玄兒幾乎是先天不足：牠全身赤裸無毛，兩個眼睛完全在瞎盲狀態，身長才十幾公分，重量只有四、五百公克左右，小小的軀體和初生的貓狗沒有兩樣。

為了保護玄兒，免牠受凍，母熊連續幾天都用腹部暖偎著牠；玄兒也一直窩在母親溫暖的胸隙裡，靜靜沈睡。

三、四天後，玄兒另有需求了，牠安靜不下來，黑嫩的小嘴一直在探索母親的胸腹，母熊懂得是怎麼回事，便張開前掌，騰出胸腔，讓玄兒交互囓吸著幾個乳頭，享受此生第一頓的乳汁。

幾天過後，蟄居穴裡不斷供應玄兒奶水的母熊，也開始有補充營養的必要了。

牠外出覓食時，總是把玄兒叼在嘴上，隨身帶去。臺灣黑熊雖然可長大到一個人高，成熟後的體重平均都在二百公斤上下，足稱為臺灣山林中的萬獸之王，但當牠們幼年時期，卻仍不免是各種野獸攻擊的對象；有時，甚至連牠們自己的父親，都還會將幼熊弄死，所以母熊對幼獸的照顧，一點也不敢大意，每次玄兒的母親將玄兒叼到目的物附近放下來，自己找東西吃時，覓食的範圍仍以一抬頭就能看到玄兒為原則。

熊是雜食性的動物，肉、魚、植物全是可吃的東西，不過產後不久的母熊，一則體力未復，一則為了照顧行動不便的幼熊，常只能就近找些植物的根芽充饑。每當母熊低頭覓食時，玄兒總睜著兩個花生大、卻又湛黑晶瑩的小眼，定定地看著牠母親剝啃樹根和嫩芽的樣子。牠當然還不能體會那些東西的滋味，依照熊類的生理發育，玄兒要到四、五個月大後，才有辦法改吃硬質的東西，但懵懂中，玄兒又似乎已能感知母親吃那些東西的意義。

生下來十幾廿天後，玄兒的身上開始長出了一些短髭般細柔的黑毛，牠也開始會走路了。剛開始走時，還是四腳著地，連搖帶爬，爬起來歪歪扭扭，常常腿一軟就倒地，這時母親總會過來，低垂著七、八斤重的大頭，用唇舌舔順牠的皮毛，好像激勵牠要再次起步。

在母熊耐心的呵護下，加上玄兒的肢骨逐漸有力，很快地，牠已能到處攀爬，而且，在一切好像是水到渠成的自然發展裡，玄兒終於從母親偶然的人立狀中，學會了單靠兩隻後腳站立的姿勢。由於熊的腳板寬闊，又天生一對活動自如的膝蓋，所以直立起來，不需要任何東西支持，就能取得身體的平衡。一旦學會了這種姿勢，玄兒好像樂此不疲，常喜歡在母親的跟前，站挺著小身子，徵討嘉許的慈柔目光。

二個多月後，玄兒已是奔、爬、走的能手，更是山林中靜不得分秒的頭號頑皮動物，牠憑著天生的本錢，格外喜歡上樹嬉戲：牠的四個腳掌都很長，每隻腳掌上還各長著五隻長長的趾爪，加上天生的臂力，上起樹來，笨重中常能有出乎意料的靈活。這個時候，平常管玄兒管得緊緊的母熊，對牠就有一點莫可奈何了。母熊雖然也一度是爬樹上枝的好手，但成熟後二、三百公斤的體重，已不容許牠再隨心所欲上樹，只能坐在樹下，抬頭靜看枝枒間玄兒頑皮攀爬的影子，回想自己也曾輕巧過的歲月。

慢慢地，玄兒口中的十顆臼齒長齊了。這個時候，雖然牠只有三、四十公斤重，但一年後就會變成一兩百公斤的龐然大物，其間重量的懸殊，全需靠往後一年補充足夠的營養。為了讓玄兒能有良好的發育，也為了訓練玄兒將來獨立面對山林，母熊開始帶玄兒四出覓食，隨時進行機會教育。

但從民國五十六年北橫全線通車後，北臺灣這塊本是原始森林的山地，已常常有登山健行的隊伍出現；公路局養護工程車單位的怪手和卡車，也常來修護坍方的路段。它們的出現，給玄兒的母親帶來極大的不安，尤其是怪手發出的巨響，更使牠感到心驚肉跳。

熊雖然孔武有力，一拳揮出可有六、七百斤，普通三、四個空手的人根本不是對手，但熊對人類畢竟還是有著懼怕，牠們的視覺和聽覺都非常遲鈍，全憑出奇靈敏的嗅覺，老遠嗅到異類的氣味，才能主動避開，常有人出現的地區，畢竟會使牠們疲於防避，所以玄兒的母親決定把玄兒帶離自己生活多年的夫婦山，朝更深的山頭去。

牠們起程時，民國六十五年已近尾梢，人間歲杪，隱然竟也象徵著鳥獸山林生活的幾許窮途末路。

熊的外型笨重，但牠們行走的速度卻每小時可達三十五公里，只不過玄兒的母女邊走邊覓食，所以推進的速度才慢了下來，但明顯可見的，牠們要去的地方是北橫中段拉拉山的方向。

規避人類，遷往更深的山，是近年來臺灣野獸無可奈何、卻又不得不走的路，玄兒母女能有此自覺，毋寧不是求生的途徑。可惜的是：玄兒的母親又那裡曉得，此行要去的拉拉山，近年經人類發現了五棵分別編號為「復興一號」到「復興五號」的神木群後，也變成人跡常到的地方了。

不過，若就覓食環境而言，牠們母女遷往拉拉山一帶是對的。自從北橫全線通車後，巴陵一帶的山胞，早已揚棄舊有種水稻和小米的生活，幾乎家家戶戶都改種起溫帶水果來了。起先種的是蘋果，後來因為遭受進口蘋果政策的打擊，才專以種水梨和水蜜桃等高價水果為主，巴陵、拉拉山一帶，也就因此梨園片片、蜜桃纍纍，尤其近幾年來，此區慢慢也闖出了「梨山第二」的名號。

熊雖然雜食，但主要的興趣仍以植物類為主，尤其是味帶津甜的植物。水梨和水蜜桃正都是甜性的漿果。

幾天後，母熊和玄兒來到了巴陵橋對面的大山。進了這座山後沒多久，母熊就聞到了久已未聞的氣味，從氣味判斷，牠感知就在附近另有其他同類存在。

熊是孤獨性的動物，平常性情冷落，一向獨來獨往，除非是母熊和幼熊才可能走在一塊兒。這山既然已有其他同類，母熊領著玄兒，主動就離了開去。

沒想到那氣味卻越來越近，足可感知，對方是有意靠近來。玄兒雖然好奇，不時作咕嚕聲，但母熊卻全神戒備，屢屢看著玄兒，好像在示意牠不要隨便出聲。

對方終於闖進來了！

原來是一隻與玄兒差不多大小的小熊，重量頂多三、四十公斤。熊是非常有責任感又極富感情的動物，很多小熊長到一百多公斤後，很可能都還一直由母熊照顧著，就算要離開母親，營獨立生活，也多在一歲多以後。這隻小熊沒有母親在旁，是非常奇怪的事，唯一的可能是小熊的母親已遭遇了不幸。

自從民國六十一年政府頒布全面禁獵措施以來，禁獵的效果一直不彰，一方面臺灣各族山胞素有打獵的傳統；一方面平地人也常出高價購食各種山珍野味，熊掌在中國人的食譜中，又是歷史悠久的珍品，臺灣黑熊被獵食的新聞因而常常見報，小熊的母親，可能在這些殺戮中，被吞進了饕餮們的肚腹。

小熊出現後的眼神是畏怯而又有些孺慕的；玄兒的母親反應卻十足慎重；只有玄兒的反應充滿欣喜興奮，很快地，牠就與小熊玩在一起了。

也許是出於對同類的相惜；也或許是剛當了母親，對幼獸有種自然的慈愛，玄兒的母親讓小熊留了下來。從此一大兩小在拉拉山附近的山林中四處活動。

牠們在拉拉山一帶覓食，舉凡野芋、果蔬、嫩芽、樹根都是牠們取食的對象，熊雖然也吃肉，但六十年代臺灣高山能讓牠們捕食的小獸已經不多，加以兩隻小熊的臼齒剛剛長成，過於硬質的骨頭還不大啃得動，所以這一陣子，牠們的食物幾乎全以植物為主；有時候，母熊也會帶二隻小熊，到大嵙崁溪的沿岸抓些洄游的魚蝦吃，但一則時近冬天，一則近年來臺灣一般溪流裡的魚蝦也逐漸減少，能有魚鮮吃的時候也不太多了。

上巴陵一帶雖然果園片片，但因為常有果農上山，牠們也不敢時常靠近，平日裡最大快朵頤的事，是偶爾尋到擠滿幼蟲的蜂窩，那些密密麻麻像小白蛆一樣的蜂蟲和蜂蜜，是牠們望之垂涎，即連外出的山蜂發現後整群來攻，牠們也捨不得放手的甜美食物。但碰到這種大餐的機會畢竟太少了，臺灣山野過去那種鳥語獸躍、蜂翔蝶飛的場景，已逐漸成為過去。

時序進到冬天後，一些傾瀉到大料崁溪的小山流都逐漸乾涸。乾涸後的小溝谷，給玄兒牠們又多了一處覓食的地方。

整個冬天，玄兒的母親常帶玄兒和另隻小熊到乾涸的小溝谷去，母熊憑著經驗，常張開孔武有力的雙臂，將沒在乾溝中的磊磊巨石，硬從泥土中拔起，讓玄兒和那隻小熊跳到坑裡，挖捕蚯蚓吃。這樣的生計雖然辛苦，但只要食物有著落，遊盪覓食的日子，自有一種粗獷的野趣。

可是，這項野趣終究還是被密沓而來的人跡撞破了！

民國六十六年一月初的某一天，住在復興鄉三光村爺亨部落的青年高志發，從林班得到通知，說他伯父高源達上山巡視捕獸的陷阱、順便也要採些香菇，在海拔一千八百公尺的濕氣下，卻因為嚴重的風濕症復發，一時手腳癱瘓，無法行動，被林班的工作人員收留在山上某處簡陋的工寮內，要高家趕快去接人回來。

高志發邀了他的繼父黃松安同行，在三日下午到達北橫中段的大漢橋旁，從此沿著拉拉山右側的山溝，開始攀登怪石嶙峋的山徑。到了海拔約一千公尺的地方，高志發父子被一場罕見的景象嚇住了。

他們眼前是一條乾涸的山溝，溝中很多巨石被活生生拔起，現出很多坑洞。依據他們的經驗，這很可能是大狗熊帶小熊覓食過的痕跡，所以，至少有二隻以上的狗熊就在附近。

山胞雖然性喜打獵，但大狗熊卻是他們不敢隨便招惹的動物。在還沒禁獵以前，山胞獵熊，必定招足人手，帶上二、三隊獵犬，才敢上山圍捕，饒是如此，也還常損兵折將，甚至連帶去的狗，都會被兇猛的狗熊扯出肚腸，隻隻無回。他們此次上山，只帶了簡單的衣物和食米，若真碰到狗熊，真會凶多吉少。

高志發父子一時如臨大敵，嚴加戒備，但經過一陣觀察後，並未發現熊跡，加以一千公尺的地方只能算是淺山，照常理推斷，不該有狗熊出沒才對，在救人如救火的心情下，他們不得不再朝前推進。

這片乾溝，的確是玄兒一行沒多久前才覓食過的現場，玄兒的母親因為聞到了異物的氣味，才將兩隻小熊帶了開去。熊雖然吃肉，但除非餓極，否則不會動人肉的腦筋，通常碰到人，也多半會主動避了開去；但卻有幾種例外，例如受到騷擾被激怒了，或是懷孕期，再不就是帶小熊出門，為了保護幼獸，牠們常會放力一拚，先下手為強。

高志發父子雖然沒發現牠們，但母熊卻早就帶著二隻小熊埋伏好了。熊的個性一向深潛，要襲敵時，絕不多露聲氣。

終於，在一片古木參天的原始林底裡，走在前頭的黃松安慘叫了一聲！玄兒的母親已從埋伏好的山丘上躍撲下來，黃松安被母熊壓倒在地，只聽得「沙」的一聲，高志發發現母熊已像小孩子撕破紙一樣，將他繼父整張從右上額、右頰直到下巴的面皮，狠狠地撕了下來，右半邊的臉正血流如注。

黃松安在淒厲的叫聲後，本能的忍痛與母熊搏鬥；高志發經短暫的驚駭後，馬上回過神來，趕緊就地拾取樹枝，狠狠毆打母熊背部，一時二人一熊翻打在一起，玄兒和小熊沒有加入戰鬥，但在旁邊狂吼掠陣，加上母熊吞山裂石般的吼聲，一時使得天搖地動、山眩石翻。雙方各為生死，正試圖榨出本身最後一絲力量的拚勁，頃刻間震懾得天地嵐氣都為之僵凝。

高志發手中如暴雨直落的樹枝，一下子就打斷了，瘋狂的母熊卻毫無感覺一般，甚至一拳揮出，打得高志發頭昏眼花，站樁不住。

挨了一拳後，高志發才被揍出了竅似的，突然想起背包內帶有一把鋒利的番刀，立刻取了出來，對準母熊的頸部頻頻猛砍下去……

母熊至此才感到疼痛，放開黃松安轉而衝向高志發。結果雙方兩敗俱傷，高志發頸部被熊爪刮出了一道長長的血槽，母熊的身上也刀傷纍纍，尤其頸部更像利斧剁過一般。

雙方經過一陣纏鬥後，終於詭異的停止了，母熊和高志發相互注目了一會兒，終於攜帶二隻小熊轉身離去。

高志發顧不得上山救他伯父的事，趕緊將黃松安送下山急救。後來兩人都萬幸脫了險，只有黃松安的右半臉，從此永遠肉疤橫綻，迄仍出落在爺亨部落之間，刻劃著此戰曾經是如何如何的慘烈。

但離去後的母熊，卻沒走多遠，就因傷重不支倒地而亡。臨死前牠的吼聲淒厲，兩眼遲滯地看著二隻小熊；二隻小熊則在牠身上爬上翻下，連連發出低沈的悶聲，一邊是為護兒而死，一邊是因急親而慌，那聲聲哀鳴，連山林土石都為之心驚變色。

從此，玄兒和小熊變成無主的孤兒，牠們一直在母熊的屍旁低吼。月亮下去了，接著是太陽，直到母熊流的一地血液轉暗變凝，牠們的肚子也發餓後，才推舔了幾下母熊，結伴低鳴而去。這個時候，牠們都才三個月大，山林茫茫，不知此後如何寄身。

離去後的二隻小熊，還常回到母熊的屍旁來，一直到母熊的屍體腐爛化蛆，最後不知如何失去了蹤跡，玄兒和小熊才漫無目的地投向墨綠的山林去。

依照某些動物專家的研究，一隻熊可活三十年，只是臺灣山林中，又有那隻熊能有這份福命？

離去後的玄兒和小熊，變得非常喪神失意，牠們的警覺性也變得非常低，也許是饑饞的關係，常常接近上巴陵後方的果園，攀咬樹上現成的水梨吃，終於，在六十六年七月的某一天，牠們又出事了。

那一天下午，牠們相隔了一些距離，正在攀咬枝椏間的梨果，一名配刀的壯年山胞，正好悄悄路過。當他看到玄兒和小熊正背著他在大咬特咬時，也許是欺牠們年小不足懼，抽出約八十公分長的彎刀，猝然就躡過來，朝最近他的小熊後肩揮砍了下去，頓時間哀吼裂起，枝椏上尚未完全成熟的水梨掉了一地，稍遠處的玄兒驚駭轉頭，目睹這平生第二次的血腥，本能的，如驚弓之鳥就竄跑了逃去，現場留下小熊被斜砍下來的一條毛臂，和疼痛兀自掙扎的傷軀。那山胞又狠力地補刺了兩刀，果園裡的空氣突然凝滯得只剩坡地傳盪著小熊臨死前那一陣陣哀吼的波動。

那山胞用力很猛，操刀又穩，小熊的傷口竟被砍成略帶弧形的一條斜線。這麼辣狠的刀法，據說年輕的山胞已沒有人會。可憐一隻幼小的熊孤兒，最後還是沒長大就喪命在行將失傳的刀口下。

依照紀錄，這是臺灣光復以來，上巴陵華陵村第四次的屠熊事件。

逃去的玄兒，這次成了名副其實的孤絕者。雖然熊性喜孤獨，但六個月內遭逢兩次天倫巨變，三熊暖伴的生活，倏忽間落得形單影煢，那份哀懼淒寒，冷冽過提早上山的寒流。

這一年冬天，玄兒過得非常狼狽，牠幾乎是餐一天、餓一天，尤其過了翌年三月後，牠的兩個鼻孔又遭到了吸血蛭蟲寄生，更使牠的發育遭到阻礙，久久都未見體重增加。

形孤影單的歲月，使玄兒的意志格外容易趨於消沉，牠常找個隱蔽處，啣來一些野草枯葉墊底，再打斷細樹瘦幹遮擋，就躲在裡面冬眠，企圖睡過一段哀絕的歲月。

但是冬眠期間的玄兒，卻常被各種聲音驚醒。臺灣黑熊雖然是魁梧巨物，卻天生懼怕一些尖銳的聲音，尤其是林班伐木的鏈鋸聲，和山胞揮斧砍樹的聲音，甚至連午夜的雨滴，都會干擾牠們的神經。很多從先人得到經驗的山胞，就抓住這種弱點，常利用兩棍相敲或鐵器擊樹的聲音，將猝然相遇的熊隻驚走。

臺灣沒有冰雪封地的冬天，島上的黑熊並沒有明顯的冬眠，即使有，也只是一兩個禮拜而已；熊的冬眠也與蛇、蛙等冷血類不同，只要氣候回暖，牠們隨時會爬出覓食，若在冬眠期間被人撞壞好事，牠們也能隨時醒轉逃走。

這一年，冬眠的玄兒就常被到拉拉山神木區春遊的青年鬧聲驚醒，連連換了幾次窩；有時雖然黑夜寂靜，正當好眠，卻又因肚餓太甚，餓得睡不著，常也淒然醒轉，每當此時，出自本能的感覺，常驅使牠往有人的地方去，血液中的遺傳因子似乎告訴牠：「有人的地方，就有東西吃」；可是深夜高山的林班工作人員，都曉得在居處燒一堆柴火，讓熊獸不敢欺近。深山百獸沒有不怕火的，饑腸轆轆的玄兒，就此常望著無邊漆黑中的一叢火光，發出悲辛的哀吼。雖然牠尚未完全長大，但命運的坎坷，卻已使牠的吼聲格外淒厲嘶拔，黑夜中的鳥獸常因此瞿然驚醒，林務人員甚至聽得睡不著覺，還得起身重新巡視工寮一遍。

夜去晝來、日上日下，每天太陽很快就偏西，每當日沉之後，群山漸漸轉黑，唯有晚霞一逕從山邊綿延到中天，靠山的部分往往特別鮮紅，迤邐到中天的部分就慢慢轉淡了。這種景象落在玄兒眼裡，不自禁就會勾牠重想起母親臨死那一刻的現場，那黑黑的山軀，就像母熊頹倒的身體，而眼前的紅霞，正是那片流了一地的血，此刻仍在牠腦海裡無法轉淡。

很快地，時序又到了巴陵一帶泰雅族山胞的豐年祭。民國四十八年的葛米拉颱風和五十年的葛樂禮颱風未颳壞此區的灌溉水圳時，巴陵附近的小米總在七月收成，七月份也就成為他們一年一度的豐年祭月，自從五十六年北橫通車，這一帶改種溫帶水果後，水梨、水蜜桃的收成月份是九月，他們的豐年祭也就改在九月的山上，酒天舞地的舉行起來。

這個時候，玄兒兩隻湛黑的小眼，常從對山癡癡地往山胞狂歡的綽綽身影凝望，鼻聞飄浮而來的陣陣肉香，內心格外有種人類無法探知的落寞。人暖熊寒、物競天擇的世界，沒想到竟是恁此冷酷。

在玄兒的感覺裡，生計辛苦，山林歲月是緩慢得近乎呆滯，但冬去春來，葉老葉新，時光卻像大嵙崁溪的綠水，不斷流去，民國六十七年的中葉來了，玄兒終於長大了。

現在牠的體重已近二百公斤，手腕發育得比人的大腿還粗，每隻熊掌幾乎都有一般人掌的兩個大，胸前的「V」字形白毛，在黑茸茸的身體中，格外出落得顯眼，像是穿了黑旗袍的女人，胸前佩掛著一串暈白的珍珠項鍊一般，牠的發情期到了，已具備孕育下一代的能力，可是樹海淼淼，到那裡才能尋得公熊的安慰？

整個六十七年，玄兒幾乎沒有遇過一隻公熊。在無數個光色皎潔的月夜，巴陵附近的部落和林班工作人員，常可聽到山巔上傳來玄兒呼喚的吼聲。人們雖然不懂吼聲中傳達的是「一隻母熊在此」的意義，但月夜最易教人動情，連綿不斷的熊呼，自然就使聞者有一種被薄床冷的春煩，淹泛一夜揮之不去。

寂寞的玄兒又那裡曉得，此刻臺灣全島的黑熊已少之又少，牠卻還在北臺灣的山林中兀自癡情的尋覓！

這一年的十一月，冷清失意的玄兒常在拉拉山神木群的附近徘徊。合該有事，有一位晚年窮寒的榮民鄧興洲，在廿三日上山採香菇和蘭花，準備變賣維生，卻在「復興一號」神木附近，巧然發現了玄兒閃去的一角背影。

兩個孤寒失意的生靈碰在一起，本值得相濡以沫，可是很多悲劇就釀生在人類不得不為稻粱謀的無奈上，當時的市價，一張熊皮可賣兩萬多元，一顆熊膽可賣兩萬元，熊肉每公斤值四百元，熊掌每隻也有五千元，做成料理後，還可賣到一萬五千元左右的價格，包括熊骨在內，一隻熊的總值可有十二萬元，貧苦了後半輩子的老榮民鄧興洲，一時竟怦然心動，興起搏命一賭的念頭。

他揣起一根月餅圓徑大的杉材，心跳撲撲地跟了過去。

熊一向機警多智，又是報復性最強的動物，當發現對方跟來時，牠的舊仇新恨一下子全湧上心頭了。一旦牠把來者看成仇人，身上那種襲敵時絕不露聲色的熊類通性，很自然就發揮了出來。倏然之間，牠已繞道岔行，找到了有利的埋伏位置，當「老鄧」躡手躡腳踅過來時，玄兒發難了！

三天後，「老鄧」的屍體在「復興一號」神木再進去幾公里的地方被發現了，他的左半邊臉從眼窩的地方，被活生生刨挖了一個窟，上身、手臂滿是傷痕，經法醫朱輔臣驗屍後，判斷是遭熊掌猛擊，以致頭顱內出血而死，檢察官孫長勛巡看現場後，發現老鄧死後，除了一身是傷外，沒有缺少一塊肉，證明殺他的熊，並不是為了吃人才將他弄死。

在拉拉山一帶，老是因為人而發生不愉快的事，使玄兒有點厭惡這裡的環境了。這一年的年底，牠開始想起幼年的故居，想回那片記憶中最安寧不過的森林去，那裡有當年母親教牠學步的一草一木。於是，牠的步伐指向夫婦山了。

當牠摸到高義附近時，沒想到一切都變了，工人在配合石門水庫的榮華攔砂壩正在那裡動工，工程人員天天都在引爆掘洞、鋪埋涵管，爆破的巨響最是玄兒懼怕的聲音。夜以繼日，玄兒被炸得心驚膽戰，埋頭亂竄，甚至跑得失去了方向，竟越跑越出山區，有一次還越過了北橫西端的霞雲坪一帶，出現在復興鄉圓山與三民交界的水源地。這個地方離復興鄉先總統　蔣公的行館只有一兩公里，離慈湖也已不遠，時時日日都有人群來往，自從民國卅七年以後，就未再出現過熊跡，玄兒的出現，給當地居民帶來三十多年未曾有過的驚恐和騷動。附近的居民感受到嚴重的威脅，曾幾度組隊前往圍獵，最後都被玄兒逃脫了去。

誤入人間，受不了驚風擔險的天日，玄兒終於摸清方向，再回到拉拉山區去。山林漫漫，竟無處是家，臺灣野生動物的命運，沒想到竟淒涼至此。

牠回到拉拉山附近時，已是民國六十八年的年底。

再次回到拉拉山後，牠飄浪的範圍拉大了，當上巴陵一帶的山胞在歡度耶誕節、過他們自己的年時，玄兒孤孑一身地流浪到了塔曼山。在這座山上，牠終於邂逅了一隻公熊。

公熊和母熊的外型完全相同，人類要分辨，只能從牠們的生殖器去判斷，但玄兒卻幾乎一進塔曼山，就能聞到公熊的存在。

塔曼山的生活，是玄兒自母親去世後最快樂的一段歲月。可歎的是，快樂的歲月由來最易過，熊的性情一向冷落孤獨，雌雄聚在一起，也僅止於擇偶交配期間，一陣恩愛後，又各自東西了。

玄兒與公熊分手是今年春將去的時候，玄兒內心雖不願過形單影孤的生活，但天性中卻似乎有一種鐵律，逼得牠不得不和公熊勞燕分飛，注定一輩子在茫茫樹海裡，獨啃寂寞的淒涼。

分手後很快地半年過去了，就像從幼熊到現在四年多的歲月過去一般，時間又到了一些樹葉要轉紅的九月。

拉拉山區的山嶺是大嵙崁溪和新店溪的上游，二條河的下游都匯流進臺北盆地。這一帶的水土保持如何，與臺北市的安全息息相關；上巴陵的山胞傳說，當年曾因現任臺北市長李登輝的一項報告，才遏止了這一區域的山林砍伐，所以至今原始林仍多。就在這個月的中旬，玄兒在拉拉山某處原始林裡生產了。

這一段時日，正是山下各賞鳥會和保護動物協會呼籲保護野生動物的呼聲最響的時候，可是藐藐聽者中，又有誰曉得這隻幼熊的出生，是多麼不容易的事？

一年前，東海大學環境科學研究中心的研究員顏重威，在經過一項大規模的調查後，統計出全臺灣山林剩存的黑熊已不到五十隻。這隻幼熊，終於又給這項統計添進了「一」隻可貴的數字。

天底下所有母性為下一代的奉獻，是不得不教人感動的。生下幼熊後的玄兒，負擔增加了，牠必須帶幼兒躲避越逼越近的人類，一切就像當年母親生牠的時候一樣，十幾廿天後，幼熊漸會走路了，玄兒必須教牠學步，又必須四出覓食，補足營養好充分供應幼兒需要的奶水。

十月是島上歡欣的月份，山下到處人心歡騰，可是山上的獸食卻越來越少了。

十月十一日上午，玄兒又叼著幼熊到拉拉山的神木區附近找食。前一天是雙十假日，北臺灣很多年輕人都上山郊遊，神木區是此帶遊人必到的觀賞點，經過一天的人來人往，果皮垃圾遺了一地，其中不乏最合熊胃口的甜食。

十一日是禮拜六，上午並不是假期，整個上午竟沒有遊客來到，玄兒難得有這麼寧靜又美餐的上午，吃得竟有點大意了，直到上巴陵華陵村一對山胞兄弟胡德火和胡德財上山採蘭花，路過神木區，迎面碰上玄兒時，雙方才都意識到「慘了！」

胡家兄弟固然怕玄兒，玄兒何嘗不怕他們，但這世界有很多無奈，就表現在彼此並無敵意，卻又不得不互相攻擊上。這個時候，幼熊就藏在神木後頭的一處草叢裡，為了保護幼熊，玄兒不得不戰了。

牠筆直地衝了過去！

胡家兄弟本能的反應是「逃！」弟弟胡德財今年廿四歲，跑在前頭；哥哥胡德火今年卅歲，落在後面。跑了一陣後，由於手足情深，胡德財怕哥哥遭到不測，又毅然改意停步回過頭來，這時候體力較差的胡德火才越過弟弟去，本以為後頭有弟弟擋，才正要停步回頭一下，不料玄兒已停在他的身旁，正人立起來，高舉雙掌準備下擊，此時一切的反應都出自本能，說時遲、那時快，弟弟胡德財已抽出隨身攜帶的二尺長番刀，竭盡所能朝玄兒前胸刺了一刀，這一刀用力過猛，連刀都插黏進玄兒的胸膛裡；胡德火當然也拔刀連續揮砍，但沒兩下就讓玄兒給搶了過去。

玄兒對刀的感覺非常深刻，牠的母親、牠的童年玩伴，全喪命在這種灰黑色的長物下，牠理會得該奪刀，讓刀脫離人手，可是奪了刀後，卻不會使用，無法憑以攻擊對方。這是熊長期與人類抗爭不得不輸的悲劇。

為免刀再落入人手，牠只會將搶到的刀放到臀後，也許是胸前插的那一刀太厲害了，牠竟拄坐在藏於臀後的那把刀上，雙手猛力拍打留在前胸的刀。據山胞說，熊只會把事物拉近身，不會把事物拔遠去，牠竟不知該如何從前胸拔出那把要命的刀。

這一刀給牠的傷害太大了，疼痛的表情在牠臉上跑馬，牠已無心再去攻擊對方，只一心一意要把刀拍打下來，胡家兄弟就趁這個時候溜了。現場留下玄兒像瘋子一樣，兀自徒勞地拍打著胸前沁血的番刀，就像古神話傳說裡，那位日日夜夜在常羊山的山風中，揮舞著盾牌和巨斧，對茫茫大地作殊死戰的斷頭勇士「刑天」……

四十分鐘後，胡家兄弟請來了平生已宰過兩隻熊的二伯父吳正成。老獵人吳正成到了現場後，對著仍在拍打胸前血刀的玄兒補刺了三刀。

從此，軒轅黃帝讚美過、陶淵明歌頌過的勇者「刑天」，如崩黑山、斷烏柱般地轟然仆倒了。牠的血，對照起渾身黑毛來，顯得格外悲紅！

這一刻，是民國六十九年十月十一日的中午天，太陽的顏色仍像當年夸父追過的一樣，扎赤得讓人無限難過。

玄兒的屍體讓胡德財伯姪三人合力給扛下山了，那一把血刀仍插在玄兒的胸上，就像插在所有呼籲保護野生動物者的心上，足足刺進了十公分深。

◆

當天下午，玄兒就被瓜分了。山地人不會做標本，連毛烤燒了後，刮皮開肉，分送給所有親族。

職司禁獵職責的上巴陵管區警員前來過問時，胡家兄弟說是自衛，不是有意去打獵。胡家兄弟第一回合當然是自衛，可是玄兒何嘗不是自衛？牠甚且是為了血脈延存！只是這段冤恨已無從去控訴了，天地間好像真已沒有足力的生靈，能在此時給玄兒憐憫！

殺了熊後，胡家兄弟頓時成為部落中人人讚好的英雄。分到熊肉的山胞說：熊肉吃起來像牛肉一樣；剩下的四隻熊掌和整個熊頭，由從板橋上山經營「古木山莊」的平地人林木德帶回板橋。依照協議，四隻熊掌由他代賣，熊頭送給他留著，聽任他請人製成標本。

十月十六日，林木德花了八百元，公然在聯合報全省性的廣告版中登了一則出售熊掌的廣告。現在，四隻十五公分長的熊掌和玄兒七斤半的熊頭，就冰凍在林木德板橋家中的家用冰箱裡，牠的雙眼已經緊閉，各處傷口霜凍成一片慘白。

熊肉也許真的像牛肉一樣，但為了討一頓類似牛肉的味道，卻奪了一隻哺乳期母熊的命；熊掌也許真的味道不凡，但吃到老饕腹裡後，頂多不過廿四小時，終究還是流到化糞池裡，可是那遺在山林中失去奶水哺育、甚至還沒長齊細毛的幼熊呢？

今年的寒流已提早來臨，上巴陵一帶去年曾經是飄雪的地方。如今寒山茫茫，幼獸嗷嗷，人的世界卻一片紅塵泛孽，生靈求生的心血，突然悲涼得深刻莫名！

作者簡介：

林元輝，男，彰化人，一九五四年二月三日生。國立政治大學新聞系學士，美國威斯康辛大學麥迪遜校區文學碩士、哲學博士。曾任《工商時報》、《民生報》、《聯合報》記者，《經濟日報》國外新聞組副主任，現任國立政治大學新聞學系教授兼系主任。曾獲時報文學獎報導文學獎首獎、民生報模範記者獎、時報青年學者獎以及國科會甲等研究獎。著有《變色的櫻花》、《江湖春秋》、《輕薄短小的時代》、以及《一步一腳印》等書。

〈黑熊悲血滿霜天〉評析：

臺灣報導文學理論的闕如，前衛的作品往往不為評論家所認同，一般大眾也鮮少有機會閱讀到，更遑論衝擊舊有寫作框架的可能性。

林元輝以武俠小說筆法寫下的〈黑熊悲血滿霜天〉，以擬人化手法、典型化主角以及想像主角心境等手法，挑戰報導文學寫作的禁忌與界線。如果恪守傳統報導文學的「規則」，必然無法認同以黑熊的觀點寫作的報導。更不要說，文章中提到的黑熊行蹤，其實是綜合特定時期在北部橫貫公路一帶許多民眾發現臺灣黑熊的報告，典型化為「玄兒」的生命史，如此一來真實固然存在，但似乎已經融入了某種程度的主觀，甚至包含著某種程度的「想像」與「再現」，這樣的書寫是否還屬於報導文學？是一個十分耐人尋味的問題。

在生態書寫或歷史人物的報導上，保育動物並不能言語，已經往生的歷史人物更無從採訪，在從事報導上勢必遭遇困難。在與報導文學十分近似的紀錄片領域中，近年來就針對同樣的困境，有許多不同手法，採納主觀觀點，甚至「想像」與「再現」成分進入紀錄片中。

紀錄片中採納主觀觀點者，如互動式紀錄片，在語言聲音方面，自由引用拍攝者與被拍攝者的敘述，兩種聲音交替出現或互相辯證；在影像方面，作者經常出現在畫面內，直接討論事件，或與被拍攝者交換意見，因此導演具有出入時間與歷史事件的自由。另一方面，更為前衛的紀錄片中，不乏找演員重現歷史場景，或是採用虛構的畫外對白，都廣為西方紀錄片影展接受，著名的例子如葛瑞塔席勒的《掩護曼德拉的人》，或如蘇俄導演歐斯波夫的《心聲》，皆出現過類似手法，並不減損其在記錄片史上的地位。一般大眾更熟悉的「探索」（Discovery）頻道或「美國國家地理雜誌」頻道中的生態記錄，也常見以擬人化的方法，進行動物生活的報導，十分生動有趣。

事實上，在非虛構的書寫體系中，也有如前衛性紀錄片般的主張。如採納新新聞學（newjournalism）理論，報導者可利用戲劇性的場景去描述新聞事件，充分完整地紀錄對話及軼事，記錄新聞人物詳細的身份地位及行為特質，並用綜合的、有創意的觀點去描述新聞事件，必要時可動用小說技巧還原新聞人物之思想與感覺，以及把不同來源取得的人物特性及軼事加以組合濃縮。

如果紀錄片容許前衛手法，新新聞學允許想像力與推論介入書寫，那麼報導文學是否也可援引類似手法？以本文為例，林元輝不選擇寫實小說的模式書寫，採取報導文學的體例寫黑熊的悲情命運，雖然利用想像力組合事件，並且典型化主角，但其中每個事件都是事實，均有文獻與採訪紀錄可供查證，其中主觀涉入推論與模擬場景的部分，也都合乎常理與動物學的知識，自然要比小說更具說服力。

相信若將〈黑熊悲血滿霜天〉應當列入前衛的報導文學中，可以讓文學界重新省思報導文學是否有更多的可能性？是否有更前衛的表達形式？

延伸閱讀：

【理論部分】新新聞學與前衛書寫

1 蔡源煌（1992）：〈報導文學與新新聞〉，收錄於氏著《當代文化理論與實踐》，臺北：雅典。

2 彭家發（1993）：〈細說新新聞與報導文學〉，《新聞鏡週刊》263期，頁30-33。

3 游惠貞（2000）：〈各展手法，捕捉歷史人物的身貌〉，收錄於（http://iwebs.edirect168.com/main/html/filmism/36.shtml）。

【創作部分】

1 Capote, Truman／楊月蓀譯（1975）：《冷血》。臺北：書評書目。

2 林元輝（1980）：〈「國慶鳥」栽落鬼門關〉。《民生報》一九八〇年十月十九-二十日，頁12。另收《江湖春秋》。頁221-237。

3 林元輝（1985）〈蘭陽平原上的雙龍演義〉。《中國時報》一九八〇年三月三-五日，頁8。另收《江湖春秋》。臺北：時報文化，一九八五年。頁3-30。

——須文蔚

礦坑裡的黑靈魂

楊渡

轉過一個又一個的山頭，盤旋過環山繞行的公路，我隨著「礦工的女兒」——阿淑，終於抵達了伊的父親向某大公司承包的山谷小礦場。

與瑞三、建基等大礦區相較之下，這兒的的確確是個小礦場罷了。明朗活潑且有著一雙鳳眼的阿淑便是在其中負責會計、薪資，有時並兼任管理等工作。然而，當我隨著阿淑健捷的步伐走下陡斜的山坡石梯後，聽著阿淑與洗煤搬運的女工一一打招呼時，便油然地生起一種家族小公司所特有的感受。

阿淑在前頭介紹環繞著礦場的雞籠山、金瓜石山脈、茶壺山等等地形，然後，她突然指著遠方在山路上盤旋而下的、載滿了黃土沙石的卡車說：「看見沒有？那一輛卡車，就是載黃金的車子。」伊說。

「那不是一車黃土嗎？」我驚問道。

「對啊！都是從金瓜石山上挖下來的。本來九份、金瓜石盛產黃金，但是已採得差不多了。現在金瓜石的藏量相當少了，所以，乾脆！」伊回頭笑著說：「把山通通挖下來提煉算了！」

「那能提煉多少黃金呢？」

「據說一卡車大約可以提煉一兩吧！」伊說。

我於是無聲地笑了。

傾頹了的黃金大山

一座山的死滅，一座充滿傳奇、夢幻與閃閃黃金的大山，終於即將傾頹了。那尋金者曾經蜂湧沉迷的國度，那貧窮者以「吞金」來和帝國主義、資本主義捉迷藏的對抗，終將在大卡車的來回搬運中，傾頹且幻滅了。充滿了夢幻與傳奇的這山頭，終將只剩得一片荒涼而破碎的面貌，化為一兩一兩的黃金流入市場，化為一灘一灘的黃土沙石，向太平洋永遠沉沒了。

礦場上，礦坑口的臺車軌道在陽光中閃亮著褐色的光芒。自礦坑入口蜿蜒而出後，軌道分岔，一條筆直伸入山谷口，用來傾倒廢棄的沙石；一條向右延伸約二十公尺後爬斜坡而上，運上坡地後，傾倒入洗煤場。幾個婦女工作者頭戴斗笠，並在斗笠上包著一條大方巾，以便遮陽；身穿碎花粗布衣裳，下身著長褲及塑膠雨鞋。然而衣褲上，卻因煤沙的沾染，大多呈現煤黑色澤。她們在礦坑外從事搬運及洗煤的工作。一個婦女推著裝滿煤礦的臺車到斜坡下，然後又跑上斜坡拉下鐵索，勾好煤車，在陽光中，隨著煤車拉曳而止，她勤奮地上下跑動著，流汗著。

走進了簡陋的辦公室裡，兩個頭戴安全燈的工作者正蹲在地上修理東西。他們抬起頭訝異地望著我。阿淑說：「這是楊先生，他想報導礦工，你們多照顧哦！」他們和善地站起來，笑著伸出手來，當我也伸出手時，他們卻又望了望自己的手，羞澀澀地收了回去，說：「手很髒呢！歹勢！歹勢！」我說：「沒關係啦！怕髒就不來了！」「沒要緊啦！握不握都一樣！」他們爽朗地說。

由於他們今天的工作相當繁忙，無法帶我進入礦坑，便相約次日再來。於是我與這位做了幾十年礦工而今因著承租礦場而成為資方的礦場負責人聊天，並詢問了礦工的工作、薪資及身體健康等問題。

薪資與危險性齊頭並進

基本上，礦工的工作時數並不算長，早晨八點入礦坑，中午吃過便當後，將工作告一段落，下午兩點左右便陸續出坑了。每天約工作五小時。工作時間雖不長，但是因全然的體力勞動，因而相當勞累。為了避免身體過疲而疏忽心神，多數礦工在能夠維持生活的原則上，大多不願工作太久。其薪資則係論件計酬的方式，以每天採掘幾車煤來決定。因此與煤層的良否具有莫大關聯。好的礦脈可以日進千元以上，壞的礦脈沙土特多時，便只有幾百元而已，所以，礦工們當然指望挖到好礦脈，然而，由於礦工在老成凋謝退休而又後繼乏人的情況下漸漸少了，在「稀為貴」的情況下，礦工的薪資也漸有保障，亦即如果挖到不良礦脈而出煤甚少時，可向資方提出要求，而獲得某一程度的補償。這是指「採掘工」而言。至於「進度工」則是開闢新的坑道，架設支木，好讓採掘工進入工作，因此其薪資是依所開闢坑道的長短而定，越長薪資越多。

礦坑外的「運煤工」與「洗煤工」的薪資，則可分為論件計酬及工作時數兩種方式。平均起來，進度工與採掘工日薪約在七百至一千元左右。不過因著工作很累，工人們鮮少天天上工，因此，一般月薪約在一萬至兩萬元左右。坑外工則因危險性較低，工作較輕鬆，相對的薪資也低很多。

然而，高薪資卻難吸引年輕人進入礦坑工作了。一來危險性很高，稍一不慎，動輒落盤、入水、瓦斯爆炸，常常不是人力所能控制的。其次則是嚴重的職業病。目前礦工平均年齡約在四十五至五十之間，他們大多因長期的工作，吸入空氣中的沙塵，沉積肺部而造成了「沙肺」。沙肺本身雖然不至於致命，但會使身體衰弱。更怕因感冒、疲勞過度、菸酒過量等等引起併發症，而將沙肺轉成肺癆，便能置人於死地了。礦場負責人雖然一再強調做礦工是如何的輕鬆好賺錢，但是，當他談起沙肺時，也不禁變色聳然地表示自己也盡量避免進礦坑。因他也在礦坑工作數十年，也患有沙肺。沙肺雖然不傳染、不致命，卻是無法治療的病症。患者只能盡量維持健康，使它不至於轉為肺癆罷了！

但是，普遍罹患沙肺的礦工們卻也只能繼續進入黝暗的礦坑裡，繼續吸取沙塵，一鋤一鏟地謀取生存，一鋤一鏟地為中國的能源貢獻全部的血汗與生命。

這就是我們面目黧黑，手足胼胝的弟兄的一生。

一切都是這般危殆而艱險

次日早晨，抵達晨光閃耀的山谷小礦場後，我隨同安全人員蘇仔在工寮裡換下全身衣褲，穿上工作服及雨靴，戴上膠盔並佩好安全燈，隨同另外兩人，一起坐上駛向礦坑的空煤車，緩緩向礦坑入口前進。

煤車由礦坑裡的捲揚機拉曳著，緩緩駛進了礦坑。洞口的光線迅速即消失而全然地進入了黑暗。只剩下安全燈照著前面積水的軌道，牆壁上粗大黑濕的支架相思木，和煤車輪子與軌道噹噹的撞擊聲在四壁有力的回響著。

我們沿平水巷前行。

牆壁上有泉水不時地滲滴下來，不只淋濕了支撐的相思木，更使之發霉而長了一層白色的黴菌，在光線與水珠的襯映下，閃著冰冷森白的光芒。

我在心裡暗暗憂懼起來了：如果相思木因年久失修而斷裂了；如果岩壁因泉水侵蝕而鬆垮了；如果地底冒出一陣狂烈的瓦斯；如果泉水驟而增大向地底淹去……那麼我們平常在報刊上所看到的「災變」，就將成為我們生離死別的葬禮了。是的，在這樣低矮潮濕的坑洞裡，在延伸向地底數百公尺的黑洞中，這個唯一的出口，卻長滿森白的黴菌，泉水淹沒了軌道，一切都是這般危殆而艱險……

然而，這只是我這般慵懦軟弱者的憂懼罷了。蘇仔和他的弟兄們了無懼意地注視著前方，平凡且堅定地開始他們一天的工作，駛向地脈深處。

通過一百多公尺的「平水巷」後，到達「斜坑」的交叉口。我們傴僂著身軀下了煤車，又傴僂著身軀順斜坑向下行走。

所謂平水巷，係指由礦坑入口向山中水平掘進的坑道，其作用只是引人進入山的中心，發現煤礦。然後再順著煤層分布的狀況挖掘。例如煤層以二十五度角向下延伸，坑道便以二十五度角向下挖掘，此謂之「斜坑」。斜坑為向下沿伸的主展線，其兩側又可平行採掘如枝幹，是謂「平巷」。因著左右次序之不同而各有名稱，如左邊第一平巷叫「左一片」，左邊第二平巷叫「左二片」，依此類推。而平巷與平巷間，亦多藏有煤礦，故平巷之間亦可順煤層分布角度而挖掘。其角度大多與斜坑相同，稱之為「工作面」。

一種模糊而親切的感覺

最初，我們沿斜坑軌道向下走。斜坑裡的泉水並不小，嘩嘩地向地底流去，使得路面根本看不清楚，也使得軌道中間的橫木與石頭滑溜難行，再加上低矮的坑道，必須彎腰縮頸才能前進。不多時，我便因時而滑倒、時而頭頂直撞支架而狼狽暈眩不已了。幸而蘇仔不時回顧我是否跟得上，而走在最前端的兩人卻早已失去蹤跡了。這時，蘇仔頭上的那盞安全燈光以及他的背影，遂成為我唯一追尋的前導了。

他在前方以慣於顛躓的步伐，不失穩定地前進著。我在後面狼狽尾隨。且因彎腰過久而腰痠背痛脖硬了。但是望著他的形姿如此，我暗自咬牙提神，勉力跟蹤顛躓前行。

蘇仔在左二片的岔口停住，轉過頭來，太強烈的燈光射刺而來，使我無法看清他的面容。他的煤黑色衣服與面容與岩壁融成了整體，只有那一盞強炙的光圈，證實著人與光明之存在。然而當我以光線直射他的面容，看見了他瞇成一條縫的眼睛時，我終而了解，我們在黝暗的地底，都同樣地努力辨認彼此的面容。雖然在黑深的情境裡，無法辨識清晰，但是一種模糊而親切的感覺，卻使我心裡感到一陣溫熱。

闃無一人的左二片裡，靜寂無聲，相思木上厚厚的一層白黴菌閃著森白光芒。水滴不時滲漏下來。而且因著此地是循環系統的末端，空氣較不好，是以一股令人難以呼吸的又濕又辣的味道使我緊張了起來。「會有瓦斯嗎？」我不禁問他。卻又先被自己的焦急乾燥的話聲嚇了一跳。

蘇仔先是驚愕了一下，抬頭以燈光照著我惶惶的面容，才笑了起來，說：「不會啦！放心啦！這裡的礦場屬於金礦山脈的地質結構，很少有瓦斯的。專門產煤的礦區才容易有煤氣、瓦斯的出現。這裡——」他拍拍我的肩膀說：「很安全啦！這只是相思木長黴的味道而已。」

「但是泉水這樣的侵蝕，長期下來，造成岩壁的鬆動，相思木又長黴，會不會危險呢？」我憂心忡忡問道。

「岩壁上的壓力是會變化沒有錯，但是沒有那麼嚴重，而且泉水也有一定的流動層面，即使腐蝕了，也會在支架的相思木上顯出痕跡來。相思木的好處是性很強，會變彎曲，但不易斷裂。如果它變彎了，我們就得注意，或者更換支架，或者重新修理，如果不行，就得放棄而封閉它。像這些泉水剛好在山裡而流過，被我們挖到了，便讓它順著斜坑往下流，流到底下，再用抽水機抽出坑外。」他平靜地敘述著。「危險，當然有啦！所以礦工每天進出都得隨時注意啊！不能開玩笑的，自己的生命咧！」

我們面目黧黑、手足胼胝的弟兄

我們繼續傴僂彎腰前進。推開至巷坑口竹門時，一陣強烈新鮮的風颯然灌進來。出了平巷後，我們順著狹窄矮的斜坑軌道向下走。這時，一列裝滿了煤沙的車子，自地底黑暗處正噹噹的拉曳而上。我們趕緊走向稍寬處，緊貼著冷濕的相思木與白黴，煤車剎時恰好在膝蓋前轟然駛過。

我們依舊顛躓前行。最初我尚且能夠注意兩壁的相思木，聯絡線及長度標示牌，但是深入百公尺多以後，在滑跌及撞頂之下，我完完全全地成為狼狽而無意識的尾隨者了。這時我只希望能夠挺直腰身，抬起頭來走路而已。

斜坑裡的泉水嘩嘩向下流，濕淋淋的岩壁閃著黑冷的懾人的壓迫。時高時低的橫樑支架依然撞得我頭暈目眩。然而，站在能源之最源頭的工作者，我們面目黧黑，手足胼胝的弟兄，便是日日在這樣的環境下，彎著腰，縮著脖子，傴僂身軀，勤奮地掘進、採挖、修補，為自己的生存而搏鬥著，在危險幽深的地底，一無憤懣怨氣的奠下工業的磐石。

我們向地底緩緩地深入。

這時，背後的上方傳來煤車駛下來的聲音。我回頭看去，只見兩盞燈光，迅速滑落逼近。蘇仔在他們接近之時，敏捷地拉了一下壁上聯絡的黑繩，車子便停下來，我們搭便車順斜坑向下滑落。

斜坑的底部，兩個赤裸上身的進度工正頂著安全燈挖掘著。一個拿著丁字鎬奮力敲擊堅硬的岩壁；一個正彎腰搬運廢石進入煤車裡。安全燈的暖黃光圈照著岩壁，使其凹凸不平的表面的光影之間，現出浮雕般的形狀來。然而安全燈一移開，岩壁便又全然地陷入黑暗了。他們回頭注視蘇仔站在一旁測試空氣。望著他們汗濕的軀體，我說：「很累哦？」

「不會啦？粗工做久，習慣就好了。」他們笑著說。

血汗締造的地下國度

蘇仔於是指著岩壁上一層狹長的黑色質土說：「你看，這一層就是煤礦。」說完撥下一塊拿給我看。我拿在手藉著安全燈加以審視，發現它質地疏鬆，結構相當易碎。他又從其較下方拿下一塊說：「這個就不是煤了。」燈光的照射下，它除了較硬質外，兩者同樣的黑色粗糙，頗難分辨。

事實上，據說這黑色煤質的露頭雖然是狹小條物，卻表示著其中可能蘊藏較大的礦脈，唯不能保證藏量的多寡。所以，很可能在掘進一段坑洞後，卻又發覺藏量稀少而放棄。因此，進度工的工作便不僅是掘進而已，更需要豐富的經驗與敏銳的觀察力，才能使工程更準確、更有效地進行。據說，早期一名熟練的礦工的培養，至少需要費時兩年的長期訓練。

蘇仔與我一邊談著，他們一面繼續工作。方才那位對我笑得真率猶如孩童的掘進者這時舉起丁字鎬，奮力向壁上擊打。壁上咯然一聲悶響，一片岩石便掉了下來，細細的塵土也揚離岩壁，緩緩飄浮然後降落地面。他再度舉鎬揮擊。這一回撞上較硬的岩石，鏗鏘一聲，岩壁悶響，冒出一點火花，岩石並未落下。他繼續奮力揮鎬，彷彿面對頑強巨大的敵人一般，全身浮凸出一塊塊堅實的肌肉，肌肉上輝閃著一顆顆微小晶瑩的汗珠，以及黏附其上的細細的塵土，幾下擊打後，一大塊岩石鏗然掉落下來，滾過他的腳下，向前翻滾，落在蘇仔的跟前。

我默默地注視著這段過程。不由得在心中暗暗想著：這麼長的坑道，這麼深的地底，便是在他們這般肌肉糾結的擊打中，一鎬一鎬地，一塊一塊地，一寸一寸地試探前進；將岩壁鑿動，尋覓煤礦的蹤跡；將相思木一根一根紮實地架設好；將臺車軌道一段段鋪排；然後，才有著今日深入山的中心，深入地底數百公尺的礦場。

這是如何的血汗，如何的手足所締造的地下國度呵！

離去時，我轉身再度回顧。只見兩盞安全燈照著冷硬黝黑的岩壁，在忙碌移動的光影裡，一道十字鎬的影子偶爾撲向壁上，便有鏗然的悶響在四壁迴盪。一條帶狀的煤層，偶爾熠閃著黑色晶亮的反光。在光影的飄移中，我依稀可見兩個健瘦的軀體在黑深的地底工作著的影子。

我終而轉身隨著蘇仔向上行走。地底下傳來一聲聲沉沉的悶響，打擊著我冷硬粗糙偏執的內心，如岩壁一般的我的虛假、矯飾也漸漸地鬆垮剝落，彷彿露出了絲微的煤黑的色澤來了。

朦朧煤沙裡的扭曲的人影

提膝踐水而上，傴僂駝背行走。安全燈照見蘇仔的腳跟，流過他腳下的濁黑的水，也照亮了這條坎坷難行的石路。然後我們左轉入一條平巷——左四片。

自斜坑向左邊岔出的第四條平巷——左四片裡，有不少工作面，工人們大多兩人一組地各自在工作面裡挖掘著。他們順著煤層的分布（大體與斜坑相同成二十五度角），有的向上，有的向下挖掘。雖然它被稱為「工作面」，事實上，卻通常只是一條寬約一公尺，高約七十公分的地道罷了。採煤工便是爬行著進入其中工作。他們大多坐著、蹲著、或趴著揮鎬挖下壁上的煤礦來。然後以畚箕盛放送入平巷的煤車裡。實際上，礦工們一進入礦坑裡，除了躺身在地上之外，鮮少有機會可以挺直身軀。有時為了採掘上方的煤，甚至得仰躺著舉鎬，才能挖下煤來，而因此弄得滿身滿臉的煤沙與土石。另外，其工作還包括在工作面的進行中，鋪設相思木的支架。每進行一尺，便得鋪設，以維安全。

左四片裡較為熱鬧，此起彼落地傳盪著敲擊搬動的聲音。雖然聲音微小深沉，而且幽暗不見燈光與人影，但此起彼落的擊打聲卻交響成疏落溫暖的樂章，在靜靜的地底迴盪。

在一個向下挖掘的工作面裡，一個採煤工坐在煤沙裡彎腰向下挖掘。太窄小的地道使他舉鎬艱難。在他背後的搬運者駝背地用畚箕收集煤沙，然後爬行出坑洞，將之傾倒入煤車裡。當搬運者的燈光照著採煤工的背影時，便浮凸出朦朦煤沙裡一個被狹窄坑壁所夾擠壓迫的扭曲的人影。當他回頭自肩膀上回視我們時，我看見他的臉上也是一層煤黑，涔涔汗珠自他頰上滑落，滌現出一串串珍珠般的乾淨，那般晶瑩地垂在他的臉上。他用手臂在拭汗，留下一道黑色的抹痕在臉頰，然後他對我們親切地笑了起來，以他黝黑溫摯的笑容，說：「有像田鼠沒？呵呵！一直鑽孔似！呵呵！」他們一齊笑了。

我跟著也無聲地笑了，心裡卻是一陣苦澀的悸動。是的，只要是為了生存而奮鬥著、艱辛著的人類，我想，每個人都是莊嚴而神聖的。即或是田鼠吧，又何嘗不是大自然裡，最真率、最懇切的奮鬥者啊！至於那些驅策他人做田鼠，而供他逸樂享受而且又認為理所當然的、自許為高階層的人，恐怕才是最大的罪惡吧！

爬行扭動一如蟲蛇

蘇仔又領我走向另一個工作面。我是以二十五度向上挖掘的坑道，高約四、五十公分，寬也只有一公尺不足，但是扣去右邊鋪設的，讓煤沙滑進入臺車的塑膠滑道，卻也只剩下六、七十公分的寬度了。

蘇仔率先矯健地攀爬而上，我跟著爬上去。但是，在低矮的工作面裡，我們非但不能以膝蓋、以手臂來爬行如犬豕，而且要避免觸抓支架相思木，以免它鬆動造成危險；於是我們只好以手肘作著力點，匍匐前進了。在不平的石塊與煤渣構成的地上，我們的身軀終於全然地俯貼著黑濕幽冷的土地，爬行扭動一如蟲蛇了。

蘇仔穩定健捷地扭動身軀，緩緩前進，一如面對生活一般地不亢不卑。而我卻因都市生活的逸懶，爬行了七、八公尺，便勞頓氣喘了。加上二十五度傾斜，每每在我用手肘奮力撐住黑地上移時，卻因土質鬆滑而又滑得更低。這時，只得以兩手、兩腳，乃至胸腹的力量，抓攫磨擦地面，來使自己煞住。往往，又是磨擦碰撞得疼痛不已，然而蘇仔也時常這樣。那麼，可以想見的是，礦工們便是天天如此地生活著、爬行著、跌撞著一如蟲豕了。

爬著爬著，我心中文明的假象全部剝落碎滅了。四壁狹窄的壓迫無休止地在眼前晃動搖盪，摧逼成恐懼、不安、無助的吶喊在心底沉沉吼叫。我已然忘卻我來自何方，去向何方，黑濕森冷的四壁喘咻咻的擠迫你生命最原始的本能，生物最原始的本能，我僅能對自己說：「我要活下去，要活下去。」

爬著爬著，跟著蘇仔扭動的腳跟後，我心中又迅即憤怒了起來。那些坐在高背沙發上的礦老闆、工會主席與委員們，那些制訂、表決勞動基準法的官員們，都應當到地底下來爬行。當他們在無邊無際的黑暗裡，孤苦無助的地底下，只能以肚皮貼著黑土爬行，掙扎且喘息的時候，他們才能夠真正地了解到：在他們手中所握持的，在他們表決時只是舉手之勞所決定的，是如何地扭動著身軀掙扎的生命，是如何在生死邊緣飄移著的煤黑色的靈魂。

如野獸一般地我在心中悶吼著，卻又只能以原始本能努力避免觸碰相思木，盡量逼迫自己冷靜地面對彷彿危殆得即將落下的岩壁，用手拖著身軀向上爬行復爬行。緩緩地匍匐前進。

感知與感應

通過覆壓擠迫的、濁黑窒息的、永無休止般的地道，我終於聽到蘇仔在前方以喘息的聲音與人打著招呼。我知道，這是最後的衝刺了。雖然，這並不表示安全，但是沙啞的回答聲卻那般動人地響了起來。

終於，我看見兩盞安全燈的暖黃的光圈，那般明亮地將地道的底端照亮如溫暖的巢穴。而兩盞燈在此已不只表示兩個人類的存在而已，更象徵著人類相依相慰，死生與共，苦難同擔的命運。他們的安全燈照著我，我無憂的笑了起來，他們也對這蒼白喘息的人報以和煦的笑容。在暖黃的光下，我看見他們布滿皺紋的臉上有著一層煤黑的溫柔。這時，我才真正體悟到古蒙仁在〈礦坑的邊緣〉所寫的說：「至此，我才確信這地層之下三百五十公尺的地方，還生活著我們四個人類。」而所有的人類是擁抱著共同的命運的。

蘇仔向他們詢問前面的通風孔是否可以通行。然而，左轉七十五度角的通風孔卻只有二十公分不到的小洞罷了。「『感』太鬆了！」他們說。「很難通啦！土一直掉下來，搬都搬不完。」蘇仔頷首，然後向坑洞底喊著：「喂！那邊的！情況怎樣？」

這時，一種悶沉如發自岩壁的聲音喊道：「不太好啦！『感』很鬆！很難挖咧！」

「好啦！」蘇仔對岩壁喊。「難挖就不要勉強。挖挖看，不行的話，暫時可以通風過來就好了啦！」

聽到岩壁的聲音，我頗為詫異，在幽暗的岩壁裡，我仔細地察看著，尋找著聲音的來源。才驀然發覺坑洞底處有一束微弱的光線穿過二十公分的小洞射了進來。而我所聽見的聲音，便是穿過小洞而傳來的。那真是一種奇妙的經歷。人，在黝暗的地底是如此的互通訊息呵！

蘇仔回頭向我解說何謂「感」。他用十字鎬敲打岩壁，一些鬆質的土便掉了下來。「這就是『感』太鬆了。」他說。我想「感」大約是指岩壁的硬度或密度罷！

「然而，」蘇仔又說；「『感』也是會走動的。像這些相思木，當初鋪設時絕對是直的。但是鑿了坑洞之後，『感』也會跟著走，時間一久，『感』就不一樣。因此，『感』如果走動了，就會壓彎了相思木，我們就得非常注意，才會安全。」

而我在心裡暗暗想著：這「感」恐怕不只表示密度或壓力的律動與變化而已罷。它甚至可說是老礦工們對整個礦坑與山脈的變化的一種感知與感應。唯有這種感知著生存空間的變化的能力，才能使他們在危殆的礦坑裡度過這漫長的歲月，且免於災禍與死亡。當然，這只是我個人的臆想罷了。

哦！錢有這麼好賺？

臨走，工作面的牆上忽然噹噹響起，是煤車在平巷裡等候的通知。我們手腳並用一齊把煤推入塑膠滑道，讓它順勢流入煤車裡。蘇仔卻突然停止了動作，笑著撿起一塊石頭對乾瘦的老礦工說：

「囊巴給你割去賣掉好不好？哦？囊巴給你割去賣掉好不好？」他的眼神帶著笑。我們卻愕然愣住了。「哦！錢有這麼好賺？石頭跟煤都不分就一齊推下去！嘿嘿！錢若這麼好賺！囊巴也順便給你割去賣掉算了！」蘇仔說完，我們都嘩嘩然快樂地大笑了起來。

走出了左四片，我們依舊傴僂踐水，沿斜坑向上行走。遲緩而疲憊的這路途，森森的白黴，濺滴的水珠和蘇仔的腳跟，終於引領我走出了礦坑。

礦坑外，陽光閃耀而刺目。我挺直瘦疼的腰背，瞇著雙眼，默默地注視著恍如隔世般的這陌生而熟悉的世界。小小山谷裡，幾輛煤車依舊零星散置在軌道上，地上的雜草因風搖曳著，一些洗過的煤沙發出晶瑩的光澤；稍遠處，戴著斗笠包方巾的婦女工作者依舊勤奮地淘洗煤沙，一個穿碎花布的女子依舊推著煤車，在斜坡上下來回地奔跑著；更遠的公路上，一輛運金大卡車迴旋於公路上；而所有的山脈依舊默立著，天空清藍如洗，只有閒散的雲微微飄過。

——啊！陽光！我在心中輕輕唱著。

蘇仔遞給我一根菸。笑著說：「出坑後的第一支菸，最爽！最甜！最香！」我們笑著抽著菸，走回了工寮。而那支菸的確是又香、又甜、且最爽的一支菸。

被遺忘的工業磐石

在工寮裡，我與其他的坑外工蹲坐著聊天。並問起他們對子女的教育。笑起來臉上便掛了皺紋的五十歲的欽仔說：「幹！幹！第一，莫要再做礦工啦！太艱苦咧！黑天暗地，又危險，像咱啦！少年時便做到今天，無技無術，想轉途都莫法度，只好再做。幹！做啥都好，莫再做礦工啦！」他急躁地說完，呷了一口菸，大家於是陷入一陣沉默裡。我想著坑內的一切，心中充滿憤懣。事實上，煤礦的採掘是臺灣唯一較大的能源來源，然而，幾十年的社會變遷，工業進步了，臺灣的煤礦雖然比以前更注重安全（那是多少災變的死者所爭取來的呵！）然而採掘的工具卻毫無進步。依舊是丁字鎬與煤車，依舊是以血汗在地底下工作。這是誰的責任呢？難道礦工無法有更優良的採掘工具，使他們能免於吸入沙塵，免於沙肺威脅的辦法嗎？又有誰的父母，會讓自己的子女像自己一般，在黑天暗地的危殆中，喘息生存呢？

更何況，沙肺是無法治療的病症。一個礦工如果因病無法繼續工作而被迫退休時，他的勞保便算結束了。而微薄的退休金更無法保證能治好他的病。因此，許多患病的礦工大多不願退休，以便享有勞保的優待，換取長期的治療。這是相當不合理的現象。

職是之故，我們建議有關單位，不妨比照公務員保險辦法來處理，亦即，在勞工退休後，（不止礦工而已）如果自己繼續繳納保險費用，也以勞保來繼續優待照顧他們。因為他們已然為整個社會與經濟發展貢獻了畢生的血汗，他們已然為工業奠下了不可磨滅的磐石。雖然，他們常常是被遺忘的磐石。

午後的陽光照在陸續出坑的煤車上。二時許，由於依依不忍離去，我依舊逗留在工寮裡與他們聊天。大家時而變魔術取樂，時而談剛學會不久的麻將，時而說起喝酒的趣事。說著說著，坑內工便也陸續出來了。他們先到淋浴室洗淨身軀，換上乾淨的衣服，然後踱進了辦公室裡。今天是他們快樂的日子，因為今天是支薪日。

阿淑把一疊鈔票清點交給矮瘦的老者，說：「算看看，有沒有多一張。」他算了一下，說：「少一張咧！怎麼辦？」嘿嘿笑著便走出去，另一個高瘦的恰好走進來，隨口問了一句：「按怎？今晚要趣味一下麼？」過後，才發現我坐在那裡，高興地喊：「少年仔，你在這啊？會認得我麼？」

「認得啦！你那時站在煤車旁邊搬煤，對莫？」我說。

「駛！少年郎！眼睛卡利！黑摸摸！還認得咧！」他笑著說。

阿淑把一疊錢交給他，說：「不要拿去輸掉！錢難賺，子細漢，一個老婆又會吃不會賺！」

「幹！講睢尾（倒楣）話！」他笑著點錢。「妳若講我贏，我贏了請妳，現在，免想了！」

他們陸陸續續地領了血汗錢，便又快樂地離去了。陽光下，他們的背影漸次變小，終而消失在陡斜的小路上。我於是起身向阿淑與蘇仔告辭。慢慢地踏過來時的道路。而婦女工作者的碎花布方巾則在洗煤場上閃亮著，盛開著。

路過煤堆時，我彎身拾起一把煤沙，放在手中仔細審視，看著它們細緻晶瑩的那般耀閃著。如同一粒粒黑色的珍珠，微濕的煤沙上，彷彿還帶著地底的汗水與悸動，那黑色的地底的光澤如今躺在陽光下，猶如一張張無言的小嘴，兀自想說些什麼，卻又那麼卑微而沉默。

放下煤沙，我回頭看看曾經爬行進入的坑口，那坑口是一個國度的唯一通道，也是煤沙埋藏的故鄉。恍如夢一般的這長遠的煤沙之旅呵！我默默注視著，回憶著，良久良久，才轉身緩步離開山谷的小礦場，並在心中輕聲說：

我不曾看見過這般
削瘦而美麗的黑靈魂

附記：

這篇報導發表於一九八二年一月的《大地生活雜誌》，三年之後，海山、煤山煤礦三大災變連續發生，造成二百餘人傷亡慘劇。新聞炒過後，礦主仍繼續採礦，將安全法規置諸腦後，將勞工生命置諸礦坑底。「紅包」是造成礦場毫無安全保障的主因，在「工礦安全法」送立法院審查時，居然可以將原本嚴格的新規定改為較寬鬆，「上下打點」實在居功甚鉅。令人嘆息！

作者簡介：

楊渡，男，本名楊炤濃，臺灣臺中人，一九五八年二月二十日生。輔仁大學中文系、中國文化大學藝術研究所戲劇組畢業。曾任《大地生活》雜誌、美洲《中國時報》編輯，《時報雜誌》、《時報新聞周刊》、《中時晚報》記者。曾任《中時晚報》總主筆，現任中華文化總會秘書長。曾獲時報文學獎敘事詩優等獎。楊渡寫詩、散文、報導文學，研究臺灣戲劇。著有小說《終站的月臺》，報導文學《天安門紀事》、《民間的力量》、《強控制解體》、《大逆轉—世紀末透視中國》、《紅花雨》，紀錄片《還原二二八》、《林江邁的故事》，詩集《南方》，以及論述集《解體分裂的年代》、《日據時期臺灣新劇運動（1923-1936）》、《穿梭兩岸的密使》以及《大逆轉》等多種。

〈礦坑裡的黑靈魂〉評析：

七〇年代之後興起的報導文學，基本上具有關懷現實與鄉土的強烈使命感，當時的倡議媒體是《中國時報》人間副刊，倡議者是該刊主編高信疆，他在副刊推出「現實的邊緣」專欄，大力鼓吹報導文學，強調「以文學的筆、新聞的眼，來從事人生採訪與現實報導」，並且鼓勵作家「拿起筆來，走入鄉間、城鎮、廠礦、漁牧……走近身邊的一事一物」。楊渡這篇發表於一九八二年《大地生活雜誌》的報導，就具體映現了當時臺灣報導文學的書寫風格與模式：以文學家的心胸與筆觸，深入現實邊緣，通過採訪與觀察，並透過文學的技巧，對於社會中存在的不公不義現象加以強烈批判。

因此，本文一啟筆，就用「爬著爬著，我心中又迅即憤怒了起來。那些坐在高背沙發上的礦老闆、工會主席與委員們，那些制訂、表決勞基法的官員們，都應當到地底來爬行。」作為引言，表現作者的主觀陳述，也表現一個青年文學家的憤怒——這與一般新聞寫作強調的「公正客觀」準則當然大相逕庭，然則，存在在當時臺灣礦區之中的社會真實，讓一個實地探勘之後的文學家產生如此的憤怒，毋寧也是真實的。虛偽的「公正」往往扭曲了「客觀」，讀者要問的是，真實在哪裡？而不是「公正」在哪裡？這在七〇年代的臺灣報導文學作品中幾乎就是共同的特色。文學的感性和社會現實接觸之後，憤怒由此醞釀開來，產生一股強烈感染讀者的力道。

一如篇名〈礦坑裡的黑靈魂〉所喻，「黑」是通篇報導的主要符義。礦坑是黑的，礦工的生活是黑的，就是礦老闆和官員的心也是黑的——這形成了報導中的主要色調，楊渡通過實際下礦坑的過程，細描礦工採礦的礦坑環境，他以文學家的銳利觀察，逐一鋪排，由「平水巷」而「斜坑」直到「黝暗的地底」，他仔細紀錄礦工的工作、身影，體會他們「田鼠」一樣的營生；他隨著蘇仔爬行在低矮的工作面中，感覺「黑濕森冷的四壁喘咻咻的擠迫你生命最原始的本能，生物最原始的本能」，去體會「恍如夢一般的這長遠的煤沙之旅」與礦工的悲哀。這是這篇報導動人之處。在「黑色」喻義的巧妙使用與轉換過程中，讀者的情緒隨著書寫者的情緒跌宕起伏，因而與作者共同互動，完成本文所想救贖的命題。

作為報導文學在臺灣發展初期的佳作之一，本文顯示了在客觀報導、解釋報導之外另一種「介入報導」的模式。作者主觀解釋之餘，採取批判性的介入，以強烈語詞，站在同情報導對象的立場上，進行報導書寫，不掩憤怒。這種寫作手法，反映了報導文學在感性與理性之間，在報導與批判之間如何調適的兩難。

延伸閱讀：

【理論部分】主觀成分與再現

1 Taylor, L. & Wills, A. (1999). Media studies: Texts, institutions, and audiences.／簡妙如等譯（1999）：《大眾傳播媒體新論》。臺北：韋伯文化。第四章。

2 盧非易（2000）：〈紀錄片的再現技術與觀念之轉變〉，收錄於（http://iwebs.edirect168.com/filmism/000704a.htm）。

3 Schudson, M. (1978). Discovering the news: Asocial history of American news pappers，Basic Books／何穎怡譯：（1993）：《探索新聞》，臺北：遠流。第四、五章。

【創作部分】

1 楊渡（1995）：《大逆轉：世紀末透視中國》。臺北：天下。

穿山甲人

柏楊

誰都沒有想到，惡運的毒手，再伸向人間。四妹！我們——在臺灣的妳的血族兄弟姐妹關心妳，哭著關心妳，但我們無能為力。

凡是看過《象人》的讀者，對那個可怕的怪物，一定還留下難以消滅的沉重心情。我曾向一位少婦詢問她有沒有看過這部電影？她說她沒有看過，因為她不忍心看。而看過該電影的一些朋友，大多數都失神的表示，如果他們事先知道內容，他們也不會去看，他們唏噓說：「我們承受不了那種壓力——被惡運毒手抓住，無法擺脫的壓力。」

《象人》是一個發生在中世紀英國的真實故事，一個男孩一生下來就是畸形，那是一種遠超過我們想像力的畸形，面部醜陋得像一隻象，嘴唇幾乎是以九十度的角度豎立著，右手和雙足活像野獸的蹄爪，最使人毛骨聳然的是他身上密布著凸起的肉瘤。他被送到馬戲團，馬戲團團主像對待野獸一樣，咒罵他，鞭打他，使他在二十一歲那一年，還不會說話，還沒有洗過澡，他被無情的虐待和羞辱毀滅，一生中不知道什麼是友情，什麼是愛情，只知道恐懼、戰慄，只知道陰暗潮濕的囚籠就是他唯一可以暫時喘息的洞穴。直到有一天，好心腸的塔里斯夫醫生發現他，肯定他跟你我一樣，是一個有血有肉，一切都正常的人。他把這位「象人」接到醫院，開始教他說話、讀書，使他恢復人類的尊嚴。然而最後「象人」仍是死了，我們不知道他是不是真的跟電影一樣，那麼安閒鎮靜的走向死亡。他的病使他只能坐著睡，不能躺下來，電影結尾時，他安詳的整理床舖，安詳的躺下，銀幕上眾星向遼遠的外太空退去，觀眾的心情反而平靜，彷彿看到幽冥深處，不幸的人終於掙脫惡運毒手。我們慶幸，慶幸往事已矣，再也不會發生。

然而，誰都沒有想到，三百年後，惡運的毒手再伸向人間。

今年（一九八二）四月七日，馬華公會邀我去吉隆坡做一次講演，當時在中國時報連載的〈金三角・邊區・荒城〉，還沒有完，必須儘快回來趕寫續稿。第二天，也就是四月八日，大馬作協有個座談會，我就決定四月九日折返，而就在這時候，《新生活報》社長周寶源先生堅持我多留一天。

「我認為你應該見一個人。」他說。

我告訴他我不得不立即返回臺北的理由，但他也告訴我他堅持的理由。

「如果你先看到她照片的話，」他說：「你會為她多留一天的。」

「她是誰？」

《新生活報》總編輯吳仲達先生遞給我大約十二吋大的一張照片，我察覺到周圍的眼光全都注視著我，似乎等待著一種他們所預期的反應。我有一種不自然的感覺，而後，我全身汗毛倒豎起來，像一隻冰涼的利爪把我提向半空。當塔里斯夫醫生第一次看到「象人」時，他沉鬱的眼睛流下眼淚，而我卻如此殘忍，我沒有流下眼淚，只從內心發出只有我聽得見的一種可怕的嘶喊，我把照片慌張的丟到桌上，只感到想吐。不久我就為我這種卑劣的根性羞愧，但我當時卻只是想吐。

一個比「象人」更可怖的人呈現在面前。

「女孩嗎？」我問。

「是的。」周寶源先生答。

「華人嗎？」

「是的。」

「最近才發現的嗎？」

「是的。」

「也叫『象人』嗎？」

「不，她叫『穿山甲人』。」

「象人」的母親懷孕四個月時，在非洲受到大象的踏踩。「穿山甲人」的母親彭仙女士，也是懷孕四個月的時候，有同樣的遭遇。那是一九四八年的一天，馬來西亞聯邦森洲淡邊村，貧苦的丈夫張秋潭先生正在他那小小的果園耕種，看到了一隻穿山甲，他去捉牠，牠卻跑了，跑到山洞裡去了，三個男孩聞聲趕來，叫鬧著，卻無計可施。而這時，年才三十九歲的彭仙女士，正挺著大肚子，也來參與這場追捕。於是，就在洞口架起木柴燃燒，希望用煙把牠「熏」出來，這樣忙了半天，卻再也沒有看到穿山甲的影子，一家人大失所望的黯然而歸。

據熟悉穿山甲習性的獵人說，穿山甲被熏死在山洞裡的可能性很小，牠們不是笨蛋，絕大多數不是被「熏」出來，就是從洞穴的另一端出口溜掉了。五個月後，彭仙女士分娩，一個可怕的「穿山甲」女孩——就是我所敘述的女主角，呱呱誕生。做母親的被產婆的駭叫聲驚動，等她第一眼看到孩子時，立刻暈厥在產床上，等她甦醒後，抱著孩子，眼淚像雨一樣的沖洗著嬰兒渾身的鱗甲。她知道她生下的不是一個女孩，而是一個怪物。

怪物的降臨，使荒村的中華人和馬來人大起騷動，他們認為這是一項不祥的兆頭，有些自以為有特別見解的人，一口咬定她就是那個枉死的穿山甲投胎，（他們已肯定牠是熏死在洞穴中了），至少是那個枉死的穿山甲的鬼魂，附在胎兒身上。有一半真實事實的謠言是最惡毒的，全村被穿山甲醜陋的形象攫住。「牠是為復仇而來！」大家立刻陷入驚恐，復仇的對象第一個是張家夫婦，第二個可能禍延全村。他們中了魔一樣，要求張家把怪物交出來，聲稱他們並沒有惡意，而僅是希望開開眼界罷啦。張秋潭夫婦當然明白一旦交出孩子的後果，於是「穿山甲人」失蹤了，死了，做父母的把她藏匿在家裡一個斗室中，那是一個跟「象人」居住同樣小的房間，孩子——父母為她命名張四妹，從呱呱墜地那天開始，便這樣被囚禁。跟「象人」唯一不同的是，「象人」遭受的是馬戲團團主兇狠的鞭打，而「穿山甲人」，她仍是哭盡了眼淚的爹娘保護之下的骨肉。然而，不管基於什麼原因，一種現象是相同的，她和人世隔絕，張家是一個窮苦的農人。啊，為什麼悲慘的事，總是發生在窮苦人身上？父母眼睜睜看著長相可怖的嬌女，孤獨的躲在陰暗牆角，這一生注定她永不能看到天日，而最無可奈何的是，他們不知道孩子患的是什麼病，假定有錢，他們可送她到吉隆坡、甚至可送她到倫敦求醫，可是，他們太窮了，連請醫生來家診斷的費用都沒有。更因為窮，沒有保護孩子的力量，他們在村人們面前提一句都不敢。

一度，做母親的想把孩子送到「姑娘堂」，當她把孩子的衣服穿起來，姑娘堂派的人抱在懷裡，正要跨出家門時，做父親的張秋潭先生恰好從外面回來，迎面相對，他把孩子奪回。

「女兒，」他哭說，「妳滿身鱗甲，為父的對不起妳，我要養妳到老，養妳到死。」然而，做父親的卻在女兒十歲的時候，與世長辭，據他妻子彭仙女士說，他死得十分痛苦，他望著匍匐在床前，活像一個蜷臥的穿山甲的嬌女，從他那不斷增加濃痰的喉中，不停的喊叫：

「兒啊，兒啊，妳跟爹一塊死吧，一塊死吧，留下妳，我死不瞑目。」

嚴密的藏匿雖然使村人們不再探詢，可是，死了的怪物屍體在那裡？大家仍抱著疑慮。不久，一個馬戲團團主光臨，要用重價購買。

「重價？」我問，「多少叻幣？」

「當時大概折合一百兩黃金。」周寶源先生答。

這是一筆足以使人喪失天良的鉅款，做母親的雖沒有看見過「象人」，但她知道一旦進入馬戲團，慘絕人寰的女兒，將更慘絕人寰。她一口拒絕，理由很簡單，她告訴馬戲團團主，怪物確實已經死了。年僅十歲的張四妹，她匍匐在小室地板上竊聽，她的年齡和長久的關閉，並不知道什麼是馬戲團，什麼是黃金，但她知道她沒有被賣掉，她想哭，可是她哭不出來。她激動的用可怕的變了形的前額，撞擊地板，感激親娘。

張四妹女士，這樣的關閉了三十五年。三十五年，漫長而淒涼的歲月，她比「象人」幸運，親娘給她買了一架簡陋的收音機，是她唯一跟人世交通的單行管道，她從收音機的華語廣播中，吸收知識，也艱辛的學習華文。「象人」還有醫生做他的教師，「穿山甲人」張四妹女士，卻全靠自己苦苦自修，最後，她終於能用華文寫出流暢的信。

多麼可悲的諷刺，被父母寶貝的優秀青年大學生、高中生們，看他們寫信時的困難情形，張四妹女士的信使我們震動。我把她的信——寫給「鳳鳴」「鳴妹」（她們是同一個人）——附錄在本文之後。張四妹女士是這麼善良、孤寂、無奈。但她對天對地、對蹂躪她的惡運毒手，沒有抱怨。

三十五年日子，在隱祕中過去，村人們和全世界都把這個怪物忘了，而怪物並沒有忘記自己，她除了苦苦自修華文外，還在夜深時分，當人們都入夢鄉，她悄悄的走出她的囚房，悄悄的離開家，去村外為她窮苦的母親拾柴、去她家的唯一果園，看守果樹。時間一久，跟「象人」初在醫院中出現的場景一樣，做母親的用布把她的頭部完全包裹起來，只露出兩隻赤紅眼睛——在闊大的草笠下，沒有人會注意她那雙一生都不能闔起來的赤紅眼睛。然後，在早上行人尚稀的時候，她到果園，直到萬家燈火，黃昏來臨，再躲躲閃閃的回家。

除了深知她的一二知友，像被稱為「鳴妹」的女孩，這就是張四妹女士的全部世界，孤苦的世界。在信上，我們可看出她的哀傷，她說：「我是隻標準的大蛇。」而事實上她卻比大蛇可怖。幽閉的生涯在今年（一九八二）三月，也就是我前往吉隆坡講演的前一個月，才被外界發現，那是三月的一天，兩個華人經過張家果園時，神差鬼使，張四妹女士的面幕忽然脫落，兩人同時發出被活剝頭皮時那種慘叫，飛奔逃走。三十年前的舊事像噩夢一樣，再回到人間。所好的是，人們心智的成長和知識的提高，已沒有人再堅持她是為復仇而來的穿山甲鬼魂投胎，雖然沒有人敢和張四妹女士面對，但大家已在充滿同情心下，容許她存在。

這正是《新生活報》社長周寶源先生堅持我多停留一天的原因，讓我看一看和我們擁有共同血緣的，可憐的龍女！

我無法形容張四妹女士的形象，一定要我形容的話，我同意森洲淡邊村村民的稱呼：「穿山甲人」。我們如何可以想像一隻「人立」的穿山甲，便可想像「人立」的張四妹女士。《新生活報》記者仙梨先生嚴厲的反對使用「穿山甲」，他用張四妹女士的口吻呼喊：「我不是穿山甲，請不要嘲弄我！」我絕不是嘲弄，上天可鑑此心，但「穿山甲」是一個最好的形容，一個「人立」的穿山甲，跟「象人」一樣，是一個「穿山甲人」，她頭髮全無，光禿的頭頂，雙眼幾乎呈五十度角度的向上吊起，鼻子塌陷，嘴唇凸出，牙齒像墳崗上凌亂殘破的墓碑。而其中一個門牙，卻跟大象的牙一樣，衝破尖聳的嘴唇。然而，使我們發抖的還不是這些，而是她滿身鱗甲。嚴格的說，那不像穿山甲的鱗甲，卻像魚的鱗片，鱗甲不斷脫落，也不斷有新鱗甲生出來，一直無窮無盡的循環。當新生鱗甲長出，舊鱗甲不能及時自動脫落時，便奇癢難支，必須立刻把舊鱗甲片片的從身上拔掉——像古時遭受剝皮酷刑的苦囚，她無法拯救自己。

據說，她現在已進入仙境，只要拔下，當淌下血來時，她還可得到片刻寧靜，而在前幾年，她卻整天都要泡在水裡，才能防止鱗甲間肌膚寸寸龜裂。

但是，最恐怖的還是她的眼睛，「象人」雖然不能躺下來睡，卻能坐著睡，讀者先生還能記得，當他在幕終躺下來時，他緩緩的閉下眼瞼。張四妹女士會羨慕「象人」，她寧願那樣的安靜而去，她這一生不知道「閉眼」是什麼，因為她沒有眼瞼。三十五年來，她一直像一條魚一樣，兩眼圓圓的瞪在那裡，眼眶像一根燒紅了的火炙鐵圈。讀者先生看美國西部片時，定還記得惡棍們的毒刑，把英雄美女，仰面綁在沙漠上，用火柴梗支開他們的眼皮，當太陽漸漸升空時，眼球中的水分也漸漸蒸發，終於乾涸，只剩下兩個黑洞。而張四妹女士，她已受了三十五年的這種毒刑。沒有人知道張女士患的是什麼病。

塔里斯夫醫生給「象人」診斷的結果是，認為他害的是「神經纖維炎」。《新生活報》曾邀請吉隆坡皮膚科專家陳勝堯醫生前往淡邊村給張四妹診斷，他初步判定，她患的是一種「先天性的魚鱗癬」。診斷書上說：「這種病症是皮膚外層的一種畸形發展，由於全身皮膚毛孔組織構造殊異，以致表皮緊緊拉縮，影響到整個面部器官的正常發育。」

陳勝堯醫生說：

「這種『魚鱗癬』使皮膚有更強烈的新陳代謝作用，每逢風沙一吹，或氣候燥熱時，它就發出奇癢，非常難過，接著是乾裂脫落，取而代之的是另一層新的鱗甲。」

陳醫生說：

「『魚鱗癬』並不是罕見的怪症，我國（馬來西亞聯邦）患這種病的人很多，只不過都限局部，當然，都比張四妹輕得多。」

可怕的嚴重畸形，「象人」「穿山甲人」，在醫學上的病稱，卻是如此的平淡無奇。可能是它太平淡了，「象人」和「穿山甲人」的醫生們，都有一個悲觀的結論：無藥可治。

張四妹女士在黑暗中看到了明燈，當陳勝堯醫生為她檢查時，她興奮得渾身發抖，這是她第一次就醫，魚樣的眼睛中透著自信她會得救的感激光芒。可是，當她得知無藥可治時，她頹然的躺下來，無力的望著她的親娘，自言自語說：「我是天譴，我是天譴！」使我心頭滴下血來：「是天譴嗎？是天譴嗎？」

陳勝堯醫生留下一段希望的話，他說，唯一的辦法是治標，嘗試著使用一些藥膏，使她的皮膚能變得比較嫩滑，也用以加強鱗甲的抗熱力。然而，即令這些治標的處方，也是次要的，陳勝堯醫生認為，嚴重的是張四妹女士的眼睛。眼睛有改進的可能性，必須先使她能閤住雙目。如果再不搶救，會惡化下去，等她過了四十歲，進入中年之後，生命力開始走下坡，她將雙目全盲。沒有一個人不斷的用眼球——那在美女身上，被稱為水汪汪的秋波，能和光線接觸四十年之久而不休息。

到那時，張四妹女士可怖的鱗甲臉上，將出現兩個黑洞。

「我不是眼科，」陳醫生說，「但在上下眼瞼動手術，使肌肉鬆懈，在理論上應該成立。」

可是，那要她去吉隆坡求醫，而張家是個窮苦的華人農家，負擔不起昂貴的費用，如果父母是一個有錢的人，恐怕會帶著女兒，走遍世界。可是，貧賤，窮苦，父親已逝，做母親的彭仙女士，這位今年已七十四歲，靠著一個小小果園和揀柴為生的老寡婦，呆呆的凝望，她唯一可做的，是她思慮她離開這世界之後，她女兒更加孤苦。

我離開吉隆坡時，留下一點微不足道的錢，請《新生活報》社長周寶源先生轉交給她，不要告訴她我的名字，只告訴她來自臺灣的一個同為中華人的骨肉之情。然而，我內心充滿了慚愧，慚愧我軟弱無力。英國女王維多利亞女士，曾自倫敦醫院，用詔書表達她的感謝，因為該醫院「收容了一個最可憐的英國子民」。我只是一個渺小的作者，但我願跪下來，感謝有人能：「拯救一個最可憐的中華女兒。」我們這一生中所受的苦，又算什麼。

四妹，我恨我不如「象人」裡的康夫人，我沒有吻妳的面頰，但我吻妳的心——求求妳，不要認為我撒謊，事實上我是像逃避刑場一樣，儘快逃回臺北。一回臺北，決定立刻把妳介紹給妳在臺灣的同胞，可是，每一提筆，我都感到一陣一陣的戰慄。當我向朋友談及妳時，我也不能終辭。我希望忘掉妳，但我不能。四妹，我們像兄妹般，妳使我掛心，也使妳在臺灣的血族兄弟姐妹掛心。願吉隆坡朋友們能傳來妳終於住進眼科醫院的消息，和終於能夠闔眼的消息。

附錄：

張四妹寫給朋友鳳鳴的信之一

鳳鳴：

妳好！來信，我於上星期二收到，是在晚飯前收到的，收到妳的信，又高興，而又意外，我以為妳功課忙，要遲些時候才能收到妳的信，卻沒想到這麼快又接到妳的信，妳說我可以不高興嗎？妳一定覺得奇怪，為什麼我會在傍晚才收到妳的信，妳希望知道嗎？妳問我的近況如何，好，現在我就告訴妳吧，在三月間，有段時間，我由早上去農場，卻到傍晚六點多才回家，妳知道為什麼嗎，是為了要長芒果，由於我本來每天中午都是回家吃午飯的，由於這樣的緣故，因此便有些不大也不小的小鬼頭去採我們的菓子，被人採掉倒不要緊，不是值很多錢的果子，但半生不熟就把它採去實在覺得可惜，所以我便要每天上午八點或九點左右便收拾些菜飯去那裏，到傍晚才回家，後來芒果收完了，也就暫時不用去，只是早上去中午回，下午玩到三、四點鐘才去呢，懶夠了吧，最近農場其中有一棵榴槤結了百多粒，將近要熟之時，又有人去樹上採，唉！又要去看守囉，真倒楣，好啦，沒法子只好去囉，所以呢，我從十四號那天開始又去，是白天去，晚上卻由我三兄去守，現在又差不多將要採完了，等榴槤採完之後，我就不必去了，對了，鳳鳴，妳是否想知道我在那兒中午做些什麼嗎？嘿嘿，妳知道的囉，我是隻標準的大蛇，懶透了，還早的時候，便去東跑跑西跑跑，喜歡嘛，就拿著一把鋤頭跑跑，有時候就拿些塑膠袋，栽些不三又不四的花草樹木，就這樣又將近中午了，中午的太陽好強哦，真是難頂，實在受不了，所以中午我可不敢跑出去，一直躲到下午四五點才出去，摸摸這樣那樣，等一會兒又太陽西斜落山了，又是收拾東西回家，沖涼，瞧瞧我種的那些寶貝花，我真糊塗，談談，就談到家裡來了，我忘了講給妳聽，中午十點多我便開始透火（生火），我有個小炭爐在那兒，可以用來蒸冷飯菜食，一邊聽故事一邊看火，等故事講完飯也蒸熟了，關去收音機打算食（吃）飯，飯後呢，便去榴槤樹附近那間屋子偷懶囉，有時候還有榴槤好拾呢，鳳鳴，可惜我與妳相隔兩地這麼遠，不然我可以送粒香榴槤（給）妳食（吃），我談了這麼多，妳聽到會煩嗎，真對不起，請妳原諒，同時也請原諒我到今日才回信，這封信的起稿我還是在農場起的呢，晚飯後才抄稿，因為我知識太差，因此每次寫信我必定先起稿，然後才抄稿。好了，接下來談談妳的吧，好，那票我會寄去給妳，妳說要稻草，往那兒去找呢，現在我們想一找稻草都相當困難呢，因為現在很少人種稻，也許多試幾次，說不定會成功，鳳鳴，我很抱歉，關於妳所說的生物實驗，我不很明白，妳能否解釋一下，如果妳覺得問題複雜，在信上難解釋的話，那麼就等到有機會晤面時再解釋好了，雖然我無機會唸書，但我卻時常聽到姪女她們說唸高中課程很難，而且問題又複雜，我真佩服妳們讀書人，如換到我這隻笨豬來的話，說不定先生都會給氣跑掉呢。妳們真本事，天天要應付這麼多功課，而且還說要什麼做生物實驗，為了自己將來的前途與需要，無奈要求上進，妳還須要唸幾年才能完成高中課程呢，修完高中以後又有何打算，能否告訴我，現又談回淑芳之事，好的，等我見到淑芳，一定向她解釋，妳放心吧，妳有收過她的信嗎？而妳又有沒寄過信給她呢？我見意（建議）如果收過她的信，而妳又曾經寄信給她的話，妳最好再次寄信向她解釋一下比較好，妳說對嗎？她是個過來人，絕不會誤會妳的，對了，鳳鳴，婆婆她老人家近來好嗎？請代問候一聲好嗎？千萬別忘了告知我關於婆婆的近況啊，如果她問起我母親回國之事，妳就說還未批准。

好了，改日再談吧。

祝

前程無限　生活愉快

學業進步　身體健康

愚姊　四妹　字

張四妹寫給朋友鳳鳴的信之二

鳴妹：

妳好，妳的來信和一張美麗的寫生照片，我於上月二十六號接到了，拖至今日才給妳回，真抱歉，妳不會見怪我。時間過得真快，不知不覺之間，一九八二年又匆匆來臨了，特此順便寄了一張小賀卡給妳，望妳會喜歡它。我希望這張小卡片能把幸福和快樂帶給妳，我會永遠為妳祝福，祝妳新年進步、學業進步、事事如意，光陰似箭，妳我相識已有兩年多的時間了。妳我的這段偶然建立的友情，能維持的長久，友誼永固、永不分散，妳我相隔雖遙遠，望妳我心相連，隔別一方長相憶，好了，以下有問題問問妳：妳家是不是接近金河礦場或者妳唸書的學校是靠近金河礦場？我這樣問妳是有原因的，我有個堂弟在吉隆坡工作，我曾向他提起過妳，他非常希望有機會認識妳，他曾經問過我，妳是否住在金河礦場附近，假如有機會，而妳又願意的話，他希望到府上拜訪妳，我堂弟是個很喜歡開玩笑的人，高高瘦瘦，他是個做家具那類工作的。嗚，妳有哥哥嗎？我有個建議，不知道妳是否願意接受，我希望妳認我這位堂弟為義弟，妳有意見否？嗚，妳問到關於澳洲電臺廣播的問題，我願告訴妳，不過我是個很笨的人，我怕我告訴妳的，妳無法了解我的意思，首先要看妳的收音機是否有短波，假如有短波，便可以收聽到澳洲電臺的廣播，澳洲電臺的廣播時間，是本地下午六點半開始，相信妳也知道最近馬來西亞的時間撥快了半小時，所以澳洲電臺的廣播時間，是從下午六時半開始。節目分為兩組，那就是分為廣東話和華語，華語節目，第一段是下午六點半開始，直到晚上八時正暫止。八點正是廣東話節目第一段開始，直到晚上九點正暫止。跟著便是二段華語節目，到晚上十點半止。跟著便是最後一段廣東話節目。嗚，妳是否常常收聽廣播節目？馬來西亞電臺的廣播妳有收聽嗎？假如有，我可以這樣告訴妳，希望妳聽得明白，我的意思，每當妳收聽馬來西亞的節目時，比如星期日早上的節目來講，當妳收聽完早上六點開始直到早九點正止的這段節目之後，而跟著又能接著收聽到周日聽眾點唱這個節目的話，那妳的收音機便是有短波的波段了，這樣便可以收聽到澳洲電臺的節目了。好了，就此停筆。（八二年一月十一號）

姊　四妹　字

作者簡介：

柏楊，本名郭立邦，後改名為郭衣洞，河南省開封縣人，一九二〇年十一月一日生，二〇〇八年四月二十九日逝世。國立東北大學畢業。曾任中國青年寫作協會總幹事、國立成功大學副教授、臺灣藝術專科學校教授。在五〇年代郭衣洞以悲憤的情懷，透過小說形式來表達那個時期的苦難。一九六一年起，在《自立晚報》以「鄧克保」為筆名發表的《異域》，以報導文學手法，描述泰北孤軍的歷史與命運。六〇年代他以雜文形式，犀利尖刻的批評時政，不見容於當權者，因而下獄九年零二十六天，直到一九七七年才被釋放，在獄中並完成《中國人史綱》，一九八三年開始致力於《資治通鑑》的白話翻譯及評論，費時十年完成。近年積極參與國際特赦組織，促成綠島人權紀念碑的建立。著有詩集《柏楊詩抄》，另有散文、小說、論述、兒童文學等近百種。曾獲國際桂冠詩人獎。

〈穿山甲人〉評析：

一九八二年七月十二—十三兩日，以雜文專欄名家的柏楊在《中國時報》人間副刊發表題為〈穿山甲人〉的作品，報導住在馬來西亞荒村的婦女張四妹，全身罹患先天性魚鱗癬的病，她身上的皮膚「像魚的鱗片，鱗甲不斷脫落，也不斷有新鱗甲生出來，一直無窮無盡的循環。當新生鱗甲長出，舊鱗甲不能及時自動脫落時，便奇癢難支，必須立刻把舊鱗甲片片的從身上拔掉——像古時遭受剝皮酷刑的苦囚」的狀況。這篇文章見報之後，立刻引起臺灣社會的廣大迴響，許多讀者因為這篇報導而關心文中悲慘遭遇的女主角張四妹，各地捐款源源而到，長庚醫院也立刻回應，表示願免費為張四妹治療。張四妹終於當月二十七日來臺入院接受治療。這整個過程，後來又由四季出版公司輯為書冊，名為《穿山甲人：張四妹跨海的骨肉之情》問世出版。

柏楊的文字一向動人，包括讓他賈禍入獄的雜文，原因在於他的文字帶有強烈的感情，每能於簡淡著墨之處撼動人心，這一方面來自柏楊的修辭能力高超，更重要則是他的情感真純，正如尼采所說，是用血寫出來的。這篇〈穿山甲人〉發揮的力量與傳播功能，在報導文學史上因此創下了「社會影響力最大、最快、最有成效」的紀錄。報導文學本來就是介於文學創作和社會改革之間的文類，所要傳達的是一個報導文學家對於社會的觀測，尤其在社會病了或人間有著苦難之際，一個好的報導文學家若能抓住問題核心，掌握社會共同的記憶、共同的心靈，發而為文，自然可以召喚社會的良知良能，聚合社會力量，解決社會或人間存在的問題與困難。〈穿山甲人〉就是這種具有強烈感染力的佳作。

感染力的強調，使報導文學和一般新聞報導有別，也是新聞報導力難及之的所在。新聞報導強調就事報導，要求文字乾淨，少用形容詞，以求準確，因此也避免具有感染力的文字出現；有趣的是，也有作家（如柏楊）採用素樸乾淨的文字報導〈穿山甲人〉，而產生令讀者動容的力量，召喚社會和媒體的集體投入。足見文字潔淨，與報導的力量並非必然關聯，重要的是撰寫者對於他所報導的事物，認知是否深刻、感動是否真摯、寫作技巧是否運用成功，這是〈穿山甲人〉一文足供報導文學寫作者借鏡之處。

柏楊早年以「鄧克保」筆名撰寫的《異域》則是報導文學書寫的另一種「奇觀」，異域內容七成真實、三分虛構，當年柏楊憑藉他人口述，參酌相關剪報資料，採取第一人稱的小說寫作方式成篇，引發社會關注泰緬邊區反共軍處境的熱潮，幾達十年，成書後熱賣暢銷，影響力至深且大，其中真實與虛構的弔詭關聯，更為報導文學的方法論提供了相當值得玩味的思辨空間。

延伸閱讀：

【理論部分】消息來源的蒐集

1 臧國仁（1994）：〈新聞工作者與消息來源的互動〉，《新聞鏡週刊》第290期，頁6-9。

2 Lanson, J. & Fought, B.C.(2001）.Reporters and reporting: News in a new centuryr eporting in an age of converging media.／林嘉玫、張廣怡、鄭佳瑜、鄴芳芳合譯（2001）：《跨世紀新聞學》。臺北：韋伯文化。第五章。

——向陽

【創作部分】

1 陳銘磻（1979）：《賣血人》。臺北：號角。
2 廖嘉展（1992）：《月亮的小孩》。臺北：時報文化。

不孝兒英伸

官鴻志

一月廿五日清晨，臺北新生北路一家洗衣店裡
發生了一起驚動社會的慘案
行凶者竟然只是一個師專肄業的國家公費生
竟然只來到臺北九天，
只有十八歲的曹族少年；……而且
他能詩、能歌、才藝雙全；
是同學心中的好朋友，族人眼中的好兄弟
是校園裡熠熠發光的明星，一大堆獎牌的得主……
為什麼這樣的一位山地青年，
從純樸的小山村隻身來到繁華的臺北
一霎時竟成為三條人命的凶嫌？為什麼？

令人悲傷的社會新聞背後，
是不是也有一個嚴肅的社會的困局呢？
我們能不能為它找出一點痛的線索？

阿里山麓底下，仍然陰陰地籠罩著凜冽的寒冬。吳鳳鄉分駐所所長郭孝華接到臺北一通電話，立即率領幾名部下，匆匆地驅車趕到特富野，那是一座純樸的小部落，坐落在高高的山嶺上，四周環山依水，住著五十餘戶曹族人家。村內，最靠近翠谷斷崖的一戶，主人湯保富因公去臺北出差；太太汪枝美一個人在屋子裡。四年前，她因為騎車墜落山谷，脊椎骨重摔受傷，半身不遂，正躺在床上休息。

她隱隱聽到屋外有人敲門，喀答喀答的皮鞋聲，在庭院四周走動。汪枝美勉強拉起拐杖，走進客廳，才赫然發現所長郭孝華坐在沙發上。

「妳兒子湯英伸有沒有回來？」所長問。

汪枝美怔了一下，說：「他，才離家出去，失蹤了幾天，我們也找得心急呢！」

「他在臺北可能涉嫌一件案子！」郭所長說。

電話鈴響。恰好是目前還在臺北警察學校唸書的大兒子打來的，「爸，我找到湯英伸了，聽說在一家天祥餐廳打工……。」才從臺北回到家不久的湯保富接了電話，也沒等對方說完，就問：

「人呢，你看到他了？」

「沒有，昨晚本來可以去找他的，但我把榮譽假轉讓給一位同學，他摔柔道受傷，必須去看醫生……」電話的那一頭說。

「聽說你弟弟出事了，你趕緊去找人，帶他到警察局解釋清楚。一定有誤會，他們老老實實地講，沒有關係，一定是個誤會。」湯保富說。

由於住在這寧靜的高山上，與外面的世界隔得很遠，這一家人為什麼緣故被驚動？當時連所長郭孝華也說不出箇道理。他只是奉命調查。但，當天的晚報，卻早已傳出一起兇殺命案，以三版頭條刊佈了出來：「一月廿五日上午，在臺北新生北路二段開設翔翔洗衣店的彭喜衡、妻子王玉琴、女兒彭姍姍，遭歹徒以重物擊打，頭部破裂死亡，僅餘被害人的兩名兒子倖免。……」

報上的消息還不能確定兇手是誰，只隱隱地提到一個年約廿餘歲的洗衣店工人可能涉嫌。警方正封鎖現場，進行搜索、勘驗中。

電話鈴又響。下午四點，湯英伸在臺北建國北路的親戚家，被哥哥找到了。「媽媽沒事啦，您放心……」湯英伸在電話中低聲地說，這是他離家十五天後，第一通打回家裡的電話。

「你和哥哥去警察局解釋，老老實實地講……。」汪枝美再三叮嚀著。她對老二抱有信心。在她心中，老二基本上是個很善良的孩子，她相信一定是個誤會。

掛了電話，湯保富匆匆的又開車北上了。

說來倒也奇怪，就在前一天，一月廿三日，他也聽說湯英伸在臺北的一家天祥西餐廳打工。本來和汪枝美約好一月廿六日（星期日）去找兒子，但熬不住內心的焦急，在嘉義開完會議後，當天下午他便直接北上了。

湯保富按地址去找，報紙廣告欄明明寫著「北市民族西路六十五號二樓，富國大飯店對面」，卻怎麼也找不到天祥西餐廳。他挨家挨戶，幾乎踩遍了街頭一帶的小巷，直到午夜，總算找到一家「天祥自助餐廳」。一問之下，老闆說：「奇怪，很多父母也和你一樣，沒頭沒腦的，跑到我這兒要孩子。你自己看看，我這個店像西餐廳嗎？」老闆無可奈何，看看湯保富一臉的風霜，開始用同情的口氣說，「依我看，你還是趕緊到派出所報個案吧！」

山上的初春，一貫比平地冷。可是這時候的冷瑟瑟的臺北街頭，使湯保富感覺到一股打心裡竄出來的冷意。英伸離家出走的這些天來，音訊全杳，好不容易找到一家同名的餐廳，卻又遇上詭異的難題，他急忙跑到民族西路派出所查詢，值夜的警員說：「天祥西餐廳沒有登記！」

哥哥，讓我先回家看爸爸媽媽……

廿五日下午六點，臺北建國北路上，湯英伸和哥哥倆人，坐上計程車逕自往臺北中山分局開去。湯英伸臉上沒有一絲表情，只是沈默地看著窗外的街景。突然間，湯英伸噓噓地抽泣起來。他努力抑制抽搐，抬起滿是淚水的臉，說：「哥哥，我們能不能先回家，看爸爸，媽媽……好不好？」

事實上，當天下午三點，湯英伸已經打電話給中山分局說：「我殺了人，下午去警察局自首。」

他一個人懷著全世界最大的孤單，站在約定的弄口上等警察來帶走他。然而，警察沒有出現。他又茫然地，孤單地走了。

第二度打電話自首時，才又講明：「下午六點左右去自首。」這時，湯英伸在哥哥陪同下，向中山分局自首投案。他一字一淚地向警方筆錄人方真彥招供。

這是文書上的供狀：

問：教育程度？現操何種職業？家庭狀況？

答：嘉義師專四年級肄業。現在沒有做事。家有父親湯保富、母親汪枝美……等五人。生活依靠父親薪津收入維生。小康。

問：有無前科？有無參加不良幫派？

答：沒有前科。沒有參加不良幫派。

問：你今天是為何事來分局？

答：因為我於七十五年一月廿五日凌晨一時許，在本市新生北路二段一三七巷四十九號翔翔電腦乾洗店殺人，現在來分局投案。

問：你是如何到本市新生北路二段一三七巷四十九號翔翔電腦乾洗店做工？

答：我是於七十五年一月十六日中午，由世吉介紹所邱世芳先生介紹到本市新生北路二段一三七巷四十九號翔翔電腦乾洗店工作，至今有九天。

工作才九天，他成了殺人嫌犯

命案發生以後，輿論嘩然，給社會帶來不少的驚動。電視新聞以「滅門血案」為題，做了很大的報導；有一家報紙把這件命案定性成「引狼入室的悲劇」。但兇嫌湯英伸卻只是一個嘉義師專肄業的國家公費生，這個事實引起教育界關注，也造成省內罕見的議論話題。政大法律教授黃越欽在校園內演講，說這個案件是「我們社會的悲劇」；臺大心理學教授楊國樞，在一項針對湯英伸涉嫌殺人命案為題的座談會上表示：「我們必須了解山地同學的言行背後，意義並不一樣」；海德堡法學博士朱高正建議社會：「應該從法律人類學的角度，來看這個命案。」……

更重要的是，這件命案在幾個大學和中學校園內，引起青年學生的討論。湯英伸在獄中也收到雪片般飛來的信函。法務部長施啟揚的姪女寫信給他；一位雲林地區的中學生在信中傾訴：「你是我們年輕人的一面鏡子！」……

一月廿六日下午，人間雜誌編輯部也為此感到震驚。大家的議論焦點，集中在臺灣社會現代化過程中，少數民族的文化差異與適應問題上。「我們要找出個原因：為什麼一名師專生，從山地村落到臺北之後，只在臺北過了九天吧，就變成了殺人的凶嫌？」這個問題沈沈地壓在大家心頭。小說家黃春明坐在椅子上，感嘆地說：「我們一定要探討這個問題。去聽一聽湯英伸的父母親怎麼說？他的老師、同學、族人如何看待這個問題。」他的話，令人油然想起黃春明的一些動人的自敘，說到他如何被幾所師專三次退學、轉學的記錄，遭得他在這所、那所學校之間流浪……「我想，我最能了解湯英伸的心情……。」黃春明說。

陸陸續續地，山地音樂田野工作者明立國，作曲家邱晨，原住民詩人莫那能，也先後跑到「人間」編輯部，大夥先凝重地談著湯英伸的案子。雙眼失明的莫那能，絮絮地道出他早年那一段悲涼的歲月。他說：「十三年前，我被職業介紹所賣了。當時我也真的曾經有過衝動，想要討回一個社會公道……。」因此，他認為這是少數民族的共同問題。

「山地青年的命運，怎麼十三年前是這樣，十三年後也這樣？」他哽咽了，目盲的雙眼中，亮著滿眶的淚。

而意想不到的，邱晨竟也成為我這次採訪中，最勤勞熱情的工作伙伴。他正以難以置信的熱切和敬業的精神，開始了田野工作的調查，作為他邁向「報導音樂」的第一步。這是他創作上新的嘗試，也是音樂家「接觸人生真實的、具有反哺意義的事業」，他說。我們一同詢問著這個沈重的疑問：一位山地青年從純樸的小山村，隻身到繁華的臺北市，才短短工作了九天，竟成為三條人命的殺人嫌犯。

這是為什麼？這令人悲傷的社會新聞背後，是不是也有一個嚴肅的社會的困局呢？我們能不能為它找出一點沈痛的線索？

土城看守所：向世界告別

到臺北縣土城看守所採監時，才知道湯英伸不久前才割腕自殺過。

二月二日清晨，他留下一封簡短的遺書，在單人牢房內打破眼鏡，以碎碎的鏡片割腕，被值勤人員發現，送醫急救以後，才挽回一條生命。

不能看見哈雷慧星，是人生一件憾事。……也帶走一顆懺悔的心，向世界告別。未能事奉父母，放心不下的女孩……，可愛的世界再見了。……我的死不足回報，但誠心祈願三位被我殺害的死者，在天之靈能永享極樂。……我願把身體器官贈給任何需要的人……

立書人湯英伸

湯英伸在這封遺書的右上角，歪歪扭扭地寫下了許多名字，父母、鄰居、兄妹、嘉義師專四年甲班的同學，師長，以及一名被嘉師退學轉到花蓮師專的朋友。名字下面，他簡單記了一句話：「謝謝大家，但願來世再報！」

二月十一日，湯英伸才鼓起勇氣，在獄中寫了第一封家書，也是他離家出走後的第一封信。

雙親大人膝下：

本來早該給您們寫信。道出我對雙親的愧疚與感謝，卻百感交集，提不起筆。世事多變化，雙親養育十八年的兒子，現在，竟然犯下滔天大罪，身繫囹圄。一切後悔已經太遲了。但我仍然希望，在雙親的心目中，我仍是一個純潔的孩子。縱使這是全然不可能了。

好想家啊。美麗的家園，只能在夢中浮現。雙親的慈顏，只能從記憶的籮筐中去尋找。真想痛哭一場。其實，早已淚源枯竭了。只恨自己太衝動。我不奢望會得到法律什麼樣寬容的制裁？甚至那極惡毒的制裁，我也應當接受。畢竟，我已鑄下了大錯，但是，若有幸讓我重新改過，我願盡我所能去補償我所有的過失。

近來，得到許多關心的祝福，使我更有信心向前走，也請雙親替我謝謝他們！最後，也謝謝雙親、羅律師、以及親友為我的官司奔走之苦，並主佑大家。

不孝兒英伸敬上

割腕傷癒以後，湯英伸在牢內開始看一點書。他要求家裡寄「徐志摩全集」給他，一次可以寄送三本。但女朋友的來信，一字一淚，使他無法卒讀，他全數撕毀了。心中最為惦念牽掛的，是他那賢淑慈藹的母親，卻又駭怕她來探監時自己不知如何面對才好。他盼了四個多月，母親始終沒有來，倒是土城看守所門外，許多陌生人和親友，排隊等著要和他面會。他的囚衣九十七號。每逢單日，可以接見兩個人。

臺灣地方法院（一）：羅律師哭了

二月三日這天，湯英伸殺人命案第一審偵查庭，開始審理。臺北地方法院第十七法庭白色綾避的布告欄上，這樣寫著：「湯英伸，強盜殺人罪。」

湯英伸沒有戴眼鏡，瞇著一雙眼睛，戴手銬，由兩名法警從走廊側門，帶進法庭。他一張瘦削的臉，蒼白、疲弱，恍如隔世。看見擁擠的、黑鴉鴉的人群，他顯得有些驚慌失措。眾人的眼神下，他像古代極刑中被遊行示眾的人犯。

走廊的另一頭，傳來悲痛的哭叫聲。苦主家屬含憤悲淒，湯保富只能垂首請罪，忍氣吞聲。職業介紹所的老闆邱世芳，扔掉手上半截香煙，來不及踩熄，就開始拉開嗓門，咒罵湯英伸。

審判長宣佈開庭。死者的父親彭阿升，在庭上控訴。他指控湯英伸是殺人搶劫、狡猾、殘暴不仁的兇手，請庭上依法重處。「我媳婦的血，沖到天花板上。」他痛心地說著。

在被告席上，湯英伸俯首站立，不斷地慟哭和抽搐，使他看來脆弱而孤獨。他像是撕裂著自己最深的傷口，喃喃地說：「我犯了滔天大罪，願意接受國家制裁！」這嗚咽的自白，使他的辯護律師羅國寧捏了一把汗。後排座位上，一個嘉義師專的女同學流著滿面的淚衝出法庭。她那踉蹌的身影，在陰黯、窄仄的走廊上，顯得那麼渺小而無助。

整個法庭內，秩序井然。法官的問話，湯英伸的口供，輕重地交疊著……和血衣、兇器混織成一片令人寒顫，悲傷、絕望的故事。這些對話——審判長與湯英伸的對話，深沈、悲痛，湯英伸短短九天零碎工的生涯，彷若一道瞬間迸裂的火芒。短短，卻永劫不復。

審判長向羅國寧律師說：「你有沒有其他補充陳述？」

羅國寧站起身。「湯英伸年輕，不懂事」他說。他的聲音開始發抖，旋即泣不成聲。整個法庭陷入一片沈默……。

臺北地方法院（二）：離開了家園

「因為休學，他到洗衣店打工，不幸發生這種悲劇，其情可憫。」羅國寧說著，一邊彎身從桌上抱起一疊資料，絮絮地從頭講起。

一月九日，湯英伸離家出走。

在筆記本上，他抄下臺北「天祥西餐廳」的地址，匆匆北上。報紙上、那一段誘人的廣告詞，月薪一萬五千元。他盤算一下，暗自設想，若是一個人省吃儉用，還足足可以租房，在臺北補習英文。「廣告詞這樣寫著，」羅國寧準備了一份影印本，大聲朗讀起來：

「新開幕中西餐廳，急徵小弟小妹各三十名，免經驗供吃住，薪一萬五千，小費多，供制服，學歷不限。環境單純，工作輕鬆，隨來即可直接上班。天祥餐廳。」

顯然，離開了故鄉，急切地想要自力更生的湯英伸滿懷了希望，卻絲毫不知道這家餐廳根本沒有營業登記。如果他稍加留意，他就會發現，這家始自稱「新開幕」的餐廳，在報上已經足足登了一年餘廣告。

（命案發生以後，一直到本文撰稿的六月十四日，這則廣告依然刊登著。）

那一天，搭上嘉義客運班車，湯英伸告別了吳鳳鄉達邦村。幾公尺外，他的父親湯保富在鄉公所上班，母親汪枝美在衛生所服務。那一封具名「不孝子英伸」的留書，靜靜地躺在家裡的書桌上。

「經過無數次的掙扎與抉擇，我還是決定找尋自己的世界。或許，在雙親的眼中，這是不智之舉。但一個十八歲的男孩，即使還沒做好準備，仍必須承受這些事實吧！因為壓力太重，無法承受，迷失了。但或許在年輕的歲月中，這些是必須歷練的。我寧願有個瘋狂的年少，而不想在暮年時，嘆悔自己。並請雙親勿掛念，就當我像平常出去一樣，我會好自為之，也請不必找我，我不會耽誤我的前途！」

汽車在阿里山公路奔馳著。公路邊，一座被「欣欣水泥廠」剷平了的禿山，像一顆被剖開的南瓜，腰腹上滿佈了慘淡的流砂，像血一樣流著……。

他可無法知道，父親湯保富看了這張留書，心裡多麼傷心。湯保富把英伸的留書狠狠地揉在手上，丟進字紙簍，卻又在半夜裡爬起床，心疼地撿了回來，一讀又讀。湯英伸更不知道，去年暑假，嘉師四年甲班一位同班女同學，也曾經一頭栽進這同一家介紹所的經過。她說：「我去應徵時，被帶進一個小房間。老闆說先繳八百元。我問：何時開始上班？老闆也說還沒開幕，但可以幫我介紹到希爾頓飯店。後來我打電話去問希爾頓飯店，才知道他們並沒有僱人的事。」

臺北地方法院（三）：「媽媽請不要掛念……」

「你是邱世芳嗎？」審判長問。

「是，世吉介紹所負責人。專門介紹工作。」邱世芳回答。

邱老闆卅歲出頭，能說一口流利的普遍話，對答也十分機敏。他手上持著一張備忘的小卡片，站在法庭前。

「湯英伸是你介紹的嗎？」

「是，翔翔洗衣店才開業三個月。以前，彭喜衡的父親開一家紡織廠，他的員工都是我介紹過去的。」

「你們談了什麼條件？」

「我們不談薪水。薪水是雇主和找工作的人之間的事。湯英伸的待遇多少我不知道。我們只收介紹費三千五百元。湯英伸沒有錢，來介紹所兩趟，共付一千五百元。我告訴他洗衣店老闆會自動扣錢，送過來給我們，叫他不用擔心。」

「工作情況呢？你瞭不瞭解？」

「不瞭解。」邱世芳答。

一月十二日，湯英伸離家後第三天。他按著報紙廣告，打電話給天祥西餐廳。電話筒裡傳來一個女人的聲音：

「有，隨到隨做。帶身份證來登記就行！」

辦公桌上，邱老闆擺一本沒有註明任何公司行號的工作登記表，只註明是「本中心」，第一項求職須知清清楚楚寫著：「求職人員委託工作登記時，應先付清費用」。所以，邱老闆開門見山地說：

「這個工作，你願不願意做？」他沒有指明是什麼工作。湯英伸點頭，表示：「願意。」

「先繳一千塊」，邱老闆說。

湯英伸愣住了。沒想到應徵小弟也要繳錢。離家時，他身上只帶一千多塊，只好怯怯地說：

「我沒錢，可不可以先繳五百元？」

「行！」邱老闆親切地回答。然後在「本中心」表格上，潦草填寫「小弟」兩個字，並在左下角，蓋了手印，簽上「邱世芳」三個字，表示收到五百元無誤。

一月十六日，湯英伸坐車到三重市向親戚借錢，又轉回世吉介紹所，向老闆繳了五百元。前晚，他在表哥家裡寫了一封家書，告訴遠在特富野的雙親：「兒子在一家餐廳上班，媽媽請不要掛念。」

不料，在湯英伸的回憶裡，這一回邱老闆的說法卻有不同，他說：「要繳三千五百元，不夠的錢有人會幫你先繳，再從你的第一個月薪水扣下來！現在餐廳還沒開幕，等過年以後馬上就開張，你先去一家洗衣店做工。待遇也不錯，一天五百元。」

湯英伸一直不知道邱老闆開的其實就是職業介紹所。他一直還很感謝邱老闆的好心善意，在餐廳未開幕之前先給他介紹工作，「反正過年快到了」，他心裡這樣想。但三千五百元這筆不小的數目，使他開始覺得懊惱。再說，一千元都已經繳了，求職須知第二項又說明：「求職人員在本中心登記後，被本中心介紹去做任何一項工作，而不做再回來者，介紹費不能退回，可免費介紹工作。」

無可奈何，湯英伸只好答應去做，又繳了五百元給邱老闆。他摸一摸口袋中那一封家書，不禁慶幸著沒有寄出去。

湯英伸追述，當時邱老闆曾掛了一通電話。不久，翔翔洗衣店的彭先生跑來了，他當場付清了湯英伸的欠款二千元。

「你欠我們的錢，要扣留身份證做抵押，請你簽一張借據。」邱老闆說。

這張借據，總共簽下二千二百元。原來，去翔翔洗衣店上班的這一程計程車費兩百元，也簽在湯英伸的帳上。

臺北地方法院（四）：「……只能回答，我不知道！」

審判長問：「你為彭喜衡總共介紹過幾個人？」

「三個月來，我介紹兩個人。一個小女孩做五天，就走了。」邱世芳回答。

那名小女孩被父親帶回家以後。一月十六日，湯英伸接下洗衣工人的工作。由於年關迫近，店裡生意特別忙碌，每天上午九點開店，一直不停地工作到深夜兩點，是常有的事。

一月廿四日中午，湯英伸到洗衣店做工的第八天，他趴在床上寫日記。在彭老闆小孩的臥房，彭喜衡用一張布簾和板架，隔出一個小角落，算是他睡覺的舖子。就在這個灰暗的屋角，湯英伸每天把疲憊的十八歲的身體，拋在那舖子上，在思親的淚水未乾之前，呼呼沉睡過去。

日記本上，他零亂地寫下片段文字：「洗衣店蒙難記」、「世界上最大的罪惡」、「我立誓要辭職離開這裡」。……

下午三點，湯英伸向老闆辭職，他說：「我要回家過年，家鄉運動會和豐年祭都快到了。」湯英伸心裡仔細盤算過，已經做了八天，一天工資五百，應該可以抵償欠債，剩餘的錢還給親戚。至少回家的車資有了。

因此，他也向彭老闆提出要求，索回被扣留的身份證。不料，彭老闆竟說：「你吃我的、住我的，一天工資兩百，就想一走了之，你還欠我錢哪！」

下午四點，湯英伸送衣服出門。他順道去建國北路的表哥家裡，一口氣喝了五、六瓶紅露酒。「我不做了！」他向表哥訴苦，他對臺北感到疲累了。「也好，你先回特富野過年，等過完年後，我再替你找工作。」表哥是一個彈鋼琴的樂師，在臺北人面熟，可以為他找工作，他這樣的安慰著湯英伸。夜臺北的路上，千家燈火。

湯英伸想到還要回去洗衣店，從建國北路到新生北路的這一段路途，他走得好疲累。就在前一天，他在日記本上寫了這樣一首詩。也許頭一次吧，湯英伸在生活中，切膚地感受到「不公平」的存在……

不為了什麼……
沒有目標，沒有理想，
竟也甘願投身紅塵。
問，那是你不滅的夢想嗎？
卻只能回答，我不知道。
走過褪色的紅磚道，
看汽車駛遠時揚起的塵埃，
不禁覺得好孤獨，
曾說過要成功！
曾說過要忍耐！
卻按奈不住即將崩潰的神經，
大罵一聲：太不公平了！

在深夜的路上，湯英伸一個人孤單單地走著。初春的冷風迎面吹來，擦在酒後的他的身上。他感到淒愁，感到傷痛。

那天下午，湯英伸向彭老闆要身份證。他想辭掉工作回家，彭老闆的回答卻是——「番仔！你只會破壞我的生意！」

「番仔」的辱稱，使他感到遭受重擊似的挫傷。原先講好每天五百元的工資，剛剛彭老闆卻說是二百元。照這樣盤算起來，八天的工資即成了一千六百元，差借據上的二千二百元還有六百元。白白做了八天的工，卻還倒欠了人家六百元。他怎麼算都算不清楚這筆奇怪的帳。他想起平時彭老闆常對他說：「好好幹！不會虧待你的！」卻從未談到工資到底有多少。想著自己手腳笨拙，給機器軋了一口傷痕，又總是惹老闆生氣……學校、同學、父母一一都讓他背棄了，獨獨剩下這口飯，供他吃的、住的，至少，讓他一個人躲在陌生的城市……

他流淚了。好幾度，想打電話回家，卻怎麼也鼓不起勇氣。那些奇詭而瘋狂的年少之夢：他在千百人的會場上，忘我地唱著他自己寫的曲子。雷動的掌聲和口哨聲……。現在，眼看夢碎了，阻絕了回家的路。偎靠在電話筒旁邊，他撥了兩次電話，給在警察學校讀書的哥哥。不知多少回了，這電話一直沒打通過。「嗚——嗚——嗚……」電話筒傳來那單調的聲音。他不知道，他那粗心大意的哥哥給了他一個錯誤的號碼，也不知道哥哥那一頭也正急著找他。頹然地掛上電話，湯英伸一個人拖著細弱的影子，彳亍地走著，消失在夜闇的臺北。

在沈酣的睡夢中，被彭老闆強拉起來。湯英伸說，當時他心中忽然湧起一股哀怨和憤怒；他脫口而出：「老闆，我不做了，你另請高明。這總可以吧？」午夜一點多，屋子裡一片死寂，只傳來洗衣機轟隆轟隆地攪動聲。他躺在布簾背後。小孩子的鼾聲，溫馨、均勻地傳來。突然，彭老闆出拳打過來，冷不防地，他被重重一擊。

「彭喜衡，你不要看我瘦弱，好欺負！」

這次，湯英伸冷冷地喊出彭老闆的名字。「我工資不要了，你給我身份證，我要辭職回家。」他說。

洗衣機轟隆轟隆地怒吼著。

彭喜衡猛力一推，把湯英伸推到門邊。兩個人扭打了起來，一推一擋，湯英伸被推到洗衣機旁，順手抓到一支拔釘器，他奮力一揮，擊中彭喜衡的下巴……

「是不是這一支？」審判長從桌上高高舉起一支拔釘器。鋒銳的尖口冷冷地朝向旁聽席。

「是的」，湯英伸低著頭說。

「你怎麼打他的？是不是用尖口打的？」

「不記得了。我打了一下，他又衝過來，被我推了一把。因為地板潮濕，彭老闆滑了一跤，第二次打去，正好擊中後腦。後來，我失去理智，不斷地打他的胸部，不知打了幾下……。」

「當時彭老闆有沒有死？」

「還有呼吸，沒死。他的太太衝過來，拿椅子打我。兩個人打成一團。我把椅子奪過來，用拳頭打她。她倒在房間門口。我開始找我的身份證。彭珊珊一直哭，我哄她，勸她不要哭。她不聽。我心裡感到很害怕。我急了，想把她勒死，用手勒了一下，她還是哭，我就把她推倒在床下。」

「有沒有打彭珊珊？」

「有，用手掌打她！」

「王玉琴有沒有死？」

「不知道。我心裡很慌，一直很想找到身份證。突然看到王玉琴往屋外跑，我又撿起拔釘器，追上去打了好幾下。打到她不動為止。」他開始啜泣。

「你與什麼人一起行兇的？」

「只有我一個人。」他瘖弱地說。

「……」

臺北地方法院（五）：死刑

三月二十日，湯英伸殺人命案第一審審理終結進行宣判。審判長站在法官席上。全場靜默無聲。羅國寧律師低頭沈思著，靜聽著。

「本庭宣判」，法庭裡，全場的人都站立起來。審判長低沈的聲音彷彿自遙遠的地方傳來：

「臺灣臺北地方法院刑事判決。七十五年度重訴字第二十六號。公訴人，臺灣臺北地方法院檢察處檢察官。被告，湯英伸，男，十八歲，嘉義縣人。業工。選任辯護人，羅國寧律師……

右列被告因殺人等案件，經檢察官提起公訴，本院判決如左：

湯英伸連續殺人，處死刑，並褫奪公權終身。又竊盜，處有期徒刑陸月。應執行死刑，褫奪公權終身。」

瞧，那就是特富野……

五月梅雨，向山裡走去，路上只有滴答岑寂的雨聲。「那是一種悲劇吧。我們老一代的曹族人，多半一輩子守在山上；年輕人卻只想往臺北跑，然後一個一個受到各種挫傷回到山上來。像湯英伸，到臺北，才工作九天，就出了事，判了死刑……。」阿碧低聲地說，她那一雙深黑的眸子裡，充滿了迷惑。

那天，我們走向特富野的半途上，一個叫作阿碧的曹族姑娘，戴一頂寬邊草帽，喘著熱汗趕下山來。她解釋由於湯保富不在家，村裡推派她作代表，「老人家不會說國語，所以，讓我來接你們。」她說。

崎嶇、彎曲的山路上，遠遠可以望見忽隱忽現的阿里山公路。雲霄裡，遠處的汽車，看來就像小小的火柴盒子，無聲地在阿里山公路上穿梭，盤旋著。五月的季節，山路上落了滿徑潔白的油桐花。走過特富野大橋，阿碧指著遠處，一座垂直、孤立的高嶺上，隱約地露出幾戶人家的屋頂和裊裊的炊煙。她說：「瞧，那就是我們的特富野。」

五分鐘，生死相隔的剎那

受。

雖然才見面不多久，阿碧沒有絲毫生份的感覺。她開門見山，直接道出了她對湯英伸命案的感

她說，在一月廿五日那個晚上，分駐所所長郭孝華離開特富野湯伯伯家以後，族人一批一批地湧到英伸的家，大夥的心都懸著、唸著，直到晚間電視新聞節目的螢光幕上，赫然出現了湯英伸那張熟悉、清秀的臉龐，大家頓時撕裂了心似的，放聲地號哭……。

「誰能相信啊？」她說：「一個從小就文靜內向，不太說話，眼看著他長大的孩子，竟然變成了殺人犯！」

阿碧說，因為英伸小時候特別乖巧，族人給英伸取了一個乳名，叫「弟仔」，是一種親密的暱稱，含有大家的弟弟的意思。讀達邦小學時，弟仔連續當了六年的班長，畢業時拿了一個縣長獎，獎品是一本字典。後來，英伸還得了世界展望會的「資優學生獎助金」，考上嘉義輔仁中學，那也是一所南部著名的教會學校。

求學期間一直是湯英伸學姐的阿碧回憶說：「我們山上的孩子，上學、下學，喜歡在山路上互相丟石頭玩。可從來沒有聽人說過，湯英伸會丟石頭。」她望著路邊斷崖下的翠色的山谷，說：「也沒聽說湯英伸和別人打過架。」

在臺北做過事的阿碧，比什麼人都知道，一個山地孩子離鄉背井到繁華都市的苦楚。「有好些山地孩子在城市裡落得永劫不復，有的以各種不同的方式，客死他鄉……。我在外面跌跌撞撞，才發現山上的故鄉最好。」她說。

「在臺北聽說過，你們族人有人願意賣掉房屋，田產，捐錢出來為湯英伸抵命，有這回事嗎？」我問。

「有。村子裡幾個讀大學的年輕人也發起聯名為英伸的人品作證，甚至有人跑到新竹買玻璃材料回來，打算做成手藝品，義賣了捐給湯家。但是這些都給湯伯伯婉拒了。」

我不自覺地望向那悠渺的山澗，腦海裡浮現了湯保富一張黝黑、沉靜的臉龐。

在臺北時，和他打過幾次照面。每回看見他，總是匆匆忙忙。印象中，他經常提著一隻公事包，經常是僕僕風塵的樣子，在嘉義、臺北之間為湯英伸憂勞奔波。有一回，我看見他在法庭上向審判長說：「如果，給我兒子一個自新的機會，我，願意……」，他的話沒有講完，就被打斷了。他語結地站著，低下頭，讓淚水簌簌地落下……。

初審宣判湯英伸死刑那一天，湯保富聽不清楚審判長唸著什麼？只看見湯英伸帶著滿臉的淚水，絕望的表情，出第十七法庭。簇擁在湯英伸身邊的族人群中，有人塞了一千塊錢給湯英伸，湯英伸一直搖頭不肯拿。也有人摸著湯英伸的頭流淚。那一雙雙粗糙、焦慮和鍾愛的手，似乎使法警也感動了，特別通融在還押之前，多給了幾分鐘，讓湯英伸和族人相聚……。

窄仄的法庭中廊前，這些迢迢從嘉義特富野山上趕來的曹族父母，看來木訥、謙恭，不住地抽搐流淚，在這陌生的大城市裡，他們只能用眼淚表現他們巨大的哀痛、驚惶和悲傷。

生死相隔的五分鐘，剎時，任何言語都岑寂了。最後湯英伸抽泣地說：「給大家添了這麼多麻煩，實在對不起！」

他轉過身，隨著法警走了。

一條讓特富野活絡起來的山路

五月的梅雨季節才開始不久，梅樹的枝椏上，還沾著晶瑩的水珠。斷崖下，一棵壯碩的樟樹旁邊，躺著一條隱沒的、廢棄的小路，如今，已經在梅雨中長滿了怒生的雜草，向著山谷底下蜿蜒而去。

指著那條小路，阿碧說：「從前，我們到學校上課，就是打這條小路走到十字路口，一個阿里山鐵道的小站。再轉搭小火車到嘉義。」

阿碧說，那段苦日子，大家也都這麼咬著牙熬過來了。「現在，我們可方便了。我們鄉裡人自己出錢出力，開出這條長十一公里的寬敞的公路。當時是湯伯伯找族人商量、核計，用全村的熱情和力量實現的……。」她說。

民國六十七年，當時年輕力壯的湯保富，滿腦子建設故鄉的熾熱理想，為了測量地形，他每天清晨五點就起來了。當時沒有測量工具，他居然學會了用眼睛測量，就這樣一天又一天，竟也劃出一張有模有樣的施工地圖來。

「藍圖有了，經費呢？我們村民窮慣了，可從來沒有人想過這問題。」阿碧閃耀著光芒的眸子，說：「我們倒想過，縱使再窮，只要下定決心，我們還是可以改變自己的命運啊。」

經過商量，族人共同決議：每戶繳出一萬兩千塊。幾經輾轉，湯保富終於募到了更多的錢——買水泥，租挖路機……大家輪流出勞力。有錢的時候動工，沒錢的時候，湯保富天天望著停頓的開路工程焦急。「前後總共花了八年，我們踩著的這條公路，終於一寸寸開出來啦！也搞活了我們山邊的經濟。」阿碧說，「從前我們村子裡，經常讓梅子爛在梅樹上，根本沒有人去採。一斤才兩塊五毛，誰採啊！現在一斤，二十二塊，商人還會自動上山來採購、訂契約。」

有了這條山路，湯保富拿著族人用心血開鑿出來的成果，到曾文水庫建設委員會申請撥款，請求建設特富野大橋。「因為架個橋，少說都是幾百萬元的事，不能說由村民一萬、五千地湊是不是？」阿碧說。

讓公文往返了一年多，省方面批下了架橋計劃，撥下錢和工程隊伍，才把特富野橋漂漂亮亮地架起來了。如今，它靜靜地弓在河水上，族人打橋頭走過來時，總會想起湯保富這個人。

通車典禮那天，鄉裡的人興高采烈的慶祝。在橋的那頭，曹族婦女穿著鮮紅的民族傳統盛服，夾道歡迎縣府的長官來剪綵。震耳的炮竹聲中，湯保富揹著相機，站在人群裡。可他的腦海中卻忙著另一條更高的山邊公路。經過他不斷連繫、奔波，目前也在開工了。至今，湯保富怎麼也卸不下「道路主任委員」的差事。這個義務職，族人信任他，不讓他辭職改選。

在農產合作社工作，阿碧對於整個特富野近幾年來的經濟變化，心中有她一筆清清楚楚的帳。阿碧說，自從他們自力開了這條山路，村裡的每戶人家，一年平均增加了廿餘萬收入。現在，特富野部落裡看不到精壯的男人在喝酒閒盪。「他們全上山幹活去了。一批批的種植計劃，透過鄉公所農業課的推廣，一步一步落實起來。」阿碧說，「山茶油、栗子、大蒜、夏季蔬菜，也一季一季在山坡上開了花、結了果；一季季換成一疊疊鈔票，根本地改變了我們的物質和精神生活的面貌。」

阿碧沈思了，望著滿山的翠綠，她獨語似地說，「特富野就是湯伯伯這條山路開活了的。」

「山地生的衣服洗不乾淨……」

特富野這個山村座落在一個山谷底下，美麗的峻谷在村頭上邊，岔開成兩條支流，曲曲彎彎地淌著一條婉約的流水，四周散置著這座高嶺上的幾十戶曹族人家。一面斜坡上，蜿蜒而上，只見半壁的鐵皮矮屋，在細雨中顯出樸素、乾淨而且柔緻的廓影。

特富野天主堂的高義輝神父，坐在屋簷走廊下，談起了這不幸的命案。

「我在日本聽到消息，覺得驚愕。我心裡想，如果說湯英伸跟別人打架，那是有可能的，但置人於死地我萬萬沒有想到。」他說。

輔大哲學系畢業的高神父說，當時他的第一個直覺，英伸的悲劇，其中一定有文化差異上的問題。

他說他還記得自己讀臺中一中時，因為自己是山地人，「有些同學把我當牛馬一樣看待」。再加上每次數學都考零分，他內心感到極度的頹喪，埋下深深的自卑感。「每回有人罵我是『番仔』

時，總覺得痛痛快快地打它一架，會使自己比較舒服。」他說。

高神父又舉了一個例子。

目前在日本福岡大學教中文的劉三福，跟他是臺中一中的同學、也來自山地。有一回，他和劉三福在宿舍水槽邊洗衣服，旁邊的同學無意間說了一句：「山胞的衣服洗不乾淨」，「這個兩、三拳可以打死一個人的劉三福，驀然撲了上去，把對方打成重傷了……」高神父說。

事隔廿餘年，高神父還記得他握緊著劉三福顫抖的拳頭，激動著說：「你要表現得比他堅強啊！」

臺中一中的兩位山地生，就那樣相對著流著滿臉的眼淚。

高神父說，山胞在劣勢文化下，過著城市底層的游牧生活。他們容易衝動、緊張，經常會感到不安全感，而「辭職」、「想家」只是這個綜合複雜體的一個代名詞罷了。高神父清楚地記得，就在去年，湯英伸到教堂向他告解：

「我已經變成病態的人！」湯英伸苦痛地說。

高神父聽著他內心的剖白，耐心地安慰過他，高神父太熟悉這份苦楚了。一個離鄉背井求學的年輕人，絕不是「不能適應，就不要來平地」的問題，高神父內心裡湧起了一份傷痛，躊躇一會兒，沉沉地說出了這麼多年以來，他以神職人員身分一次又一次聽到的，山上的孩子們心靈最深處的苦悶。

不必查了！

安玉英，一個如今已長得亭亭玉立的曹族姑娘。有一回，因為山上交通不便，星期六下午必須提早一堂課下學，坐遊覽車回特富野。那天，女教官把曹族同學集合在操場上，安玉英也站在隊伍中。也不知什麼緣故，教官突然對著她們說：「聽同學的反應，你們山地人常常不洗澡……。」

安玉英忍著滿眶的熱淚，跑回山上。才盡情地號啕大哭了。她向高神父傾訴：「不要把全部的錯，都往我們山地生身上戴啊！」

安玉英滿腹的委曲，幽幽地道出一件一件在學校的辛酸。

「為什麼我是山地人？為什麼我們山地人就要被別人當成怪物？」這是長期壓抑在她心中的問號。也有一回，曹族同學明明看見杜秀雲的爸爸，送了一千餘元到學校給她；誰知道那天恰巧宿舍裡傳出有人掉錢的消息。杜秀雲口袋裡準備繳食宿費的一千餘元，竟成為偷竊的贓物證據。杜秀雲抵死也不肯承認，曹族同學也都挺身作證，「我們的確看見她爸爸送錢到學校。」同學們說。不料，女教官卻說：「大家確定是她拿了錢，不必查了！」

「我們山上的學生在學校宿舍裡，經常遇到這樣的困擾，凡有人掉錢，山地孩子就變成當然的嫌犯了！」高義輝神父說。

高神父把話題轉回到那一次湯英伸的懺悔。他說：「我建議他去接受心理治療，湯英伸只是苦苦地笑。」

高神父說，當時他心裡想，湯英伸平時很乖巧，每天笑咪咪的，這個對人家客客氣氣的楞小子，不可能做了什麼大錯吧！他因而並不特別著急，也沒向湯英伸的父親提起。「哪裡想到，厄運卻降了大禍了！」高神父說。

害怕心願會變成泡影……

提起這個遺憾。高神父開始不斷地反省，不斷地想，也開始替村中的小孩感到憂心。他說，湯英伸殺人命案，是一個相當複雜的典型例子，要真正去徹底了解，並不十分容易。他憂悒地說──

「現在我們只能假設：湯英伸的病態在於他的雙重性格──」

據高神父說，在村子裡，他一向對湯英伸另眼看待。英伸生長在本村的一個公認的「模範家庭」，爸爸、媽媽都是那麼好、那麼有風格和尊嚴的人，英伸又憑著自己的實力考上嘉義師專，內心當然有一份秀異之感吧。「尤其是他成長於一個虔誠的宗教家庭，在倫理道德與做人處事方面，英伸對自己有很深的期許。因此，湯英伸到平地社會求學時，遇到客觀壓力，他身為山地人的自卑感就會被激發了出來，從而形成對於平地社會的一種激烈的反撥。」高神父說。

高神父嚴肅地說，「我的看法，只是一個自我反省下的假設。」他還記得就在去年，特富野舉辦了一個天主教夏令營。「湯英伸就那麼自然而然變成夏令營的領袖人物。」高神父回憶地說：「白天，他表現得真是傑出，勤奮、彬彬有禮。但有一個夜晚，他忍不住湊上了群比較低俗的年輕人，結夥跑到後面山崗去喝酒，被我們發現了。」

身為一個山胞，湯英伸隱藏的自卑感，在不斷的壓抑中反彈、化裝而成為外表的優越感了。他從小就奮力上進，也時時患得患失，為了他許下的心願——畢業後回到達邦國小教書——他努力考上了嘉義師專。但還沒等他畢業，特富野的孩子，竟早已當他是小學老師一樣敬畏他，愛他，不敢在他面前說髒話，而更多的時候，他卻又私下害怕自己的心願有一天會變成泡影！

我們好愛湯英伸

湯英伸的家，座落在那青翠的幽谷旁，是湯保富親手蓋起來的一棟木造房子。廿餘年前，湯保富白手成家。如今，牆垣四壁還留著他辛勞歲月的痕跡。汪枝美，英伸的母親，平時沈靜寡言，喜歡坐在屋角，靜靜地聽別人說話，自從湯英伸繫獄以來，她的眼神有時變得飄忽、憂悒了，彷彿總是在想念著什麼。但是，儘管心裡壓著愛兒失腳的重創，她看來端莊、恬靜，只在有意無意中，透露著母親深重的淒寂了。

「我們好愛英伸。……在父母面前，在我們部落裡，從小他一直是乖巧、受人稱讚的孩子。」汪枝美說著，眼眶紅了起來。

廚房裡，傳來湯保富下廚的炒菜聲。

自從湯英伸出事以後，汪枝美始終不敢上臺北去。她寄了一整冊的照片給湯英伸，母子相隔至今，也有四個多月了。「也好在是這樣，凡事我都是坐在家裡想……。」她說。她的眼神中充滿著對丈夫湯保富的一份感謝。但每每有人向她問起湯英伸，汪枝美總是低頭不語。一個曾經讓她驕傲的兒子，如今卻成了奪走三條生命的殺人犯。這難言的苦衷，恁誰也不能詮說啊……

她對於兒子英伸一步一步走過的不能回頭的破滅困境，感到神傷。去年年底，湯英伸休學返家，在情緒上很不穩定，常常望著屋外的浮雲發愣，嘆息。發悶的時候，他偶爾會彈彈鋼琴自娛，看看書排遣，幾乎是足不出戶了。直到有一天，「大概是去年十二月三十日吧！英伸他去了一趟學校，參加學校的音樂比賽晚會。回到山上時，我看他顯得更加悶悶不樂了，」汪枝美說：「我知道英伸實在很懷念學校生活，尤其是那些朝夕相處的師專同學。休學以後，同學們時常打電話來，寫信給英伸，鼓勵他奮發起來，昂揚向上。奈何，命運竟然粉碎了一切。」

在懺悔中無窮地放逐下去

那天，湯英伸離家出走後，家人刻意不讓英伸房間裡的一切受到絲毫變動。他的各種獎牌，仍然兀自掛在牆頭上。那是一次又一次在師專全校師生的矚目和熱情的掌聲下，辛苦掙來的光榮。寂靜的窗外，可以望見他在庭院小菜圃裡種植的高麗菜，已經亭亭地抽出韌葉子。更遠處，那巍然聳立的鼻涕山，隔著一條山谷，蒼翠地逼向他的窗口。

你若住在市區，日落在高樓大廈；
你若住在山林，日落在群山之外；
你若住在海邊，日落在地平線下。
然而，無論日落何處，
我仍真摯地追尋……

小房間裡，湯英伸有一架子的雜書。這首他寫好的小詩，依舊靜靜地躺在他的書桌上。沒有署明日期，也沒有落好題目，卻深深地叩緊著我的迷惑……，在這樣溫文有儀的家庭裡，就在這小房間長大的青年，他文靜、內向，他懷著一份虔誠，開始追索著生命中無數的疑問，開始了他那充滿尷尬、歡悅、苦悶的青春期……

「即使湯英伸能免於死刑，我想他也要被自己的懺悔無窮地放逐下去，無顏回到這美麗的家鄉。這才是最殘酷的重刑吧！」

在湯英伸的小房間裡，我隱約記起了高神父的這句話。

不是我一個人可以救你啊！

離開特富野，走進嘉義師專校園，迎面就感受到圍牆之內一股尚未平息的議論。同學們的口

離開特富野，走進嘉義師專校園，迎面就感受到圍牆之內一股尚未平息的議論。同學們的口中，不免也分析起這件命案的遠因：湯英伸被迫離開學校。

「他被休學離校時，我們全班哭著送他走的……。」

「謝美樺導師在課堂上說：休學對湯英伸而言，是福是禍，目前還不知道。同學們應該鼓勵他，多給他寫信。當時，我坐在我的位子想，應該是福吧，沒想到他竟殺了人。」

「他跑去找教官求情，跪在地上，懺悔地哭泣，但教官說，不是我一個人可以救你啊！」同學們都說，這位教官很疼愛湯英伸，卻也無可奈何。那一陣子，為了苦苦等候學校召開訓導會議，對他的命運做一個審判，英伸變成了另一個人樣。「一大早，他走進教室，便趴在桌上，他的眼眶發黑。」這位坐在湯英伸旁邊的女同學，含著淚說：「我勸過他，好好照顧身子啊。英伸他就朝我淒苦地笑……。」

訓導會議的結果下來了。湯英伸因為在學校打麻將，林總教官認為湯英伸犯的這個錯誤，非處分不可，「否則，老師和學生的心裡會怎麼想？在立場上，我也有苦衷啊。孩子是你的，你自己帶回去管教吧！」

最後，父子倆人商議的結果，決定自動辦理休學。湯英伸說：「我對『留校察看』實在沒有把握，萬一再犯了小錯，被學校退學了反而不好。爸爸，我們下學期重新來，我用生命向您承諾……。」

最後一次學期考試，湯英伸無心考試，在卷子上填了名字，便逕自走出教室。他回到寢室，一刻，不知道……，心裡什麼滋味都有，真的不知道說些什麼。說感傷，是有那麼一點：說高興，也是有那麼一點點。但是，我還真是捨不得你們。相聚了三年，有歡樂，有悲傷，我們都一起度過了！我，不能改變什麼，雖然我們要暫時分離一段日子，但我相信我們的友誼一定會永遠存在……」

「下面這首歌，叫做『別離』，是多年前我流著淚做的……」

錄音帶裡響起一陣錚錚鏦鏦的吉他和弦……

暮色中，我望見你的背影

深深呼喚失落的你……。

湯英伸落寞的歌聲，似遠似近地，在男生寢室縈繞著。悶熱的午後，窗外傳來低低嗚唱的蟬聲。一個綽號叫「黑馬」的同學說：「一腳踩進那洗衣店，湯英伸他一定會這樣想吧，『如此下去，我的前途在哪裡？』每天送衣洗衣，好強的他，怎麼受得了啊……，也沒想到結果竟會如此！」

湯英伸的室友坐在椅子上，沉入回憶中，想起過去湯英伸帶給他們的許多歡笑。有些女同學說著說著，就哽咽、掉淚了。

到美國看熱門音樂演唱會

「他是班上的核心人物！」

「他人很慷慨，所以自己口袋裡常常沒有錢。」

去年，湯英伸利用暑假到臺北做水泥工，那粗重的勞動和毒熱的陽光，使他全身曬得黑亮亮地回來。返校後，他嘴裡時時掛念著那群陪他流汗、唱歌的山胞夥伴。他甚至一心想著與他們一起合組合唱團，走唱天涯。黑馬說：「他對音樂非常狂熱。他說他最大的願望，就是到美國看演唱會。」

從同學的口中，讓你想見湯英伸是一位熱情、上進的青年，他常常說：「我要讓他們在亮麗處看見我，不要在黑暗中看見我！」有誰知道，他的遭遇會把這句話整個兒顛倒過來呢？他失敗了。三年之內，他被逮到幾個小辮子：單車雙載、不繡學號、爬牆、抽煙。這些讓他總共記下三次大過、三次小過，再加上四次警告。可湯英伸也記過不少次大功小功和數不清楚的嘉獎。他參加校際才藝比賽、優秀山胞聯誼會、黨幹部研習會、田徑比賽、殘障青年村，都為他爭來一個又一個光榮和獎勵。

提起抽煙這回湯英伸被記大過，有一位同學黯然地說：「其實，香煙是我抽的！」

「那天清早，我跑到他們的寢室去找湯英伸，他生病躺在床上。我坐在他床邊，抽完一支煙便上課去了。沒想到，我前腳才走，教官後腳就踩進了寢室。」這位同學說。「這個大過，湯英伸為我頂下來了，事後他不為這個冤屈吭一聲。湯英伸就是這種人，全校同學都知道，他是我們學校的明星。」

經過幾次教他灰心黯淡的挫折和打擊，有一天，湯英伸索性豁出去，他理了一個龐克頭，奇裝異服地在校園裡晃蕩。

「師長們應該學一學教育心理學，再來輔導我們，不要光是喊口號，說什麼合理的是管教，不合理的是磨練。」有一位女同學說。「合理的是管教，不合理的是磨練」是每一個嘉師同學口中，人人都能朗朗上口的一段道白，同學們說，在朝會上，在課堂上，他們聽到太多次了。

去年十二月三十日，已經休學在家的湯英伸，接受同學們寫信和打電話再三邀請，興致沖沖地返校參加音樂晚會。就那個晚上，有位教官卻衝著湯英伸說：「湯英伸，往後你儘量不要回來！」同學們氣憤地哭了，「即使湯英伸休了學，他仍然是學校的一份子啊！」同學們說。

湯英伸站在同學面前，故作鎮靜地說：「這位教官，也是為我們大家好吧！」可是，至今還沒有人知道，在他返回特富野的路上，湯英伸那年輕易感的心，是怎樣地因羞辱、挫折、怨恨而絞痛啊。

也就在那條山路上，在那個寂靜夜晚，湯英伸悄悄地決定離家出走，不再返校。像一切受挫的年輕人一樣，他必需離開使他感到挫敗的環境，逃到另一個天地，從頭開始。他想靠著自己的雙手，去闖出自己的路子。

流盡眼淚，也要讓法官相信……

回到台北，我的辦公桌上已經擱著幾封信。有一封是這樣寫著：

親愛的邱叔叔、蔡叔叔、官叔叔：

短暫的相聚，願別後無恙。

……事情發生後，我們只會哭，一面祈禱一面哭。因為我們根本不敢相信，真的不願相信。但還是得面對事實，打電話問迪亞（湯英伸）的住址，「台北縣土城鄉立德路二號」，這是我們永遠記得的地址。……

初次去特富野，就深深愛上那個地方，相信您們也愛上了，可不是？你們問起我湯英伸寫的那篇小說，我現在告訴您，題目是：「爸媽！我們探險去！」內容描寫一群年輕人到台北謀職的故事。小說中的人物讀起來都很哀傷落寞。是否這就是迪亞潛意識裡的悲懷呢？

……迪亞就是這麼盡責的一個男孩，有時甚至讓我們覺得，我們實在配不上他，不配當他的朋友，真的，您們一定要相信。

我們曾經去打工，為了要體會老闆對待工人的那種滋味。我們也曾想到台北去看迪亞，但他的時間都被排滿了。至今，我們雖一直未曾謀面，但我們到特富野幫忙湯媽媽掃地，做家事。我們好喜歡湯媽媽和湯伯伯，和他們談話也讓我們學到許多的啟示。我們也曾想跪在法官面前，即使是流盡眼淚，也要讓法官相信迪亞不是個壞孩子。要是丹諾（註：美國著名的正義律師）來到台灣，丹諾一定能夠救迪亞的吧，但是，誰肯相信我們年紀未滿二十歲的小女孩的話呢？誰願意聽呢？然而

我們一定要做下去，即使別人怎樣罵我們傻，社會上若缺了這樣的人，就不可愛，不溫暖了，您說對不對？祝

編輯順利

雅惠敬上

雅惠是斗六某中學高一的學生。去年，天主教青年團契在特富野舉辦活動，她的好同學劉雪燕游泳時陷入漩渦，差一點使她沉溺水中，被湯英伸救了起來。黃雅惠是這樣認識了至今不曾謀面的湯英伸。湯英伸失腳之後，黃雅惠特地到特富野去，認識了湯家。一直到今天，她不斷地為英伸祈禱，寫信安慰湯保富夫婦。在特富野過母親節那天，我認識了這位純真的小妹妹。沒想到她的信比我還要快速地抵達台北。

回到台北，心裡卻一直惦記著湯英伸妹妹的一句話。她坐在學校會客室裡說：「我立志要考上法律系。」她說，回想著她旁聽了幾次的台北地院，「將來，我要坐在那個高高的位置上，好好傾聽每一個陷落法網的人，每一句打自內心的話。」

一起殺人命案，引起社會如此重大的回響，是大大地出乎人們意料的。當我們從特富野回到了台北，四處採訪幾位律師時，他們都表露出極深的關切；願意為湯案擔任義務辯護律師的就有四位。這種人與人的友愛光輝，竟也抹去我們一路採訪時心頭上的陰影。落筆時，我禁不住掩卷喟嘆著。我想起雅惠、雪燕、玉蓮、淑燕、高神父、嘉師四年甲班的全體同學們。啊，但願你們期盼英

伸得免一死的願望，不會落空，為了英伸，讓我們大家再努力下去吧！

董律師的信念

當人間雜誌的法律顧問董良駿律師，決定義務接下辯護律師時，已經是湯案第二審的尾聲了。董律師花了兩天兩夜的時間，一口氣讀完所有的資料。他告訴我，正準備進入自己的書庫，從犯罪學、社會學、和法律人類學的角度去著手研究。他也相信，不少的犯罪案例，往往是社會早已積累下來的罪惡所致，「人是脆弱的，人是很可憐的！」董律師喃喃地說著這句丹諾的名言，他充滿悲憫的眼神，讓我隱然覺得，董律師已經真正瞭解了湯英伸這個孩子。

五月廿六日，董律師向台北地方法院提出補充上訴理由：

「按上訴人於七十五年一月廿五日零時許案發後，於當日下午六時許，即主動向中山分局投案，坦承犯罪，由分局移送筆錄可證。是上訴人應屬刑法第六十二條對於未發覺之罪自首而受裁判者。」

「在湯英伸沒有投案自承犯罪之前，沒有任何人確認他就是兇手……。遍查整個警訊筆錄，湯英伸應該合乎自首要件的」董律師嚴肅地說，「我還查到具體判例……」

由於董律師找到辯護的新角度，不到短短的幾天，使得整個案情開始有了轉機。六月十八日，湯英伸在法庭上囁囁地說：「一月廿五日那天，下午三點，我曾經打過電話，給中山分局，說：我要去自首！」

法律上明文規定，自首是唯一減刑的充足條件。但湯英伸受到過度驚嚇之後，加上他對自己苛重的懺悔，除了坦承罪行，已完全喪失正常求生意志。不懂法律的他，竟把這個自首的事實經過隱藏在心裡長達五個月，距離他第二審宣判日期六月廿五日，只剩七天。

六月廿二日下午。湯保富一個人坐在特富野的山谷中釣魚。他一顆早已瀕臨崩潰的心，仍然高高地懸著。他默默地望著淌呀淌著的河水。即將登陸台灣的南施颱風，開始細細地散起雨白來了。山巔上，陰陰地布下橘紅色的濃郁雲影……

汪枝美獨自坐在客廳角落。電話中，她慈祥的聲音說：「是下午，我要他去河裡釣魚的。這半年來，他，過得是什麼樣的日子……」在她哽咽的聲音中，我也一時沉默了。

不！我們還有三審！

六月廿五日，湯保富和許多關心湯英伸的親戚、朋友、神父，三個人間雜誌的同仁和董良駿律師，都趕到高院第十八法庭。這是英伸二審宣判的日子。

從早上九點開始，我們都坐在法庭裡，等著法官逐案審理和辯論。法庭的天花板上垂掛著兩支吊扇，沉默地送著催人欲眠的風。我的心裡抱著來自董律師答辯狀的一線生機。辯護狀說，湯英伸投案的過程、人證、合乎自首要件。此點董律師主張從英伸豐富的品格證據、和殺人當時的情境脈絡，說明殺人的激情因素。他希望庭上不單從三條人命死亡的結果去論斷。「社會在它自己裡面包含著許多犯罪的萌芽，由某種意義說，準備犯罪者是社會，個人只是它實行的工具！」

十一時三十分，全庭肅立，審判長開始逐案宣讀判決主文。英伸的案件夾在十幾個同時宣判的案件中，幾乎沒有人聽清楚英伸的判決，我只聽到「褫奪公權終身」，英伸就被押走了。

大夥兒疾走跟著英伸，問他聽清楚沒有。他只茫然地說「不清楚」。押送的法警說是無期徒刑，英伸的眼睛亮了，對湯保富說，「爸，我到裡面，要好好請客……」

我們望著英伸被押走了，卻怎也放心不下。後來問退庭的檢察官。「死刑。絕對沒錯。」他說，消失在法院的走廊上。在我們沈默地站著的當兒，一個女孩忽然急奔下樓。我瞥見她滿是淚的臉，啊，還是她，英伸的女朋友。

「我們長期一塊作戰，到了最後……」湯保富說。

「不，我們還有三審……」董律師說。

「請一起吃過便當再走。」湯保富說。

大家都推辭了。「我們還有事……」，多麼愚笨的推託之辭。我不知道和湯保富握了幾次手，看著他黧黑的臉、濃濃的眉，比漢人大而且明亮的眼睛，和強抑在眼眶中的淚意，送他們上了計程車。

我想起帶著「無期徒刑」的歡悅回到押房的英伸。「不！這個社會，不能這樣把罪惡全歸到你的身上」我的心中吶喊著，「不！我們都是負罪的人吧……」

作者簡介：

官鴻志，男，民國四十三年五月十一日生。文化大學新聞所碩士。曾任立法院國會記者、國會助理、《中國時報》、《工商時報》、《自立晚報》、《人間》雜誌記者。一九九四年擔任新國會雜誌總編輯、立法院國會助理迄今。著有《台北學運》、《亞太營運中心》。

〈不孝兒英伸〉評析：

一九八六年，阿里山鄒族十九歲青年湯英伸向警方投案，承認殺害北市新生北路洗衣店一家三口，引發社會各界一陣譁然。原因無他，湯英伸是嘉義師專肄業的中輟生，相貌斯文，何以來到台北打工短短九天就殺害了三個人？究竟是他個人的責任？還是社會的責任？答案並沒有因為台北地方法院判處死刑而水落石出。

當時原住民運動還正在醞釀中，政府各項施政中，都還以山胞稱呼原住民。許多人意識到湯英伸事件並不是單一刑案，而是原住民族長期受到歧視對待，教育機制中的學生事務系統不健全，加上職業介紹制度的剝削等因素，將一個純樸的原住民青年推進了死牢。文藝界、宗教界、社運界與新聞界紛紛聲援此案，《人間》雜誌更以大篇幅的報導喚起大眾的重視，官鴻志的〈不孝兒英伸〉適時推出，帶給大眾重新省視原住民問題的新視野。

官鴻志用倒敘與插敘並用的方式，先回到凶案發生後，警方追緝湯英伸的緊張氛圍中。然後跳接殺人事件的始末、湯英伸的成長經歷、社會救援的呼籲以及審判過程，剪裁得宜，讀來毫不吃力。

本文最值得稱道的是資料蒐集完備，消息來源多樣，足證作者十分用心。為了證明湯英伸的本性善良，官鴻志走訪阿里山麓的特富野，訪問接觸過湯英伸的神職人員、同學與友人，讓見證人娓娓道出一個原住民青年的純樸與委屈，對照著他後來不可思議的殺人手段，更讓讀者容易驚覺到其中潛藏著嚴重的社會問題。

作為救援行動的發聲工具，官鴻志的作品中並未平衡報導，死者家屬的聲音在同期《人間》雜誌上，另以專文處理，這或許可以抒解一般讀者對於「客觀」、「平衡」等新聞倫理的要求。然而在報導文學的書寫中，既然允許作者涉入主觀意見，甚至加入評論，還有無必要強調消息來源的平衡?或許相當值得深思與討論。

「原住民作家阿媳就曾表示，湯英伸事件讓青年們開始有原住民意識，啟蒙了原住民青年，開始書寫、發聲與展開運動。事件九年後，經過一波波的運動，一九九五年立法院通過姓名條例修正草案，恢復慣有傳統原住民姓氏，不需冠漢姓。同年，教育部「山胞教育委員會」改名為「原住民教育委員會」，原住民才真正獲得正名。雖然湯英伸沒有趕得上原住民正名的結果，一九八七年就遭到了槍決，但是湯英伸事件所暴露的山地社會文化調適問題，知識分子所做的抗議，以及報導文學作品中所呈現的批判力道，都讓社會看到原住民現實生活的處境，更激發了原住民求變意識與行動。這一切恐怕是官鴻志與湯英伸所始料未及的，也正是報導文學潛在的社會影響力所在。

延伸閱讀：

【理論部分】意識型態

延伸閱讀：

【理論部分】意識型態

1 陳映真（2001）：〈臺灣報導文學的歷程〉，《聯合副刊電子報》。2001/08/18第125期與第127期。

2 郭紀舟（1999）：《七〇年代臺灣左翼運動》。臺北：海峽學術，第二章。

3 楊渡（2000）：〈最後的馬克思——專訪陳映真〉。收錄於《人生採訪——當代作家映象》。（http://www.chinatimes.com.tw/style/literature/keep/special/89012301.htm）

【創作部分】

1 夏衍〔沈端先〕（1936）：《包身工》。原版，上海。重印版（1978），北京：人民文學。

2 黃小農（1986）：〈隱藏的陷阱〉，《人間》。第一卷第九期，頁114-119。

3 江上城（1986）：〈冰凍的春天——悲劇前後的一家人〉，《人間》。第一卷第九期，頁121-126。

4 官鴻志（1987）：〈我把痛苦獻給您們——湯英伸救援行動始末〉，《人間》。第二卷第八期，頁18-43。

幌馬車之歌

藍博洲

序曲：伴著腳鍊聲的大合唱

鍾順和（化名）：我是鍾順和。一九四九年九月，我因為與鍾浩東校長同案被捕。同年十二月，我和校長，以及其他政治受難者，同被送到內湖新生總隊感訓；一九五〇年七月中旬，我又與校長被提出感訓隊，送往臺北青島東路軍法處看守所。

十月十四日，清晨六點整。剛吃過早餐，押房的門鎖便咔啦咔啦地響了。鐵門呀然地打開。

「鍾浩東、李蒼降、唐志堂，開庭。」

我看見鐵門外兩個面孔猶嫌稚嫩的憲兵，端槍、立正，冷然地站立鐵門兩側。整個押房和門外的甬道，立時落入一種死寂的沉靜之中。我看著校長安靜地向同房難友一一握手，然後在憲兵的扣押下，一邊唱著他最喜歡的一首世界名曲——〈幌馬車の唄〉，一邊從容地走出押房。

於是，伴奏著校長行走時的腳鍊拖地聲，押房裡也響起了由輕聲而逐漸宏亮的大合唱：

夕べに遠く木の葉散る（ゆふとほこはち）
並木の道をほろぼろと（なみきみち）
君が幌馬車見送りし（きみほろばしやみおく）
去年の別離が永久よ（こぞおかれとこしへ）
想ひ出多き丘の上で（おもでおほおかへ）
遠けき國の空眺め（はるくにそらなが）

夢と煙れる一と年の（ゆめけむひとせ）
心無き日に涙湧く（こゝろなひたみだわ）
轍の音もなつかしく（わだちおと）
並木の道をほろぼろと（なみきみち）
馬の嘶き木靈して（うまいなつこだま）
遙か彼方に消えて行く（はるかなたきゆ）

蔣蘊瑜：我是蔣蘊瑜。是鍾浩東的太太，蔣渭水的女兒（蔣渭水原本是我舅舅，因為他的二老婆——阿甜喜歡我，就過繼給他做女兒。）我的本名是蔣碧玉。蘊瑜和浩東都是抗戰時期，丘念台先生為我們取的名字。

這首世界名曲很好聽。它的歌詞大概是說：

「黃昏時候，在樹葉散落的馬路上，目送你的馬車，在馬路上幌來幌去地消失在遙遠的彼方。在充滿回憶的小山上，遙望他國的天空，憶起在夢中消逝的一年，淚水忍不住流了下來。馬車的聲音，令人懷念，去年送你的馬車，竟是永別。」

這首歌，是剛認識浩東時，浩東教我唱的。那時候，我在帝大醫學部（今臺大醫學院）的醫院當護士；浩東在臺北高校唸書，因為用功過度，患精神衰弱症而住院。浩東是情感豐富的人，所以，他很喜歡唱這首歌。他曾經告訴我說：「每次唱起這首歌，就會忍不住想起南部家鄉美麗的田園景色！」

第一樂章：故鄉

我少時有三個好友，其中一個是我異母兄弟，我們都有良好的理想。我們四個人中，三個人順利地升學了，一個人名落孫山，這個人就是我。這事給我的刺激很大，它深深地刺傷我的心，我私下抱起決定由別種途徑趕上他們的野心。這是最初的動機，但尚未成形。

有一次，我把改作後的第一篇短文（雨夜花——描寫一個富家女淪落為妓的悲慘故事）拿給我那位兄弟看。他默默看過後忽然對我說，也許我可以寫小說。我不明白他這句話究竟出於無心抑或有感而發，但對我來說，卻是一句極可怕的話。以後他便由臺北，後來到日本時便由日本源源寄來世界文學及有關文藝理論的書籍（都是日文）給我。他的話不一定打動我的心，但他這種作法使我繼續不斷和文藝發生關係則是事實。我之從事文藝工作，他的鼓勵有很大的關係。

——鍾理和：我學習寫作的過程
（一九五七年參加《自由談》雜誌徵文的自述）

鍾里義：我是鍾里義。浩東是我的哥哥。我們鍾家祖籍廣東梅縣。世居屏東，代代業農。我父親原名鍾鎮榮。因為不滿日本人的統治，在報戶口時，憤而改報為「鍾蕃薯」；蕃薯的意思當然是指臺灣了。在日據時代，屏東郡守看到父親，都要親自端椅，延請父親入座。父親經常往來海峽兩岸做生意。後來，父親遷居現在的美濃鎮尖山，經營農場。六堆一帶的客家庄，今年七十歲以上的父老，很少有不知道鍾蕃薯這個人的！

父親娶兩個老婆，我和和鳴（浩東的本名）是大母親生的；理和則是小母親生的。和鳴與理和同是生於日據時代大正四年（一九一五），差不多是同時出世的，前後只差廿多天而已。小時候聽母親說，剛出世時，理和白白胖胖的，因為屬狗，家裡人就暱稱他為「小狗鬼」或「阿成」；和鳴兄剛出世時，卻又瘦又黑，像個小老鼠，家人就暱稱他「阿謝仔」。

你這個子弟十分天才

那時候，父親喜歡抱長得白白胖胖的理和兄，他眼裡還看不見浩東。後來，我們幾個兄弟在私塾，跟著從原鄉來的、愛吃狗肉的劉公義先生讀漢書。兩年期間，阿謝背書時，都可從頭到尾流利背誦，並且不漏一字。

有一回，阿謝背書時，不小心漏背了一個字。坐在一旁監書的劉先生，立刻以手中的黃藤條，用力抽打阿謝的屁股。怎知，阿謝卻回頭，把拿在手上的書，對準劉先生甩了過去，憤憤地說：「兩年來，我背書從來沒有漏過字，為什麼現在不小心漏背一字，你就要打我！」

阿謝這麼說，劉先生也沒因此再處罰他。當天晚上，劉先生還特地去面會父親，告訴父親說：「鍾先生，你這個子弟十分天才，日後，即使再困難，你也一定要賣光財產，供給他讀書，好好栽培他！」

從此，父親才開始注意到小時候長得並不起眼的阿謝哥，非常重視他的教育。

四個朋友

私塾讀了兩年的漢詩文後，和鳴與理和一同進入鹽埔公學校讀書。畢業後，和鳴經校方推薦，不必經過考試即可保送長治公學校高等科。但日本人之所以設立二年制的高等科，其實卻暗含著「歧視教育」的用意。首先，它想利用「高等」的美名來籠絡臺灣人民，使其不求上進；其次，高等科完全是簡易的職業教育，與上級學校缺少聯絡，對於有志升學的臺灣人子弟設定了極大的限制。因此，和鳴拒絕保送，相偕與童年好友——邱連球、鍾九和及同年的異母兄弟理和，一起參加高雄中學的入學考試，結果，其他三個人都金榜題名，只有理和兄因體檢不通過而落第。這事很刺傷理和，但也因此使他日後成為一個作家。

在雄中時，和鳴依舊喜歡和日籍老師辯論，那些日本人常常被他質問得無力回答。那時候，和鳴已經在偷偷閱讀《三民主義》了。有一回，和鳴在課堂上偷閱大陸作家的作品，被老師當場抓到而遭到辱罵，但和鳴亦不甘示弱地替自己辯護道：「做一個中國人，為什麼不能讀中文書。」日籍老師惱羞成怒，舉鞭抽打和鳴並大罵道：「無禮！清國奴！」

和鳴不堪其辱罵，隨手抓起桌上的書，擲向那日籍老師。事後，校方通知家長到校約談；但父親並不理會日本人，於是就由里虎兄前去。到了學校，里虎兄直截了當地告訴校方管理人員說：「子弟既然送給學校教育了，好、壞都是學校的事，與我家無關。」

素樸的祖國情懷

經過這次事件的刺激，再加上平日閱讀三民主義及五四時代的作品的影響，和鳴因此產生憧憬祖國的情愫。這情愫並且感染了理和，致使理和在後來帶著臺妹，私奔中國東北。

中學校二年級時，和鳴即向父親提出欲赴大陸留學的計畫；但父親不贊成。因為做生意的關係，父親每年都會到大陸一趟；對大陸比較了解。父親勸阻和鳴說：「大陸的教育並不比臺灣發達，你還是在臺灣唸罷！」

但，和鳴不以為然，說：「你所看到的是幾年前的大陸；何況，現在國家正需要青年投入，才會進步、發達。」

父親勸不過和鳴，於是就讓他去了。四個月後，他從大陸遊歷歸來，向父親說：「的確！你說得一點沒錯，目前，大陸的教育事業是不比臺灣發達。」

因為和鳴前往大陸並沒有向學校請假，或辦休學手續，校方原本欲以「行為不正」的理由，給他退學處分；然而，因為和鳴的成績一直都維持在一至五名之內，校方覺得「像他成績這樣好，卻讓他退學，實在可惜！」於是，經過協商後，放棄退學處分，改以那個學期全班最後一名的成績處罰他。

戴白線帽的青年

讀完雄中四年級，和鳴即以同等學歷的資格，越級考上臺北高校。當時，高校生戴的帽子，有兩條環繞帽徽的白線；戴上那頂帽子是很不容易的，尤其是臺灣人。因此，那也是當時少女崇拜的對象。

第二年，和鳴的好友鍾九和也保送北高；邱連球則考上屏東農業學校的畜產科。

高校二年級時，和鳴寫信回家，說是患了肺病，住進帝大醫院（今臺大醫院）。父親非常痛惜這個兒子，深怕他病逝，竭盡心力要把他治好，買了好多高貴的藥材寄給他。幸好，九和回鄉時告訴父親，和鳴並沒有罹患肺病；父親這才放心。

九和告訴父親說：「和鳴在臺北幾乎總是夜讀到深夜一、兩點，早上五、六點又爬起來讀書，因為用功過度，患了輕微的精神衰弱症，受了涼，咳嗽不止，就疑心自己患了肺病。」

父親於是要和鳴辦休學，住院，靜養半年才出院，也就在住院期間，和鳴認識了碧玉嫂。

少女護士與青年病患

蔣蘊瑜：一九三七年，我唸完兩年的護士學校，剛剛進入帝大醫院服務。那年我才十六歲而已。七月七日，中日戰爭爆發。八月十日起，臺北實施燈火管制。八月十五日，日本帝國的臺灣軍司令部宣布：全臺灣進入戰時體制。

認識浩東，就在這段為戰爭的低氣壓籠罩的時候。那時候，就讀於臺北高校的浩東，因為讀書過於用功，患有精神衰弱症而住院療養。

我還記得，我們認識的經過是這樣的：那天，我依例到各個病房，探顧病人的狀況；當我巡看浩東的病房時，浩東突然與我寒暄。

他先是用日文問我說：「妳也姓鍾嗎？」

因為「鍾」和「蔣」的日文發音相同；我於是回答他說：「是的，我姓蔣，蔣介石的蔣。您呢？」

他笑了笑，改口用中文回答我說：「我姓鍾，不姓蔣；不過，妳應該說是蔣渭水的蔣……。」

這樣，我和浩東有了初步的認識；因為他比我大六歲，而兩人日文發音又是同姓，他於是認我做妹妹。在那天的談話中，我還記得浩東告訴我說，一九三一年先父渭水先生逝世時，他剛好赴大陸了解祖國的社會狀況。「在上海的追悼會上，」浩東說：「我還當場痛哭了好久。」

因此，基於殖民地青年共有的民族意識，相識以後，我們也就相交得更加密切而深刻。當浩東出院後，我經常利用下班時間，到古亭町，浩東與其他從南部來的青年的租所。在那裡，我跟著浩東與他那些當時女孩子最為愛慕的、戴白線帽的高校青年，讀書、討論、聽古典音樂。假日，我們則相約到臺北近郊爬山、郊遊。可是那時候，對男女情愛猶渾然不解的少女的我，不知什麼時候起，竟不自禁地愛上浩東而不自知！

鍾九和的愛與死

我後來才知道，浩東因為決心投入抗日的行列，早就抱著獨身主義的決心了；因而，他一直暗中撮合我與他的同鄉好友鍾九和之間的愛情。九和先生是個優秀的臺灣青年，但他身體不好，患有腎臟病；也許是我已不自覺地愛上浩東之故罷！我終究不曾對九和有過男女愛戀之意。九和知我對他沒什麼意思，非常難過，不能喝酒的他，在高校畢業那天，還喝了好多的酒。

浩東唸完高校三年級的課業時，因為大陸的戰事關係，日本帝國臺灣總督府發布命令，說要挑選一批派赴廣東戰區的軍伕，這當中，通廣東話的客家青年是優先考慮徵調的對象。因此，尚要一年方可完成高校學業的浩東，便束裝逃到日本；不久，並以同等學歷的資格，考上明治大學，攻讀政治、經濟。

出國前，浩東看我與九和之間的感情並沒有進展的可能；他於是又撮合我與另外一個好友鍾棠華。當然，棠華也是個優秀有志的臺灣青年。

浩東在日本時，常常給我寫信，談學問、分析中國的戰局……等等，我也一如以往，常到古亭町找棠華、九和等讀書、討論，或者郊遊、爬山。可我並沒有想到男女情愛之事。

鍾里義：浩東到日本留學後，不久，九和兄就因腎炎病故了。他留下自己常年戴著的手錶，說要給浩東做紀念。臨死前，他還特別向里虎哥要求道：

「鍾君以後若缺錢用，希望里虎兄一定要給予援助。」

我們鍾家的財務，向來是里虎哥在管。中學時代，浩東每月的生活費都必須經過里虎哥之手申請，而里虎哥總是要七折八扣後，才給他；九和兄因此經常援助浩東。

我想，九和兄即使不早逝，日後必定也會走上與浩東同樣的路的。

我是不打算結婚的！

蔣蘊瑜：半年後，浩東利用寒假期間，回臺省親。這時候，浩東透露了他計畫暫停學業，奔赴祖國大陸，投入抗日戰爭的志願，並積極地招募同行的朋友。

知道了浩東的計畫後，我立即對浩東這項兼具嚴肅的民族主義與浪漫的革命情懷的計畫，感到莫名的嚮往。

有一天，他終於也來招募我了。但他先是裝作無心地問說：「妳和棠華怎麼樣了？」

「什麼怎麼樣？」我回他說：「大家都是好朋友嘛！」

「我是不打算結婚的。」他突兀地說。

聽他這樣說，我忍不住不高興地回他說：「笑話！我又沒有說要嫁你！也不是因為這樣我才拒絕他們的。」

浩東沒說什麼，只是靜靜地看著我，然後嚴肅地對我說：「跟我一起到大陸奮鬥吧！」

當下，我竟毫不考慮就答應他了。可是我的生父戴旺枝卻說：「沒有訂婚，沒有做餅，怎可就跟著他過大陸？」

我於是把這個意見告知浩東，他聽後，笑笑說：「要做餅就做嘛！看要做多少，拿錢去做就是了。」

這樣，原本為了革命志業而抱獨身主義的浩東，為了我，竟在傳統的壓力下，放棄原則，向我們家下聘。我還記得，餅做好時，浩東特地委請他的同鄉好友邱連球及弟弟理和，代表鍾家，親自送到我的生身父母面前，這樣，就算是訂了婚。當天，戴家父母還特地辦了兩桌酒席，宴請親朋。一方面算是喜酒，一方面則算是給我們餞行。第二天，我們就搭船奔赴上海，尋找祖國的抗日組織了。

第二樂章：原鄉人的血

父親敘述中國時，那口吻就和一個人在敘述從前顯赫而今沒落的舅舅家，帶了兩分嘲笑，三分尊敬，五分嘆息。因而這裡就有不滿，有驕傲，有傷感。他們衷心願見舅舅家強盛，但現實的舅舅卻令他們傷心，我常常聽見他們嘆息：「原鄉！原鄉！」

我不是愛國主義者，但是原鄉人的血必須流返原鄉，才會停止沸騰！二哥（和鳴）如此，我亦沒有例外。

——鍾理和：《原鄉人》

在上海

蔣蘊瑜：一九四〇年元月，浩東帶領他的表弟李南鋒和我，三人先行赴上海。到了上海，我們一方面探尋到內陸參加抗日組織的路線；一方面則等待浩東在雄中與高校時的好友蕭道應夫婦。就讀於帝大醫學院的老蕭，四月份才畢業。浩東希望老蕭能夠籌組「醫療隊」回大陸。

臨行前，為了籌措經費，我與浩東曾經幾次前往瑞芳九份買黃金。那時候，日本殖民政府不但禁止黃金買賣，而且出境時所能帶的現金，也有嚴苛的限額。黃金買來後，我們聽從老蕭的意見，把黃金燒熔成細條狀，然後讓浩東、南鋒及老蕭等三位男同志，塞入肛門，先後夾帶出境。

然而，我們總不能在上海時就把帶來的黃金所變賣的錢花光。浩東於是想到與日本人做生意，買米來轉賣給日本人開的工廠。他說：「要賺日本人的錢來維持生活。」可他還是有原則的。那就是，他絕對不到租界買米，只到虹口淪陷區買；以免造成租界區的米糧缺乏。這個生意，一直做到我們離開上海時才停止；那時，我覺得放棄可惜，就向浩東提議，要他把它轉交給經常往來於海峽兩岸做生意的公公來接管。然而，浩東不但不採納我的意見，還痛罵了我一頓說：「我們是為了生活，不得已才和日本人做這種生意！可爸爸和我們是不同的；怎麼可以讓他來做這種事呢？」

到了五月，應該已在四月畢業前來會合的老蕭夫婦，不知為什麼竟遲遲未到？這時候，我們三人在日本佔領區已待不下去了，於是就搬到英租界；同時，更積極地找尋和重慶的中央政府聯絡的關係。但，始終一點門路也沒有。

七月，日本佔領區越來越大了；這時候，欲進入內陸，只有繞道香港，從廣州進去了。然而，老蕭夫婦仍然不見人影。浩東急了，於是決定自己一個人先到香港；他要我與南鋒待在上海，等老蕭夫婦。臨行前，他並且告訴我們：「如果一星期之內，老蕭兩人還不來的話，你們兩個就回臺灣吧！我打算一個人進去內陸。」

當時，浩東這樣說，我也不敢和他爭論什麼！可我內心卻痛苦地想，事情要真的演變到這種地步的話，我與浩東就不知何時才能見面了？甚至，就將從此永別了！但我知道，浩東是一個堅定的愛國民族主義者，如若他不能回到祖國參加抗戰，他是活不下去的！

從香港到惠陽

還好，浩東走後兩、三天不到，老蕭夫婦終於來了。我們四人於是馬上動身，搭船前往香港。船到香港時，天已經黑了；我們依照浩東的約定，住進中華旅館。然而，到了旅館，我們卻找不到浩東的身影，真是教人焦急萬分！如果真找不到他，在這人地生疏的地方，我們真不知如何是好？

我們只好終夜等待，徹夜不眠地熬到天亮，憂心忡忡地怔怔盼望著浩東會突然奇蹟般地出現。九點多鐘時，旅館的服務生告訴我們說：「鍾先生剛來電話，問上海有沒有信來？他說他的行李已搬到回上海的船上，準備回上海去看個究竟。我們告訴他你們已到香港了。他於是要你們到九龍與他會合。」

真是謝天謝地！這劫難終究沒鑄成。當晚，我們就帶著行李，到九龍與浩東會合，準備進入我們日夜思念的祖國大陸。

第二天，我們搭廣九鐵路火車到達廣州，然後，從廣州搭乘粵漢鐵路線的火車，一路北上，一直到沙臭村小站才下車。下了火車，我們開始步行；沿途觸目所見盡是被日機轟炸得破破爛爛的鄉村房舍的景象，這才使我真正體會到戰爭的殘酷性。我們走了好幾個鐘頭，趕在天黑前走到淡水，當晚，就在淡水過夜。

第二天，我們改搭一艘大約可容納兩、三百人的木船，沿著舉世聞名的廣東航運主幹——珠江，前往惠陽。珠江的江面寬廣，一路上，我看著大約二、三十名的船伕，以大繩索套在肩膀上，沿著江邊，咿呀咿呀節奏有致地哼著船歌，一步一步地拉著木船向前走。

船到惠陽時，天已經黑了。剛下船，馬上就有隸屬惠陽前線指揮所的人前迎，要求檢查我們的身分證。我們當然沒有身分證；浩東就向他們解釋說：「我們是臺灣來的青年，我們回來是為了參加抗戰的，請你們帶我們到國民黨黨部。」

事實上，那時候，我們也只知道領導抗日的是國民黨的蔣介石。

檢查過後，其中一人就說：「這麼晚了，今晚就在指揮所住一晚，明天再帶你們到縣黨部。」

我們五人於是很高興地僱了挑伕，把我們所帶的五個大皮箱及行李，挑到指揮所。那是惠淡指揮所的營地，黑黝黝地，看起來像是一座大廟或大祠堂。天已晚了，我們叫了飯菜吃，然後就睡了。然而，在矇矓的睡夢中，我總覺得外面好像有人，揹著槍，走來走去。

第二天，醒來時，我們才知道，我們已被扣留，失去自由了。

白薯的悲哀

我們被扣留了三天，前後有三名軍官審問我們，然而，無論我們如何表明我們的動機、身分及救國的熱情，他們都沒有接受，一口認定我們是日本派來的間諜、漢奸，硬要把我們槍斃。

「我們滿懷熱情，千里迢迢從臺灣到上海，再經香港而進入大陸。」當時，我情緒激憤地想：「我們五個，拎著五只皮箱及其他行李，在祖國的土地上尋找抗日組織的臺灣青年，竟會被當成

『日諜』看待；可笑的是，豈有像我們這種裝扮的間諜嗎？」

後來，我才聽說，在前線抓到日本鬼仔或漢奸，可以領取一筆鉅額的賞金。也許，這些軍官就是為了這筆賞金，而毫不珍惜我們的抗日救國之心吧！我想。

幸好，當時指揮所有一位陳姓的軍法官，覺得我們五個怎麼看也不像間諜，於是堅持必須慎重研究後，才能決定槍決與否。那時候，丘念台先生剛巧從前線到惠陽領軍餉。從丘先生組織的「東區服務隊」的留駐地——羅浮山區到惠陽，要走兩天的路；他每隔一兩個月，要到後方來領一次軍餉。

陳軍法官知道丘先生和臺灣的關係很深，比較了解臺灣，就把我們的事告訴丘先生；丘先生於是就請求閩贛粵邊區總司令香翰屏，讓他跟我們見面談話。見到丘先生時，我們都堅決表示不是替日本做工作，並各自述說愛慕祖國的熱誠摯意，而且丘先生不只認識先父蔣渭水，也認識浩東的父親和老蕭的伯父。

於是，他叫我們各寫一份陳情書，呈送上級，並替我們請求暫免執行槍決，解往後方察看偵審。這樣，丘先生就救了我們五人七命；因為當時我和老蕭的太太都懷孕了。

念台先生離開惠陽前，特別勉勵我們說：「你們貿然回國參加抗戰的熱情，雖然可嘉。但你們有幾點要好好考慮的：第一、入國手續不清楚；第二、不諳國情，不認識任何人；第三、雖然你們的家長，我都認識，卻不認識你們，又怎麼能替你們擔保呢？雖然我不能完全保你們，至少，你們目前已沒有生命的危險了。我將請求政府給你們表現的機會，你們也必須以行動來證明，你們的確是來參加抗戰的。」

接著，他又轉口問我們說：「中國的抗戰是長期的、艱苦的，你們能吃苦嗎？」不等我們回答，他又暗示我們，如果有任何困難，可以寫信給「黃復」，寄第七戰區轉達；並向我們一一握手說：「後會有期！」他然後揮揮手，又回羅浮山區去了。

從惠陽押解到桂林

丘先生走後，我們在惠陽又關了一個多月，才由軍士把我們解送到桂林軍事委員會。一路上，我們有時坐船，有時坐貨車，通常走路的時候較多；晚上，我們通常在當地監牢過夜。有時候是普通犯人關在一起；有時候，他們卻讓我們五人睡一個房間，地上偶爾鋪上稻草，就算是最優待的了。那時的牢獄生活，想來真是活地獄，對犯人刻薄，吃的又都是拌有很多砂石的糙米飯，對已懷孕的我們來說，這飯實在是難以下嚥呀！

這樣，我們忍著一站一站的煎熬，終於在半年後的十一月，押送到桂林軍事委員會。在桂林，我們又被看管了一個月；其間，我們在裡頭認識一名南洋的華僑青年，他也是因為回國抗戰，卻被誤為共產黨而被關了起來；他很同情我們。通過與他的聊天，我才知道國共鬥爭的激烈狀況。

我的兒子

之後，我們被送回廣東曲江，浩東與南鋒到民運工作隊受訓；因為老蕭和我都是唸醫科、護校的，所以，我和老蕭夫婦被分發到南雄的陸軍總醫院服務；這時已是農曆年尾了。過了農曆新年，就是一九四一年的二月，月初時，我的長子繼堅出世；到了月底，蕭太太的長子繼誠也相繼出世。

有一個晚上，已經三個月大的孩子，不知為什麼終夜哭個不停，小孩哭，我也跟著哭，不知如何是好？第二天一早，鄰居的老婦人就來告訴我說：「蔣姑娘，妳恐怕是奶水不夠，孩子吃不飽才會這樣哭個不停；不如煮點米糕給他吃吧。」她於是就幫我磨起米來，然後把米粉放進鍋裡，再加點糖，煮成米糕，給小孩吃，小孩也就不再哭鬧，安靜入睡了。

在南雄的陸軍醫院，我整天忙著為那些傷病的軍士們服務，並且看著孩子一天一天地長大，日子也過得充實而有意義！

念台先生自從聽到我們五人被釋放，調回曲江的消息後，立即呈請七戰區，把我們派到他領導的「東區服務隊」。九月，院長把丘先生的信，轉給我們。在信上，他要我們五人到前線參加工作，並且強調說，必須五個人整體行動，缺一不可；但小孩不能帶去。

我們原本是要回來參加抗戰的；如今，因為工作的需要，必須切斷母子的親情，把孩子送人撫養，雖然心中痛苦，卻不得不如此。在一個偶然的機會，我們認識了四戰區張發奎司令的妹妹——張三姑，她聽了我們的決心，很感動，說：「我一定幫你們找到妥當的人，領養你們的孩子。」

我與蕭太太痛哭了兩天三夜，終於下定決心，把孩子送到始興張三姑家。當天下午，送了孩子，我們回到始興的客棧休息。晚上，我和浩東聽到蕭太太又在隔房哭；浩東於是警告我說：「你比較堅強，不可以哭！你要是哭，她會哭得更傷心！」

依照當地的風俗，人家既然領養了我們的兒子，我們就要和孩子斷絕關係。因此，我只知道領養我兒子的人家姓蕭，至於什麼名字和他家地址，他都不讓我知道。這次別離，不知何時母子才能見面？想起來，真是痛苦。

東區服務隊

東服隊的隊部借駐於當地的徐氏祠堂。所有的隊員都打地鋪，每人分發一床軍毯和一條三、四尺見方的包袱巾。這包袱巾用處可大了，睡覺時把它鋪在地上，可以稍稍擋擋潮氣；一旦行動時，則用它來包衣服、書籍等，疊成長方形，然後用繩子紮好，背到背上就可行動了。冬天，天氣冷，我們就向老百姓要來稻草，墊在包袱巾下面；另外，只蓋一件軍毯不夠暖和，我們便把裝米的痲袋洗淨、晾乾，然後把兩個痲袋縫成一條來蓋。

除此之外，每人還分到一雙筷子和一個漱口杯；漱口杯當然也是萬能的，既可以用來漱口、洗臉，又可以用來喝開水、吃飯。每人每個月還有三元的零用錢，但卻只能買一塊肥皂。大體上，在東服隊的生活條件，就是這樣了。

東服隊是在一九三八年十月卅一日廣州棄守時成立的。

十月初旬，正當武漢會戰的關頭，廣東也發生了戰事，廣州成為日軍的主攻目標。在廣州棄守的前夕，也就是十月二十日夜間，當時駐防廣東的第十二集團軍副總司令香翰屏，轉達余承謀總司令的意旨，指定曾往陝北延安特區考察有關青年組訓、民眾運動及游擊戰術的丘念台先生，擔任惠、潮、梅屬二十五縣的民眾組訓工作，參加抗戰，並定名為「東區服務隊」。工作方面，首先號召各地熱心抗日的知識青年，加以組訓，使能積極動員民眾，進行長期的抗日戰爭。

東服隊原有的基幹，只有十來位，我們加入時，已增加到二十多人；其中，女隊員有五人。隊員的教育程度參差不齊，正式大學畢業者，只有二、三個；其他都是高中、初中，甚至有小學程度的。但，大家的愛國心都是一樣的，所以很熱誠而團結。

安政教民的臨時老師

我們入隊後的主要工作，是協助審問日本俘虜。由於我們通曉日語，兼用溫和態度對待日俘，所以，能夠問出許多富有情報價值的話來。此外，我們還在羅浮山周遭半淪陷區的三不管地帶，從事街頭宣傳、組織民眾，做敵前敵後的政治工作。

一九四二年秋天，隊伍奉命調離羅浮山徐福田，轉赴惠州以東的橫瀝鎮。此地距離前線較遠，文化落後、文盲眾多，工作便以安政教民為目標。東服隊計畫以橫瀝為中心，逐漸向周圍發展，每保辦一間戰時小學。我們也都做了無薪給的臨時教師。半年期間，東服隊先後在惠陽、博羅、紫金、河源等四、五個縣區，辦了四十五間小學。

一九四三年，上級又把東服隊再調回羅浮山區的前線，積極籌辦一所羅浮中學，收容附近小學畢業的學生。這年春天，為適應抗戰新形勢的需要，中國國民黨在福建漳州正式成立臺灣直屬黨部，由臺南人翁俊明出任主任委員，丘先生擔任執行委員。十一月二十六日，中、美、英三國領袖，在開羅會議後，發表聯合宣言，說明盟國對抗日戰爭的政策，其中並確定：「臺灣在戰後回復祖國地位。」年底時，丘先生終於收到中央黨部從重慶寄發，輾轉經過江西泰和、廣東蕉嶺，然後送到博羅前線防地的派令。

在旅店出世的我家老二

第二年（一九四四）二月，丘先生便帶著浩東、老蕭及南鋒等三位臺籍隊員，由廣東惠州步行到福建永安。

三月，我的第二胎的預產期到了，時時感到即將臨盆的陣痛；但在羅浮山區的隊部卻找不到生產的地方。於是，一名男同志便陪我走了幾乎整天的路，再坐二、三個鐘頭的船到惠陽。在惠陽住了幾天，仍然找不到生產的地方；這時候，身體感到更不舒服了，只好再走路到橫瀝鎮。因為老蕭的太太還在離橫瀝半個鐘頭步程的裡東小學教書，我又走到裡東找她。但當地鄉下人的習俗是不讓生人在家裡生產的；蕭太太找不到房子給我生產，我只好又回到橫瀝住旅舍。

在旅舍，剛巧投宿的客人中，有一名助產士，於是就由她接生，產下一名男嬰，產後幾天，橫壢一帶鬧水災，水退後，我身上也剩沒多少錢了，我於是又踩著泥淖回羅浮山區。回到隊部，我整整一個月都吃麻油煮鴨蛋，勉強算是坐月子。一個多月後，我才收到浩東從橫壢旅舍轉來的信，他說：「我知道你一定會衝動地回隊部的。但你不要急著回去，先安下心坐月子，我馬上會寄錢給你。」

二、三個月後，日軍完全佔領惠陽、博羅兩縣。我和另外兩名教員，就帶著學生逃到山村，繼續在野外上課。有一次，日本人半夜來搶米，村民們紛紛逃躲，在緊張中，我忘了帶厚重的衣服，卻只帶了尿布，抱著小孩，逃到野外，在樹下過了兩夜；村民們也都拿這個來笑我。這段期間，村民打獵回來，我才有機會吃到肉。

到原鄉嵩山走了一趟

丘先生帶著浩東三人，在永安和漳州停留了兩個多月，才回惠陽駐地。丘先生認為抗戰已進入接近勝利的艱苦階段，必須把握時機，積極推展工作。所以，立即成立臺灣省黨部粵東工作團，把原有在各學校的隊員，全部加入黨部工作，仍以羅浮山區的惠陽、博羅各縣為根據地，分派團員偽裝商旅，深入香港及廣州各地，聯絡臺胞。

當時，臺北人李友邦，在福建龍岩組有臺灣義勇隊，但它屬於三民主義青年團。嘉義人劉啟光，在江西成立的臺灣工作團，則屬於三戰區長官部。它們都只做戰地工作，沒有擔負聯絡臺胞，滲入臺灣的任務。

一九四五年二月，惠州再度失陷，丘先生就率領全團由惠陽移駐梅縣的南口圩。浩東的原鄉在梅縣嵩山，離此不算遠，浩東想去看看卻又猶疑，說是怕被丘先生罵。我鼓勵他去。兩人於是偷偷離隊，在嵩山的這裡那裡看看、走走，在當地小客棧住了一晚，才回隊部。

一九四五年八月，粵東工作團在穗、港、汕，都已和臺胞聯絡上了；丘先生再度前往永安，向臺灣黨部做工作報告。八月十五日，日本天皇宣布投降。丘先生聞訊後，立即由永安趕回梅縣，帶領一部分團員直趨惠州，轉赴廣州；浩東則率領另一部分團員前往汕頭工作站，協助接收與安撫臺胞。

九月，張發奎和孫立人部隊，陸續趕赴廣州。這時候，老蕭夫婦和南鋒已經離開丘先生所屬的工作團，逕赴廣州。丘先生於是也對浩東和我說：「老蕭和李南鋒他們都離開了，你們也離開吧！」

然後，他拿了一封信給浩東說：「這是李友邦給你們的信，你們可以去找他。」

看了信後，我們才發現，丘先生因為怕我們過早離開，工作會停頓下來，所以一直扣著李友邦給我們的信。

浩東於是帶著我到福建去見李友邦，然後，以臺灣三民主義青年團第三分團的名義，在廣州設置辦事處，協助旅居廣州的臺胞返鄉。

當時，旅居廣州及其近郊的臺胞約有二萬人，其中包括原屬日本部隊正規軍一、六〇〇人。他們都是被日本殖民政府強徵到大陸和國軍作戰的；日本戰敗投降後，就把這批人移交廣東軍方，其中三〇〇名是女護士。他們對自己所處的地位與未來的前途，都感到非常迷惘；尤其是女護士們，初接收時有許多人還因為惶惑不安而自殺，我和其他女性工作人員於是用臺語和日語，向她們解釋臺灣歷史的演變，以及回歸祖國懷抱後，所有臺胞均恢復為中國國民的事實。這樣，才漸漸把他們的情緒安定下來。

歸鄉

一九四六年四月，浩東向廣東省政府租了一條貨輪——沙班輪，把這些臺胞分成三批送回臺灣。我帶著在橫壢惠安旅社出生，才兩歲大的老二鍾惠東，與老蕭夫婦及南鋒等，坐第一批船先行返臺；浩東自己則跟隨第三批返臺，結束了我們在祖國土地上五年來的抗日游擊歲月，準備投入重建臺灣的工作行列。

第三樂章：校長鍾浩東與他的同志們

三時吃完牛奶後走出大門口。在放射線的南邊的過道上放著一具剛由五、六個學生抬進來的少年死屍。少年可能十五六歲，躺在一隻綠帆布的擔架上。面如蠟蒼白，唇紫。一手放在小肚上像在深睡。臉部頰鼻額處略有塵土，黑中山服的上衣，草色褲子。被撩起著的腹部，有幾道很薄的血跡，模糊不清。子彈是由左胸乳邊入，右脅出。入口有很深的，看著就像一個洞的傷口，出口則拖出一顆小肉團貼在那裡，像一個少女的乳頭。

——鍾理和日記：一九四七年二月二十八日

蔣蘊瑜：回到臺灣後，我在臺北廣播電臺上班，負責辦理業務。浩東回來後，希望能夠從事教育工作，辦學校。那時候，政府的官員，市長級以上的有小包車代步；校長則只能乘坐人力車。有一回，他半開玩笑地問我說：「你要坐小包車，還是人力車？」

我當然理解浩東的志趣啊！當時丘念台先生已推薦了三名在東服隊待得更久的隊員；不方便再引薦浩東。可是，丘先生還是寫了封介紹信，要我們去找一位鍾姓長輩。我於是就拿著丘先生的介紹信，登門拜訪這位鍾姓長輩；他看了信，立刻就給我寫了介紹信，並且替我以「蔣渭水的女兒」的名義，安排與教育處長范壽康見面。

不久，范壽康的回音來了，說是要浩東到法商學院任教。可是浩東並不只是志在教書而已，浩東希望的是能夠辦學校。浩東於是就親自去見范壽康，同時向他表示拒絕任教的意思。「這不是我的意思！」范壽康向浩東解釋說：「是丘先生的意思。我問過丘先生的意見，是丘先生認為你沒有行政能力，不適合當校長。」

浩東不相信丘先生對他會有這種偏見，於是又去拜訪丘先生。後來，丘先生打電話到家裡來，說是支持浩東當校長，只是臺北已經沒有缺了，要浩東接掌臺北郊外的基隆中學。

那有這樣樸實的校長

一九四六年八月，浩東開始接掌包含高中與初中兩部的基隆中學。浩東上任那天，在惠陽旅舍出生的老二發燒身體不舒服；我不敢到電臺上班，請假看顧他。在東服隊時，差不多一半以上的人都患有瘧疾；我也同樣患過瘧疾，通常，只要在病發時，泡個薑湯喝即可。我想小孩大概也是一樣吧！於是就泡薑湯給他喝。可是他卻一直不見退燒，我慌了，急忙送到臺大醫院急診；但已燒到腦部，不多久，就死了。

這時候，我正懷著第三胎；想著因為抗戰的關係，老大不得不送給人家撫育；如今，歷盡艱辛才生下來的老二，卻又因自己一時的疏忽而早夭；我心中難過，覺得對不起浩東，於是決心要好好撫育這即將出世的老三，以盡人母之責。

鍾里義：浩東的個性，自幼即大方而好交遊。記得他唸高校時，有一回，他剛出院不久吧！父親特地北上去他古亭町的宿舍看他。據父親說，當他和浩東在聊天時，恰好有朋友來找浩東，向他借點錢用，浩東毫不考慮便說：「錢放在吊在衣架上的衣袋裡，要多少，你自己去拿罷！」父親說完，然後既欣慰又自得地說：「哈！人家都說我，鍾蕃薯，肚量大，可我再大，還是輸給我這個兒子太多了，我向他投降！」

因為這樣的性格，浩東是不貪財的。戰爭結束時，他在廣州擔任接收委員，不但沒有為自己積蓄什麼財產，還打電報回來，要家裡給他匯三千銀圓過去，說是要租船讓在當地的臺胞返鄉。等到浩東回來時，他身上是一點錢也沒有呀！

我以為，包公的清廉也不會強過浩東罷！

阿謝哥做校長時，有個同鄉的讀書人北上辦事時，順道到基隆中學找他。回鄉後，他卻因為阿謝哥樸實的穿著感到驚訝，告訴地方父老說：「這個鍾和鳴，都做校長了，還是那麼老實，連一件像樣的衣服也沒得穿！」

地方的父老有些人並不相信，於是也利用北上時，親自到基隆中學拜訪阿謝哥，這才相信的確如此。回鄉後，大家都紛紛議論著阿謝哥這個老實得像是老農一樣的校長！

這樣，六堆一帶的客家庄，上抵美濃，下達內埔，幾乎無人不知樸實的鍾浩東校長。

民主的校園

鍾順和：光復後，臺灣的經濟蕭條，求職不易，當個老師都要送紅包，走後門才行得通。可鍾校長掌舵的基隆中學，這一套卻是行不通的。

校長的作風是：只要聽到那裡有好老師，他一定立即親自登門邀聘。比如我，就是因為基隆中學欠缺專業的數、理、化老師，校長聽人說我在美濃教數學教得很好，他立刻就到我家邀請我到基隆中學任教。

一九四六年九月，學校開學後，我就前往基中任教。開學幾天後，我就感到基中與其他學校不同的氣氛。

首先，它的民主氣氛很濃厚。校長本人就可全權處理教務主任、訓導主任及老師的聘任。此外，教務主任是在教務會議上通過選舉而產生的。當時，這也是全省獨一的。記得，我在基中三年期間的教務主任，一直是一名年輕的、會講客家話的外省人方弢。他的太太張奕明，則是學校的職員；兩人育有一個小孩；後來，夫婦倆都遭到槍決的厄運。

學校的老師原本欲選我當訓導主任，我因為國語還不太會講，必須用日文上課而推辭，於是就改選年紀才二十八歲的外省老師陳仲豪當主任。

此外，學生的民主風氣也很盛。學生只要通過班會的討論，反映給教務處，希望由那個老師教那門課，教務處馬上就會設法排課。

因為這樣，教職員之間都和氣相處，不分派系。可以說，整個基隆中學，上自校長下到校工，都是完全以學生設想，不爭權奪利！

二·二八前後

蔣蘊瑜：十二月，我們的第三個兒子出世了。因為上班的關係，校長住在學校宿舍的時候多，我則住在仁愛路的一幢日本式房子。孩子滿月那天，浩東還特地從基隆趕回家來，並且邀請了許多日據時代的抗日前輩來吃滿月酒。之後，來家裡走動的人也就日漸頻繁了。

記得，那時候有一位記者，姓詹，本省人，常來家裡找浩東；後來，我才知道他就是吳克泰。二二八發生前，蔡孝乾也到家裡來找浩東。對他，我的第一印象就不好，總覺得他油頭粉面，言行舉止都像個生意人，不像是幹革命工作的人；而且，外頭還傳說他跟小姨子之間的關係曖昧。那時候，我很擔心組織派他來臺灣會誤事的！我想，他只是來臺灣享受的吧！

幾天後，二二八事變也發生了。

鍾順和：二月二十八日傍晚，臺北暴動的消息已傳到基隆，當晚八點以後，基隆也發生暴動了。我在街上看到一隊隊三、四個人一組的群眾，徒手襲擊各處的警察派出所，把派出所的槍繳下了一部分，各處欺壓人民甚久的貪官污吏的宿舍，也都被民眾搗毀，街頭巷尾、亭仔腳、十字路口，到處都看得到有人在打「阿山」，尤其在高砂戲院及中央戲院的所有「阿山」，幾乎無一倖免。

然而，校長整天都不見人影，不知去向。因為他身穿中山裝，又在大陸待過好多年，神態看起來像外省人，大家都擔心他會被當作「阿山」而挨揍。我在街上蹓躂，一面尋找校長；同時，一面觀察暴動的情況。

夜深時，火車、汽車已停駛，一切交通都斷絕了，到處都看得到站崗的憲兵與巡邏的武裝警察，一路上都在臨檢，我找不到校長，於是著急地趕回學校宿舍，路上或遠或近的槍聲不絕於耳，一切都在興奮與恐怖之中。

蔣蘊瑜：事變發生時，我人在基隆。二十八日晚上，有一群本省民眾到學校，要求我們打開軍械庫，讓他們把那些教學用的軍訓步槍拿走。當時，校長不在。總務主任鍾國輝又因為罹患肺病，已經回高雄內埔的家鄉養病。另外兩名主任又都是外省人，不能出面。我只好出面處理。因為我不肯打開軍械庫，這些民眾就罵我說：

「你也是本省人，為什麼不開！」

我處境為難，只好告訴他們：「要槍，你們自己去開，可是，我不能把鑰匙給你們。」民眾便破門而入，搬走所有的槍枝。事變後，浩東從臺北回來，聽我說後，他還誇我說：「你處理得很好。」

鍾順和：三月一日。早晨，基隆要塞司令部正式宣布戒嚴。基隆成了死城，街道上只有武裝士兵在巡邏。下午，基隆市參議會舉行臨時大會，我和另一位老師——岡山人藍明谷，也冒險前去旁聽。會議由副議長楊元丁主持，參加者有參議員，也有民眾代表，旁聽的人非常擁擠而激昂。我們看到每個民眾代表競相上臺，痛責陳儀暴政，要求解除戒嚴，並提出多項改革政治經濟的草案。

傍晚，我們從基隆欲回八堵時，看到軍卡車在進入隧道時，先朝裡頭開了兩槍，方才駛入。我們不敢冒險走入隧道，於是沿著鐵道，走到瑞芳，在朋友家過了一晚。

三月二日。我們趕回學校。沿途看到幾次民眾跟憲警軍隊的衝突。下午六點，由於市參議會的要求，要塞司令部解除戒嚴。

三月三日。一群碼頭工人襲擊第十四號碼頭的軍用倉庫，但被武裝部隊擊退，死傷多人，通通都被投入海中。

三月四日。市內秩序稍微恢復了，交通也逐漸開通了。傍晚時，校長也回來了。但他告誡我們：「目前情勢還不明朗，不宜涉入。」他並且要求學生不要盲動，希望他們盡力保護學校外省老師的安全。

三月五日。國軍和憲兵將來臺灣鎮壓暴動的風聲四處流傳，人心惶惶。

三月七日。市內各處出現各種傳單標語，呼籲市民：「打倒陳儀！」「要求臺灣自治！」「同胞們！國軍要來殺我們，大家要準備抗戰，不可使他們登岸！」

同時，報告各地暴動情形的日文《速報》，也大量流傳。

三月八日。下午三點多，閩臺監察使在憲兵第四團的保衛之下，到達基隆。要塞司令部與憲兵開始夾攻市民，於是「都市游擊戰」爆發，到處都聽得到槍、砲聲，直到晚上十點多，街上肅清時，楊亮功一行才登岸，分乘軍卡車直駛臺北。途中，仍有民眾襲擊。

三月九日。由上海開來的第二十一師抵達，一上岸就是一陣殺戮。同時，在石延漢市長指揮下，警察也到處抓人，然後把每三人或五人為一組，用鐵絲穿過足踝，捆縛一起，投入海中。要塞司令史宏熹也率領部隊，逐日展開大逮捕，並且割去廿名青年學生的耳鼻及生殖器後，再用刺刀戳死。最後，基隆參議會副議長楊元丁，也被當成「奸匪」，刺死後投入海中。

蔣蘊瑜：事變後，臺北延平學校、建中……等各校的學生都大量失蹤，而基中的學生卻一個也沒出事。浩東於是故意問我說：

「你看，我教的學生好不好？他們都盡力照顧學校的外省老師，一點事也沒出。」

這時，我才體會出他平時不讓學生亂出風頭的用心。

正因為這樣，事變後有很多本省籍的中學校長被解聘了，浩東卻能安然無事。有一回，浩東到教育處開會時，人家就說：

「這個鍾校長，穿得是最隨便，可也是最厲害的角色啊！」

第四樂章：由白到紅的祖國

一九四七年下半年起，國共內戰進入第二個年頭。從七月到九月間，共產黨的人民解放軍已轉入全國規模的進攻，戰爭主要地已在國民黨統治區內進行了。

同年九月，共產黨召開了全國土地會議，制定中國土地法大綱，規定：在消除封建性和半封建性剝削的土地制度，實行耕者有其田的土地制度的原則下，按人口平均分配土地。

一九四八年九月十二日，遼瀋戰役展開，十一月二日，戰役結束，東北全境為共產黨解放。

十一月六日，國共兩黨以徐州為中心，進行了一場規模最大的淮海戰役。一九四九年一月十日，戰役結束，長江中下游以北廣大地區也成為解放區。

十一月二十九日，平津戰役展開。由於中共的統戰成功，經過談判後，國軍華北剿匪總司令傅作義，率部接受人民解放軍改編。一九四九年一月三十一日，北平和平解放。

經過這三場具有決定意義的戰役以後，國民黨的作戰部隊組織只剩下一百多萬人，分布在新疆到臺灣的廣大地區內和漫長的戰線上。

這些隊員都到哪去了？

蔣蘊瑜：據我所知，浩東年輕時候非常崇拜蔣介石，在他的認識上，蔣介石是孫中山先生的信徒，更是領導全中國人民抗日的英明領袖。我曾經聽他弟弟說；一九三六年，西安事變發生時，浩東還因此痛哭不已；浩東的父親只好把報紙藏起來，以免他過於傷心。

在雄中時代，浩東即因閱讀簡明版的《資本論》，而被日籍老師處罰過；此後，浩東幾乎隨身攜帶一本袖珍本的《資本論》，有空即拿出來翻讀。一直到在惠陽被扣留時，警覺性高的浩東，才把口袋裡那本《資本論》丟到茅坑裡。

儘管這樣，那時的浩東還只是個素樸的社會主義者吧！我想，是民族情感主要地決定了浩東帶領我們奔赴祖國，參加抗戰吧！

一直要到抗日末期，對國民黨的階級屬性有了更深刻的認識以後，浩東才日漸左傾吧！我想。

在東區服務隊，到過延安學習考察組訓民眾和游擊戰術的丘念台先生，採取延安的方式，讓隊裡的上下老幼，生活、工作都在一起，並通過唱歌、演戲、繪畫、運動、寫作等娛樂活動，來接近民眾，深入民眾，把握民眾。此外，丘先生還從延安帶回來很多書。這些活動和書，自然對東服隊的同志，造成一定程度的影響。

抗戰逐漸接近勝利的末期，我們和移駐梅縣的粵東工作團的其他團員，看到後方城市的黨員幹部開始過著奢靡逸樂的生活，講求物質享受，尤其以取得外國用品為無上榮耀。我們這些在前線過著刻苦生活的人，不但自己的長期勞苦毫無報酬，有時反而被社會所輕視。

因為受到這樣那樣的刺激，我們發現陸陸續續地有人離隊，不知去處。一直要到勝利後，我們才知道，原來這些隊員都加入了曾生領導的東江縱隊。那時候，東江縱隊人以為我們是丘念台的心腹，因而不敢與我們接觸。一般的國民黨員，卻因為東服隊的作風與共產黨雷同，而認為除了丘念台之外，東服隊都是一些左傾分子。我們就處在這樣的尷尬處境下，找不到可以認同的黨。

那時候，我們已經抱定了主意，不管什麼主義，只要是站在人民立場，真正為老百姓做事的黨，我們都可參加！

新的身分認同

鍾順和：事變後，如同絕大部份的臺灣知識青年一般，我的思想陷於無出路的苦悶。臺灣往何處去？經歷了這場反抗陳儀接收政權的民眾蜂起後，我的民族主義和民族認同，陷入了重大危機，臺灣該往何處去呢？我一直苦苦地思索這個問題……

終於，通過鍾校長親自主持的「時事討論會」的小組學習，我原先對祖國認同的危機，也因為對於戰後國內時局發展的認識，以及階級立場的確立，而自然紓解。

校長並科學地為我們分析「二二八」事變發生的原因，他認為在本質上它只是一種偶發性的事件，但由於陳儀接收體制的政治、經濟剝削所提供的物質條件，於是才迅速擴大蔓延。然而，終究由於臺灣人民缺乏政治認識與正確的階級立場，這一場民眾自發的蜂起，也就在國軍的武裝鎮壓下，迅速潰滅。

因此，為了啟蒙一般民眾對祖國的政治認識，堅定站在工農立場的階級意識，校長提議印行地下刊物，藉此宣傳國共內戰的局勢發展，進行反帝的階級教育。

光明報

蔣蘊瑜：一九四八年秋天，學校開學後，浩東他們便開始刻鋼板、油印《光明報》。

為了籌措印報的經費，浩東把我們的房子賣了，然後，拿這筆錢到屏東，在媽祖廟對面經營一家名為「南北行」的地下錢莊。

房子賣掉了，我便帶著兩個小孩，搬到歸綏街住，同時，也到北一女中上班，擔任會計的工作。這時候，因為工作的關係，浩東經常南來北往的奔波，可說是神龍見首不見尾了。

工作之餘，我則把浩東讀的書，也拿來讀。曾經，我拿了一本日文版的高爾基的小說《母親》給學校的一位女老師看。第二天，那名老師興奮地告訴我說：

「這本小說寫得太好了！因為心裡面想要說的話，有人把它說出來了；整個晚上都激動得睡不著呢！」

後來，浩東知道了，卻責備我說：「怎麼可以隨便拿書給別人看呢！」

被浩東責備，心裡雖然不服氣；但也能體諒浩東處處小心的心情；也就不隨便拿書給人看了。

局勢急轉直下

鍾順和：相應於大陸國共內戰的局勢演變，臺灣的地位更加重要了。一九四八年九月，國民黨臺灣省黨部改組，把三民主義青年團和中國國民黨合併，丘念台請辭省黨部主委之職。

十二月二十四日，國民黨華中剿匪總司令白崇禧，自漢口發出咄咄逼人的「亥敬」電文，發動逼蔣「引退」的態勢。接著，長沙綏靖主任程潛，河南省主席張軫，直率提出「總統毅然下野」的要求。

蔣介石於是重新布置人事，擴大京滬警備部為京滬杭總司令部，任命湯恩伯為總司令，全盤掌握蘇、浙、皖三省以及贛南地區的軍事指揮權；派宋紹良去福州；張群駐重慶；余漢謀長廣州。離京飛杭那天，並公布陳誠為臺灣省主席；蔣經國為臺灣省黨部主委。

一九四九年一月十日，派蔣經國去上海，命令俞鴻鈞，將中央銀行現金移存臺灣。

一月十四日，中共中央毛澤東主席在關於時局的聲明中，提出在八項和平條件的基礎之上，同南京的國民黨政府，進行和平談判。

這項聲明無異於對南京發的哀的美敦書，內外交攻，蔣介石即使想戀棧，亦時不我與，只剩下退路一條——下野。

同月十六日，蔣介石召見俞鴻鈞、席德懋，下令中央、中國兩銀行，將外匯化整為零，存入私人戶頭。

二十一日，正午約宴五院院長，下午二時，約國民黨中央常委敘談，出示和李宗仁的聯名宣言，決定身先「引退」。然而，蔣介石雖然宣布下野，不做總統，卻掛出總裁的招牌，主持國民黨中常會，以黨領政；李宗仁只是空頭，毫無控制全局的權力。

二月初，蔣經國奉命轉運中央銀行儲存之黃金、白銀五十萬盎斯，前往臺灣、廈門。

三月二十三日，何應欽內閣登場。南京派出張治中為首的和平代表團，北上議和，希望隔江而治。

四月六日，蔣經國的嫡系青年軍預幹總隊總隊長賈亦斌等，對國民黨絕望，投向共產黨。因此，外界議論道：「從蔣家的心窩裡反出來了。」

四月二十一日，共軍分三路渡江，一夕間，江南變色。二十三日，共軍攻占南京。

二十四日，蔣經國「決計將妻兒送往臺灣暫住，以免後顧之憂」。

五月十一日，上海已經聽到了砲聲，淞滬戰役的態勢自然展開。

五月二十四日，上海的國軍舉行了一次規模空前的祝捷大會。

五月二十五日晚上，共軍卻堂堂皇皇地進入國軍構築的「馬其諾防線」，如入無人之境。

上海失守，蔣氏父子退守臺灣。

學潮的浪花再現

鍾順和：隨著大陸急轉直下的局勢，我們在校內也更加緊地推展青年工作。我們通過全校性的「自治會」，班級性的讀書討論會，壁報比賽；或者運用學生對日常生活，諸如伙食、公費、宿舍等的具體要求，引導他們建立圓滿的世界觀。

二二八之前，基隆中學的學生，曾經因為紀念「五四」，上街遊行，而遭受警察特務的毆打、圍捕。經歷了一場二二八後，學生的政治敏感度增強了；因而，在當時，一般老師是不會感到學校有地下黨的氣氛的！

二二八之後，臺大、師大的學生組織了一個「麥浪歌詠隊」。那時候，學生運動受到大陸政治局勢的氣氛影響，一九四八年三月二十九日晚上，在臺大法學院操場舉辦盛大的「篝火晚會」時，歌詠隊採取上海學生運動的方式，公開演唱解放區的歌曲。

次年春天！也就是一九四九年四月六日，沉潛許久的學潮，再度冒出第一朵浪花，臺大學生與臺北市警察局的警員發生衝突，引起了「四．六事件」，國民黨在此事件中，逮捕了大量學生，其中，臺電總經理劉晉鈺的三個兒子都因此被槍決。

接著，在同年七月間，座落於臺北市內的臺灣省郵政管理局，因為郵電改組暨郵電員工分班過班的糾紛，造成怠工請願的風潮。

這樣，因為一九四九以後大陸局勢的發展狀況，再加上臺灣本土的「工潮」、「學潮」洶湧展開，當時大家都很樂觀，都認為國民黨是一定會垮的。然而，也就在這個時間，特務系統的細胞，正沈靜地滲透進地下黨的組織內部，為日後那場漫天的捕殺，埋下了噬血的病毒。

逮捕

蔣蘊瑜：到了八月，我就直覺地預感到一場大逮捕似乎就要展開了。

首先，一名畢業於臺大商學院的年輕人王明德，因為戀愛的關係，曾經把一份《光明報》寄交他的女友；並且因此暴露身分而被祕密逮捕。

王明德失蹤了幾天，我不放心，於是就要尚在臺大就讀的弟弟（戴傳李），離開臺北避一避。我的弟弟立刻就與另外八名同學，南下高雄，到一名孫姓同學家。然而，就在孫家，因為組織不夠嚴密，他們九人也就當場被捕。

浩東聽到了這個消息，從此不敢在家裡住。每天午夜，我總是聽著對面刑警總隊頻繁流動的巡邏車的警笛聲嗚嗚地響著，不敢熟睡。這時候，我知道家裡已有人監視了，於是就把家裡浩東所有的書籍、信件、資料等，統統燒掉。然後，帶著兩個兒子搬到八堵的學校宿舍住。三、四天後的晚上，我偷偷回到歸綏街的家，想看看浩東有沒有回來。之後，我就沒再回來了。月底，有天黃昏，有名叫徐新傑的同志到學校來，想問浩東：「下一步該怎麼辦？」因為浩東不在，他匆匆地來，然後也匆匆地離開。

到了半夜大概是一點多鐘吧！我聽到粗暴而急躁的叩門聲。宿舍裡的人都知道是憲兵特務來了，沒有人敢去開門。我於是起身去開門。門一打開，一名領隊的特務頭子看是我開的門，便以一副嘲諷的語氣對我說：

「校長太太，我們是人民解放軍，要來解放你們。」

他們入內後，當然是一陣粗暴無禮的搜索。那名頭子又問我說：「傍晚時候，有個人來找過校長，那個人叫什麼名字？」

剛好在徐新傑之前，有一名與組織不相干的新聘教員來拜訪浩東，浩東不在，我要他留了字條，再轉達浩東。於是，我就把字條拿給那名特務頭子看，暫時掩護了徐新傑。然而，徐新傑後來還是在山區被打死了！

他們一陣搜索之後，那名特務頭子就派一部分人到別的地方抓人。在這等待的空檔，他又故意與我談馬克思的辯證邏輯，談人民民主專政……。等到那些人又回來時，那名頭子就命令我和當時才十八歲的妹妹換衣服，準備上車；這些人還不人道地看著我們姊妹換衣服。

上車前，我要把最小的兒子託付給教務主任的太太張奕明；張奕明卻安慰我說：

「校長太太，不會去太久的；小孩還要吃你的奶，還是帶進去吧！」

這樣，我連小孩的衣服、尿布也沒帶，帶著小孩，跟著妹妹被押上車。車子在市區轉來轉去，我們不知道自己要被帶到那裡？

鍾順和：九月二日，星期六晚上。一群穿便服的特務又到校長宿舍來抓校長；事實上，校長早就被他們抓走了。但他們卻佯裝不知地問道：「校長到哪裡去了？」

他們在校長的宿舍搜屋，翻箱倒櫃，帶走了一些資料，然後才離開。

一個禮拜後，九月九日，同樣是星期六，早上十點多鐘，我正在上課中，突然發現校舍周圍的後山，已經被軍警包圍了。大家惶惶不安，不知這次他們又要抓那些人？

中午以前，連我在內，一共有四名教師，三名職員和三名學生被抓走。其中，一名老師，以及教務主任的太太張奕明和職員鍾國圓；後來都遭到槍決處死的命運。他們三人都是外省籍，年紀不過卅歲上下。

這天以後，教育廳就另派一名校長來接掌鍾校長的職務。

沒什麼好交待的！

蔣蘊瑜：第二天早上，我從同房難友口中得知，原來我們是被關在青島東路的軍法處。同時，我也看到浩東了；我看到他由兩名難友攙扶著走過押房；我看到他身體承受過拷打的傷痕。這時，我才知道，原來浩東早就被逮捕了。

後來，每當這些特務要到基中抓人時，他們必定帶著我那年輕的妹妹同行。我知道這是他們故意分化基中教職員的詭計，他們故意要讓其他人認為是我妹妹出賣他們的。

有一天，我那姓戴的親生父母，帶著我的小孩來探監，但押房看守卻不讓他們接見。同房的師範學校的老師就教我哭，我聽她的話放聲大哭；她就跑去要求看守說：「校長太太哭得好可憐，你就行行善，讓她見見她父母吧！」

看守於是回答她說；「我可以讓她見客，條件是不要再哭了！」

當然，我立刻停止哭泣。於是就出去見父母。妹妹也來了。我於是告訴她：「妳自己要注意，不要被他們利用了！」妹妹以為我誤會她，很生氣。

九日下午，學校的女職員張奕明、鍾國圓和王阿銀三人也一起被抓進來了。張奕明並且和我關在同一個押房裡頭。當她被關入押房看到我時，驚慌中不失欣慰地嘆道：

「校長太太，妳也在這裡啊！可這是什麼鬼地方？」

不多久後，張奕明和鍾國圓都被槍斃了。

那天，吃早飯時，押房的窗戶都被放了下來，一些關較久的難友就說，早上一定有槍斃。不久，吉普車的聲音在押房外頭響了起來，我們於是把棉被墊高，從押房的小窗口往外看，我看到吉普車上面坐著幾名持槍的憲兵。然後，押房的門突然開了，憲兵班長大聲點名道：「張奕明，開庭！」

我看到張奕明從容地一路微笑走出押房，臨上車時還堅定的呼喊著蠶烈的政治口號。這天早上，十四歲就入黨的張奕明和鍾國圓都同時在早晨的槍聲中仆倒了。

第二天，又有槍斃要執行。聽到押房外頭的吉普車聲時，我想，這下輪到我了；同房的難友們也都以為是我。我於是從容地換好衣服，她們然後幫我梳頭。

「有沒有什麼要交代的？」有人問我。

「沒什麼好交代的。」我說：「我的東西你們都拿去用吧！」

然而，押房的門開了，被點名的人並不是我，而是七、八位金門籍的老師。

在軍法處熬過半年的審訊後，我因為與浩東聚少離多，涉案不深而被釋放。

我沒有什麼話好講

鍾順和：一九四九年十二月，我和校長同時被移送保安司令部內湖新生總隊感訓。這時候，我們通過報紙而知道大陸已完全赤化了；國民政府已撤至臺灣。在感訓隊的難友們心裡都認為：「就快解放了。」

鍾校長在感訓期間，表現得非常篤定、沉穩。他按照規定參加隊上的各種活動；只是在思想上，他的反應卻是以沉默來表白他的立場。每天飯前，隊上總要我們針對三民主義的某一部份討論、發言。因為沒有人自動發言的關係，隊上教官就以指定發言的方式，輪流點名，這樣，通常每個人一個禮拜都會被點到一次；而一般說來，大家也都按照教官要的答案，上臺發言。可是校長他卻不這樣！每次，被點到名時，他總站起來說：「我沒有什麼話好講。」

有一天，校長突然用客家話跟我說：「我已覺悟了。你們年輕人要忍耐，要稍微適應環境，不要太勉強！……還有，你向來愛出風頭，一定要收斂些。」

後來，校長一連寫了好幾份申請退訓的報告，表明不接受感訓的堅定立場，要求政府另外發落。幸好，這些報告都被感訓隊中的一名廣東梅縣籍的客家人教官中途阻截，沒有再往上報，而沒有出事。這名教官還一直勸告校長說：「國民政府認為臺灣青年對大陸的狀況不明瞭，祇是思想左傾而已，政府認為臺灣青年都是被誤導的，因此，決定不『打』本省人，只『打』外省人。」

然而，校長不為所動，仍然一再的填寫退訓的報告。有一次，這名教官剛好出差，校長的報告就被呈報上去了。因此，當李蒼降等人被捕時，感訓隊便以「上課稱病不到、討論拒不發言、不服長官指導、態度頑劣、思想毫無轉變……」等理由，把校長提出感訓隊，再度送往軍法處，與李蒼降等人同時審理。我和另外幾位與校長同案的難友，於是也跟著被移送軍法處。

蔣蘊瑜：聽到浩東被送回軍法處審理的消息，我感到惶恐不安，怕浩東出事，於是去找丘念台先生，希望丘先生能夠設法幫忙。丘先生安慰我說：「你放心，沒有審判兩次的。」

一九五〇年春天，丘先生和省內士紳聯名向當局建議，務請從寬處理本省籍的思想犯，給他們以悔過自新之路。

三月一日，蔣介石復職視事，並著手改組內閣，提名陳誠任行政院長，積極推進反共抗俄的政策。

四月，駐海南島的國軍約八萬人撤退來臺。

五月，國軍自動放棄舟山群島基地，將十五萬精銳部隊撤到臺灣。

在同一時期，萬山群島及閩南東山島的國軍，也紛紛跟著撤退了。局勢至此，是很明顯了。我想，只要浩東不死，不久就可重聚了罷！

六月二十五日，韓戰爆發。第三天，美國總統杜魯門下令第七艦隊巡弋臺灣海峽。從此，歷史已經改變了它的軌道。我也開始調整對浩東的未來的想法。

終於，該來的還是來了。

十月十四日，一大早，軍法處派人來通知，要我們到殯儀館領屍。戴家生父和妹妹去了；他們不讓我去，要我待在家裏。七點左右，有個通車上學的甥兒，在火車站的槍決告示上看到浩東的名字，急急忙忙跑回來告訴我。

「我已經知道了。」我平靜地說。

父親和妹妹在殯儀館的停屍車上看到三副棺材；他們是浩東和他的同志李蒼降與唐志堂。

棺材是公家的，殯儀館卻大敲竹槓，要價七百多塊；那時候，一錢黃金也不過三十幾塊；父親身上只有二、三十塊錢，妹妹只好回來拿錢。

妹妹告訴我說浩東挨了三槍，都在胸部，額頭許是倒地時碰了點傷，手裏還抓了一把土。我想，打在胸口，死得較快，沒有那麼痛苦吧！妹妹又說，她在殯儀館遇見最後審判的法官。「勸你姊姊，教她不要太悲傷！」法官對妹妹說。

浩東的屍身送回家時，打開棺板，我們驚訝地發現兩封夾在棺材板間的遺書：一封是給我的，另一封則是給母親的。

與妻訣別書

蘊瑜：

我以很沉重的心情來寫這封信給汝。汝我共處已有十三年，時間不短不長，而且抗戰期中在極端艱苦困厄的環境中，以汝孱弱的身體，共同甘苦，竟捱過差不多十個年頭，在工作中，在養育小孩的事情上面，汝都沒有我多少幫助，盡了汝的責任。

光復後返臺，汝我又以工作的關係，不能常在一起，家庭的瑣務，全由汝負擔，這是委曲了汝的。這一年來，更難為汝了。我實在不敢去設想汝們如何生活，在接見的時候，我覺得汝似乎更瘦了。一切的一切說來都是不幸的。

但是蘊瑜；我們也曾有不少美麗珍愛的過去，那些回憶與感懷時常要把我沉重的心情變鬆得多。蘊瑜；在困苦的環境中還是找些愉快吧！忍耐能克服不少困難，它能增進人的活力。

蘊瑜；請不要驚駭，也不要悲傷，我告訴汝一個設想——當然汝我都希望它是架空的、不會兌現的設想——我的著落發生汝最不願意的情形！那汝將如何呢？我知道汝的心情將會受到莫大的衝擊，汝將沉淪於悲痛的苦海中，但是我希望汝能很快就丟掉悲傷的心情，勇敢的生活下去。……

關於我們的生平，汝知道很多，我不想在這裡說些什麼。關於後事，切不可耗費金錢，可用最簡單的方法了決一切。汝知道，在這裡我沒有什麼東西，一些用品，汝們領回去，以為紀念。……

南部母親我已另有信給她，我只希望汝多給她通訊，多給她安慰，東、民二兒多給她見面。東兒的牙齒不好，恐怕是汝們傳統的缺陷，須及早設法補救。民兒太可憐了，恐怕他還不認識我呢！

父親、母親，請都不必悲傷，諸弟妹努力求進，以諸弟妹的聰明天資，必能有所成就。我將永遠親愛汝懷念汝，祝福汝。

浩東手書
十月二日深夜

第五樂章：槍決之後

「大母親至。她說，看了我就會令她想起阿謝，又說能不能設法讓她見一面，則就死了也瞑目，她的身體是那樣不濟事了。我連忙陪著笑，勸她說，阿謝在那裡很好，她可不必掛心。我笑得非常自然而且開心，讓她相信，阿謝原就這樣的好。……」

——鍾理和日記：一九五〇年十二月二十一日

佛祖的骨灰

鍾里義：阿謝哥被槍決之後，我上臺北，把他火化後的骨灰，捧回家鄉入祀。回到家時，七十三歲的母親見我手上捧著的骨灰罈，好奇地問我：

「那是什麼？」

母親沒唸過書，不識字，無法從報上得知阿謝的消息。我於是騙她說：「這是我去廟裡燒香，請回來的佛祖的骨灰，放在家裡奉祀，可以保庇阿謝哥的劫難早點消除。」

母親聽後，頻頻點頭，笑著說：「這樣子好！這樣子好！」

我忍不住心中難過，跑到屋裡，關起門來，先是乾號，然後就放聲大哭，眼淚流個不停……

一九五三年，母親去世。一直到她逝世為止，她都不知道阿謝哥已經死了。我想，她生前如若知道阿謝已死的話，她一定也會發瘋而死罷！

尾聲：啊！啊！和鳴！你在那裡？

第二封信是西奧（梵谷的兄弟）寄來的：

「素描畫得很好，我將盡全力賣掉它們。附上去阿姆斯特丹的路費二十法郎。祝你成功，老孩子。」

——抄自史東著《梵谷傳》

啊！啊！和鳴！你在那裡？

鍾理和日記：一九五八年二月二十二日

作者簡介：

藍博洲，男，苗栗人，一九六〇年三月八日生。輔仁大學法文系畢業，曾任職於《南方》雜誌、《人間》雜誌、《自由時報》、創造出版社、時報出版公司「臺灣民眾史」特約主編，中央大學「新銳文化工作坊」主持教授、TVBS《臺灣思想起——關於五〇年代白色恐怖受難者電視紀錄片》節目製作人，目前專事創作，現任夏潮聯合會會長。曾獲時報文學獎小說評審獎，〈幌馬車之歌〉並獲推薦洪醒夫小說獎。二〇〇二年，以報導文學筆法創作之長篇小說《藤纏樹》獲《聯合報·讀書人》最佳書獎、《中國時報·開卷》好書獎，二〇〇三年獲臺北文學獎。藍博洲創作由小說開始，近年則投注心力於報導文學上。著有短篇小說集《旅行者》，報導文學《幌馬車之歌》、《沉屍·流亡·二二八》、《尋訪被湮滅的臺灣史與臺灣》、《臺灣好女人》、《紅色客家庄》、《紅色客家人》、《消失的臺灣醫界良心》、《老紅帽》、《尋找祖國三千里》……等。以及歷史調查《日據時期臺灣學生運動》、《白色恐怖》、《高雄縣二二八暨五〇年代白色恐怖民眾史》、《五〇年代白色恐怖——臺北地區案件調查與研究》、《天未亮》以及《麥浪歌詠隊》等書。並主編有日據時代《臺灣社會運動史》以及《臺灣民眾史》等書。

〈幌馬車之歌〉評析：

藍博洲在臺灣文壇的身影是孤絕與特異的，從八〇年代中葉開始，他專注挖掘在白色恐怖的史料，以報導文學的形式揭露受難者的證言，其中最早也最稱的作品，當推一九八八年刊行在《人間》雜誌上的〈幌馬車之歌〉。

許多讀者與批評家會因為〈幌馬車之歌〉得到過一九八八年的「洪醒夫小說獎」，而將這篇作品置於報導文學的門外。有趣的是，在文學理論的討論上，也有不少學者爭論著，這部缺乏虛構成分的作品，算不算得上具有「典律」性質的小說？不在乎評論界的風風雨雨，藍博洲在填寫作者簡介時，向來是這麼寫的：「著有報導文學《幌馬車之歌》。」

報導文學多半處理具有新聞性的題材，藍博洲卻把視野放在看似不具「時效性」（timeliness）的歷史事件上。看來是口述歷史資料的整理，缺乏新鮮性，但是經過考據、挖掘與查證，藍博洲把荒謬、委屈以及經過再三曲解的歷史真相加以還原，進而建構出平反政治受難者的新議題，開拓出報導文學的新疆界。

在寫作形式上，藍博洲讓受訪者輪流登台證言，除了少數段落引用歷史文獻補充說明鍾理和與鍾和鳴的關係外，作者本身幾乎沒有動用任何的解釋與敘述補充受訪者的報告。如果以電影的拍攝手法來類比，〈幌馬車之歌〉的影像全部是受訪者的自述，一直停留在說話者的中景特寫，既無遠景鏡頭，關照全局，也無記錄者的旁白過橋藉以補充、解釋受訪者言談間遺漏的敘述。但是藍博洲發揮了小說家的功力，把個別的證言寫得十分具有故事性，更透過精心的剪裁，讀者一旦融入主人翁的故事後，自然而然會動用想像力出入上海、惠陽、桂林、曲江、永安和基隆，不待多渲染，事件本身的不公義自然會撼動任何具有正義感的心靈。

藍博洲掌握了報導者最珍貴的三項資產——進步批判、冷靜旁觀與再現真實。在精神上，他能一直抱持著進步批判的角度，書寫三〇至四〇年代敢於螳臂當車，奮不顧身與威權政權、帝國主義勢力相抗衡，站在社會基層的位置作鬥爭的左翼運動前鋒的事蹟。在態度上，他把沸騰的熱血藏匿在報告者的話語中，讓自己當個冷靜的旁觀者，清理遮蔽歷史的斑斑血跡，不讓白色恐怖成為喧嚷的政治工具。在方法上，他用口述歷史的模式再現真實，重新整理臺灣人的集體記憶，作者的意識型態固然仍會在選擇受訪者、資料剪裁與史料動用上顯現出來，但每一個部分的報告都由當事人見證，無可挑剔地重現受訪者記憶中的真實，也就帶來了巨大的震撼力。

藍博洲經營報導、歷史紀錄的身影雖然孤絕與特異，但是絕不寂寞。在他的堅持下，報導文學趨近了歷史，也贏得了更多注目、反省與迴響。

延伸閱讀：

【理論部分】口述歷史

1 Ritchie, D. A.(1995).Doing oral history. Twayne Publishers.／王芝芝譯（1997）：《大家來作口述歷史》。臺北：遠流。第二章。

2 楊素芬（2001）：《臺灣報導文學概論》。臺北：稻田。第三章。

【創作部分】

1 藍博洲（2001）：《天未亮》。臺北：晨星。

2 藍博洲（2001）：《麥浪歌詠隊》。臺北：晨星。

——須文蔚

重重後山尋平埔

劉還月

序曲／流浪的平埔族人

那就是臺灣的後山了。三百六十年前，西班牙人進入哆囉滿採金啟始，歷史便為這塊土地寫下神祕而豐富的一頁，誘惑著許許多多的人們，展開一次又一次，夢想與荊棘交織而成的移墾之旅；分別從南、北兩地遷來的平埔族人，正是最早的遷徙族群，他們迫於種種現實的壓力，離開故土，冒險進入這塊「地僻阻塞，荒徼化外」之地，建立新的家園，寫下無數悲愴的故事。

我們可以完全不知道這些故事，卻又有誰能抹平歷史烙下的痕印呢？

◆

臺灣歷史上的原住民，大都被稱為「生番」、「土番」或者「熟番」。「番」要如何分

「生」、「熟」呢？清代文獻有相當清楚的說明：

……其聚族所居曰社，其社有生番、熟番。何為生？不與漢群，不通吾言語者也。何為熟？漢番雜處，亦言我語者也。

——魯之裕《臺灣始末偶記》

蘭地三十六社化番獨散居於港之左右，以漁海營生，故俗又謂之平埔番，實以其居於荒埔平曠之地，為土番而非野番也。

——柯培元《噶瑪蘭志略》

番無年歲，不辨四時，以莿桐花開為一度。每當花紅草綠之時，整潔牛車，番女梳洗盛粧飾，登車往鄰社遊觀，麻達執鞭為之驅。途中親識相遇，擲果為戲。平地近番，不識不知，無求無欲，狀貌亦無甚異，唯兩目拗深，瞪視似稍別。其語多作都盧嘓轆聲，呼酒曰「打喇酥」，菸曰「淡巴菰」。終歲不知春夏，老死不知年歲，有金錢不知蓄積。秋成納稼，計終歲所食，有餘則盡付麴，無男女皆嗜酒。屋必自構，衣必自績。織麻為網，屈竹為弓。以獵以漁……

——陳淑均《噶瑪蘭廳志》

那些和漢人雜處，並願意「遵法服役」的「熟番」，長期與漢人往來的過程中，不僅生活受到相當大的影響，稱呼也漸改變為「化番」或「平埔番」。日領以後，當局為了帝國統治的需要，曾對臺灣的歷史、住民及風俗做過深入的調查與研究，日本的人類學者將臺灣的原住民族劃分為「高砂族」與「平埔族」兩大類。自此以後，平埔族遂成為噶瑪蘭族、雷朗族、凱達加蘭族、道卡斯族、巴布拉族、巴則海族、貓霧族、和安雅族與西拉雅族等九個族群的統稱。

歷史上的平埔族人，原本散居南北，各有獨立的天地，漢人入墾以後，使用種種巧取豪奪之法，逼得平埔族人四處遷徙，其中較大規模的共有四次：一、嘉慶九年，彰化巴則海族頭目潘賢文率領本族及貓霧族、道卡斯族等社眾千餘人，流亡到宜蘭五結、蘇澳地區。二、道光三年，中部地區的道卡斯族、巴則海族、巴布拉族、貓霧族以及和安雅族等五族人移居埔里盆地，建立三十餘社，成為這地區的新主人。三、道光五年起，散居在台南、高雄及屏東的西拉雅族人，分成數次遷至花東縱谷及台南海岸沿線。四、咸豐三年，宜蘭地區的噶瑪蘭族人，移往花蓮美崙山以北平原。

平埔族人的每一次遷徙，原因雖不盡完全相同，但總跟漢人大批入墾，漸被逼得無立錐之地有相當大的關係；而當時仍是蠻荒未闢的後山，竟是南、北兩地平埔族人最後的避秦之地?!

第一部／噶瑪蘭族的後裔

從噶瑪蘭族人到加禮宛人

不知道多少個世紀前，便散居在蘭地三十六社的噶瑪蘭，是個樂天知命的民族；族人雖不善於種水稻，不懂得儲餘糧，卻生活無憂無慮，日日逍遙自在。

十七世紀以後，西班牙人和荷蘭人雖也曾踏入這個東北角的世外桃源，卻只是想做點生意或傳教而已，噶瑪蘭族人真正的噩夢，始於清領後的漢人入墾。

清代留存的簡陋史料中，並無法告訴我們，曾經有多少漢人垂涎過這塊土地，歷史書上不斷出現的雖僅吳沙一人，然而他所帶來的千餘之眾，卻成了燎原之火，逼得噶瑪蘭族人無處容身。

沒有人會知道，最初那些出了水痘，受驚於吳沙而允許漢人墾拓頭圍的噶瑪蘭先祖，是否曾經惱恨後悔過？但他們即使拒絕得了吳沙，又如何能阻擋往後如潮水般湧來的漢人？弱勢的噶瑪蘭族人，不僅要面對漢人的進逼，還得對付彰化遷來的平埔族人，身後又有強悍的泰雅族人，致使「耕地日蹙，鬥爭無寧日，乃於咸豐三年，以加禮宛社為主，率部分族人，由打那美（蘇澳），分乘竹筏沿海南下，至鯉浪港（即今花蓮美崙溪口）登陸，止於美崙山北麓平原，建加禮宛、竹林、武暖、七結、談秉、瑤歌等六社，致力墾荒。」（駱香林《花蓮縣志》）。

從宜蘭南下的噶瑪蘭族人，在美崙溪口登岸後，想必也是四處尋尋覓覓，才決定在這塊寬闊的平原紮茅結社。而今，從花蓮市區往北，除了縣政府、飛機場和軍醫院，只見公路兩旁不斷伸長著手招攬客人的大理石藝品店，壟斷了一路的風景，直到新城之後，交給水泥工廠才肯罷手。

舊時的加禮宛六社，如今何在呢？攤開參考資料，《花蓮縣志》有一條相關的註解：「嘉里。清咸豐三年，噶瑪蘭（今宜蘭縣）平埔族移此……」。我在嘉里站牌下了車，來回穿梭好幾趟嘉里一街、二街、三街，探視過須美溪畔樹蔭下的土地公廟和高聳宏偉的天公廟，卻一無所獲，只得在櫛比鱗次的民家前探頭探腦，不久就在社區公辦的幼稚園裡找到一位女老師。

我向她說明來訪噶瑪蘭族人的理由與目的，卻吞吐了許久才把噶瑪蘭族和平埔族這兩族名吐了出來。

「我就是啊！」年輕的笑容竟粲然綻放開來：「不過我們這裡都叫加禮宛人。」這樣的答案委實令我訝異！過去我在臺灣西部的田野訪問中，最大的困擾往往是沒有人肯承認自己是平埔族人，貿然詢問的結果，很可能立刻遭到嚴峻的拒絕。如今得到這樣的答案，想來是我的幸運吧？

年輕的老師只能告訴我，他們的祖先從加禮宛社遷來，所以都自稱加禮宛人；其他的問題，必須去找頭目求答案。

「頭目？現在還有頭目？」我充滿好奇與懷疑。

「是啊！現在雖然有村長，但我們族裡仍有頭目，族人有事也比較喜歡去找他幫忙。」

頭目名叫江加走，這個名字更引起我的興趣。中年的頭目得知我的來意，很快就找來了幾位族人，其中三位分別叫：潘阿蚊、李抵瑤、江虎豹。

「這是阮用加禮宛話號个名，寫作漢字著變作真奇怪囉！過去卡老輩人，查甫个攏嘛叫武歹、紅爻、抵瑤、宛奴亦是阿蚊；查某个著叫虎豹、肉伸、烏吉、老毛、伊排……這類个名。」江加走主動解開我的疑問。

「住這位个人攏自稱是加禮宛人？」

「為著紀念卡早住過个所在嘛！」

「阮个祖先從加禮宛社搬來，所以這位嘛叫加禮宛社，附近个瑤歌、武暖……嘛攏是宜蘭个舊社名。」

這也許是一個遷徙民族最後的情感依託吧？

「恁个祖先是按怎欲從宜蘭搬來這……？」

「哎！這講起來真傷感情啦！卡早个時準，人（漢人）用足多足多个手段搶走阮个土地……」他們自稱加禮宛人，叫泰雅族人為泰雅魯，阿美族人為阿美仔，卻獨獨叫漢人為「人」，這種稱呼的差別，也許多少可以反映一些漢人與他們接觸之初的優劣尊卑關係吧？

這當然不是愉快的話題，更不是逃避或者否認得了的問題：漢族入蘭之初，築土圍以武力壓迫番族，置留守隊於土圍，更進而獲得土地。噶瑪蘭土地開拓先驅吳沙暨其子孫之土地獲得即是法也……

經清朝政府獲准在熟番社開一戶商店，以雜貨售與番族。非唯交換現物獲利，且為賒賣而乘番族之無智抬高價格以博高利，或貸以款，未能償還，即取土地。

番族性潔癖，其習慣倘所有地置有死物、穢物，即謂馬鄰地，便棄而不顧，漢族以該族習慣為奇貨因而利用之以獲土地……

——根岸勉治〈噶瑪蘭熟番移動與漢族之殖民〉

噶瑪蘭族的先民們，世世代代都處身在土曠人稀的世界裡，隔年輪耕本是他們原始的生活形貌，從來不懂得要珍惜那一塊土地，誰知道這遊耕的族性，竟給了漢人許多機會一步步進逼，不過短短的五十年，便迫得他們走上毀社流亡的悲涼之旅。

臺灣的歷史毫不吝惜地大幅記載吳沙墾拓的功績，卻不肯記錄一點失敗者的下場。我們無從知道留在原來土地的噶瑪蘭人，用什麼態度與心情面對漢人女婿，甚至是漢人地主？那些離鄉背井的人呢？他們如何離開五結的加禮宛、礁溪的武暖？是成群結隊乘筏南下，還是三三兩兩翻山越嶺而來？……

血染加禮宛平原

根據八〇年代中期，新城鄉公所的戶籍資料，嘉里社區有一一九三戶，三八三四人。居民大多數是退伍軍人，其他才是阿美族人與漢人，卻獨缺噶瑪蘭人。

無論在江加走等人的口中，或者地方文獻的殘缺紀錄中，都可判斷噶瑪蘭人初建加禮宛時，應曾擁有上百戶人家，附近的五社人口較少，每社也應有二、三十戶的規模，這些嘗盡流離之苦的移民，建立了新的家園，必然努力地闢地利、繁子孫，但又有誰會想到，所有新築的美好遠景，不過維持二十幾寒暑，便被一個名叫陳文禮的商人徹底粉碎了。

文獻對於這個事件的記載，潦草而簡單：「光緒四年，加禮宛商人陳文禮，為社眾所殺，北路駐軍官為調解，不聽，及殺其傳令卒，陰與竹窩宛社阿美族謀，乘駐軍病疫、叛變。……」（駱香林《花蓮縣志》）。

對於長期面對「三年一小反，五年一大叛」的臺灣歷史而言，「加禮宛事件」不過是件規模甚小的民變；對漂泊的噶瑪蘭族人而言，卻是傾加禮宛六社，更聯合阿美族人共同起事的浴血抗爭。他們應該十分清楚，雖是傾族之力，但要和源源而來的漢人及大清皇朝抗爭，本就沒什麼勝算可言，他們卻堅持以卵擊石，想必是有不能解的恩仇了？然而，歷史卻絲毫不肯多負一點點責任。

噶瑪蘭族人惹開了戰禍，曾一路進攻到美崙山，撲擊迴瀾港，只是他們的資源太過有限，中路統領吳光亮立刻調派了後山各營汛的兵力急攻，族人傷亡甚重，只得邊打邊退，最後逃到加禮宛山躲藏，吳光亮改採圍堵斷糧的戰略，不過幾天光景，便把所有的「變民」逼出投降。

「加禮宛亂平」後，吳光亮為絕後患，命噶瑪蘭族人分遷各地，愈年輕的發配愈遠，以防他們再回到舊居地。戰敗者毫無選擇，只得依從命令，「建馬佛社、鎮平社於今之光復鄉，打馬燕社於瑞穗鄉，加路蘭社、姑律社、石梯社於豐濱鄉，並在貓公（豐濱）、大港口、納納（靜浦）誌社與阿美族雜居，或渡秀姑巒溪入成廣澳一帶與富里平埔族，及由奇密（奇美）、大港口、納納等處南遷之阿美族混合而居，共成水母丁、三間屋、馬稼海、城子埔、石坑、婦別、竹湖、澎仔存、石寧埔、沙汝灣、成廣澳等諸部落。」（駱香林《花蓮縣志》），還能留在原居地的，不到十戶人家，這些人逃亡了好一陣子之後，才假裝成阿美族人，回到加禮宛重整舊家園。

「那擺事件乎加禮宛人個打擊是真大，聽阮阿嬤講，真多人乎清朝兵抓到，活活就被打死……」

百餘年後的今天，顯然「加禮宛事件」仍是一道未曾平撫的傷口。

「卡早加禮宛社是阮祖先開墾个，但是戰輸了後，死个死，逃个逃，田園就乎阿美仔占去……」

「欲講起來，可憐个代誌實在真多，像真多人乎發配到南部去，昔時交通不方便，分開以後就沒什麼機會見面，所以真多親戚就按呢失去連絡……」

「擱卡可憐个是少年仔攏沒倘嫁娶，落尾只好呷阿美仔通婚……」

沒有人曾經親睹過噶瑪蘭族人毀社遷家的景況，然而這些出自噶瑪蘭族後裔的談話，卻如一張張血淋淋的畫片，把歷史一幕幕地拉到我底眼前。我坐立難安，內心焦慮不已；令我難安的是先人殘酷的鬥爭，焦慮不已的則是那些流亡族人的下場……

神與祖的兩難抉擇

從花蓮市搭乘客運班車沿海岸線南下，本是一條天清水碧的美景之旅，尤其是每年春夏之際，亮麗的陽光與蔚藍的天，總是把這條海岸公路裝扮得豐美而多采多姿！我卻全然沒心情欣賞任何風景，只是不斷設想著，即將要面對的部落，會是怎樣的景況？會是……

加禮宛社的老人說：被迫遷居到這裡的族人，為了紀念加禮宛舊社，又不敢再以加禮宛為名，於是稱它作「新社」！

新社距花蓮還不算遠，僅僅四十餘公里而已；屬於花蓮縣豐濱鄉的新社村，全村約有千餘人口，戶籍登記的卻只有「平地山胞」，「山地山胞」和沒有註記的漢人，噶瑪蘭族或平埔族是根本不存在的！我卻不猶豫，在國校前的站牌下了車，直接就到對面拜訪開雜貨店的偕萬來。

曾在豐濱鄉公所擔任兵役課長，最近剛退休的偕萬來，是我進行噶瑪蘭族調查以來，最常聽人提到的可能報導人，在磯溪的大竹圍、五結的撈撈社或者新城的加禮宛社，總有許多人要我來拜訪他；「伊卡有讀冊，對阮這族嘛真有研究，找伊會講卡清楚……」

偕萬來所以成為族人心目中，最有學問的讀書人，除因他曾受過日本教育，並長期在鄉公所任職外，更因自父祖輩起，便在族群中扮演著領導者的角色。

「阮阿公叫偕九脈，是宜蘭壯圍貓里霧罕社ㄟ頭目，在地方上真有勢力。差不多一百年前，馬偕博士到噶瑪蘭傳教，曾經住在阮厝，阮阿公不只找真多人來受洗，還要偕牧師將阮老父偕八寶帶到臺北讀冊，結果伊成了臺北神學院第一屆個畢業生。」偕萬來詳述著偕家與馬偕博士密切的關係：「阮个偕姓，就是因為偕牧師來个……」

噶瑪蘭族的傳說中，族人本只有名而無姓，清廷統轄了許多年後，曾擇五十個姓氏供他們選用，噶瑪蘭族人卻堅持加上偕姓，成為第五十一姓，再抽籤決定自己的姓氏。

馬偕博士不僅和偕氏人家有這麼深厚的淵源，他的出現，改變了許許多多噶瑪蘭族人的生活與信仰。

清同治十二年十月二十日，馬偕第一次越三貂嶺，過頂雙溪，進入頭城開始，時時都可看到他在蘭陽平原「傳揚主教世的福音」的紀錄；十七年後，更買船登陸後山，在加禮宛社傳教，「我們到各村去逐戶訪問，把所有崇拜偶像的器具都收集在竹筐中，帶到廟子附近的一個平場上，疊成了一大堆紙錢、偶像、捧香和旗幡等。聚集了許多人，有些人競相燒這堆東西……」（Mackay, G. L.《臺灣六記》）。

念完神學院的偕八寶，於日領中期被派到加禮宛基督長老教會擔任牧師，當時基督教在這裡已扎了根，偕牧師工作起來還算順利，不過總會有些族人面臨兩難的抉擇。

「我常常聽阮阿爸講，真多人想信教，但嘛想拜祖先，結果變成光明正大上教堂，回家再偷偷拜祖先，了後又有人覺得不妥當，擱去教堂懺悔。」偕萬來一直記得父親跟他說過的這個「笑話」。

這也許正是噶瑪蘭人最大的不安和矛盾吧？西洋的宗教進入他們的世界，帶來許多正面的功能與意義：

「平埔族人婚嫁的風俗是不需聘金、不需結婚儀式，只要親朋族人聚集飲酒，宣布兩人成婚即可。大約過了兩個禮拜後或更長一點的時間，就宣布離婚，再與別人結婚，以後再離婚，又再結婚……。他們也不以為這樣做是不對的。所以我常常強迫他們的傳道師、長老、執事，必須把這種不良的風俗改掉……許多平埔族人承認自己的錯誤、悔改，而使我放心不少，希望他們的信仰能幫助他們勝過這種壞的習俗。」（Mackay, G. L.《馬偕博士日記》）

在這同時，耶穌和天主也讓他們毀棄了原有的宗教信仰，改變了生活舊習，不知道有多少噶瑪蘭族人因而遠離了傳統文化：

在這一年多的實地調查中，我有幸三次目睹傳統的葬禮，他們稱作Patolokan的儀式。實際上這期間過世的人不止這些，但幾乎都是基督教徒，他們不舉行Patolokan這種「迷信」的行為，而在教堂舉行告別式。一些較迷信的老年人或許有例外，但基督教徒們則一概不舉行。

——清水〈純「噶瑪蘭族」〉

我不知道噶瑪蘭族人是否曾深思過，外來宗教與傳統信仰長期對立所造成的問題？但歷史卻非常清楚地寫著：被外力吞蝕掉的文化，必然再也尋不回最初的容顏。

遙遠的傳說與祭典

西洋的宗教雖然讓不少噶瑪蘭族人拋棄傳統，但畢竟是局部性的；真正全面摧毀噶瑪蘭文化的，乃是時間無情的侵蝕以及漢人帶來的文明。

「真多儀式攏嘛是人來了以後，就漸漸消失。」我去拜訪老頭目潘清波，他正巧跟幾位族人在聊天，不少人都有很深的感嘆：「親像『做番仔田』，卡早是多麼熱鬧個代誌，落尾大家攏愛過人個年，『番仔田』著沒人愛做啊！」這是個屬於豐收祭之類的祭典，臺灣多數的原住民族都有近似的祭典。平埔族群中的巴布拉、巴宰海、道卡斯、凱達加蘭、西拉雅以及噶瑪蘭等族人的「做番仔田」，地方志書中留有鮮活的紀錄：

> 每秋成，會同社之人，賽戲飲酒，名曰做年，或曰做田。其酒用糯米，每口各抓一把，用津液嚼碎入甕，俟隔夜發氣成酒，然後沃以清水，群坐地上，或木瓢或椰碗汲飯，至醉則起而歌舞。無錦繡，或著短衣，或袒胸背，跳躍盤旋如兒戲狀。歌無常曲，就現在景作曼聲，一人歌，群拍手而和。
>
> ——陳淑均《噶瑪蘭廳志》

這幅歡樂、生動的景致，已經沒有幾人曾經親睹過了，上了年紀的老一輩，少年時代或許有幸參加過，還留存在記憶裡的印象，都只是一些零散的跳舞片段，卻又和「做向」的驅邪歌舞相混淆。

「向」在平埔族人的心目中，大都是指靈魂，分為祖靈和惡靈兩類。噶瑪蘭族的「向」是惡靈，五、六十歲以上的老人，對它更是又疑懼又迷惑；退休多年，在家養豬為副業的朱阿交說：「因為 bacu（向）真大，卡早咱个族人講話絕對不能講男女个性器，連曝衫時，男女个衫褲嘛愛分開，哪是混鬥陣，查甫人可能就會著 baou，當然查甫人是絕對不倘摸到查某个衫褲……」

「這種禁忌連囝子嘛愛遵守呢！」坐在一旁的蔡阿生，搶著補充說：「阮細漢時，那替老母收衫褲，查某人个衫褲絕對不行用手去收，愛用一根小竹竿，收進去房間內才無禁忌……」

遠古的傳說中，久病不癒的患者或不得安寧的家庭，必然是「向魂」作祟，唯有「做向」驅逐邪魔，才能脫離苦海。「做向」的儀式都由女法師主持，舉行時必須齋戒一個月，「無年歲，不辨四時」的噶瑪蘭人，計算的方法是從前一個上弦月開始直到下一個上弦月出現為一個月，這期間，女法師可選擇一日或數日舉行「做向」。

舉行一日的小向，大都為了替人治病，患者需準備一粒檳榔、二支火柴，三粒米和一支香菸，經由法師唸咒施法後，將這些祭品和向魂送到村子外，相傳病人便可痊癒。三天以上的向，大都是為全村人祈安賜福，村裡的人都需共同參與，第一天，參與祭典的族人，一一爬上屋頂迎神，就在屋頂又唱又跳；隔天，由頭目率領，在廣場跳起驅邪祈安之舞，直到月光漸隱，女法師則施法將向魂拘禁起來，以免再危害族人。

全部的儀式結束後，法師需將所有做向用的東西，用香蕉葉包裹好，棄置在村外特定的一叢「馬笭竹」下。每個村落，都有這樣的一叢竹子，做為向魂的囚禁地，噶瑪蘭族人都視為禁地，平時根本沒有人願意接近。

噶瑪蘭族人舊時的禁地，除了「馬笭竹」，許多果樹也不能隨便碰，只是這些農作物上的禁忌，來自女法師的放蠱。「呼！那實在真厲害，如果樹上有人放了蠱，咱那去偷挽水果，不是手馬上腫起來，就是腹肚痛得哇哇叫……」在座年紀稍長的人，對類似的教訓彷彿仍心有餘悸。

放蠱本就是一件神祕而不可思議的事，幾乎沒有人見過施放的過程，只有那些被蠱「咬」過的人，仍清楚地記得解蠱之法：女法師雙腿肘夾著一根細竹子，手中拿一粒比紅豆稍小的橢圓型瑪瑙珠，口中唸唸有詞，不斷試問解蠱的方法與蠱的方位，每唸一次便把瑪瑙珠放在細竹上，如果唸對了，橢圓瑪瑙珠便停駐在竹子上。

「確確實實真神奇，那圓滾滾個珠仔就是不會掉下來，被蠱『咬』到個所在嘛馬上好了……」老頭目這樣說，朱阿文、李清水、蔡阿生……等多位新社老人，也都曾親自目睹過。

如此神奇的故事，不僅令我感到訝異，連許多年輕一代的族人都感到陌生，對他們來說，那些古老的傳統與風俗，不過是一則則遙遠不可及的傳說罷了！

最後的噶瑪蘭族遺產

從真實的現場到遙遠的傳說，除了時間的壓力，所有的外來文化，都是最大的侵蝕者。今天，噶瑪蘭族人以至於所有的平埔族人，雖還不至於完全退出臺灣這個舞台，卻也只能隱藏在歷史陰晦的角落；三百年的歷史遞嬗，從西方而至日本的殖民，從漢人移墾到戰後經濟主導的急速文明，讓許許多多講閩南語、穿西服洋裝的「臺灣人」，根本無從辨識祖先真正的容顏，根本不知道平埔族群的存在，這樣的民族，又怎能不走上毀亡之途呢！

在新社，同樣也要承受所有時間的壓力與不同時代的重擔，卻由於種種際遇的巧合，竟為噶瑪蘭族人保留了最後的語言與文化。

最初，吳光亮放逐噶瑪蘭族人，把他們分散在前為海、後是山，四周又有阿美族人環繞的地方，顯然是希望他們遺世獨立，不能再「糾眾叛變」，也正因為他們被孤立在這條窄窄的海岸線上，更不敢忘記身上所流的血脈，不敢忘記自己是個噶瑪蘭族人。

在新城的加禮宛社，我順利地找到噶瑪蘭族人，以為是幸運，到了新社，才發覺他們承認自己的種族，就像是承認一個光榮的標記般。

過去有不少研究者，提出的平埔族調查報告，都認為他們的語言已成「死語」，偶爾有幸能採集到的也僅是少數幾個單字而已。我待在新社的那段期間，每天都可聽到他們用噶瑪蘭話交談。

「Kkoni pay so?」

「Makken t,ayta Masag Zao Kkef fa lan, Nani Nizitazao ta Kkilanan。」

留存在我錄音機裡的，不僅是這類「你要去那裡？」日常用語，更有許許多多噶瑪蘭族先人渡海南來的故事，而說故事的人，不過三、四十歲而已呢！「我們唸小學一、二年級的時候，學校裡大家都講噶瑪蘭話，升上四年級以後，阿美族話才比較多，因此我們這一代，多少都還會說一點噶瑪蘭話。」年紀不到三十的偕淑月，雖然嫁給閩南人，先生卻幫著她整理噶瑪蘭族文化。

「我認為現存的噶瑪蘭族文化中，最特殊的應該是過年的**Paliling**儀式。」偕淑月的先生楊功明，家住宜蘭，卻無地利之便，研究噶瑪蘭族文化還是要到新社：「這個傳統的儀式，最能夠說明噶瑪蘭族人靈魂崇拜的特色。」

傳統的噶瑪蘭族人都相信，祖先的靈魂會在過年前三天的午夜，回到家裡與家人團聚，子孫們一大早就必須淨身素食，以迎接祖靈的降臨。日暮西斜，家家戶戶都拴緊大門，誰也不能進出，女主人將一隻長有美麗雞冠的公雞打死後，連著全身雞毛放在灶上燒烤，直到全部的毛都燒光，再剝開雞胸，取出肝和腸等內臟，分切成許多小塊，和糯米飯擺在一起，雞冠上還要黏一小塊年糕，並將三個月前釀的紅酒和白酒開封，統統擺在大灶上，便是敬祀祖先的「豐盛佳餚」了。

入夜之後，開始舉行**Paliling**，全家人圍在大灶邊，依照長幼的順序，每個人一一將切成小塊的雞內臟、糯米飯取三小塊在圓型的供板上，分斟紅酒和白酒在杯中，全家人都行禮如儀後，家長還必須替代外出不及趕回家的子弟行事，最後再將供板和酒捧置在廚房門特別凸出的楣上，請祖先來享用，希望祖先的靈魂保佑每位子弟身體健康，事事順利……儀式告一段落，全家人共同享用祭祖剩餘的糯米飯、酒及雞肉湯；過了午夜，家長召集子弟齊集在廳堂，用手指沾著酒，在每個人的額上輕輕劃過，表示舊年已過，新年將來……

單純、率真的噶瑪蘭族人，過年祭祖之外，平常的日子，也時時不忘祖靈的存在；喝酒前，他們習慣將右手的食指伸進酒杯，快速舉起把酒沾灑在空中，如此一連三次，表示敬祀無所不在的祖靈，離家在外的餐食，也要先挖一點飯放在桌下或屋角，甚至每一次稻穀收成，曬乾要收進倉庫前，也一定要在每一袋米中，掀起幾粒拋向空中，連續三次後，才能將米封口。噶瑪蘭族人將祭品拋在天地間，是因為他們相信，任何實體以外的空間，都有靈魂的存在，主宰著族人的生和養。

「天生地養」本就是噶瑪蘭族人最主要的人生觀，這種和自然相依相存的觀念，幾百年前，便充分表現在他們的飲食習慣中。

> 食物餒敗生蟲，欣然食之。酒以味酸者為醇。蘭各社番，向將海潮湧上沙灘之白沫，掃貯布袋中，復用海水泡濾，淘淨沙土，然後入鍋煎熬成鹽，其色甚白，其味甚淡。食物中著鹽過多，味亦苦澀。
>
> ——陳淑均《噶瑪蘭廳志》

無數歲月的洗禮與風土的變遷之後，如今，雖然再也不會有人到海濱裝白沫以濾成鹽，但如果到新社做客，必然可享受到搗爛加鹽的生蔬菜，這種不經燙煮的生菜，一直都是噶瑪蘭族人盛情款客的豐盛佳餚，每一餐都令我難忘。

我真的被這樣的部落迷惑了，黃昏的時候，站在與部落接壤的公墓高地，望著那一棟棟覆著厚重柏油屋頂的房舍，裊裊的炊煙升起的是我們熟知的文明，而我們所不知道的，還有多少隱藏在那一片低矮的屋簷下呢？

山巔海傍的孤獨王國

離開真實卻又遙遠的新社，噶瑪蘭族人的故事並沒有結束，他們尋著日夜不停的濤聲，一路往南延伸到臺東長濱的三間屋。

往南的第一個駐足點是立德，這個僅有三、四十戶人家的部落，泰半都屬阿美族人，不到十戶的噶瑪蘭族人中，幾乎每家都混有阿美族血統，儘管如此，部落裡卻植有好幾棵西洋橄欖樹。

俗稱「橄仔樹」的西洋橄欖樹，和一般種子雙頭尖的橄欖完全不同，是一種果實圓飽、肉甜汁多可解渴，樹形高大，葉圓厚，兩片互生的果樹。據說，它最早是由西洋傳教士帶到蘭陽平原，噶瑪蘭族人喜歡它的高大俊拔，又易結實纍纍，紛紛栽種在院前屋後，後來竟成了辨識噶瑪蘭族人最佳的標記。

從加禮宛平原一路南巡，我曾不斷找尋它的蹤影，可惜卻因道路拓寬或颱風侵襲等等因素造成遺憾，沒想到一到立德，就在潘虎豹家旁，見到第一棵並不算高大的橄仔樹。

「你不倘那麼夭壽，想打那叢樹仔个主意，這種樹仔子多但是不好傳種，阮不會賣乎你啦！」以虎豹為名的老婦人，顯然誤會了我的來意，幾經解釋後，才知道過去竟曾有過好幾個人想買走那幾棵樹，用途則無人能解。

「伊出價真高呢！但這是阮祖先留落來介，代表噶瑪蘭族個標記，我那可以賣乎別人，對不對？」文獻資料中雖然找不到這樹的身世，但是這樣的談話，不正交輝互映著橄仔樹與噶瑪蘭族人那堅定、昂揚的生命之姿嗎？

告別橄仔樹的家園，我在石梯灣找到了另一個堅定、勤奮的噶瑪蘭族人。

討海維生的胡當仔金，雖然孤單的一戶人家落籍在阿美族人和漢人的世界中，但他並不孤獨，小漁港裡的四、五十條機動筏中，將近有二十條是屬於立德、大峰峰或樟原部落的噶瑪蘭族人的。

小小的機動筏並不能離海太遠，承載的也僅兩簍魚鉤和一位漁人。黃昏的時候，他們在港口整理好漁具，加了油，添了水，噗噗地開往豐濱溪或秀姑巒溪出海口附近，抛下第一次魚鉤，才開始吃便當，然後只能沉默地等待黑夜的來臨，午夜前後可以驗收上半夜的成果，然後再放鉤待釣，沉默靜待天放曙光。

舊史中記載的噶瑪蘭族，雖是個善漁的民族，然而，今天的噶瑪蘭族漁人，顯然和舊時漁獵維生的民族性沒有太大的關係。最初，他們被放逐到這窄窄的海岸線上，許多人根本沒有立錐之地，除了討海，他們還有什麼選擇？

嘗受過無數教訓的噶瑪蘭族人，當然也漸漸懂得土地的珍貴了，只要一有機會，他們總不會放棄任何一塊耕地，只是這從北到南的海岸線，都因海岸山脈高而平地過窄，無法貯留水源，每年只能趁冬季稍多的雨水，提早種下一期水稻，其他的季候，只能任炙烈的陽光把玉蜀黍曬烤成一片金黃色。

「這是一個前無出路，後無退步个所在，愛比別人打拚幾十倍才有法度生活，而且千萬就不倘碰到天災人禍……」住在豐濱與長濱邊界附近，大峰峰部落的陳清松，攤攤手無奈地感嘆著。

除了山和海的隔阻，原居的阿美族人以及稍晚移民的客家人，更是最大的競爭對手，這個現象就清清楚楚地擺在樟原村。

樟原是豐濱與長濱間最大的部落，住有一百多戶人家，北邊為阿美族的社群，南部則為六堆移墾的客家人占住，中間雜有七、八戶噶瑪蘭族人，在兩族之間擺盪。他們可以流利地講阿美族話，也早已習慣客家人的生活方式，每年過年，卻堅持到大峰峰邀約族人互訪做客。

誰都不知道樂天知命的噶瑪蘭族人，是否早已習慣命運的這般弄人，而這般弄人的際遇，也同樣出現在三間屋。

僅有五、六戶噶瑪蘭族人居住的三間屋，是現今噶瑪蘭族人分布最南的部落，他們雖然同樣和他族人雜居，幸腹地稍大，每戶都可耕作的旱地，只是，留在田地裡的，都是一些蒼老的身影。

似乎，愈南愈不見年輕人呢？

最早，清吏把年輕的族人發配到偏遠的南方，而今，又是誰將那些年輕的孩子，放逐到更遙遠的北方城市呢？

第二部／泣血西拉雅

翻山越嶺入後山

在三間屋，我一直想著，三間屋的地名由來會不會是：最早這裡有三間茅屋，分別住著阿美族人、噶瑪蘭族人以及西拉雅族人……

這當然只是我一廂情願的想法，會有這樣的想法，則因根本無從想像噶瑪蘭族人和西拉雅族人會在這裡交集！

也許，這就是歷史的不能預測吧？

幾百年前，分別居住在東北一隅的噶瑪蘭族人和最南的西拉雅族人，竟會在這東南沿海的小小部落交會？而牽引他們交集的，竟是相同的際遇與命運。

居住在北陲的噶瑪蘭族人，拜自然環境之賜，可以遲至清咸豐三年，才必須選擇被同化或者遷徙的命運；西拉雅族人卻必須早在他們二十幾年前，便踏上漂泊的旅程，只因為他們分布在早期臺灣的門戶，因為他們富庶……從荷蘭人用一張牛皮騙取一片良田開始，他們世代以居的家園，便成了所有入侵者覬覦的目標。

清廷初定臺灣之後，雖曾頒過「嚴禁渡臺」禁令，然而閩粵的連年乾旱，又怎能擋得住漢人東渡的腳步？乾嘉以後，渡海的羅漢腳更如潮水般湧入安平和打狗港，然後利用稍高的智能和各種手段，令西拉雅族人讓出美麗的家園，到了「道光初年，三族（西拉雅族、大滿亞族、馬卡到亞族）耕地日蹙，幾無以為生，其族長杜四孟、陳溪仍、潘阿枝等，遂率武洛、搭樓、阿猴三社計三十餘戶都三百餘人，南下至枋寮踰中央山脈經巴塱衛（今臺東縣大武），而至寶桑。」（駱香林《花蓮縣志》）。

西拉雅族人這次的東移，規模雖不算大，卻開啟了族人流浪命運的濫觴；此後的四、五十年間，許許多多在西南平原失去田園的族人，攜家帶眷或沿著老路而來，或者溯著濃溪而上，直接攀越中央山脈進入縱谷盆地，更有人買舟繞過鵝鑾鼻，在成廣澳（成功）、加走灣（長濱）、三間屋……等地登陸，在窄長的海岸線，建立新家園。

流浪的西拉雅族人，嘗盡千辛萬苦來到遙遠的後山，遭遇並沒有因而改觀，他們需要面對抗爭的不再是漢人，卻是更強悍的卑南族人或阿美族人。

最早繞枋寮而來的西拉雅族人，第一個試圖落戶的地點，就在卑南族人的勢力範圍。他們卑躬屈膝，試著獻酒獻肉，仍不斷遭到挑釁與凌辱，苦苦地熬了兩年，終於被迫再往北遷移，進入花東縱谷，在秀姑巒溪西岸的阿美族部落間，建立了大庄（長良）部落。

一個半世紀前的花東縱谷，完全是阿美族人的私有天地，流離失所的西拉雅族人，只能選擇在阿美族部落間的荒蕪之地開荒墾地，他們付出了最大的努力辛勤耕作，許多年之後，種下的作物才終於願意結出果實；而這果實，立刻便引起河彼岸阿美族人的垂涎。

西拉雅族人知道，這又是一次生死存亡的關頭，而他們已無路可退。於是徵選了一批志願的族人，穿越布農族的獵區，翻過中央山脈，克服了群山的險阻，終於回到荖濃溪畔的舊地，招募了武洛、阿猴、搭樓、大傑巔、大武巔等社的族人四十餘戶，大舉東遷到大庄。

添了生力軍的大庄，不僅不再懼怕阿美族人的威脅，更因墾地日擴，許多族人紛紛聞風而來，勢力日漸壯大，乃至道光二十二年，一舉把河東岸的阿美族人逼走至瑞穗，並在東岸新建了大庄（東里）及蠻人埔（萬寧）二部落，西岸的舊部落，就改稱為舊庄（長良）。此時的西拉雅族人，終於真正地建立了自己的王國，短短幾年間，先後續建了馬加祿（新興）、頭人埔（竹田）、石牌公埔（富里）、螺仔溪（羅山）、里行（明里）等部落，整個富里地區，幾乎完全納入他們的掌握之中。

清光緒七年十月，秀姑巒溪的山洪暴發，兩岸的田園大多淪為河床，西拉雅族人為了謀生，只得四處逃散，而這四散的族人，彷彿是蒲公英的種子，落到一處便在那處生根發芽；往南避禍的人於是新建了堵港埔（三台）、脹脹埔（屬三台村）、大阪（池上）、新開園（錦園）、萬安（屬錦園村）等部落，向北疏散的人，則分建了針塱（大禹）、迪佳（三民）兩個部落，並在璞石閣（玉里）、下勝灣（樂合）、石公坑（石坑）、觀音山、猛子蘭（松浦）、織羅（春日）等部落和阿美族人混居一起。

就在西拉雅族人勢力逐漸遍佈在富里與玉里間的同時，另有一批族人也陸續經由水陸完成移民。他們從安平、打狗或者瑯嶠（恆春）出海，在東部登岸後，先是在海岸沿線的成廣澳、白守蓮、石雨傘、沙汝灣、石寧埔、竹湖、掃別、加走灣、三間屋、水母丁等地建立據點，稍晚有些族人不願被困在這貧瘠海岸，分別越過新港山、成廣澳山或安通山，在月眉、關山、富興、池上、富里、安通、樂合、高寮、觀音山……等地找尋同族人的足跡、或者就隱匿在阿美族人的世界中。

官逼民反的生存之戰

我不知道是平埔族人必然逃不過悲劇的宿命，還是悲劇本就是弱勢者的同義詞？

噶瑪蘭族人入墾加禮宛六社，陳文禮挑起了幾近毀族的禍端；西拉雅族人以大庄為根據地，卻因一小小稅吏徵稅的惡行，掀起了舉族的抗暴！

隨著西拉雅族人腳步進入後山的清朝政府，於清光緒十三年，改卑南廳為臺東直隸州，統轄卑南及花蓮港二廳，並宣布從第二年起開始徵收田賦……這種種措施正宣示了後山已邁向繁榮之途，雖讓人民增加不少負擔，並沒有引起太大的反彈或抗議；但又有誰會料到，課稅無事，事端卻全因稅吏挑起。

清光緒十四年六月初十，徵稅官吏雷福海嚴來到大庄執行清國的法令，卻仗持著官吏的威嚴，汙辱當地婦女，終而掀起漫天的戰禍。

徵稅吏雷太某斧（雷福海嚴）率領部下十五名到此地徵稅，正值男人都到田裡收割水稻，家中留守老幼婦女被強催納稅而逃。婦女被捕。其中二三人被帶到舊派出所北側的小溪中，終日浸在水中施以暴行。庄民沒有貨幣，乞以貨物交納但不被採納。徵稅是義務，及至官方放言未盡繳稅義務者，應帶妙齡女子前往，被此行為激怒的平埔族，於是在十三日夜晚有力者於大庄密議，翌晨（十四日）包圍稅吏雷太某斧（雷福海嚴）的宿舍，將稅吏殺死，隨從亦拉到河畔殺死。乘勢在正午攻占璞石閣的官兵，並攻陷公埔（富里）以南新開園的衙門南進。向北進的民軍是夜在加納納及野地宿營。翌（十五日）出擊水尾（瑞穗鄉瑞穗村）的屯所又放火燒。馬太鞍附近的番人聞之參與，追擊清兵至花蓮港，在拔仔庄解散民軍而返回。南進的民軍，勢如破竹，向卑南進攻，清兵堅守卑南，又有援軍，因此與清兵講和。

——林燈炎譯《大庄沿革誌》

一發不可收拾的戰火，並沒有因議和而撲熄，不久迪佳、觀音山、頭人埔、螺仔坑、石牌、里巷、公埔、新開園、里（鬬山）等社也紛紛附和響應，到了七月，大庄的族人更「糾眾數千，會合呂家望番，焚燬直隸州署，圍攻鎮海後軍中營，統領張兆連困守孤壘十七晝夜，劉銘傳調兵馳援，水師統領丁汝昌率艦至卑南（臺東）砲擊……」（駱香林《花蓮縣志》），西拉雅族人用血肉之軀與火炮對抗，雖然遭受了最大的損失，但各地仍有零星的戰役，一直持續到九月，統治者率領大軍從卑南一路往北征伐，終才結束了這場官逼民反的戰役。

歷史往往是為統治者服務的！這個用西拉雅族人鮮血和性命寫成的「大庄事件」，事後只見官方將「平埔叛魁新開園胡金、卑南通事杜烟、下勝灣通事吳丁生、大庄總理劉天生等在璞石閣伏誅，教唆犯，水尾庄總理張祥南及陳太，械送卑南正法。」同時又在「拔仔庄、新開園各添設一營」兵力以利鎮壓，除此外，沒有任何檢討與反省；西拉雅族人被汙辱、被誅殺之後，更要承擔所有的錯誤和懲罰！

趾高氣昂的清朝官吏，顯然沒有在這個事件中得到任何教訓，仍然不時擺出統治者的嘴臉，依舊是巧取豪奪，失敗的西拉雅族人雖然不能再有任何意見。然而，圍堵的溪水遲早是要決堤的，短短七年之後，觀音山終再燎起漫天烽火。

爆發於光緒二十一年初的「觀音山事件」，導火線也是清吏對人民的欺壓。當時日清戰爭正打得如火如荼，臺灣的局勢也日漸緊張，各地的物資漸窘，腐敗的末代清吏竟趁著這個機會，「向人民無價徵收食物，又與各庄社的總經理共謀，以光緒十四年事件（大庄事件）的賠償金之名目瞞騙人民徵收金錢數次，終導致物議，又耳聞日本軍將來侵，在各地有密議，而發出反抗的風聲，為此人民慌恐不安。」（林燈炎譯《大庄沿革誌》），受盡了委屈和恐懼的西拉雅族人，終於決定再次起來與不可知的命運挑戰。

憤怒的西拉雅族人在觀音山密謀議定後，首先就燒了教堂，殺了帶頭為惡的大庄總理宋梅芳和大羅灣朱通事，不久後，大庄社民也因為不堪清兵經常勒索徵糧，再次起兵相抗，西拉雅族人雖然舊創未癒，仍對峙鏖戰了好一陣子，才又重蹈缺乏後援的覆轍，而失敗的代價，同樣是清軍的一路討伐與燒殺。

儘管這一次又一次的爭戰與殺伐，早已隨著時間的流逝，面貌日漸模糊；然而殘酷的歷史彷彿仍讓我們看到戰壕中殘斷的肢體，看到被戰火驚嚇失色的孩子，看到戰敗族人委屈卻充滿憤懣的眼神……也許，這不是單純的對錯問題，只是，又有誰能解釋，西拉雅族人一再失敗的悲劇宿命呢？

舊時大庄今何在？

時間也許是最好的魔術師，它總是不斷的粉飾各種表面的傷痕。距離乙未年的那場戰役，還不到一百年呢，耆老們的記憶卻早零星殘落了。時間也是最無情的化粧師，它總不肯罷休地擅改舊時的風物景致。百年前，西拉雅族人胼手胝足建立的庄舍，如今，還能辨識的卻寥寥無幾。自西拉雅族人入遷以來，一直扮演著首要角色的大庄，無疑是現今尋訪這個流浪民族最重要的指標。

在不同的時空中，大庄先後曾是兩個地方的名稱。最早，它的位置在秀姑巒溪西岸，現今屬玉里鎮長良里的地方；這個西拉雅族人的初拓之所，據傳仍住有少數幾戶族人，我拜訪這個七、八十人家的村落時，卻只看到占多數的阿美族人以及日領後移來的客家人，此外，另一個明顯的目標，則是玉里榮民醫院長良分院，這個以療養為主的分院，使得古老的部落出現了蒼老、孤獨的外鄉人。

清道光中葉以後，大庄隨著西拉雅族人的腳步東移，在現今的富里鄉東里村落籍，河西的原部落也就成了舊庄；新大庄的建立，顯示西拉雅族人勢力的擴增，晚來的移民又在附近地區建立新的部落，大庄遂成了臺灣東部西拉雅族人的文化、經濟與信仰中心。

位於台九號公路上的東里，一直到今天都是個繁榮的部落，百來戶人家分居在公路兩側，路的西側矗立著一座老舊的基督教堂，東側則擁有一座外貌古樸，內部簇新、金碧輝煌的玉蓮寺，唯一還能代表西拉雅族文化的，只是廟後那間窄小的紅色公廨。

傳統的平埔族社會，公廨是族人的集會之所，朱景英撰寫的《海東札記》說：「社有事，集公廨以議，小番供役其間。」此外，也是西拉雅族人舉行牽曲（戲）的地方；西拉雅族各社牽曲的日期不盡相同，每屆牽曲之期，族人莫不熱烈參與，飲酒同歡、歌舞徹夜。

西拉雅族人遷徙到大庄之初，也依照傳統的習俗，用茅草搭蓋起公廨，每年祭典前，都必須拆掉重建，這時全村人都得出動，年輕人負責上山砍竹子、菅蓁和茅草，中年人負責剖開竹子，紮茅草，老年人的任務是指揮族人拆掉舊茅屋，搭蓋新的公廨……全部的工作在一、兩天之內便可完成，接著要請尪姨到公廨中「做向」，待驅逐邪靈的儀式結束後，便展開最重要的牽戲，「鄰近鄉鎮的族人每到祭儀期都趕來參加，熱鬧非凡，每晚牽戲到天亮，並逐戶吃流水，歌舞歡樂達一星期以上。」（林清財《西拉雅族祭儀音樂研究》）

如今的東里公廨，早已改成水泥為牆、鐵皮為頂，由外到裡都漆成紅白兩色的建築物。公廨裡除了向神座、祀壺之外，更添了兩盞宮燈、電燭台、香爐以及牆壁上刻有「太上道祖神位」及「ア

ニイクマ」字樣的大理石碑，公廨外左側，還有一座六角型雙層式、遍體通紅的金爐。

「按呢卡舒適啊！現代人那麼無閒，那有時間每年攏去起一間茅厝？」這樣的回答，幾乎就是村人的「標準答案」了。

傳統的祭典，就像茅草式的公廨般，很久以前便消失無蹤了。這些年來，每年九月十六日的祭期，只有少數幾位族人會帶著簡單的牲禮前來祭祀，入夜之後，更是冷清清的，偶爾放場野台電影，算是最熱鬧的了。

劃分舊時歡樂歌舞與今天落寞場景的分水嶺，首推太平洋戰爭爆發後，日人積極推行的「皇民化運動」，日人為能改造臺灣人，嚴厲禁止所有的傳統信仰，一年一度的牽戲被禁，連家中供奉的祀壺都被搜出毀棄，失去祀壺的西拉雅族人，終究愈離傳統信仰愈遠了。

「那間廟就是沒啥人愛去拜，嘛不知是啥麼人去拜的？像阮攏嘛是拜佛祖个。」

東里的百餘戶人家中，除了少數的客家人，其餘的人都操閩南語，他們大都知道祖先可能來自茎濃，或者赤山，或者萬金，卻都自稱是漢人，堅持不識西拉雅族人……

是因為百年前的戰禍，至今仍是不能跨越的鴻溝？還是今世的繁華，太容易令人迷失？曾經是西拉雅族經濟、文化中心的東里，成了「漢人」的村落，在臨近的萬寧，在相傳也曾建有公廨的竹田，或者已成鄉治所在地的富里，也已很難再找到確認自己血統的西拉雅族人了。大部分的居民早已習慣操閩南語，每逢初一、十五到佛祖廟上香，或者假日到教堂做禮拜！

花果飄零的西拉雅族人

根據誌書的記載，西拉雅族人勢力最強的時候，曾掌握春日以南的河岸東岸沿線，分布在這長平緩坡地的西拉雅族人，包括了早期的陸路移民以及稍晚循海路而來的族人。

如今，在這河岸沖積地上，還能找到西拉雅族人的地方，僅餘松浦、麻汝、觀音和高寮等地。松浦舊名「猛仔蘭」，是阿美族語蜈蚣的意思，居民向來都以阿美族人為主，兼住些客家人，西拉雅族人散居村裡，目標並不明顯，後來透過熱心村人的協助，找到了幾位老人家，可惜他們對「走反事件（觀音山事件）」留有一些印象，對西拉雅族人的形象和傳統卻很模糊：「真失禮！阮是信基督教个，幾絡代以前就信基督教啊！」

屬於松浦村一部分的麻汝，只有三十幾戶人家，西拉雅族人卻有七、八戶，都住在學校後方小山丘一帶。

「伊攏姓潘啦，真好找，你從學校邊那條產業道路入去，走路三分鐘就倘問到啊！」站牌旁雜貨店主人，很熱心的為我指路。

向他道了謝，走出店外兩步，他卻追了上來，充滿好奇與不屑地問道：「你來找伊做什麼？現在已經沒幾個人知道伊是平埔番啊了！」

這彷彿是突然來的一記耳光，打得我眼冒金星。三百年前，漢人便用這種種不公平和歧視的態度對待平埔族人，即使到了今天，仍不能改變？

我充滿歉疚和不解，直到在產業道路旁高挺的檳榔樹下，遇見幾位閒談的婦人，仍不知該如何開口探問西拉雅族的故事。

我用其他種種的主題與意見，和他們閒扯了好一陣子，才若無其事地談起西拉雅族，其中一位果然是我的對象，她雖年紀已近七十，瘦乾乾的身體卻格外硬朗。

「阮个生活真艱苦，不管查甫查某攏愛操勞，就按呢身體嘛真勇健。」

這是我進入花東縱谷以來，最爽朗愉快的報導人，對她而言，西拉雅族人不只是個名詞而已，更是在她身上鮮活流動著的血液。

辭別潘老太太，不久後我在道路的駁坎下，遇見年輕的潘進福。十幾年來，他一直在臺北擔任建築工人，這原只是謀生的工作，沒想到家人決議拆掉破舊的家宅重建時，他竟成了統籌重建大業的建築師。

參與潘家重建工作的還有父親、姐夫、大姐、太太及唸小學的兒子，這一家人從拆屋、整地、買水泥、釘板模到灌漿砌牆，每件大小工作都分工完成，也不過半年多一點，已經完成二樓的結構體了。

「計畫再過七、八個月就可以全部完工了，反正這也不是多困難的事，想點辦法就可以解決了。」又黑又壯的潘進福，充滿自信的說。然後他又聊到原來的老房子，就是「走反事件」後，他的祖先赤手空拳來到這裡蓋起來的！

「你聽過『走反』的故事？」我趕緊追問。

「大家都說清兵太可惡，我們的祖先受到許多壓迫，才起來反抗，沒想到許多族人就因為這樣被殺了，有些人還被分屍呢，你知道，那多麼可怕啊！我們怎麼會忘記……」

百年前的「觀音山事件」，顯然一直都是許多西拉雅族人心版上一道深刻的烙印。

而今的觀音山呢？

隸屬於玉里鎮觀音里的觀音山，是河東沖積帶最大的部落，擁有兩百餘戶人家，其中十之八九都是阿美族人，僅有的二十來戶西拉雅族人，都集中在南邊的派出所附近。派出所前雜貨店的老主人，曾經擔任過玉里鎮長，便是個熱心又知識廣博的西拉雅族人，可惜不久前過世了。

曾經被焚燬的觀音山基督教長老教會堂，和西拉雅族人的關係更是密不可分！這座創建於清光緒十一年的教堂，不僅是臺灣東部最早的西洋教堂，更是完全為西拉雅族人服務而創建的，百餘年來，一直是族人的信仰中心。

「觀音山事件」失敗之後，許多族人逃到高寮及更深的山區，不久日本領台後，處心積慮地開發臺灣珍貴的自然資源，樟腦便是其中重要的一項，海岸山脈一帶的樟樹也就成了主要的開發目標，許多潛入山區的西拉雅族人乃以伐樟熬腦為業，在群山間逐樟木以居，族人因而四處漂散，不少人漸漸杳然無蹤……

深鎖在黑暗中的壁腳佛

花東縱谷中，最後一個西拉雅族人的根據地，在池上到月眉間的窄長地帶，恰為花東縱谷的南口，是陸路移民族人的必經之地，更是「大庄事件」最後的攻防地，早年居住在這裡的族人不是被殺，就是被趕跑，因此現今散布在這一帶的，都是事件之後，翻越新港山而來的族人。

也許就因為留居在這裡的西拉雅族人並不多，且都隱匿在阿美族人的世界中，不僅一直被歷史文獻所遺漏，更早被整個社會所遺忘。

幸好，他們並沒有遺忘自己，只是為了要在其他族群中存活下來，生活和信仰都做了許多修正。

在池上鄉錦園村的慈善堂，供奉的主神是漢人通俗信仰中的觀音佛祖，但在廟的側殿有一「救世壇」，卻供奉著太祖矸及豬頭殼，這原是西拉雅族最傳統的祀壺崇拜，在這裡卻成了漢人求藥方的靈神，每年農曆九月十五日，附近的阿美族人，都會盛裝前來跳舞以酬謝神明。

稍南的富興村，有一著名的玄天上帝廟，廂房中也供奉有太祖矸，用紅布緊緊包裹著的瓶身，還掛滿了漢人酬謝的金牌。每年元宵前夕是太祖的祭期，阿美族人一樣來跳「番仔舞」，直到深夜仍不休止。

除了妥協與包容，西拉雅族人更可以用最孤絕的身影，守住最後的香火。

在關山之南的月眉，便有兩戶仍然供奉「壁腳佛仔」的人家。「壁腳佛仔」又稱太祖，為祀壺的俗稱，舊時西拉雅族人都供奉在家中，太祖不喜歡上正堂，喜歡居左的「大位」，因而家家戶戶都供奉在客廳左邊的牆壁轉角處，一般人也都稱他做「壁腳佛仔」。

「卡早阮這族個人一定愛奉祀『壁腳佛仔』，但是日本時代乎日本人禁止，家家戶戶攏檢查清掃，擱加上『壁腳佛仔』真夠作弄人，有人無細意在客廳放個屁，就會腹肚痛……實在真麻煩奉祀，真多人就趁這個機會將矸仔乎日本人掃去，從此以後免拜，現此時才會剩沒二戶奉祀……」

祀壺的主人潘老太太，已逾九十高齡，不僅從來沒有間斷敬祀太祖，左手上還綁有一紮紅絲線，那是傳統西拉雅族婦女的「手索」，每年六月十五日禁向時，按例要汰舊換新一次，平時不能隨意取下，直到子女或媳婦接掌家務時，「手換」傳交給新的女主人佩戴，以示家風相傳。

「但是阮媳婦就是不肯掛，我實在沒法度，擱不願背祖，才會一直掛到這呢老……」老太太擺擺手，顯然有太多的無奈。

潘家的隔鄰也是西拉雅族人的家，發黑的茅草屋頂卻長出青綠的雜草，緊閉的門窗和院前的垃圾，說明已有一段時間沒有人居住了。

原來最後居住在這裡的，是一對老夫婦，一年前因貧病交迫，無以維生，才到臺北去投靠已出嫁的女兒，年輕的一代卻堅持臺北太擠了，不能供奉「壁腳佛仔」，因此太祖至今仍被深鎖在空盪盪的客廳一角。

透過木板門的門縫，幽暗中我彷彿仍看到那「壁腳佛仔」，孤零零地面對著死寂的空間與不可知的未來。

誰又能夠告知他們的未來呢？

餘聲／失落的平埔之歌？

離開花東縱谷的那天，我先搭車到臺東後，再沿著海線北上，卻再也沒有勇氣在任何一個西拉雅族人的居留部落下車，眼裡只有茫茫的大海，腦中卻不斷翻滾著最早這海島牛羊成群，花鹿遍野，平埔族人自由以漁以獵的景象；然後漢人來了，便開始永不停息爭田奪地的歷史與所有遷徙一次又一次地泣血抗爭……

我突然想起那首著名的〈熟番歌〉，急急打開沈重的行囊，影印的參考資料，白紙黑字印著一個半世紀前，噶瑪蘭通判柯培元寫下的沉重警語：

人畏生番猛如虎，
人欺熟番賤如土。
強者畏之弱者欺，
毋乃人心太不古！
熟番歸化勤躬耕，
荒埔將墾唐人爭。
唐人爭去餓且死，
翻悔不如從前生。
傳聞城中賢父母，

走向城中崩厥首；
啁啾喋格無人通，
言不分明畫以手。
訴未終，官若聾，
竊窺堂，有怒容。
堂上怒，呼杖具，
杖畢垂首聽官諭。
嗟爾番，爾何言？
爾與唐人皆赤子，
讓耕讓畔胡弗聞？
吁嗟乎！
生番殺人漢奸誘，
熟番獨被唐人醜？
為父母者慮其後！

我們雖然不能向未來探問他們的未來，難道，也不能在歷史中，找到一些教訓嗎？

作者簡介：

劉還月，男，本名劉魏銘，新竹人，一九五八年二月二十日生。曾任《自立晚報》生活版主編、自立副刊「攝影．民俗」月報策劃、台原出版社創社總編輯、臺灣省政府《客家族群史》〈移墾篇〉及〈民俗篇〉召集人。現為臺灣常民文化學會理事長、常民文化事業有限公司發行人、臺灣平埔族學會理事長。曾獲時報文學獎、聯合報報導文學獎、梁實秋文學獎、教育部文藝獎及吳三連文藝獎。著有詩、散文、小說、兒童文學多種，近年來則致力於民俗的報導與整理，紀錄片製作包括：一九九八年策劃《我們的臺灣》系列節目；一九九九年起製作公共電視《臺灣地平線》電視節目；二〇〇一年製作行政院文建會《臺灣鄉鎮文化誌》紀錄片；二〇〇四年接受華陶窯委託，製作《香茅古道的人文與歷史》紀錄片等。曾主持平埔族、地方文史等數十項研究計劃。主要著作有《南瀛平埔誌》、《尋訪臺灣平埔族》、《我是不是平埔族DIY》、《田野工作實務手冊》、《臺灣原住民祭典完全導覽》、《臺灣土地傳》、《臺灣鄉土誌》、《臺灣客家風土誌》、《臺灣人的歲時與節俗》、《臺灣人的祀神與祭禮》、《臺灣地平線——淡北海岸的甦醒》等書。

〈重重後山尋平埔〉評析：

劉還月從年輕時代就開始從事報導工作，先是報導攝影，然後是因為媒體工作需要所作的社會報導。直到九〇年代離開媒體之後開始大量撰寫報導文學，並屢獲包括吳三連文藝獎在內的各種報導文學獎項。他的報導範疇，主要是民俗采風、土地誌、客家、以及平埔族，其中以平埔族的報導最受矚目。

這篇〈重重後山尋平埔〉曾獲聯合報報導文學獎首獎，是劉還月第三次以平埔為題材的得獎作，本文描述「後山」（臺灣東岸地區）平埔族人的遷徙流寓，以及在漢人與外來文化影響下逐漸走上毀亡之途的悲歌。作者以散文的筆調，醞釀浪漫與憂傷的情境，對於隨著臺灣開發進程漸漸被「消融」於臺灣漢人社會的平埔族寄予高度同情與關懷，被散文家林文月評為「一篇花東地區平埔族群的悲傷的史詩」，可見作品感染力。

在寫作方法上，劉還月自述他希望「打破報導文學固定的形式，用各種自由的方式寫它」，「希望它能夠更通俗，讓社會大眾在接受一篇散文的同時，也讀到了一個生動的故事或者沉埋的歷史」，因此本文的敘述方式採取流利的散文語法，依照「序曲」、「第一部」、「第二部」與「餘聲」的傳統說書結構進行，既有散文的易讀暢順，也有小說吸引閱讀的情節鋪排。

在報導方法上，作者採取文獻資料徵引與田野調查交併運用的方法，史實部分多根據史書，田野部分則來自個人的實際踏查，兩者一方面互為印證，一方面也互為比對，能讓讀者通過兩者，見證東岸平埔族在歷史變遷過程中的容顏變化，顯示了作者的知識準備功夫、掌握史料的能力，以及印證田野資料的嚴謹。這都使得這篇報導的可信度和說服力提升不少，因而也使得作者的悲憫或感嘆，在史料如山、和平埔族後裔的證言背景之前，不致濫情。

事實上，報導的目的在於追求真實，最少是報導者在實際採訪印證後「信其為真」的真實，這當中既有客觀的成分，也有主觀的因素。報導者本身的知識認知、採訪方法、資料蒐集的鑑識能力，以及寫作的自我束約，都會影響報導真實的呈現。劉還月這篇報導中議論間出，顯示作者的主觀詮釋；幸有實際訪談，且採真實對話呈現，突出平埔族人的現實困境，乃能知感相諧，主客觀之間留有分際，臻於結構平穩而又感人的理想情境。

延伸閱讀：

【理論部分】田野調查

1 劉還月（1991）：《臺灣民俗田野手冊：行動導引卷》。臺北市：台原。

2 Fetterman, D. M.(1989）.Ethnography: Step by step. Newbury Park, CA. : Sage.／賴文福譯（2000）：《民族誌學》。臺北：揚智。

【創作部分】

1 胡台麗（1987）：《媳婦入門》。臺北：時報文化。

2 林雲閣（1996）：〈誰傷了撒拉茅的心？〉。《聯合報》一九九六年十月十~二十日，頁37。另收瘂弦編。《美麗新世界：聯合報文學獎1996卷》。臺北：聯經，一九九六。頁247-276。

——向陽

斯卡羅遺事

楊南郡

清同治十三年（西元一八七四年），日本首度對臺灣出重兵，強占南臺灣達七個月之久，這是臺灣史上相當重要的牡丹社事件。這一場引起國際爭議、清廷束手的戰役，最後由一個年僅二十一歲的豬勝束社青年調停，這個人就是後來威震「瑯嶠十八番社」的大人物潘文杰。

我在研究清代古道與平埔族原住民的過程中，於文獻中初度與他邂逅，隨著研究的進展，發現越來越多潘文杰的身影，終於忍不住的要一探究竟。

從屏東縣恆春城的東門起程，一路風塵僕僕地沿著清康熙年代以來貫通臺東的道路，來到牡丹鄉境內的旭海。五月溫暖的海風隨著陣陣的潮音，從牡丹灣長驅直入，吹得人眼皮沉重欲睡。在村人的指引下，我訪問到潘文杰的孫媳婦姚龍妹女士，已經是九十歲的老婆婆，身體還很硬朗。她一眼就看出這一個不速之客有點急躁，但誠意十足，慈祥的臉龐露出笑容，親切地談起「臺灣尾」舊事，也特別慨允我觀看她夫家祖父所遺留的寶物。

現在展現在我眼前的，是明治二十九年（一八九六年）八月一日，恆春撫墾署長相良長綱所給的諭告書，以毛筆在白布上書寫的中、日文，記述著日政府據臺第二年，對勢力者潘文杰，就開墾土地及製造樟腦事務的指示；征臺軍司令西鄉從道中將所贈的一對禮刀，刀柄上各有鷹抓蛇及魚、貝、蝦等的精美浮雕；四枚日本勳章；日皇御賜的飲酒漆器；以及潘文杰父子的畫像各一。這是姚龍妹女士至今仍留存的見證物。初見潘文杰的肖像，令我暗地裡吃驚；這個叱咤一時的人物，竟是這樣瘦小？除了上身顯得較碩大外，他頭小腿短，手握武士刀端坐椅上，然而有一種憂鬱但剛毅懾人的神情，令人印象深刻。

我一面審視這直系家屬所保管的文物，一面向老婆婆提及當年潘文杰在重大的涉外事件中，費盡心血調停後所獲的「外交禮物」，應該不止這些。譬如明治七年（一八七四年）十一月二十日，也就是日本的征臺軍自臺灣退兵的兩週前，軍司令西鄉中將交給潘文杰轉告所謂已歸附番社的曉諭書、洋槍、西洋劍、紅地氈等；臺灣總督乃木希典中將當年題字贈送的村田式步槍；潘文杰因為安撫各社，並斡旋設立「恆春國語傳習所」，使族人接受日式教育有功，而於明治三十年（一八九七年）領受的「勳六等瑞寶章」；以及他的長子潘阿別，因參加大正六年「南番討伐」有功而獲贈的「勳八等瑞寶章」等，都沒有看到。經我一問，老婆婆搖搖頭慨嘆說：「槍和西洋劍是光復後被政府沒收的，現在已不知下落了。上回有一群自稱研究瑯嶠歷史的學者來過，他們離開後我收拾東西時，才發現部分的寶物已經不見了。我想大概是我轉身去泡茶招待客人，趁我沒有注意時拿走的，以後我可不會隨便拿出來給陌生人看的。」

對於遺失古物的難堪處境，我由衷地表示同情與關切，因此改變了話題。身世顯赫的大頭目潘文杰，原來居住於滿州鄉境內的里德村，舊名豬勝束社，但是長子潘阿別與家人卻離開本家，越過中央山脈尾端的分水嶺，在牡丹鄉境內的旭海村，舊名牡丹灣定居下來。當年的牡丹灣一帶仍是大頭目的勢力範圍內，但舉家遷到離開恆春縣城這麼遠的後山東海岸地方，究竟是什麼原因？

姚龍妹女士說當年她公公潘阿別來牡丹灣建立二十戶小部落，附近大樹林裡住有「生番」，經常出草殺過路的人。阿別當時是恆春撫墾署的巡查補，也是瑯嶠十八番社的頭人，平時與生番相好，而且經常送豚、酒給生番，確立了墾殖成功的基礎。實際上，阿別正是以頭人身分，應恆春撫墾署裡日警上司的要求，率眾到牡丹灣拓墾的。那麼老婆婆又是如何嫁到這裡的？問到這裡，她意氣洋洋地笑出聲來：「我娘家是住八灣港仔的客家人。六十八年前，我嫁過來時，才二十二歲，是坐紅轎子過門的哦！進入大廳時才初次和丈夫潘阿吉見面。從港仔沿著海墘仔路到夫家的牡丹灣，轎夫在海濱砂石路上踉踉蹌蹌地跳石前進，紅轎子隨著上下跳動、左右搖晃，我雙手緊抓著轎欄，害怕極了。」老婆婆似乎不勝懷念出嫁時的場面，一面說著，一面用手搗和檳榔灰。身邊一個小小的檳榔盤，盛著一些荖葉和青仔，用細竹編製的圓盤發出暗褐色的亮光，似乎已伴隨了她大半輩子了。

提起潘文杰的身世，確實有點離奇。他生於咸豐四年（一八五四年），父親是屏東縣車城鄉統埔村一個林姓漢人，母親是滿州豬勝束社大頭目的妹妹，出生後不久，就被大頭目的弟弟卓杞篤（Toketoku）收養，名叫 **Jagarushi Guri Bunkiet**。同治十三年 **Bunkiet** 就憑著大膽與機敏，協同養父調停了牡丹社事件，同時繼承了大頭目的地位。光緒元年（一八七五年）清廷築造恆春縣城時，他因為協助築城工事有功，而被賜姓「潘」，漢名「文杰」。在光緒十六、十七兩年，清廷剿討恆春東北的牡丹、高士佛、加芝來等社，潘文杰看到雙方死傷慘重，便說服了各社頭目與清廷訂立和約，因此被清廷授與「五品」的官位。

潘文杰的養父卓杞篤，並不是恆春的純排灣族。他的祖先原是從臺東平原南方的知本溪遷移過來的。大約兩百多年前，聚居於知本社的卑南族，先有一氏族分出，沿東南海岸南下到牡丹、滿州、恆春一帶落腳。大部分的族人與當地的排灣族通婚，除了保留卑南族固有的祭祀與親屬繼承的習俗外，一般的生活習慣受到排灣族的影響很大。在遷徙地居住一段長時間後排灣化，而單獨形成一個族群，叫做斯卡羅族。

這卑南族南遷後，在太麻里溪以南的海岸與排灣族通婚而形成的叫做東海岸群，在牡丹鄉境內形成的叫做巴利澤利澤敖群（Parijarijao），在牡丹社事件中與日軍激戰的高士佛社、牡丹社，都屬於這一族群。在恆春、滿州一帶則建立了龍鑾社、貓仔社、射麻里社，以及豬勝束社，叫做斯卡羅卡洛群（Suqaroqaro），前兩社在恆春縣城外，後兩社則在恆春以東的滿州鄉境內。這三大族群構成斯卡羅族，而以斯卡羅卡洛群的四社勢力最大，其中，豬勝束社的頭目在四社中占首位，叫做大股頭，其他各社頭目，依序叫做二股頭、三股頭、四股頭。

多年後，留居臺東平原的卑南族，在卑南王率領下聲勢大盛，原先同樣居住於臺東平原的阿美族受到壓制，過著奴化生活，為了逃避迫害，他們自臺東沿東南海岸，移民到滿州、恆春一帶，向早期移民的斯卡羅族借地寄居，並繳納貢租。直到日人據臺後，部分的阿美族才又循當初的移民路線，遷回臺東原居地。

另外，平埔族的一支叫做西拉雅族的馬卡道支族，因為在西部平原受漢族的侵墾壓迫，從屏東縣萬丹方面趕著成千的牛群，往恆春移居，被稱為瑯嶠平埔番。但是，不幸在恆春遭到洪水侵襲，田地家屋全部流失，倖存者只好成群地沿著斯卡羅勢力範圍內的卑南道，北遷臺東、富里一帶。每一族的移民潮雖然有先後之別，本質上幾乎都是被迫流亡的，可說是泣血傷心之旅。

既然斯卡羅族分布在東南海岸，以及中央山脈尾稜以西到恆春，而且這一族的權力中心一直落在豬朥束社大股頭身上，就這樣，潘文杰除了直接統轄斯卡羅族的大社豬朥束，另外對排灣族龜仔角、加芝來等七社、阿美族港口社，以及漢族的蚊蟀、車城、四重溪等九社，擁有土地的領主權而權傾一時，已超出清代所謂瑯嶠十八番社的範疇。

大股頭潘文杰的孫媳婦所提到的，從八灣港仔到牡丹灣的海墘仔路，不過是貫通恆春與臺東的「瑯嶠、卑南道」之一小段。自從斯卡羅族、阿美族、平埔族、客籍漢族先後沿這條自然形成的古道路線移民以後，強大的斯卡羅族仍控制沿線的部落，來往於途的客旅，都在牡丹灣歇腳，並尋求潘氏家族的保護。

潘文杰在世時，曾經陪伴監督鵝鑾鼻燈塔的英國籍技師 George Taylor 遊歷卑南的事蹟，足以印證他權勢與人望的崇高。光緒十三年（一八八七年）五月，泰勒技師成功地說服了潘文杰協助卑南之行，因為只有大股頭潘文杰親自出馬，才能保證卑南道上行旅的安全。

那次的武裝隊伍中，除了斯卡羅族外，還有阿美族青年、客家人共二十二名，其中部分成員是因為不敢自行旅行而插隊的。隊伍所經之處，都受到各族的熱烈招待，包括八灣港仔的客家人、高士佛社的斯卡羅族、牡丹灣營盤地的清兵、巴塱衛溪口的客家人、大竹篙營盤地的清兵、蚵仔崙社的斯卡羅族頭目、太麻里社的斯卡羅族頭目、知本溪知本社的卑南族頭目，以及臺東平原卑南社、呂家望社的卑南族，沿途也遇見很多平埔族、阿美族混居。潘文杰的家族與卑南、阿美兩族也有姻親關係，他又通曉各地的土語，而且斯卡羅族的大股頭身分，足夠他懾服各社。

斯卡羅族勢力範圍內的瑯嶠、卑南道，不只是土著民族的交流通道而已。在清代治權開始延伸到後山的時期，受到牡丹社事件的刺激，而奔走於後山防務的文官武將，都經此古道：出恆春縣城東門後，沿山徑經由射麻里（永靖）、豬勝束（里德）、羼古公（Takokong，今長樂），越過分水嶺下至九棚、八磘灣港仔，再循海岸線北上，經牡丹灣、阿郎壹溪（安朔溪）、巴塱衛溪（大武溪），最後抵達卑南（臺東），共二〇五華里（一一八公里）。清光緒二十年《臺東州采訪冊》所稱的「由恆春北達卑南之舊道」，指的是這條移民與軍事目的的步道。例如光緒三年四月，統領後山兵力的提督吳光亮，曾經率領大軍走此古道；同年五月，又有船政大臣督辦臺灣海防的吳贊誠，也為了查勘後山防務而通過。吳贊誠的〈查勘臺灣後山情形並籌應辦事宜摺〉述及：「查自恆春縣城東北行，過射麻里、萬里德、八磘灣、阿眉等社，僅越小嶺三重；中間溪澗迴環，路旁皆水田，民番雜居耕作。出八磘灣，北至知本社百四十餘里中，皆一線海灘，環繞山腳，怒濤衝擊，亂石成堆。……臣此行正當盛暑，行則烈日當空，沙熱如火，宿則茅茨容膝，下濕上蒸，自覺受瘴甚重。回至恆春，隨從員弁、勇丁皆病不能起。」

當年採此古道進入後山的過客，坐轎子的有臺東知州胡鐵花、船政大臣吳贊誠；騎馬的有後山統領吳光亮、提督鄒復勝，以及追討朱一貴之亂及林爽文之亂餘黨到卑南的清兵；而以平民身分武裝結伴步行的，有英籍的燈塔技師，以及土著移民、隊商。基督長老教會的英國牧師則乘帆船迴繞鵝鑾鼻到卑南。

從恆春縣城的東門出發，一路翻山涉水，然後沿海墘仔路跳石而行，徒步四天才能到達後山的臺東，全程都要經過潘文杰一族的勢力範圍，所以當時無論漢族或平埔族，對潘文杰都要禮讓三分。

由於牡丹社事件中，潘文杰曾經折衝於土著頭目、日軍、清吏之間，展現了柔軟的涉外手腕，獲得三方面的信賴。臺灣併入日本版圖後，潘文杰與日人的淵源不但未中斷，反而加深。每次日人的理番當局掃蕩「番社」時，潘文杰都挺身而出，以和平手段解決彼此間的衝突，也經常仲裁各部落間的紛爭。從臺灣總督以下各部門的要員所贈送的那些禮物可知，他是個和平主義者，也是最合作的土著領袖。如果他是一國的政治家，應該可以施展他的遠見抱負，可惜他只是一個稱霸臺灣尾的土著領袖而已。

他年近五十時，雙目失明。去世的前一年，亦即明治三十七年（一九〇四年）五月起，日人把斯卡羅族的豬勝束社、阿美族的蚊蟀山頂社，以及排灣族的龜仔角社，同時編入「普通行政區域」內管轄。收列為平地編制後，適用平地的法律約束與納稅義務，與漢人一般看待。由於正式脫離「番人特別行政區」，除了平日使用的排灣語、阿美語外，一切傳統習俗，再也不能受保障了。

隨著這道行政命令而來的，是日人對已開化部族原始土地所有權的調查，斯卡羅族各頭目過去在山地，向轄下的排灣族每隔五年收取貢租，以及向平地的阿美族、平埔族、漢族徵收番租的土地領土權，以及課外族以勞役的權利等，都遭受停止處分，日政府實質上貫徹了境內各民族享有「同等的土地業主權」。從此以後，雖然大股頭潘文杰有功於日政府，也被剝奪了大股頭地位，原有的貴族地主兼大頭目的威權、繁華，瞬間已成過去。他於明治三十八年（一九〇五年）十二月，以五十二歲壯年抑鬱病逝。

在潘文杰去世以後的年代，通過斯卡羅族地盤的瑯嶠、卑南道，逐漸被冷落，只有沿線的居民繼續使用。因為斯卡羅族豬勝束社統轄各地部落的威權墜地，沿途土著對行旅馘首掠奪的陋習又死灰復燃。根據潘文杰的孫媳婦姚龍妹口述，甚至大股頭的長孫潘阿吉自牡丹灣向恆春或大武出入買賣時，都要攜帶火繩槍與番刀，結隊而行。日據時代後期完成了現在的南迴公路，改從楓港向後山出入以後，原來以恆春為起點的交通要道，遂被公路所取代，而成為廢道。

一九七八年八月，我與徐如林曾經冒著熱暑，背起大背包、睡袋與糧食，從牡丹灣沿東南珊瑚礁海岸，一路跳石南行，路跡斷斷續續。沿途極為荒涼，只有巨大黑色珊瑚礁間，密生著高大的林投樹，高掛的金黃色果實與成串的月桃花相互輝映，沙地裡則鋪展著馬鞍藤，間或長著成簇的文珠蘭。我們走了五天才繞到鵝鑾鼻燈塔下，一路上除了幾處的海防駐守人員外，只有三、二間荒棄的古厝。現在古道所經的牡丹灣、八磘灣路段，全被劃為特別軍事管制區，想徒步走通先民的史蹟道路，恐非易事。

今年五月，我又冒著炎熱的天氣，前往南臺灣的豬勝束社遺址，探訪大股頭潘文杰的故居。很幸運地遇到七十五歲的潘新福先生。潘老先生是潘文杰本家分出的後裔，住在滿州鄉里德村。在他夫婦殷勤指引下，我從他們屋後沿著產業道路上坡，到達一個海拔約二百公尺的平臺。這個平臺背倚山猴仔面山，又名豬朥束山的橫嶺，山上可以俯瞰佳洛水與太平洋海域；前臨蜿蜒的港口溪，與分散在阡陌間的滿州村落。瑯嶠、卑南古道經此平臺，與南下港口社、西南往龜仔角社（社頂）的社路交叉，形勢險要。

我們走入一片茂密的灌木叢中，潘老先生突然指著一塊林中草地說：「大股頭的古厝就在這裡！」我小心地走過去尋找屋跡，但一無所獲。荒林中只見到一座新造的大墓，墓碑上寫「潘阿祿之墓」。潘老先生看到我一臉狐疑，連忙解釋：

「一、兩年前，大股頭潘文杰的古厝遺址上，還有半倒的厝壁，因為子孫已經遷到旭海，很久沒有人來清理故地。大股頭的地位雖然顯赫，畢竟是你們平地人所稱呼的生番。依照我們的習俗，埋葬之地不立墓碑，所以到現在我們這些後裔也不清楚他埋葬在那裡？說不定依照排灣的早期屋內葬風俗，他老人家埋在古厝床下。……潘阿祿是潘文杰的幼孫，我也不知道為什麼最近改葬在他祖父的古厝上。從恆春過來的瑯嶠古道，有兩公尺寬，直通豬朥束大股頭家的前院，而我們現在居住的里德村，原來是部落下方的耕地。啊，你來晚了一步，你看，現在什麼也沒有留下！」

我徘徊於遺址上，但見熱帶特有的矮灌木林恣意地盤踞了整個舊部落。在熾熱的陽光下，彷彿可見大股頭潘文杰身披白色貝珠禮服，胸前佩戴著瑞寶勳章，與長年伴隨著他的檳榔盒、彎刀一起長眠於叢林茅草下，昔日的榮耀與威脅已沉埋於土；而當年豬朥束社兩百「番戶」的社眾業已離散四方，完全沒入南臺灣民族的大熔爐裡。當年的赫赫事蹟，如今只能在後裔或村人的口中，尋回點滴的記憶！

潘新福先生的屋前，有一座日人建立的「恆春高砂族教育發祥紀念碑」，背面刻著「高砂族教育發祥之地」，說明明治二十九年（一八九六年）九月十日首度開辦。據潘老先生的回憶，日本據臺的第二年，最先於恆春豬朥束社設立臺灣第一個國語傳習所，也就是現在的滿州國小的前身。當時潘文杰出力最大，他召集了斯卡羅族子弟三十餘名就讀，因此潘文杰的部落最早接受日式教育。教育是統治者施行撫育同化的最佳手段，從另一角度來看，也是禍患的開端。

滿清與日本兩國統治者，在統治權交替的前後，對臺灣採行懷柔撫育的階段性政策，當時號令恆春半島各部落的大股頭潘文杰，剛好是最能合作的地方領袖，對於政令的配合，不遺餘力。但是，他的下場如何呢？他所付出的血汗功勞，究竟產生了何種結局？就大股頭個人的結局來講，這位真誠與統治者合作的人，可不是被出賣了？生前他個人的大股頭地位與土地領主權，完全在一紙命令下被剝奪外，他所帶領的全部斯卡羅族，在語言、人口、文化，以及族群的認同各層次上，可說是全面潰決了！

由於斯卡羅族在清代「漢化」最早，臺灣改隸後受日本「撫育」也最早，光復後又在不當的山地政策下，直接造成部落文化的喪失，也就是世世代代的文化傳承遽然中斷，甚至族群的歷史也茫然無知。從生產的形態來講，漢族的優勢同化作用，也迫使原來的獵耕並重、自給自足的經濟體系，全盤瓦解。漢式及日式的教育功能，直接造成固有的語言、文化習俗喪失，但是喪失的原因，也可以在族群聚居的地理環境找出線索。

斯卡羅族定居的地方，在海拔三百公尺以下，非常接近海岸地帶與漢人區域，部分與漢人混居，自然被漢族融合同化的程度更深；不像其他高山土著那樣，高海拔的住處與高山溪谷的天然屏障，能夠拒退平地文化的侵越，勉強保留自己的母語、習俗，以及固有的信仰。

一般而言，尚未開化的山地民族，一旦接觸到外來文明，馬上導致人口減少，這是世界性的共同現象，在歷史上確有很多例證。以潘文杰為首的斯卡羅族，在清代開始平地化。開化的腳步越早，同化的程度越深；族群的離散越快，認同與尋根的機會也越渺茫！

大正六年（一九一七年）日人調查豬勝東社人口時，只剩八十九戶，連同射麻里社十九戶、龍鑾社二十一戶、貓仔社十多戶，即使加上已經移往他鄉的族人，也不過二一〇戶，約一千人。後來在昭和五年至七年（一九三〇—一九三二年），臺北帝國大學土俗人種學研究室調查時，估計在恆春、滿州一帶的斯卡羅族，只剩五百人左右。那麼，六十年後的今天能有多少人口？原本聲勢浩大的斯卡羅族，與臺灣的平埔族一樣，經過長時期的通婚、平地化的結果，族群已面臨名實兩亡的境況了。

以七十五歲的潘新福老先生來說，在光復前後擔任滿州國小老師到退休，所教過的學生包括阿美族、排灣族、平埔族、漢族，以及本身的豬勝東後代子弟，卻強調自己是排灣族。他搖頭說從來沒有聽過「斯卡羅」這個族名，也不知道他的祖先來自臺東知本溪一帶，潘新福老先生尚且如此，更不用提其他人了。

至於潘文杰的孫媳婦姚龍妹女士，被問起夫家的真實身世，也只能脫口而出：「他是瑯嶠十八番社的頭人。」大股頭潘文杰的子孫在旭海已傳到第五代，時至今日他們雖有斯卡羅貴族血統，但生活語言一如漢人，對本來的斯卡羅族名，懵然不知。既然生活習俗與語言已徹底漢化了，怎麼會有向式微的族群認同的意願呢？

從恆春到臺東這一狹長的海岸地帶，自古迄今是一個民族的大熔爐，各民族雜居在一起，誰都沒有機會去思考自己的部落文化，去尋找族群的根。尋根的結果有什麼好處呢？會不會對現實生活造成困擾？我一大早離開山丘上的豬勝束社，沿瑯嶠、卑南道方向，踏著大股頭潘文杰當年武裝巡行的足跡，經由牡丹灣北上大武時，這些問題一直在我腦海中迴旋著。

作者簡介：

楊南郡，男，臺南人，一九三一年十一月二十八日生。國立臺灣大學外文系畢業。從外國駐臺單位退休後，進行日治時代學術調查文獻的翻譯註解工作，及臺灣古道、人文、史蹟實地探勘與研究，並曾任大學登山社團指導老師、東華大學中文系兼任副教授。目前為南島文化工作室負責人。楊南郡的作品以散文、報導文學為主。曾獲時報文學獎報導文學獎首獎、時報文學獎推薦獎、第一屆臺灣傑出文獻工作獎、以及聯合報、明日報、臺灣筆會、臺教聯盟推薦年度十大好書獎。一九九九年教育部原住民學術著作漢譯獎及第一屆臺灣傑出文獻工作獎（《鹿野忠雄》）。二〇一〇年，國立東華大學原住民民族學院授與社會科學名譽博士學位，表彰楊南郡對臺灣原住民研究與相關學界之貢獻（東華大學創校以來首次頒授之名譽博士學位。）東華大學並舉行「楊南郡先生及其同世代臺灣原住民研究與臺灣登山史國際學術研討會」，祝賀其八十大壽。與徐如林合著有《與子偕行》，並著有《尋訪月亮的腳印》、《山、雲與蕃人》等書；譯註有《探險臺灣》、《平埔族調查旅行》、《臺灣踏查日記》、《生蕃行腳——森丑之助的臺灣探險》、《鳥居龍藏》、《鹿野忠雄》、《臺灣百年前的足跡》、《臺灣百年花火》等書。

〈斯卡羅遺事〉評析：

楊南郡，文學界的一則傳奇。一九三一年出生的他，具有日治年代的經驗，二次大戰末期，曾以志願兵身分赴日從軍，但因年齡只有十三四歲，擔任零式飛機製造生徒，歷經盟軍空襲死裡逃生，迄日本投降返臺，一九五五年畢業於臺大外文系。曾擔任英文教師、外國駐臺機構職員，業餘則從事高山探勘與山地文化研究，推動登山運動學術化，六十歲退休後，參加時報文學獎，以〈斯卡羅遺事〉獲得報導文學首獎，創下最高齡得獎人紀錄，從此創作不懈於報導文學，以他傳奇式的人生歷練、豐富博學的山岳知識為臺灣的高山報導奠定了一個里程碑。

〈斯卡羅遺事〉寫臺灣斯卡羅族大股頭（頭目）潘文杰的傳奇一生，以及圍繞在潘家的興衰過程。楊南郡以他研究臺灣古道與平埔族原住民的學養為基柢，敘述曾經調停過一八七四年牡丹社事件的斯卡羅社頭目潘文杰的遺事，通過史料和多次與潘家後裔訪談，以及潘宅遺留的文物，寫出了這篇曾經湮埋歷史荒煙之中的傳奇；同時帶出從清朝治臺之後，包括日本治臺階段對臺灣原住民的「理蕃」政策，及其導致的斯卡羅族消失的癥結。全文以素樸乾淨的文字，娓娓道來，有文獻古籍記載、實地訪查、文物資料為憑，是相當紮實而具有說服力的作品。

更重要的是，本文開啟了臺灣報導文學寫作觸及歷史、族群、記憶、認同等議題的創作風氣。楊南郡對臺灣歷史的深究，對臺灣土地（特別是高山）的長年走踏，加上他對原住民族的了解，使他的作品具現以臺灣開發歷史為景深、以族群與土地變遷為經緯的深度報導典範。在他之後數年間，報導文學書寫因而出現圍繞在歷史、族群關係（特別是原住民族）的報導題材，並非無因。

從另一個角度來說，走過七〇年代報導文學初興時期的憤怒、批判與感嘆，到了九〇年代之際，臺灣的報導文學才在類似楊南郡這樣博學多聞、具有實踐踏查功夫而又理性自制的報導者筆下，展現了深度與厚度，同時增加了報導文學創作的難度和險度。

延伸閱讀：

【理論部分】資料蒐集與分析

1 Lanson, J. & Fought, B. C. (2001). Reporters and reporting: News in a new century reporting in an age of converging media.／林嘉玫、張廣怡、鄭佳瑜、鄞芳芳合譯（2001）：《跨世紀新聞學》。臺北：韋伯文化。第四章。

2 杜維運（1986）：《史學方法論》。臺北：三民。第九章。

【創作部分】

1 古蒙仁（1978）：〈黑色的部落〉。收錄於《黑色的部落》。臺北：時報文化。

2 鄧相揚（1993）：〈霧重雲深：一個泰雅家庭的故事〉。《中國時報》1993年11月28日-12月3日，頁39（副刊）。或見楊澤編《耶穌喜愛的小孩》。臺北：時報文化，1993年。頁236-274。

Losin · Wadan
——殖民、族群與個人

瓦歷斯·諾幹

一、銅像的眼睛

一九九三年十月三日，復興鄉羅浮村上午的空氣宛如山林綿密的竹林般，煥發出清新自然的氣味，十點鐘，典禮正式開始。山嵐漸起，竹林梢處逐漸晃動起來，隨著典禮程序次第展開的濕潤的情緒，便由隨侍在山間的霧雨取代。這一場為 Losin · Wadan（羅幸·瓦旦，漢名：林瑞昌）舉行的銅像落成揭幕典禮，約莫在中午以前結束，人潮散去的廣場前，獨留一尊銅像寂寞地柱杖凝望遠方，銅像視線的方向，正好是童年的志繼部落，更遠的地方，就是 Losin · Wadan 的出生地——大豹社。

二、大豹社

一八九九年八月十六日，Losin · Wadan 瘦小的身軀誕生在三峽東南面的插角一帶山區，彼時漢人稱做「大豹社」的地方，當時族人住居的領域包括金敏、插角二里，及東眼、大寮等地，獵場東抵熊空山，日領時期屬海山郡大豹地區。Losin・Wadan 的長子林茂成手抄本的《林氏家譜》中，清楚地記錄著家族居住在三峽鎮插角茶工廠附近。林茂成沉思的時候，低垂的頭顱只見光滑的前額在燈光下發光：「那裡有一大片肥沃的水田，小時候爸爸帶我去過，我永遠記得我們大豹社的水田。」

更早的時候，大豹社擁有的不僅只是一片肥沃的水田，還包括肥美滋養的魚群與一段段開疆闢土族群歷史記憶。那是十六世紀以前，漢人尚未開發臺灣北部平疇的時代。族老的口傳記錄著，泰雅族人為了尋找新耕地與獵場，從中央山脈的祖居地 Panspogan（旁斯博干，今仁愛鄉發祥村）翻山越嶺，一部分東跨中央山脈到花蓮太魯閣山區，一部分在原居地周圍打轉，另一支則以大霸尖山為中心擴散，我們稱這一支為泰雅族，包括賽考列克族群與澤敖列族群，大豹社屬前者。一直到現在，復興鄉泰雅族族老藉由口傳仍舊清楚地傳下 Ginboda（波塔）的英勇名聲，Ginboda 與六個兒子攜帶族人前來北部山區開拓的歷史，便成為族老津津樂道的事蹟，其中與 Srmajin（捨馬甬）族的戰爭最令人膾炙人口。

「Srmajin 就是泰雅族由臺南安平北移的一部分，Ginboda 來到三光（復興鄉）時，Srmajin 已經在霞雲坪了。Ginboda 的兒子看上了 Srmajin 的女孩，情不自禁地摸了女孩的乳房，女孩的兄弟生氣了，就把他謀殺掉，所以 Ginboda 就生氣的說：『嘴巴可以和平解決的事情，為什麼要動到使白色的刀子抹上紅色！』因此，就計畫把 Srmajin 趕走。在霞雲坪戰鬥時，我們有個族人叫 Bayas 戰死，為了紀念他，就稱霞雲坪為 Bayas（巴訝思）。在阿姆坪，有個領導的族人戰死，我們也給阿姆坪一個名字紀念，以後我們就稱阿姆坪是 Tojan（拓燕）。

Srmajin 退了之後，我們就來到 Mrlugang 的地方，就是現在的萬華。族人來到河邊，一看，魚在水中閃閃發光，每一條溪的魚很多，一下去，腳就踩到魚，河邊也有很多山羊、鹿，那時是清朝以前的事情了。」

Srmajin 族的去處後來成為一個謎，日人學者移川子之藏在《臺灣高山族系統所屬之研究》一書裡，也記載著復興鄉族老口傳的故事，但無法確定是那一支族群，有可能是消失的平埔族之一支，更有可能是早期泰雅族大遷移時代下到平地的一支，因為 Srmajin 通曉泰雅族的語言。角板山社的林昭明族老在講這一則口傳的時候說：「有一個 Srmajin 的老太婆醒起來唱著：Mrguas Buda Lo——（雞叫囉）。和我們的話一樣嘛！」

自從 Srmajin 人離開了復興鄉霞雲坪之後，北移的泰雅族人便完全佔據了北部山區，大豹社族人一路沿著大嵙崁溪（大漢溪）直抵萬華，發現肥美魚群而定居，直到第一批漢人直奔臺北平原開墾，不到一百年的時間，大豹社族人已退居新店、三峽、大溪一帶，然而威脅並未因退處山林而遠逝，反而是山林中滋長千百年的樟樹帶來了文明的殺戮。

三、前山總頭目

十七世紀中葉的臺北盆地，早已不是大豹社的天下了，淡水河邊冒長的商家一如來來往往節比鱗次的船桅一般，商家一直延伸到淡水河、基隆河、新店溪、大嵙崁溪上游，隨著釘子一樣插在岸邊的漢人商家，大豹社族人放棄了漁獵生活，重拾祖先傳下的生存技藝在山野中獵捕走獸，並且與漢人交易鹽、鐵、火藥、槍枝與貝珠。

十八世紀中期，當淡水港在一八五八年開放門戶成為國際通商港口，整個臺北盆地及其周邊山林也就捲入國際貿易的狂潮中，彼時的北部泰雅族人完全沒有想到族群命運其實並不因為藏匿山區而遠離戰火，隨著入墾的採樟腦工人大肆進入族人的領域，一場一場的樟腦戰爭就爆發在臺灣中部以北的各山區，大豹社也無法避免地捲入一八八六年到一八九三年的「大嵙崁戰役」之中。在這長達七年的戰役中，原漢雙方其實都沒有討到任何便宜，族人保住了祖先的土地，但失去了更多英勇的戰士；漢人的部隊雖未能進越山區，但隘勇線的堅壁確定了漢人在平原與緩丘的土地主權。Losin・Wadan 畢竟還孕育在母親的肚子裡未能躬逢戰事，一直要到 Losin・Wadan 在戰火中展開奇異的童年開始，經由口傳與生活的見證，才知道族人顛沛的命運吧！Losin・Wadan 的叔叔 Iban・Shetsu（依棒・燮促）就是在大嵙崁戰役中戰死於霞雲村東眼山上。童年的 Losin・Wadan 正如許多面臨戰事的泰雅孩童一般，養成警覺、堅忍、勇氣十足與戰爭相隨的家族分離的記憶。一八九五年換了一個朝代的大豹社，依然死守著熊空山以西的山野，再靠近平野處一點，就是禁止下山的隘勇線。Losin・Wadan 的父親 Wadan・Shetsu（瓦旦・燮促）此時已是大豹社頭目與前山番總頭目，當日人於一八九六年五月仿清朝舊制，在大溪設大嵙崁撫墾署，以高坡為界，以北的大嵙崁「番」前山群歸併桃園廳管理時，瓦旦・燮促悍然地拒絕接受統治，儘管在前一年的九月八日，臺北縣知事田中與殖產部長橋口在軍隊陪同下，來到大溪鎮附近首度會見北部泰雅族頭目與族老二十二人，最後僅只誘勸烏來地區五人隨行至臺北會見臺灣總督樺山資治，桃園與新竹的族人異口同聲地認為：「帶著槍枝來談話是不能信任的態度！」因此，抽出番刀掉頭就走。這場史無前例的日帝與泰雅族的會面卻是不甚愉快的情景，這馬上使日人在二十五日於大溪設立第一個處理撫墾事務的「大嵙崁出張所」。

Losin · Wadan 尚在襁褓中兩歲的時候，父親聯合大豹社、大嵙崁社與新竹馬武督社族人抗拒日軍的侵略，這一場勝戰逼使日人僅能消極地設隘勇線封鎖，山林中的部族為慶賀勝利，不停地圍著篝火舞唱起來。這種情形其實並沒有持續多久，隨著日人學者的研究成果（一九〇〇年伊能嘉矩、粟野傳之丞合著《臺灣番人事情》一書）、番地調查的出土，一一成為總督府「理番」的依據。一九〇三年，總督府發布「番人」歸順時需繳出所藏槍枝的規定，頓時引起族人大譟，因為槍枝象徵男人的生命，也是山林生存的工具與護衛家園的武器，族人害怕槍枝被收繳之後，族群的命運就將操在日人之手，因而抵命不從。

瓦旦・燮促在族人力薄的情形下，也收容被總督府視為反政府的「番匪」（平地漢人），最多曾收容高達一千人以增加戰鬥力，儼然成為整個北部泰雅族的武力重鎮。一九〇六年（明治十年），日本動員軍警圍攻大豹社，是役為「番匪事件」，大豹社也為了族人的安全退居更深山的志繼社與詩朗社，總督府並不因族人的退卻而暫停攻擊，這一切都是為了獲致得以賺取財富的樟腦所致，當前山總頭目——Losin · Wadan 的父親孤傲地站在志繼社的山頭，眼望著故居，大豹社此時已是日人三井株式會社的樟腦寮，心中的感慨直如樟腦寮所散發出刺鼻的氣味，一路追隨到志繼部落吧！

緊接著，五月五日開始，總督府自復興鄉前後山的屏障——自枕頭山開築隘勇線抵深坑，關係著整個復興鄉乃至於新竹縣尖石鄉、宜蘭縣大同鄉門戶的枕頭山，竟成為北泰雅族的殊死戰，一九〇六年至一九〇九年之間，總督府派出軍警不下五千人，加上新式的武器、大砲用來對付千餘枝單發火槍與番刀的族人，此役中復興鄉前後山部落、大同鄉溪頭群南澳群、尖石鄉馬里闊丸群形成一股巨大的攻守同盟，戰事包括「枕頭山之役」、「插天山之役」、宜蘭「撞撞山之役」及後山「嘎拉賀之役」，Losin・Wadan 的四叔 Bayas・Shetsu（巴亞斯・燮促）在枕頭山一役中亦戰死於今日義盛村小烏來。在日人恫嚇將血洗北泰雅族反日族人時，瓦旦・燮促這位前山總頭目為保全族人命脈，約定將長子 Losin・Wadan 交於日人作為人質，以換取全族的安全，唯一的條件是，讓 Losin・Wadan 接受現代化教育。

一九一〇年，小白馬般年齡的 Losin・Wadan 從志繼社經角板山送往改變他一生的新興城市——桃園，展開他三十五年「渡井三郎」與「日野三郎」的歲月。

四、渡井三郎

一九一一年元月，這位英勇地抗拒日人統治的前山總頭目 Wadan・Shetsu，當他決定將兒子交給日人教育以換取族人安全時，似乎也心力交瘁地只能期待祖靈的恩賜，眼望在山下已成為天皇子民的孩子，Wadan・Shetsu終於嚥下最後一口氣，撲倒在曾經誓死保衛的土地上——Slan・Bisui（今復興鄉詩朗）的水田上方，死時正好五十歲。國民政府抵臺灣之後，感念他的英勇行為，列名於忠烈祠。

一九一〇年，年方十一歲的Losin・Wadan已經不是奔跑在山林中放機陷、捕野獸的小泰雅了，而是令人稱羨的桃園尋常高等小學校的學童，喉嚨所發出的聲音是「ㄚ、ㄧ、ㄨ、ㄟ、ㄡ」的標準國語（日語），而他也已由原來的泰雅名字改為日本名字——渡井三郎。為了不使渡井三郎過於孤單寂寞，日人又找來以前志繼社的童伴高啟順陪讀，兩人雙雙於一九二一年三月畢業於臺灣總督府醫學專門學校。

日後的泰雅族，並未因Losin・Wadan入質日政府成為渡井三郎而稍減日帝軍警進襲臺灣原住民的步伐，在日人的眼裡，他畢竟只是一位「番人」的孩子，儘管他的父親是個頭目。在一九一〇這一年，強調不惜以武力「理番」的總督佐久間左馬太，籌劃已久的「五年理番計畫」開始實施，首先進逼合歡群泰雅族人（散居今復興鄉大嵙崁溪上游與新竹縣尖石鄉交界處），只要攻克的部落一律沒收男人的象徵——槍枝，焚燬屋舍，而女人織布的機筒，大都被武士刀劈裂，剩下的成為隘勇線上用來通風報信的傳聲器。南投廳的霧社群、臺中廳的北勢群、薩拉茂部落、新竹馬閣灣群、金那基群以及日軍警動員人數最多、時間最長的花蓮內、外太魯閣地區泰雅族的攻掠行動，全無倖免。在泰雅族每一條祖先遷移的溪流上，漂盪著男人的槍炮盒、女人收藏的兒女的肚臍帶，順著淺淺低吟的溪水流去，焚燒部落的火光宛如血紅色的山櫻花，燦爛地盛開，又迅速地凋落。

一九二一年三月，渡井三郎與友伴高啟順一同畢業於臺灣總督府醫學專門學校，然而，燎原過後的部落景象已經不是十幾年前生氣勃勃的情景了，自從一九一三年日本禁止泰雅族人刺青，族內青年漸漸失去男人的模樣，加上打獵還得到駐在所登記領取槍枝彈藥，種種的限制，直如山豬被拔掉了銳利的牙齒。泰雅族的禁忌已經因轟隆隆地砲彈震出了裂痕；遷移到平淺丘陵的族人，曾經是祭祀、釀酒、經濟作物的小米搖曳的身姿，也已換做水稻定耕。當年極力反對將 **Losin・Wadan** 送至平地讀書的三叔——阿豹・燮促十一年前說：「你們相信日本的話、學日本的語言，我們泰雅族就會滅亡！」如今，也已在上溪口臺闢田種稻了！「時代變了！」發出這種喟嘆的何止是渡井三郎一人，八十年後逃過歲月折磨的林昭光族老（**Losin・Wadan** 的侄子，一九四六年即隨侍在旁），在角板山社寓居的典雅三樓客廳裡，隨著菸草燃過的煙絲，緩緩地發出低沉的聲音：「那時候的先覺者，想的就是如何使族人現代化，能夠享受一個民族所應該得到的生存權利而已。」

一九二一年四月，渡井三郎告別部落，隨即展開日本政府安排的二十四年公醫生涯，只要是那一個地區發生了流行性傳染病或瘧疾，渡井三郎就一定前往救治，其間共歷任醫療所有麻必浩部落（泰安鄉）、控溪（尖石鄉秀巒）、高崗（復興鄉三光村）及角板山（復興鄉復興臺地）。事實上，日人深懼泰雅族人的反日行動，只要泰雅族發生地區性的疾病，族人一定會循著祖先的腳步以「出草」卜吉凶，而日警常常就成為出草的對象，所以，渡井三郎其實也肩負著「穩定番情」的任務前往赴任。一九三七年北勢群受到流行性感冒之苦，總頭目 **Beisu・Voher** 謀起抗日以慰祖靈，就在渡井三郎的醫治與勸說下，消弭一場戰事。日本政府以一兵解一戰的政策奏效，可免軍車勞頓之苦；

對族人而言，也免去了無謂的犧牲吧！在嚴格的皇民教育下的渡井三郎，自然在十一年的養成教育生涯裡見識到日本高度的文明、壯盛的國力與強烈殖民「高砂族」的企圖心，與其傾全力反撲，不如先求安身立命。這樣的態度除了是教育所賜之外，早在一八九七年 Losin · Wadan 的父親瓦旦·燮促，隨日本政府安排的第一次「全島番人觀光」裡，在橫濱港就見到了像部落一樣巨大的軍艦、可以塞下一頭兇猛山豬的砲管，水泥洋樓、彬彬有禮的行人，這些都令長年奔馳在山野的族人畏懼與震驚，回臺灣之後，數度掙扎於臣服或抗拒日本的複雜心情，這些，都一一地印記在 Losin · Wadan 長髮下的眼睛裡。一九一〇年，決定將兒子交與日人讀書的瓦旦·燮促，已經知道這個世界是屬於太陽旗幟的天下了，獨木難撐的英雄況味，似也漸漸感染著日後成為「渡井三郎」與「日野三郎」的 Losin · Wadan 所走下的每一步路。

五、日野三郎

> 為爭取狩獵地盤，同族之間互相殘殺。當時同族社會，無一日安寧之生活，如此下去永遠無法開發山地社會，更談不上享受現代化生活。為此必須先求山地社會之安定，首先辦理收繳槍枝工作（註：槍枝為紛爭作戰之禍源），當時同族之間深信槍比生命更重要之觀念下，實屬艱鉅的工作。
>
> ——《林氏家譜》

角板山臺地遙望大嵙崁溪上游時，只見層層山巒阻去視線，左側是插天山，右側遠處是李棟山。十二年前，當渡井三郎辭別部落時，插天山遍野烽火的景象，在四月份前往高崗（今復興鄉三光村，屬後山）的途中，已換妝成一片蒼翠的林木了，也許再過幾個月，插天山、巴陵、嘎拉賀一帶的山頭就會飄下內地一般的細雪囉！

一九二一年四月，渡井三郎握著臺灣總督府的印信前往高崗，前後有四個轎夫扛著高崗醫療所主任的轎子，步履蹣跚地前進在通往山區的羊腸小徑裡，隨著路面時而感覺顛簸的渡井三郎，所想的可能是憐惜著山中物資匱乏、交通困難的族人吧！過了巴陵橋，四月的燥熱依舊未散，還好，再上去一點就是高崗了！這些在日本政府而言，屬於後山的三光「番」、南澳「番」、秀巒「番」、玉峰「番」等，一直都屬於桀驁難馴的族群，儘管總督府在一九一〇年進行討伐的工作，仍舊有許多族人不願歸順，而渡井是否知道，任職高崗，正是日本所下的一步棋子呢？

當渡井三郎十一歲換質到桃園時，整個後山其實才進入真正的動盪之中。佐久間左馬太總督在一九一〇年五月開始揮軍進入大嵙崁溪上游，整個戰火持續到一九一三年九月二日結束。李棟山堡壘砲臺、太田山砲臺，其實是族人以犧牲血肉身軀的代價所締造出來的，它同時見證著日帝用以制壓族人的證據。但渡井三郎來到高崗的時候，已經聞不到撲殺過後的血腥味，玉峰溪清澈的流水，早已將血色漂白，此刻，只有潺潺的水聲與乍然撲飛的鳥群在高山中鳴唱。

渡井三郎在醫療所略顯昏暗的房間裡不安地走動著，步出屋外，舉頭就見到午後纏上雲霧的棲蘭山，那是一座令人困擾的山頭。在渡井三郎抵高崗後的八月，高崗（三光番）與大同鄉四季（南澳番）的族人發生糾紛互相殘殺，短短十分鐘的戰鬥中，高崗族人死傷十八人，四季族人死傷二十五人，為的就是棲蘭山及其周邊山區的狩獵地盤，而這事已延續了多年。渡井三郎認為，化解族人間無謂的互殺行為，只有採「埋石之約」的和解方式，因此，以政府官員與前山總頭目之子的身分力促高崗與四季兩地的族人準備豬隻和解，此事報請上級，總督府自然樂做和事佬，因為由日警出面主持和解典禮，即意味著「國家統治」權力的確立，一方面可以勸誘遷移至淺山定耕，一方面藉以收繳槍枝以斷絕「番人」出草的行為，而最後一項才是日人和解的重點。因為「番人不容易改其兇暴的直接原因是擁有槍……但槍枝對於他們的爭鬥、狩獵、結婚上的聘物等，均是屬於生活上最重要的東西，所以愛槍之心非常之重，要拿走他們的槍談何容易。（《理番誌稿》第五編）」。儘管「五年理番計畫」在一九一四年完成之後，佐久間總督在〈有關維持理番事業成果的佐久間總督之訓示〉一文中，認為威權主義的時期已過，以後要以撫綏主義對待「高山族」（一九二三年，日人將「番人」、「生番」改為「高砂族」以示籠絡之意）。但，日後仍然有泰雅族人為了祭祀、恩怨仇恨、表現男子氣概、卜吉凶等，進行大規模的出草行動，造成日警巨大的傷亡；因此，總督府「理番」的意志即貫徹沒收槍枝交由日警統一管理，才是斷絕泰雅族人反抗行為的根本。

當渡井三郎奔走兩地進行祖先傳統的「埋石之約」協定時，總督府卻暗中進行一項更為殘酷的手段。《理番誌稿》第五編〈三光番擬攻擊南澳番〉一文中即見端倪：

大正十年（一九二一年）九月初，三光番計畫去攻擊仇敵南澳番，三光番意甚堅，但日警當局不願意兩社番發生爭鬥。如果三光番攻擊南澳番，兩社番必加深仇恨，如此一來三光番勢必要秀巒番來增援，增加他們的戰力。剛好此時秀巒番和玉峰番已經疲於爭鬥，雙方呈現和解之際，如果三光番出面仲裁講和，有和議成立之虞，所以有必要制止三光番和南澳番的爭鬥。又說雖要制止三光與南澳兩社番的爭鬥，但要繼續使其維持從前一樣的仇敵關係。

在族人的習俗裡，三光社族人有求於秀巒社，秀巒社族人就有權利要求三光社做出適當的回報，而此刻最好的回報就是充當仲裁，以解除秀巒社與玉峰社長年的爭戰。日本當局為了不願見到秀巒與玉峰兩社族人的和解，因此力促三光社與南澳四季社族人的和解，也就是說，促使日本當局同意渡井三郎的和解計畫，其實是建立在拉長秀巒與玉峰兩社的爭戰，以期作為早年反抗日本的懲罰，日後再以「仲裁者」的姿態完成統治兩社的心願。

一九二二年，日人入澤滲在其所著的《生番界的今昔》一書裡，對「五年理番政策」提出了他的看法，他說：「綏撫方策是施於物品或教導他們各種生活技能，上以使他們產生恩義感，因此服從官命；威壓是對不服官命者，用武力去征服，待他們屈服之後，再採用前者的綏撫方策。上述二種方策是否成功，還是大有疑問。」因此，入澤滲露骨地寫出他認為理番政策的修改案：

那麼如何去修改理番政策呢？沒有別途可行，只有「獎勵番人間的鬥爭」是矣！頑劣的生番，常常為了狩獵地被侵犯，耕地的相爭，或由迷信上的紛爭等等，番與番的紛爭不斷，紛爭終成爭鬥，造成死山血河般的慘劇。我所主張的新理番政策，就是利用這種方法。

日後，總督府就趁族人發生糾紛之際，插入雙方部落間提供兩方武器彈藥，助長爭鬥與加劇同族間殺戮，直到雙方人數銳減，才哀求日警出面調停。一九二六年七月五日，日警在玉峰、秀巒兩社發生饑荒的時候，出面調解，地點在大溪郡高臺駐在所（今玉峰與秀巒交界處）。九月三十日，舉行竹東郡上坪前後山群，石加鹿、南庄、鹿場、汶水等社的和解典禮，地點位於竹東郡井上駐在所。一九二七年十一月十一日，在日警主持下，三光與四季兩社在高臺埋下象徵和平的石頭，完成和解式。只是這幾處部落，都在爭鬥殘殺延長了五到十年以後，才完成和解，誰也不知道，主持和解的日警竟也是主持戰鬥的影武者。

年輕的渡井三郎自然也參加了這幾次的儀式，看見雙方的豬隻投擲到河裡，族老灑下一杯酒敬祖靈，口中唱道：「大家的恩怨，就如豬隻一般，付諸流水吧！」渡井三郎的心中一定也為族人間的和解而竊喜吧！可是，誰也沒有想到，族人的和解，暗藏著日帝洶湧激越的「懲罰意識」。

在同時間，北部泰雅族收繳槍枝的工作全告完成，收繳槍枝在一、五〇〇枝以上，日總督府認為是「前所未有的成功行動」，功臣之一就是派至偏遠部落進行遊說、醫療與調解的渡井三郎。自此之後，泰雅族已少有使用槍枝互相殘殺的事件發生，相對地，日人在「高砂族」地區所進行的「皇民化運動」，也因為少有武力反抗而推動的更為徹底與全面。

由於渡井三郎八年任內的優異功績，使得總督府決意提拔這位由「番人」成為完全效忠日本皇民的「渡井三郎」。一九二九年一月，在日人蓄意的安排下，渡井三郎與高啟順一同完成總督府安排的「政治婚姻」。渡井三郎入贅日本四國愛媛縣伊豫郡日野家，正式啟用「日野三郎」的新姓名展開更璀璨的前途。

結婚一年，日野三郎與妻子生下長子林茂成後，陸續又生下三男一女。隨著公醫工作的流動性，日野三郎與家眷數度遷移在各山區之間，由於日漸安定的局勢，日野三郎得以專注於山區醫療與部落建設工作，一心一意改善族人的衛生環境、撲滅流行病、農業改良，其間又配合總督府移住計畫，曾數次建議專案撥款集體移住到良好環境的地方開田定居，實踐「使族人獲致現代化生活」的一貫理想。

唯一的小波折是一九三〇年發生的「霧社事件」，日野三郎認為事件的起因來自日警指導族人方法不當所致，為免日本當局擴大報復行動，日野三郎奔走臺灣總督府與臺中州廳之間，建議日本政府勿採嚴重的制裁。然而，事與願違。

不論如何，日野三郎的行動與意志正好與總督府所推動的移住計畫、殖產授產、消除番人不良風俗等「皇民化」政策不謀而合，加以日野三郎成功地化解北勢群泰雅族人的抗日行動（一九三七年），終於使日野三郎在一九四〇年「紀元二六〇〇年式典」中，成為代表臺灣高砂族前往日本奉朝參列的唯一一人，並獲授動紀念章。當日野三郎隨著巨輪航回臺灣時，日野的旅程一如四十三年前的父親——Wadan．Shetsu一樣，命運的輪迴，使他們在太平洋西端的海域上驚鴻交錯，所不同的是，父親帶回來的是泰雅的族名，兒子卻領著日本的名字歸來！

一九四五年四月，日野三郎被拔擢為臺灣總督府評議員，使他登上政治事業的最高峰。更重要的是，在這幾年期間，日野三郎默默地培植優秀的族人，預備穩固高砂族的政治實力。

六、林瑞昌

當然，臺灣是蓬萊嘛、高砂嘛、臺灣嘛，至少一個是我們的名字，這都是臺灣的意思，什麼是「山地同胞」？民族的名稱本來就是我們自己決定的嘛！為什麼不講呢！所以有了基本上的觀念，就不會用異樣的眼光看我們，所以我們要批評那個政策啊！你們是人，我們也是人啊！為什麼不能講，所以那個時候，我們的思想是比較前面。

我跟伯父到省議會要經費時，我們絕對不講說：「我們落伍，請給我們經費。」這個我們不講，我們說的是高砂族是怎麼貢獻臺灣，以正正當當的理由，省議會應該要撥經費，不是講我們落伍給我們一點錢。

——泰雅族角板山社林瑞昌侄子林昭光口述

一九四五年八月十五日，日本天皇昭和裕仁的「玉音」放送到臺灣每一個角落時，整個島嶼彷如一隻沉睡太久的地牛，突然打一個呵欠，震得島嶼喧譁良久。在角板山平臺，沉黑色木箱中經常傳送日本演歌的電唱機，此時換上略顯低沉的聲音，日野三郎走到窗邊俯瞰著午後靜謐的大嵙崁溪，卻聽到了自己的聲音：「還是來了！」只有一旁顯眼的乳白色巨碑——「佐久間左馬太紀念碑」，在已然變色的風雲裡渾然不覺地矗立著。

幾天以後，日野在駐在所的告示欄裡看見安藤大將的文告，才確定了終戰的念頭。他快步走回家中，知道自己有一些事該做了。

十月底，角板山平臺入口處已經布置了「臺灣光復」與「歡迎祖國」的牌樓，日野與前後山族老一列人等早已靜候多時，前方路口開始有一些人影，應該是祖國的軍隊吧！這樣想的時候，眼前的景象卻令人大失所望，破褸的黃衫、雨傘、鍋子、牙刷與便當的組合，就是打敗日本的「國軍」面貌？當時還在新竹工業學校的角板山林昭明族老，回憶初見國軍的第一印象是「就像傭兵一樣，一個地方惡霸的傭兵」。這個傭兵其實還不只是阿兵哥而已，緊接著派來的接收官員，行事作風與日本完全不同，原有公家機關的物品完全充為私用，醫療所的藥品賣到平地，使山區部落族人缺乏醫藥救治。整個角板山社宛如遭到了洗劫一般。林昭明族老接著說：「後來，很多事情出來啦！比如以前日本住的地方是榻榻米，中國兵不脫鞋就上去，到處吐痰，平地人就開始講話啦！他們還要搶東西，金子也拿走，孩子都被他們拐走了，電燈是什麼也不知道，在牆壁打一個洞看水沒有出來，就把那個房東打一頓……原來是歡迎祖國的軍隊都變成強盜了，從今以後，我們也由日本人變成了中國人了。」

日野三郎，終於也在新發的戶籍裡找到一個全然陌生的字體——林瑞昌，而這個名字一直陪伴著他走到人生的盡頭。

從終戰一直到十月，角板山下的大溪鎮有了混亂的變化，高漲的物價、膨脹的通貨，以及揉合著憤怒的情緒，就像山中突然奔來的雷陣雨，誰也不知道會發生什麼事情！往來在臺北與角板山，目睹人群緊張的神色與官員腐肉般貪婪的面目，林瑞昌直接地反應是：「戰事來了！」但是，臺灣高砂族還能夠再承受一場戰爭的洗禮嗎？當蹦蹦車經過三峽時，四十年前族人被戰火趕往志繼社的紛亂景象，一一地躍上Losin · Wadan記憶的螢幕裡，一如昨日。「當時，先覺者的想法是，我們要用自己的力量保護自己，不要亂動。」一九四六年終戰後，由日本航空學校趕回臺灣的林昭光回憶著：「那個時候頭目有自治會啊（日領時期），我伯父就聯絡他們，不要亂動，保住族人的生命是第一重要的事！」

一九四七年「二二八事變」蔓延到全島，北部泰雅族因為有「先覺者」的預警，故未受波及，林瑞昌並獲頒縣府二二八事變維持地方秩序有功人員的獎狀。然而，林瑞昌以及族人念茲在茲的理想是，取回日領時期被侵佔的族人土地，使族人致力開發良田，早日進入現代生活的門檻，這些土地至少就包括日領前原居地、日人移住的花蓮吉安、壽豐、萬榮等平原地帶。在協助政府穩定山區社會有功以及挾前臺灣總督府諮議委員的身分下，一九四七年六月十八日，林瑞昌大膽地向層峰遞交〈臺北縣海山區三峽鎮大豹社復歸陳情書〉一文，慨言大豹社主權的確立，歸復大豹社土地，以達成族人「再度會面父母兄弟之靈之願望」。請願書上寫著：

脫離日本之壓政，今日還歸自由平等，光復了臺灣。被日本追放後山之我們，應復歸祖先墳墓之地，祭拜祖靈是理所當然之事。光復臺灣，我們也應該光復故鄉，否則，光復祖國之喜何在？
我們必須歸復墳墓之地，自失地以來，一天也不忘過故鄉，滿懷戀慕之情，四十年之間，祖先以寡勢流血抗日，臺灣光復如能帶來復歸故鄉以慰祖靈，實為感激不盡。我們盼望復歸故鄉，懇請體恤實情惠予復歸故鄉，如能復歸墳墓之地，在平地同樣課稅亦忍痛接受。（原文為日文，依林茂成族老譯文）

譯文裡的確充滿著「戀慕之情」，讀來令人動容。除了上陳情書，林瑞昌更以行動親自帶領族人走回故居辨認祖居地，並劃妥分配族人應有的土地區域，因此，陳情書上就附有「日本領有時原居住者名單及地圖各一份」以資證明，擬「造成事實」收回土地。「那個時候，大家真的好像回到了大豹社，大約有三個月，每個人的心情都很興奮！」參與「探視」大豹社故居的黃族老說著。

國民政府沒有接受請願的事項，自然也沒能體會出族人對土地的「戀慕之情」，只在一九四八年象徵性地延攬林瑞昌納入臺灣省政府諮議的行列，認為這是對「山地同胞」最大的恩典了！「是不是還沒取得政府的信任呢？」林瑞昌的心中一定也有這種疑問吧！此時，山區中仍留有一些槍枝，林瑞昌又一次扮演「渡井三郎」時期的工作——辦理槍枝收繳，以期獲致國民政府的信任。一九四七年時，在「二二八事變」中，自國軍部隊搶回大砲、槍械的鄒族阿里山地區，就成為首要的工作，也因為勸說阿里山鄒族勢力者而認識了湯守仁、高一生、杜孝生等鄒族菁英分子，他們的命運就宿命地聯結在阿里山上。

一九四九年，參加省參議員選舉時，國民政府規劃由排灣族代表出任，選舉前將所有山地鄉鄉長（鄉長有投票權，當時採間接直選制），帶到澎湖「遊覽」，最後，林瑞昌仍以一票險勝，粉碎了當局意欲封殺這位在山地社會擁有影響力的「異議分子」。這時，林瑞昌已經明顯地感受到自己的政治生命將在這個新的政權下殞落，而現實上改革山地社會的理想似乎也愈來愈遠了。心急如焚的林瑞昌只能一次再一次地努力表現，可是他的處境畢竟已經遠離了「渡井三郎」或「日野三郎」的時代，當政者，也已經不是替他安排政治生命的臺灣總督府了！儘管在省參議員任職期間，林瑞昌再一次成功地勸誘和平鄉梨山、環山、佳陽等地繳交槍械，但是仍然不獲青睞，其實，早在兩年前遞出的請願書上，文詞內直言「光復臺灣，我們也應該光復故鄉，否則，光復祖國之喜何在？」就已觸犯了當局的禁忌，也為自己編織了死亡的彩虹橋（彩虹，泰雅族稱「魔鬼的路」）。日後，林瑞昌積極地在省議會中表達「還我土地」的意念與批評「山地行政」，更加速使他通往「魔鬼的路」。

一九五〇年六月二十五日韓戰爆發，美國基於全球反共戰略的考量，支持退敗臺灣的國民政府，並且默許進行持續而廣泛的政治撲殺行動。在這一段謂之「白色恐怖」的時期，以林瑞昌、高一生等為首的泰雅族、鄒族菁英，在「山地工作委員會」案（一九五〇年四月二十五日）中，成為首度遭到撲殺的族人，而由林瑞昌所培育的菁英，包括高澤照（三光村）、李秀山（宜蘭寒溪）、林昭光、李奎吾（臺北烏來）……等，也全數被撲殺，分別遭到槍決、入獄。這個行動一直持續到一九七四年的「山地青年團案」為止，使得中、北部泰雅族、賽夏族、鄒族菁英幾乎完全被剷除，使未來的山地行政領導人轉由阿美族、排灣族所取代。

林瑞昌在臺北「山地會館」內一九五二年某個夜晚被押走，消失在偌大的臺北城裡。因案被波及的林昭光，日後在軍法處景美看守所遙遙望見伯父最後一眼，那一天是一九五四年四月十七日下午，正是執行槍決的日子：「我在西所二樓，他們在東所，我看到他們被抓出去槍斃。他們出來的時候，我很清楚地看到他們上卡車……」一直到今天，頭髮已經翻成蘆葦白的林昭光族老提起這一段經歷時，每每以沉重的音調渲染出滿室悠悠地悵惘之情。「沒有話講，心裡沒有辦法講出來而已啊！」

當林瑞昌被送往刑場，目睹著第一顆子彈迅速地切進心臟地帶時，一定沒有想到，自己摯愛的日本妻子——日野サガノ（漢名：林玉華），在丈夫被抓走不到一年，已因承受不住打擊，失心而死了！

四月中旬，由「臺灣省保安司令部桃園山地治安指揮所」發布的〈為林匪瑞昌高匪澤照執行死刑告角板山胞書〉一紙，就張貼在復興鄉每一處角落，他們被羅織的罪名為一、參加匪黨，陰謀顛覆政府。二、營私舞弊，侵吞農場公款。而「匪諜」的罪名，就像一張魔咒緊緊地跟隨著族人的記憶。也是在這一年，復興臺地上矗立的「佐久間左馬太紀念碑」原址，為了興建復興行館而被剷平，它也象徵地向泰雅族以及臺灣原住民宣告著，「蔣中正時代」的來臨。今日，我們前往復興臺地時，只見原來的紀念碑基座已成為涼亭，而歷史的記憶，似乎就深埋在幽黯的底層，一直未蒙陽光照拂。

七、想念族人

一九九四年，羅浮村持續安靜地蹲在大嵙崁溪左岸，林瑞昌的長子林茂成族老，正興奮地期待著來自日本的朋友歸來，這位朋友也是族老童年的友伴，在一張張已然泛黃的老照片上，族老戴上老花眼鏡吃力地辨認模糊的人影，以及那個時代的親痛仇快，只是，陳跡的歷史顯然比發黃的照片更難辨析吧！

當然，族老的父親林瑞昌槍決的消息，還是情治人員請他到公告欄才看到的。「他指著牆壁說，你看啊！我一看到，糟糕了！是我父親槍斃、判死刑的公告，我才曉得我爸爸不在人世了！」族老來到臺北殯儀館散落幾十具屍首的停屍池旁找到了父親，規定不得帶回，只好就地焚化。攜著父親的骨灰回部落，卻因為親族與族人的畏懼，族老也沒辦法替父親安葬，只好每天安放在家中佛櫃中一起睡覺，直到一九九三年十月三日安葬於林家祠。族老陪著父親的骨灰將近四十年的歲月，我一直沒有忘記族老說的一句話：「我期望以後不要再有這種事情，應該要民主，不要用權力來壓人！」

林家祠，就像羅浮村一般，靜靜地座落羅馬公路左側山坡，這裡埋葬 Losin · Wadan、他的妻子、父親、叔叔與孩子，我想大豹社的靈魂也都在這裡眷顧他的族民吧！

每次經過羅浮的時候，我總要繞到 Losin · Wadan 的銅像前，望著 Losin · Wadan 手指的方向，安靜地，想念族人。

作者簡介：

瓦歷斯・諾幹，曾使用過漢名吳俊傑、筆名柳翱，今更名為瓦歷斯・諾幹。臺灣原住民族Atayal（泰雅）族，一九六一年出生於雪山山脈南緣的Mihu部落（隸臺中縣和平鄉），屬Pai-peinox群（北勢群）。臺中師專畢業。曾任教於臺中市和平區自由國小，兼任靜宜大學、成功大學臺文系講師。一九九〇年起主持臺灣原住民文化運動刊物「獵人文化」及「臺灣原住民人文研究中心」，近正籌畫原住民文學館。創作涵蓋詩、散文、評論、報導文學、人文歷史等，近期嘗試小說創作。著有報導文學《荒野的呼喚》、詩集《永遠的部落》、《荒野的呼喚》、《想念族人》、《戴墨鏡的飛鼠》、《番人之眼》、《伊能再踏查》等多種。曾獲時報文學獎、聯合文學小說新人獎、聯合報文學獎、鹽分地帶文學獎散文首獎，時報文學報導文學類首獎及詩類推薦獎，聯合報文學獎、聯合文學小說新人獎，臺北文學獎散文首獎、文學年金，陳秀喜詩獎及年度詩獎等多種。

〈Losin・Wadan——殖民、族群與個人〉評析：

臺灣原住民作家中，出身泰雅族的瓦歷斯・諾幹是創作量最豐，而越界書寫最多的一位，他在九〇年代期間，屢獲各項重要文學獎，得獎領域從現代詩、小說、散文到報導文學，皆有斬獲，加上他兼善文化評論，參與社會運動，既屬全方位作家，也是一個具有行動力的文化工作者。

本文是他以「瓦歷斯・尤幹」之名參加一九九四年時報文學獎的獲獎作品，「尤幹」或「諾幹」的改變，顯示了瓦歷斯尋求自我正名的不易，泰雅族採連名制，子以父名為姓，父子連名，代代相傳，以「瓦歷斯・諾幹」為例，瓦歷斯即瓦歷斯本人之名，諾幹則是瓦歷斯父親之名；本文署名「瓦歷斯・尤幹」是他由漢名「吳俊傑」回復本名初期所用。

一如瓦歷斯的正名過程，這篇副題「殖民、族群與個人」的報導作品，經由Losin · Wadan悲劇一生的追溯，呈現臺灣原住民族歷經日本殖民與戰後國民黨白色恐怖統治的悲哀與無奈，其中漂浮著原住民精英份子Losin · Wadan在五十年短暫生命中歷經兩政權統治，擁有三個殖民者所「賜」名姓（渡井三郎、日野三郎以及林瑞昌），以及他為了族人而向統治者妥協，最終仍然遭到槍決的悲鬱氛圍；但同時，卻也透過Losin · Wadan的悲劇，暗喻了原住民在被殖民過程中產生的族群認同混淆以及個人身世與生命的扭曲。全文以相當記實的寫法，追溯Losin · Wadan的一生，間採文獻與資料、族人口述與作者推論，部分場景則採不影響事實陳述的虛構擬寫補足，作者一方面寫族中精英，實際上則寄寓對泰雅族乃至臺灣原住民族奮起的深沉祝禱，表現原住民族集體的傷痛，又有回復原住民族自決權利的堅定自持。

從文學寫作的角度來看，作者善用詩創作的象徵手法，以Losin · Wadan銅像的揭幕開啟他的一生——「人潮散去的廣場前，獨留一尊銅像寂寞地柱杖凝望遠方，銅像視線的方向，正好是童年的志繼部落，更遠的地方，就是Losin · Wadan的出生地——大豹社。」再由大豹社的場景展開，最後回歸到作者停留銅像之前「望著Losin · Wadan手指的方向，安靜地，想念族人」而結束。全篇悲而不傷，存有著敘述者面對族群想像的希望。這與作者擅長現代詩的象徵處理技巧有相當關聯，約束的文字會帶來更大的力量，正是這篇報導動人之處。

——向陽

延伸閱讀：

【理論部分】解釋性報導

1 王洪鈞（2000）：《新聞報導學》。臺北：正中。第七章。

2 江育翰（2000）：〈族群的傷痛：以1978-1995年時報報導文學獎得獎作品為例〉。《南師語教系學刊》。（http://www.ntntc.edu.tw/%7Egac620/book/4-4.htm）

【創作部分】

1 瓦歷斯．尤幹（1993）：〈Mihuo——土地紀事〉，收入楊澤主編《耶穌喜愛的小孩》。臺北：時報文化。

2 江冠明（1996）：〈回家！蓋我的房子——傑勒吉藍的故事〉，《聯合報》副刊。9月12日—16日。

石路

——塔塔加、八通關越嶺記

劉克襄

「過化存神」在哪裡，還在否？

當我們逛完整個草原，爬上八通關山前峰對面的小山丘遠眺時，我依舊在思索這個問題。旁邊卻傳來馮建三興奮的叫聲，這位十多年前政大登山社社長的專欄作家，手舞足蹈地指著遠方喊著：「沒想到站在八通關，可以看到臺灣三尖裡的兩尖！」這時，我也才注意到這個晴朗天氣所帶來的額外收穫——一個開闊的視野。左邊雲海最遠的一角，挺拔的中央尖山，還有南湖大山乳房般寬闊、渾圓的主峰，並排矗立著；而我們的右方，不遠的大水窟方向，達芬尖山正樣貌清晰地突立在草原邊的群山之後。

可惜，這個光景並未持續多久。雲氣不斷浮動、遊走下，南湖和中央尖迅即消失了。整個高山草原繼續留下空曠的孤寂，與詭譎的歷史，陪伴著我們；但我卻有一種不過隔世之事的彷彿。彷彿當年駐守在這個草原的清朝飛虎軍，還有日本時代的警丁，昨天都才從這兒拔營離去……

再度把視線拉回到眼前，上月才被一場大火洗禮過的八通關草原。三千公尺高的八通關山前峰，繼續像一尊巨大的神祇，在我們之前鳥瞰著，提醒著我們，在相對於自然時，我們永遠是多麼的渺小與卑微。它也繼續以千萬年皆恆然不變之姿，鳥瞰著百年前的古道。

以探勘八通關古道而聞名的楊南郡先生，就坐在我旁邊。六年前，從事八通關古道探勘時，為了尋找這座叫做「過化存神」的石碑，他差點命喪於這座前峰的絕壁。

說起這座石碑，它和「萬年亨衢」、「山通大海」一樣，是當年這條古道上最重要的三大石碑，臺灣史的文獻曾記載，它們都是由吳光亮親自題名立碑、分立於古道的重要路口。後來，研究歷史考古的人，依循文獻的指示與地方的查訪，分別在平地的鹿谷和楠仔腳蔓發現了後面的兩座。「過化存神」，這個名字充滿神祕色彩的石碑，卻始終未發現。

有一回，楊南郡在調查古道時，拜讀到清宮奏摺檔案。奏摺裡面提到，此碑立於八通關山上。因了這樣一句話，為求得古道探索的進一步詳況，楊南郡在搜遍整個八通關草原，以及附近的主要山頭後，不得不朝這座頂峰有著險惡崖壁的山巒前去。可是，上抵這座過去被許多探險者誤為玉山的詭異山巒後，他依舊未找到石碑。百年前的這塊石碑，繼續成為這條古道上最後，最傳奇，也最謎樣的史事。

交會於草原上的古道

如今，一般登山客由玉山下來，抵達這兒，多半是黃昏大霧朦朧的時候，無緣看到八通關草原的真面貌。除非在此多待一晚，清晨時到來，才有機會目睹它壯麗的大景觀。其他人繼續坐在小山欣賞著四周的景色，也或許是已經不為什麼的，只想繼續享受著高山陽光難得的溫煦照射，因而遲遲沒有人願意起身離去。我則繼續想著「過化存神」；一邊鳥瞰著兩條百年前從陳有蘭溪岸翻上來的古道。它們像兩條巨蟒般，清楚地橫伸於草原上。上個月那場大火災，顯然讓它們的路跡愈是鮮明。更加凸顯，一種錯綜交叉而過的歷史場景，並展現自己的來龍去脈。

其中一條，是一八七五年的中路，就是我們熟知的八通關古道。它從陳有蘭溪底近乎垂直地壁立而來，上抵草原後，斜斜地沒入草原核心。那兒有著幾株稀疏的杉樹，與一間鐵板避難小屋。為何通向那兒？原因無它，因為清軍的營盤址就位於附近。同樣的理由，也讓七十年前的日本時代越嶺道，沿著陳有蘭溪河岸，緩緩繞著等高線上來。但在和中路會合以前，先分岔，有一條和中路一樣，直伸草原核心，抵達昔時的八通關警官駐在所。

越嶺道的另一條主線呢？它和中路交會而過，繼續沿著等高線走。火災後，有時看來像巨大的圓丘墳場之八通關山前峰，越嶺道迂迴繞過。接著，深入另一個密林裡，推進到另一座山的等高線。通往大水窟後，從那兒再昂然邁進，穿越中央山脈那片全臺灣保護最完整的原始森林，大約一星期後，抵達東海岸。

向下通往警官駐在所和清軍營盤遺址的兩條路，到了草原中央，還會遭遇好幾條獵路、汲水小徑與現代登山道糾纏，讓整個場景又有些複雜。遠看時，它們形成好幾條大小、肥胖不一，卻密如蛛網的路徑，在草原裡隱來沒去。若非楊南郡在旁的解釋，我們再花個上星期的研究，恐怕也是一知半解。

總之，最後又有兩條較肥胖的路，從草原裡清楚地奔出，一條跟日本時代的越嶺道同一個方向，往大水窟去；它繼續以中國傳統的築路方法，依地形起伏向著荖濃溪頭的河谷伸下。這條路仍是中路。

而另一條，明顯地往八通關山前峰對面奔去，向那比前峰更高大的龐然山區上行，通向更高海拔的冷杉林。這條路就是早年通往玉山的登山步道。昔時，塔塔加步道還未開闢前，若要攀登玉山，都是從東埔方面前來，再藉此路上玉山。

當時，由這個方向攀登玉山確實是比較辛苦的。若從塔塔加鞍部前來，就容易多了；最近中橫玉里線的通車，更使玉山之行成了所有高山裡最容易攀爬的高山。前天我即搭宿於鹿林山莊，清晨從塔塔加步道上玉山，再下玉山北坡的碎石坡、冷杉林前來。

塔塔加，我已經過六、七回，更有三次從那兒上玉山，和一般人比較起來，應該算是有些登山經驗的。然而，一直到這趟旅行之後，對這條西線的登山道才有了比過去更加具體的概念。

素樸原始面容難尋

什麼樣的概念呢？很難說得清楚，那是一種歷史的情緒。好像登山到一個階段後，總會有一種沉澱後的激越油然浮升。前天凌晨，想到又要進入這個歷史複雜的登山步道，就曾輾轉翻覆，腦海裡想的盡是這百年來來此旅行的種種人事，甚至，還勾勒更早以前的稗官野史，諸如那些中部巴宰海平埔族如何知道中路的「前身」，且溯陳有蘭溪上八通關，再前往東部。

關於鹿林山莊，我記憶裡最深刻的一張照片，在玉山國家公園出版的《玉山回首》一書，有一群戴著竹笠草帽的女學生，在新高山登山口合照。

當時，還有一張女學生坐在運臺車，準備到新高山的舊照，顯示著雖然塔塔加已經成為主要的登山道，但當時登山仍遠比今日辛苦和不便。現在從阿里山搭自家車一路輕鬆駛來的此段新中橫，部分就是臺車軌道，後來又延伸的東埔線舊路。光復初期，旅人上玉山仍需搭這段臺車減輕腳程。一九七七年，神木林道取代原有運材路線，鐵道始拆除。最近新中橫公路開闢，上玉山就更輕而易舉了。

可是，看到現在例假日時塔塔加遊客如織的場面，再想到這一段登山歷史的素樸歲月，我打心底就希望它仍如過去那樣難爬。用這種困難，好讓登山者都能多留一點時間和山相處，增加人對山的學習與敬畏。也不只山，在我看來，似乎也該是國人用這種方法，全面面對所有自然環境的時候了。

今天依傍於鹿林山的鹿林山莊係按過去的舊址重建的。六十幾年前，阿里山通往玉山的登山道開闢時，舊址是一併興建的避難小屋。以前是一座檜木式平房，通常旅人由鹿林山西麓腳的新高口徒步一天後，以此為第一天的歇宿處。平時，它可以容納百名旅人。戰後，這裡一度成為氣象局的觀測站，十年前玉山國家公園成立，乃設為服務中心，再依原來的屋宇樣式翻修。

過去的鹿林山莊是我所見過的高海拔建築裡，最典雅且淳樸的一座；遠眺的感覺十分舒服，讓人對當時的登山充滿古典而莊嚴的綺想。現在的鹿林山莊雖然新而堂皇，總覺得年紀太輕了，和四周的景色還未全然融合。每次從那裡出發，我都無法感覺出即將上山時所應有的莊重與嚴肅。也許還要過一陣時日吧，我又會有另一種歷史鄉愁了！

高山森林的慘烈開發史

每次滯留鹿林山莊，從那雲海的變幻，從後院的廣場遠眺塔山、阿里山一帶的景觀，我也不免茫然而傷神地回想，那樁發生於本世紀，影響迄今的森林災難史。那是一九〇〇年，一位日本人在探查時，從土著口中獲悉阿里山的大森林。這個發現遂展開了臺灣高山森林慘烈的開發史。

十二年後，當嘉義市的市民在寒冷的冬天，首次看到巨大的檜木，從兩、三千公尺的高山，經由高山鋪下來的鐵道運抵時，不僅意味著阿里山的森林開始砍伐，也宣告了臺灣高海拔山區的森林遭到屠戮的時代到來。從阿里山、太平山到楠仔仙溪林道、東勢林場，一座座上萬年才能蘊育的森林，短短二、三十年間便從我們島上消失了。國府時代，這種盲目砍伐的趨勢愈演愈熾，直到今天才因輿論而稍有收斂。然而，已砍伐的部分，恐怕我們好幾代的子孫都無法救回，將來歷史會把這筆帳記到我們頭上的！

阿里山會設有這條鐵道，也是因了檜木森林的發現，才不惜這個血本；觀光旅遊是後來森林砍伐一陣後，附加的價值。登山更甭說了。我們繼續回到玉山的登山史吧！

鐵道通車那一年，有一位英國自然科學博物館派遣的植物學者普萊斯（W. R. Price）前來玉山區採集。這位成為最早前往玉山採集植物標本的西洋人曾描述，自己經過塔塔加鞍部、玉山前峰、西峰稜線，再東攻主峰頂。他當時走的是日本時代登玉山的路線，和今天的路線有很大的不同。當時多半是由稜線前行，沒有平坦的步道可循。

在日本領臺的這個高山探查期，普萊斯當然不是最早由此線上玉山的人。個人所知，恐怕是更早時的人類學大家鳥居龍藏和森丑之助。

深入更偏遠的山區

一九〇〇年六月，日本正要展開阿里山森林調查前夕。兩個月之前，這兩名仍年輕的小夥子無視於此，匆匆經過，只是想到更偏遠的山區去拜訪布農族。然而，他們從玉山下來時，並未經過八通關，而是由另一條路下到平坦的陳有蘭溪溪谷，直奔東埔去。

由於從塔塔加出發的路途還不是那麼便利，當時除了鐵道的森林砍伐，大部分著名的登山與重要的自然生物研究和採集者，還是溯陳有蘭溪河床，來到金門峒斷崖的溪床盡頭，再攀爬而上八通關。像著名的川上瀧彌、佐佐木舜一、山本由松皆是。

一九二六年才有了一個轉變。那一年的十一月，鹿林山莊舉辦了一個高山難得一見的慶祝活動。這是一個非常重要的時日，原來阿里山到玉山的新步道終於開通了。這意味著以後登山人將多半由此前來，較少由東埔登玉山頂。

這個慶祝也包括了適才提及的鹿林山（今天的山莊），還有新高前峰、新高下兩個避難所的完成。由於現代的登山路線已有變更，我們從鹿林山莊下塔塔加鞍部後，並未經過前峰的避難小屋，但第二天要夜宿的地方仍要到它的另一個小屋，新高下。新高下，顧名思義就是玉山山腳，即今天排雲山莊的前身。

與森林火災有緣的山區

上個月，一場轟動全國的大火，把整個塔塔加鞍部燒得焦黑一片，從鞍部下望到楠梓仙溪林道，整個區域猶若經過一場慘烈的戰爭，只剩一株株黑色枯木的殘幹斷臂孤立在那兒。臺灣的自然生態歷史裡，玉山山脈是個跟森林火災一直很有緣分的山區，我們翻閱過去的相關資料，因人為縱火、因自然因素，因意外事故不等，很奇怪地，這個地區每三、五年總會發生一、兩件。

那天清晨，跟我們隨行的國家公園巡山員也參與了那場救火的工作。在缺乏人力、物力，交通又不便下，他們像螳臂擋車般地展開救火行動。媒體只關心火災燒了多少森林，並質疑森林保育政策；很少人注意到，當時他們曾遭猛烈的火勢阻斷退路，也被圍困山頭，險狀萬分。

至於，八通關草原火災時，他們就束手無策了，因為等到他們抵達那兒時，火災已燒得差不多，只剩一片荒禿焦黑的草原。根據後來的調查，這兩場意外的大火都是人為的。無論如何，山裡人力的勢單力薄，缺乏滅火工具的無奈，以及登山遊客的缺少公德心、沒有防火觀念，都在在顯現了森林火災的問題仍急待通盤的解決。

塔塔加，一個玉山山塊和阿里山山塊連接點的鞍部，同時是兩條大溪的分水嶺。我站在瘦瘦的鞍部，向左走幾步路，腳下的山谷就是沙里仙溪的起源，遠方模糊的盡頭是下游濁水溪的沖積平原。而往右邊移不到十公尺，卻是通往南部高屏平原的楠仔仙溪，它的遠方，金字塔形的關山清楚地聳立。

沿著步道，一邊前進，我注意到一些火災過的地區，杜鵑花科的杜鵑、馬醉木的枝椏已經率先長出新苗了；甚至高大的二葉松也都從根部發芽。顯見這場火災並未燒死這些高山植物。它們繼續在腐植土的地層下，活絡而頑強地生存著。見到它們仍如此旺盛活著，心裡十分感謝上蒼賦予這些植物這種防火的天賦。但總是可惜了這麼美好的一個五月之晨，竟然不能看到玉山沙參如鈴鐺的小紫花，以及馬醉木一叢叢白色的壺形花，在兩旁的步道迎接我。

四周雖然都遭回祿臨幸，孟祿亭卻未在那場大火中燒掉。那兒是一個分界點，此後，開始進入二葉松的世界。歷來有關這條登山道的旅行文章，不勝其數，我大致翻讀，總覺得過去的記述總比新近的好。其他登山步道也一樣。日本時代的探勘文章，報導翔實而細膩，不僅有登山的絕對價值，更有其他學科的多重研究意義。光復以後五、六〇年代的旅行見聞，大抵也都能感知其樸拙之處，反映了當年的登山精神。

活著的山

自百岳時期，七〇年代以降，我們看到的山旅遊記就一代不如一代。邢天正、謝永河、應紹舜等登山前輩的文章，都有其可貴的歷史意涵，日後的岳界報告卻像俗濫的行程表紀事，千篇一律，都是幾點幾分從哪裡到哪裡的流水帳。既讀不到人性，也嗅不到自然的故事。談到此，不得不嚴肅的正視在自然環境意識高張的今天，我們對山的重新認識顯然已到了另一個臨界點，登山哲學變得迫切地需要。登山也不能只是休閒的一種重要活動而已，那個只享受權利的時代已經過去。我們必須將它累積的歷史意義，重新做分析與建構了。

前往白枯木的路上，樹篷如傘的鐵杉逐漸出現後，棧道也多了。白木林之後到達大峭壁，已是冷杉的世界。七年前秋天來時，一路觀察記錄，上到此時已記錄了哺乳類的鼩鼱、條紋松鼠、黃鼠狼、臺灣獼猴。鳥類狀況也相當豐富，不時有栗背林鴝、金翼白眉、小翼、煤山雀等的叫聲。在臺灣各地高山，我很少有這種走在野外動物世界的感覺。儘管都是高山，有許多地方還是在一種有人存在的壓力下旅行。這種角度的高山觀察總會覺得，只有在發現哺乳類時，才覺得山是活著的。

後來兩趟旅行，同樣走過這裡，雖然都不是假期時間，但未再享受這樣美好的經驗。我原本以為四、五月繁殖季也該有所嶄獲，結果大出意料之外，不僅未看到任何動物，連高山鳥類都十分稀少。

上抵排雲山莊，鳥類的數量才多了起來。原因無它，山莊旁的垃圾堆，向來是酒紅朱雀、金翼白眉、煤山雀、烏鴉等山鳥最愛集聚的所在。尤其是酒紅朱雀，四處出沒。每次來此，我都會先去那兒探視。牠們是山鳥裡面最大膽的，常常跳到登山客的腳跟前覓食，渾然無視人的存在。相對於登山客辛苦抵臨此地的興奮叫嚷，牠們挺著紅胸，如一顆成熟巨大的草莓，靜靜地覓食。我總覺得牠們已是排雲山莊的一部分，來這裡若看不到酒紅朱雀，就好像少了什麼東西似的。

每次抵達排雲，我也喜歡在入門的正廳，仰看貼滿整個屋子牆壁和天花板的登山旗子、相片和留言，從那兒觀察登玉山歷史的遞變。牆壁的每一面泛黃灰舊的旗子或相片，都記錄著許許多多登山客來此的訊息。每一段刻在舊木板條上的文字背後，也都隱隱傳遞了許多登山客在此的種種故事。那約四坪大的空間是一個小小的登山博物館，是由所有登山客，一起協力完成的。

除了下雪和暴風雨的日子，排雲山莊也跟臺北的觀光飯店一樣忙碌，每天始終有登山客來訪。一波波登山客帶來了上下玉山的喧譁聲音，使這裡連午夜都常像夜市般熱鬧。平常一個小小的山莊最多可容納百來人，但逢中秋節等例假日，這兒往往人山人海。最高紀錄時，居然高達六百人之譜。隨了山莊本身，外面的帳篷搭有數十頂之多。箭竹林叢和登山小徑也都人滿為患。

熱鬧的山莊

第二次上玉山是在雙十節那一個假期，冷雨從塔塔加登山口一直落，抵達排雲山莊時，全身都已濕透。這時，排雲山莊裡擠滿了人群，想要進去換個乾淨的衣服都無法擠入，後來被迫在箭竹林叢邊搭帳篷換衣、煮薑湯，與進食晚餐。那一晚雨繼續落，內外帳也都濕了，無法躺下來，試著想蹲著睡，也無法安然入眠。只好和另外五個人偎著汽化爐，小心地烘烤、保暖。四點時，有一群登山客開始攻頂，我才獲得入室的機會，鑽到山莊的灶房，貼著微熱的灶壁打盹。但進出的人都打那兒經過，吃早點，或出門攻頂，我常常被人踩著。好不容易，又有一個機會，趁著另一群人離去。再換到左邊擺神像的大寢室，找到一條舊棉被與空位。那條被子也不知睡過多少人，隱隱散發著一股濕濡的霉味。我實在太累了，管不了這麼多，一拿到就鑽入裡面躺下。未料，這時天色已破曉，我們也要出發攻頂了。

這一次登山就覺得比較充實了。或許，是跟攜帶畫具前來有很大的關係吧！抵達排雲不久，我迫不及待地跑到上玉山頂峰的入口，以排雲山莊做為寫生的題材。我喜歡這棟山屋建材的基部，那一塊塊石頭堆砌的浮凸感，令人印象深刻。在三千公尺的高山，遇見一間石砌的房子，而不是一間簡陋的山頂小屋，是相當窩心的事。

開始攻頂不久，進入玉山圓柏的世界。這種高山植物，可依地形在森林界線以下形成巨大喬木，森林界線以上卻盤札曲張，形成盆景樣，無疑是玉山區最具代表性的植物。

可是，到了三千五百公尺以上的這兒，鳥種更加減少，幾乎只剩鷦鷯和岩鷚了。過去翻讀一些報告，亦少有哺乳類的紀錄。這兒會吸引我的，是一些在平地不常聽過的，有著奇怪學名的森林界線上的特有植物。我聽過臺灣山區植物最好聽的名字大概也都在這兒了，諸如玉山薄雪草、穗花佛甲草、早田氏香葉草、川上氏忍冬、高山沙參、尼泊爾籟簫等。美麗而浪漫、神祕而傳奇、耐寒而孤寂；它們是詩的植物。

攻頂時，我喜歡一邊行進，一邊尋找它們的蹤影。它們也不像中低海拔的物種難以辨識，高山植物類別不多，手中有一本《玉山花草》，幾乎可以迎刃而解。高興時，更卸下背包，坐在路邊寫生。通常在這樣高的海拔，登山客多半都是急著趕路，能夠停下來，靜靜地欣賞風景，恐怕不多。其實若能靜下心來，才是此行的最大收穫。這時你會聽到山音的，一種三千公尺高山的心跳。熟悉中低海拔的人，將發現耳邊傳來的不再是憂鬱密林的悅耳鳥叫，也不再是清澈溪澗的淙淙流水；而是一種摸得到的、稀薄、純淨的，彷若空氣凝固的聲音。

玉山未必落於富岳

此次行前，我特別將大橋捨三郎《新高登山》（一九二二年）一書重新翻讀，作者在這本小書裡做了過去攀登玉山主峰記錄的年表。第一位是橫貫中央山脈的長野義虎，但作者一如其他有經驗的登山者，對於其是否曾登上玉山感到懷疑。目前認定最早爬上玉山的，是林圯埔撫墾署長齊藤音作與東京大學農科教授本多靜六（一八九六年）。當時，有一名隨行的隊員矢野龍谷，後來在報紙如此描述道：

> 本期待登臨頂峰，當能下視福州、俯望廈門，並瞥見臺島大部，此刻未免悵然若失。此行，

如日本內地之溫帶地方，山高萬尺以上，則童山濯濯，幾為禿嶺。而此地海拔萬尺以上，仍針葉林木鬱鬱蔥蔥，與天競高。尤其玉山高達一萬三千尺以上，從頸部以至山麓，無不林木飾身，相貌青翠，令吾等嘖嘖稱奇，倘論山之真實價值，則玉山未必落於富岳（譯注：富士山）。

兩年後，有一位德國登山家史脫貝（K. Stopel）攻上主峰，成為西方人首位登玉山者。接下來，才是熊谷直亮（辨務署長．一八九九年）、齊藤讓（地質．一八九九年）、鳥居龍藏和森丑之助（人類學．一九〇〇年）、高木喜與四（高山測量．一九〇三年）、川上瀧瀰（植物學．一九〇五年）和尾崎秀真（歷大、記者．一九〇五年）……等，這一份最初攻玉山頂的名單，顯示各行各業都有，或有為植物，也有為地質，也有只是為征服而來，不一而足。登山者中不乏知名人士，更有後來響叮噹的人物。他們的玉山行，都曾留下重要的登山文獻，如一波接著一波的浪潮，為玉山編織了一首瑰麗且壯闊的史詩。

險惡如厲鬼

就不知當時登頂之後，他們想的是什麼了。在玉山頂，天氣晴朗可以望遠時，我最喜歡朝中央山脈的方向鳥瞰。倒不是為了享受馬博拉斯、秀姑巒和大水窟一線的山色，或是從那兒去尋找更北的南湖或中央尖。只是想接近眼前的東峰。我最喜歡靜靜地看它，回想著三〇年代鹿野忠雄爬上玉山，站在我相同的位置時，對臺灣高山的愛戀，以及對這個險峻山巒的描述：

站立玉山主峰頂端的登山者，在興奮大呼快哉之前，當被玉山東峰化石般的山砦模樣所吸引。幽寂如廢墟，險惡如厲鬼，玉山東峰，此一妖形怪狀的峻巖，隔著像是被鏇鑿凹陷的斷崖之間的空虛，與玉山主峰背目對峙。其充滿挑釁模樣的岩壁肌理，於陽光照射下，呈現鈍灰顏色。在容易坍塌的斷崖底部，因不堪風雨磨削而墜落的砂石，如屍體般層層堆積。

這是一個博物學者對山的感情，清楚展現自然科學者人文情懷的一面。這樣貼切而驚心的記述，後來大概只有七〇年代岳界的「四大天王」邢天正的描繪可與之遙相呼應：

它的西北、西南兩側，全是絕壁，部分且是懸崖。彷彿鬼斧神工一樣，直像巨大的磚塊修築的城牆一樣，層層疊峙，稜縫密合。由主峰眺望，只見岩壁平滑，無隙可乘，使人望而卻步。近看則見巖牆危聳，疊嶂接天，更覺高不可攀。

第三趟登頂，難得遇到一個無風的日子，我興奮難抑，忙著為東峰繪出它險絕的形容。從玉山頂，可以清楚看見廢棄的郡大林道，一條筆直隱伏於通往馬博拉斯山腰的林線。還有靄靄煙塵中的東埔，像熟睡的嬰孩躺在遠遠的山谷裡。

毛腳燕在天空中盤飛

山頂四周，仍然看得見塑膠袋、寶特瓶和鋁鐵罐等，跟雪山頂一樣髒亂。這回上玉山頂，很高興忘了于右任銅像的存在。天空上有毛腳燕群盤飛，初時實在不敢相信，這是首回在這麼高的山區記錄。岩鷚繼續像每一回上來時一樣，大膽地在四周觀察攀頂的登山客。這裡是牠們的地盤，我們永遠是陌生的闖入者，必須向牠們學習安安靜靜地面對山。但每次上來總是忍不住地喧嚷，高興於自己終於完成了上來的目的。

這一回從玉山北坡下行，抵達冷杉林的荖濃溪營地時，意外地發現溪水已乾涸。在這個下山的休息區，沒有聽到舒暢的溪水聲，卻聽著筒鳥憂鬱的苦叫「波波、波波」，難免浮升一種若有所失的悵然。

在此，最有興趣的是位於這個水源區上坡，半山腰的日本時代觀高駐在所。以前，一直以為這個駐在所就是排雲山莊前身，後來才知道位置差遠了。前者在西，後者在北。為何要遠離這個水源地旁，而設在汲水不方便的山腰呢？這個學問就大了，我亦百思不解。後來還是由楊南郡告知，原來設在山腰是為了可以鳥瞰、監視整個八通關越嶺道，以及登玉山的步道。若有土著或旅者前來，或經過越嶺道都能一目了然。

《玉山回首》裡面有兩張照片都有新高駐在所的舊照，可惜編輯疏失了，並未註明地點。從舊照中可以看出，那兒至少有四間房舍，顯見規模不小。它是越嶺道一線以西，唯一的駐在所。其他都在越嶺道上。三〇年代的鹿野忠雄，或更早以前的登山人，在塔塔加登山山道未開闢以前，便以此為攻頂的宿泊地。

走出冷杉林，經過幾處容易崩石的斷崖，抵達八通關時，往往會遇見午後的山霧，把八通關籠罩在一層濃厚厚的雲霧裡，讓這個臺灣歷史裡重要的高原更加充滿謎樣的景觀。草原上那間避難小屋並不適合安睡，大多數人會設法趕到重要的驛站，觀高。

而五月時，從八通關草原下來，當你穿過許多排細瘦長柄，露著漂亮小白花的法國菊之後，就是觀高了。相對於法國菊，石階或斷崖、咬人貓或馬醉木、玉山假沙梨或鐵杉，都不是什麼值得過目不忘的景觀。《玉山回首》裡面就有一張三〇年代的舊照，以法國菊為背景，做為觀高的代表植物。

虎杖與帝雉

除了法國菊，還有一種常見的植物，也讓我和日本初年的植物學者抵達時，一樣的印象深刻，那就是數量驚人、奇貌不揚的虎杖。日本人會特別注意虎杖，因為日本內地的深山也有，抵臨觀高，遂有思憶故鄉之情。我會注意虎杖，倒不是為了植物學的理由，而是為了一種當時日本學者在此竟未發現的一種臺灣國寶鳥種——帝雉。據隨行的布農族巡山員跟我說，他們在此研究帝雉的經驗，帝雉最愛出沒的就是這種虎杖灌林，因為牠們很喜歡吃虎杖像長了翅膀的果實。

帝雉也常吃一種平地常見的植物，吃起來酸酸的火炭母草。這種草本植物觀高也非常多。在觀高不遠處，一段廢棄的郡大林道，那兒密生著火炭母草和虎杖，成為帝雉經常出沒的地區。清晨和黃昏時，任何人去那兒散步，都可以遇見好幾隻。不久前，賞鳥人仍將帝雉視為在野外難以發現鳥種的神話，在這裡即變得十分荒謬，因為牠們好像是鄰家的小狗一樣，隨時都可以遇見。國家公園管理處不僅在這兒設立幾處隱密的觀察寮，做為長期觀察研究用。以拍攝帝雉而聞名的鳥類攝影家王立言，主要也是在這兒守候這種大鳥。不久前，這裡更成為首度發現帝雉在野外營巢的地點。我自己在野外有好幾次看到帝雉的經驗，也都是在這兒的黃昏，一個人靜靜地穿過火炭母草的林道時，才獲得一種尾隨牠們，如溜狗般的快感。

但一般來此的登山客，他們在意的，可能是從哪一個角度能看到玉山吧？四通八達，可以遠眺整個玉山山塊的觀高，做為日本時代越嶺道的警備區或國府時代的林木工作站，它都是這個區域最重要的驛站。現在，它仍有許多老舊的、荒廢的房舍，成為登山者當天由玉山頂下來的夜泊處。然後，翌日清晨，再趕下東埔。這回，我卻在此借宿兩夜，為的只是明晨再上八通關，重新去「尋找」那一個文獻裡叫做「過化存神」的石碑。

日本時代駐在所廢址

回頭再抵八通關後，最初先試著重走中路的舊跡。經過日本時代駐在所的廢址時，不免也進去憑弔一番。目前，稀疏林立著幾株杉木的避難小屋，就是建在當年駐在所的位置上，然而，當時的規模遠非今日可比擬。

當年駐在所固定有十八人駐防，三千公尺的高山需要如此龐大警力，可見其重要性。由此，我們亦能了解如此眾多的人力，需要何種物質設施了。

由於「新高登山道路」與越嶺道在此處交會，這兒也成為最適當的招待站。當時的房舍不僅寬大舒適，且分有招待所、辦公室、警官宿舍、警丁宿舍，連挑夫都有專用的房舍休憩。此外，更有登山者最為欣羨的東西，設備良好的浴室。

從一些三〇年代八通關全景的老照片，即可看到座落於草原上，方形碉堡的駐在所，顯現著一座小城堡的氣勢。另外，又有近照，三名警手和架著三腳架的重機關槍、拎著武士刀的警官、土著警丁，以及日警的妻小數人，清楚透露這座駐在所人力配置的結構樣貌。

如今人去不只樓空，昔時駐在所的木造房舍，後來據說都被平均十年一回的「定期大火」給燒光。剩下的也被打獵的布農族取走，當取暖煮食的柴火，逐一燒掉了。連遠在駐在所背後，孤立於通往玉山的新高登山道路的鳥居，那一座檜木的牌坊，也未倖免於難。

但仔細搜尋，大火後的草原上仍露出一些日本時代的舊設施，諸如戰壕裡仍有生鏽的刺鐵線和破爛的馬口鐵皮、燒焦的檜木殘骸。楊南郡初來調查時，還從遺址上找到我們小時常常看到的白色電話線礙子，證明駐在所也曾有電話。縱使不搜尋，光是站著感懷，眼前也赫然清楚地呈現一些駐在所的舊跡。完好的番童教育所水泥舊基、兩排曾經蒔花的土牆、水泥的舊門柱，以及門柱前那一條直伸出來，銜接著橫越東西的越嶺道的大路，都在告訴我們，七十年前，這個高山上曾經有過臺灣史很重要的故事在這裡發生過。

尋找八通關古道

當然，更早時，十九世紀中葉，還有一件更充滿戲劇般的開路傳奇發生，那就是一八七五年，吳光亮開闢中路的故事。究竟中路在八通關的清軍營盤舊址位於哪裡呢？它並不像一般人以為的，就是後來日本駐在所的位置。而是位於草原稍微南邊，往荖濃溪溪谷的方向，跟駐在所相連的一塊平坦草坡。

如果不是走到接近的位置，任何人站在那兒也無法認出，眼前就是當時的清軍營址，因為那兒只剩一片荒涼的草原、裸露的荒溝，以及零星的幾株二葉松孤立著。也唯有楊南郡這樣狂熱的搜尋者，才能看出那是營盤址的夯土牆的殘留牆基。想當初，清朝的那千名飛虎軍，應該是就地取材，砍伐附近的杉木蓋屋吧？！不然應該會有更清楚的舊跡留下。

我們在地面搜尋，找到了不少百年前的陶瓷，有略上釉的青花瓷盤碎片，也有粗糙的陶盤，都是福建德化窯。想必是當時清軍從海峽對岸帶來的碗盤。還有一些不上釉的棕紅色粗陶盤，那應該是裝水、茶或酒等液體的甕了。後來，這些陶瓷片全就近淺埋於不遠的一棵大樹下，好讓以後有興趣的學者仍有充裕的研究物證。我們姑且抱著一絲信念，縱使八通關古道已死，歷史會因這些破陶瓷片繼續活著。說不定，就因了這些陶瓷片的存在，日後有了重要的大發現。

站在草原撫今追昔，不免又想起「過化存神」這座石碑了。它會在哪裡呢？上面到底寫了什麼？這個問題似乎也不只是楊南郡，或者我們在追尋，遠在一九〇三年時，無所不學、四處踏查的記者兼歷史家，尾崎秀真，這位曾在萬華龍山寺門柱題字的才子，從陳有蘭溪底上溯，甫上抵八通關前，就曾描述道：

> 趨近八通關絕頂，探尋吳光亮築建道路之遺跡，嘗試問詢隨行通事，經其指出，瀕臨路崖，幾近崩頹之處，猶存業已腐朽之板木橋，此即吳光亮築路遺跡，現今搭橋之板木，當為八通關關門之門扉，或因颶風，難回復舊觀，故利用殘木做為搭建之橋板。余想造訪吳光亮塑建之「過化存神碑」，木造關門難以久存，碑為石材，應可常留，經問通事石碑確切所在，通事雖可確定其位置，卻不見石碑，即連臺礎基座亦了無痕跡。余思通事容或有誤，四處搜索，然一無所獲。雲林采訪冊曾記載：「過化存神碑，在八通關山頂，俗水窟碑，高七尺，寬三尺餘。」然是何樣的石頭，何樣的文字記錄？今人知者恐怕已十分稀少了。再走數十步，就上抵八通關頂上了。

這個百年前留下來的謎題，無疑的將會持續在這條古道穿過臺灣之心的地帶，挑戰著世世代代有興趣來此探索的登山者。攤開二萬五千分之一地圖，在這個荖濃溪和陳有蘭溪發源的位置上，且讓我謹懷著恭敬之心、敬畏之情，畫出那個世紀留下來的問號？

附註：日文部分係由好友簡白翻譯，謹此致謝。

作者簡介：

劉克襄，男，筆名劉資愧、李鹽冰，臺中人，一九五七年一月八日生。中國文化大學新聞系畢業，曾任《臺灣日報》副刊編輯、《中國時報》美洲版副刊主編、《中國時報》人間副刊編輯、自立報系藝文組主任、東華大學駐校作家、《中國時報》人間副刊撰述委員、《中國時報》人間副刊副主任。現專事寫作。於臺北近郊長期從事自然觀察、拍攝與繪畫，研究自然誌、旅行歷史與古道研究。曾獲中國時報文學獎敘事詩獎及第一屆臺灣詩獎、第16屆吳三連獎報導文學類；聯合報文學獎；臺灣自然保育獎；吳魯芹散文獎。著有小說《風鳥皮諾查》、《座頭鯨赫連麼麼》、《扁豆森林》、《小鳥飛行》、《草原鬼雨》，報導文學《旅次札記》、《旅鳥的驛站——淡水河下游四季水鳥觀察》、《隨鳥走天涯》、《消失中的亞熱帶》、《荒野之心》、《橫越福爾摩沙——外國人在臺灣的探險與旅行》、《臺灣鳥木刻紀實》、《臺灣舊路探查記》、《快樂綠背包》等，以及生態書寫散文詩集十數種。

〈石路——塔塔加、八通關越嶺記〉評析：

劉克襄從事報導文學可以上溯到八〇年代初期，一九八三年他完成淡水河四季調查，寫成報導文集《旅鳥的驛站》，確立了他在生態報導與自然寫作的先鋒地位；九〇年代之後，劉克襄開始跨出另一個步伐——立基於長期的自然生態觀察與報導，走向臺灣的高山與古道，進行踏查。出版於一九九五年的《臺灣舊路踏查記》，就是他在報導文學寫作上一張亮麗的成績單。《臺灣舊路踏查記》收劉克襄多年踏查臺灣古道作品十三篇，本文即為該書首篇，報導由塔塔加到八通關的古道尋訪過程，這個被稱為「八通關古道」的舊路，始鑿於一八七五年，由清朝總兵吳光亮率兵開闢，名曰「中路」，是清政府開發臺灣的重要碑記之一，百餘年霜風雪雨侵蝕，古道尚存而舊址荒廢，劉克襄實地多次查訪，以優美文字寫成本文，不僅為臺灣的自然寫作添加新猷，也為臺灣報導文學開發了新的領地。

劉克襄舊路踏查的報導，基本上依據實地踩踏、觀察，以及文獻典籍的考參徵引，相交互錯，既具實地查訪的現場感，也有置身歷史場景的況味；兼以作者深具自然科學知識，解讀經驗豐富，因此在他雜揉詩與散文的豐富語境之中，往往可以提供給讀者知性與感性參融的閱讀趣味。這在臺灣報導文學作家之中，別具一格，本文足以印證，報導文學發展到此，也逐漸走出之前使命感過重、批判性過強，相對地感性過多、知性稍弱的問題。

〈石路〉的結構，以尋找「過化存神」石碑起，終於該碑之只存典籍，前後呼應，謎題未解，留讀者對歷史與地誌關係之間的無限遐想。主文則是透過清朝時代文獻與日治時期相關報導者的文章，印證當前古道所見。作者一路鋪排，從塔塔加而玉山而八通關草原，處理的素材豐富，但娓娓道來，並不散亂，可見結構功力。就報導文學的角度來看，更重要的則是他處理參考文獻與舊有資料的手法，活潑而不凝滯，為後學者提供了如何運用文獻與參考資料的範式。另外，在語言的運作上，啟筆的引言：

雲氣不斷浮動、遊走下，南湖和中央尖迅即消失了。整個高山草原繼續留下空曠的孤寂，與詭譎的歷史，陪伴著我們；但我卻有一種不過隔世之事的彷彿。彷彿當年駐守在這個草原的清朝飛虎軍，還有日本時代的警丁，昨天都才從這兒拔營離去……

呈現引人閱讀的意境，報導文學的「文學」質地是在這類語言運用下完成的。

延伸閱讀：

【理論部分】調查性報導

1 Williams, P. N.(1978）.Investigative reporting and editing. N. J.: Prentice-Hall.
2 Gillmor, D. M., Dennis E. E. & IsmachA. H.(1987）. Enduring issues in mass communication.／滕淑芬譯（1992）：《大眾傳播的恆久話題》。臺北：遠流。第十、十一章。
3 王洪鈞（2000）：《新聞報導學》。臺北：正中。第九章。

【創作部分】

1 劉克襄（1986）：《天空最後的英雄：旅次札記》。臺北：時報文化。
2 王誠之（1997）：〈迷濛的松雀鷹之眼〉。《中國時報》1997年11月24日-12月2日，頁27。

——向陽

源自聖稜線

徐如林

聖稜線

雪山山脈主脊，從大霸尖山到雪山主峰之間，是一段長達十五公里，充滿刺激與挑戰的長稜，其間有十二座海拔超過三千公尺的著名高山，稜上的崩崖與滑動的岩壁，往往令登山者躊躇難行。

西元一九二八年，當時擔任臺灣山岳會總幹事的沼井鐵太郎，在完成大霸尖山歷史性的首登之後，特別在文章裡描述這一段稜線，並感嘆道：「這神聖的稜線啊，誰能真正完成這大霸尖山至雪山的縱走？戴上勝利的榮冠，敘說首次完成縱走的真與美！」

因此而得名的聖稜線，直到現在，在登山者的心目中，依然保有崇高而重要的地位。

然而，打開臺灣地圖，你會發現：聖稜線比想像中還要重要多了，它不僅是少數登山者的崇高殿堂，它關係著臺灣中北部大多數人的生命脈動。

聖稜線是淡水河、大安溪、大甲溪的共同發源地。

事實上，整個淡水河流域的水源，除了基隆河北岸的幾道小支流外，幾乎都涵蓋在雪山山脈裡，發源於大霸尖山北壁的是薩克亞金溪（Sakayachin）、由聖稜線中點品田山北壁流下去的是塔克金溪（Takejin），它們共同分享淡水河最大支流大漢溪源流的光彩。

淡水河三大支流的另外兩個水系，新店溪與基隆河，也是把彎彎曲曲的河道，伸向雪山山脈的每一個角落，就像一張佈滿格子的稿紙，橫橫豎豎都有大小溪流通過，地理學家給了一個專有名詞叫「格子型河系」。

它們的名稱也許像薩克亞金溪、馬里闊丸溪，有如外國地名一樣遙遠而拗口，也許像金瓜寮溪、阿玉溪、魚坑溪這樣充滿鄉土味，更多的是完全沒有名字的小溪。

它們有的清澈甘美可飲，有的流經市鎮而顯得汙濁不堪，然而淡水河不辭水量大小，無論水質清濁，全部兼容並蓄，構成面積廣達二千八百多平方公里的流域。而在這流域內居住生活的人們，生命中最不可或缺的水，完全都仰仗淡水河的供應。

能想像沒有淡水河的日子嗎？大約有五百萬人口須靠積存雨水而活，就像金門、馬祖、澎湖這些無河的小島一樣。而一旦暴雨來襲，臺北盆地就像裝滿水的臉盆一樣，一切都淹沒在水面下（遠古時代，臺北盆地就是一個大湖，直到湖水衝開關渡隘口形成淡水河道，盆地才「乾」得可以居住）。

淡水河的廣大水域，其實是一個超大的天然水庫加水源供應網和天然排水道，如果不是它的萬千支流日夜不斷地提供新的水資源，石門水庫和翡翠水庫能支持幾天？

印度人把和他們生命息息相關的恆河視為聖河，埃及人的聖河是尼羅河。從這樣的觀點看來，淡水河，這一條發源於聖稜線，為數百萬人口所賴的河流，是不是也應該被我們尊之為聖河呢？

大漢溪水系源流一

四月初，暖融融的陽光已經把整個雪山山脈敷上一層新綠，海拔三千多公尺的連綿岩峰，那被登山界尊稱為「聖稜線」的雪山山脈主脊，也因為春天氤氳的薄霧，而顯現一年中難得一見的溫和。

啊，等等，有兩座山是例外的！聖稜線的起始點大霸尖山，還有在它東南側，列名臺灣十峻之一的品田山，這兩座峥嶸桀驁的山，無論春夏秋冬，始終保持寸草不生的岩峰本色。

這時，在它們受不到日照的北壁，岩溝裡依然保有一道道的殘雪，使周遭的空氣，凝聚著砭骨的冰寒，看起來荒涼死寂一如嚴冬……

走進這一片陡峭的絕壁，登山鞋踩在如刀刃的岩片上，發出像刀刃撞擊一樣薄而輕脆的聲響，而山風也如刀刃一般寒利。

凍土裡因著地氣而生的如針狀的冰束，在沙沙的踩踏聲中，紛紛斷裂成齏粉。

且慢走動，側耳傾聽，在颯颯風聲暫歇的時刻，可以聽到雪溝下傳出輕微的騷動聲，像喝水經過喉嚨時，發出的含糊咕嚕咕嚕聲，那是新融的雪水，正準備要奔赴一百六十公里長的淡水河之旅啊！

畢竟是春天到了，走到雪溝下方，就能看到剛從冰雪幽禁中解放出來的小溪。說小溪，是有點抬舉它了，因為它寬僅盈尺，深度呢？視溪底岩片排列的方式而定，大約水深從二寸到五寸罷。

我們可以輕易地一腳跨過它，從左岸到右岸再回到左岸，一路看著它輕巧地翻過擋道的石塊向下游奔去，好像一列去遠足的國小低年級學生，藏不住的興奮和頑皮，不斷地推擠兩岸，散出晶瑩的水沫和快樂的喧鬧聲。

跟了一段路，看著小溪漸漸長大，水量越來越多，很快地，溪面已經寬得無法一躍而過。有時走著走著，碰到一段疏鬆的岩層，流到此處的溪水就倏地不見蹤影，它變成一段伏流了。

別擔心，只要是溪水，總是要往下游流的。也許，就在下一堆亂石之中，結束捉迷藏遊戲的小溪，又迫不及待由石縫中嘩啦嘩啦的流出來，只不見一陣子，你看，它又長大了不少。

住在淡水河下游的人們，每天看著淡水河緩緩而流，像一個身背重負、拖著沉重腳步的遲暮老人，大概想像不出，淡水河的最上游，是如此充滿生命力，年輕活潑的樣子！

同樣地，看到源流這一些清新的、潔淨的溪水，看著它們蓄積了足夠的能量，準備要衝過峽谷、躍下瀑布，千里奔赴主流，而主流已經是那個樣子了。這是多麼令人心疼和無奈的事！如果溪水有知，它是不是仍願義無反顧地展開它那充滿磨難腥穢的漫長旅程呢？

大漢溪水系源流二

秋天，縱走聖稜線的登山隊伍，在較低的鞍部，欣喜地發現刺柏的樹幹上，歪斜地刻著「水」

字及一個箭頭。

循箭頭而下，通常可以找到一泓自岩縫中流出的泉水；有時，水源是冷杉林下的一個沼池，因浸泡著半腐的倒木而呈現出濃茶般的水色；有時，所謂水源，只是一個像碟子般淺而小的水窪，涓涓滴滴的出水，還需靠杯子，一點一點地舀起來用。甚至在較長的旱季之後，原本的水源完全枯竭，而必須繼續朝下走，直到二、三百公尺深的溪谷中，才能找到水源。

這就是淡水河源流的真實面貌。然而，也就是這些細細小小的源流，像樹根一樣地深深探入大霸尖山、巴紗拉雲山、布秀蘭山、素密達山、品田山、池有山、桃山、詩崙山、喀拉業山等諸山的山腹，從森林下鬆軟的土壤、從沼池底層、從碎石坡中，努力擷取每一絲水脈，由四面八方匯聚起來，才能構成河的主幹。

源流的地形，像一個龐大的湯碗，細小的支流，紛紛沿碗壁流下，它們不但沒有名稱，連地圖也畫不出來，等到叫作塔克金溪或薩克亞金溪時，已經開始被地形規範，奔流在固定的河道內。

溪水從三千多公尺的源流向下奔騰，把極大量的位能轉換為動能，這樣大的能量向兩旁衝撞山壁，往下切蝕溪床，遇到堅硬的岩壁就形成峽谷與瀑布，在岩質較脆弱的地方，就坍成一大片寬闊的河谷。這時山間林下的動物，山豬啦、水鹿啦、羌啦甚至臺灣熊，都可以很容易地到水邊喝水，在水邊的砂地上留下一長串的足跡。

偶爾可以看到深山美麗的水鳥，像紫嘯鶇就很喜歡停在溪中突起的岩塊上，感覺到有人靠近，就翩然拉出一道紫色光影而逝。

較開闊的溪床，常常伴隨著赤楊的純林，這些赤楊，通常是在一次洪水崩坍岩壁後，同時長出來的，大小、樹形往往整齊劃一得好像是有人刻意去種的；春天一起發芽、秋天一起落葉，在冬天，光禿的樹幹在濃霧中，也有一種乾乾淨淨的整潔之美。

塔克金溪與薩克亞金溪，就這樣隔著大霸尖山北邊的基納吉山稜線，各自去衝開自己的峽谷與溪床，也各自去收集自己流域內的大大小小支流。例如，來自鴛鴦湖的水，就為塔克金溪注入了一大筆水量。

宜蘭人總是以為鴛鴦湖是他們的，因為出入鴛鴦湖的棲蘭山林道要由宜蘭進出，而鴛鴦湖充沛的水量，也與著名的「蘭雨」有地緣上的關係。

每年冬天，到蘭陽溪口度冬的雁鴨，總有一些喜歡來到鴛鴦湖，由於雨霧常年瀰漫，鴛鴦湖旁的大頭茶枝幹上，永遠覆著一層厚厚的地衣，這些稱為松蘿的地衣給予野鴨們極好的屏障，湖岸密生的蘆葦更是絕佳的庇蔭。

因此，在淡水河的源頭之一，一個稱為鴛鴦湖的地方，成群的小水鴨、針尾鴨、綠頭鴨，還有真正的鴛鴦，整個冬季都快樂地享受豐盈的湖水以及充裕的食物——湖裡的小魚與湖邊的蚯蚓，有一些甚至到了春天還捨不得走，成為臺灣高山湖泊中少見的留鳥。

河階部落

塔克金溪與薩克亞金溪流到海拔二千一百公尺左右的地方，地形漸漸開闊了，兩旁山麓的植被，因為充裕的陽光而顯得生氣勃勃。這一段中海拔溪谷，隸屬於溫帶氣候，一年四季分明，二月有緋紅的山櫻花，四月有雪白的梧桐花，六月到八月是各種深深淺淺的綠，九月，粉紅色的山芙蓉開遍溪谷，十月起，黃色的、橙色的、紅色的落葉樹逐次變色，把兩岸裝飾得像兩匹色彩斑斕的織錦。然後，這些三角楓、紅榨槭的掌狀葉，就隨著北風，飛舞在溪谷中，旋轉地飄落在白練般的溪水上。

溪水繼續向北流，到了海拔一千五百公尺左右的地方，河岸兩旁出現一個又一個高高在上的河階，幾萬年來臺灣島地形的改變，好幾次陸地的沉降或隆起，在這裡可以看到它們留下來的紀錄。

曾經是溪旁的沖積平原，因為島嶼的隆起，使溪水侵蝕的基準面不斷降低，結果溪水下切越來越深，就在兩岸留下一個個平坦的河階，有時這樣的河階甚至有兩層或三層，就像階梯一樣，讓我們驚覺到土地生命的長遠，因為要造成一個河階，可能是幾千年河蝕的結果。

前身是沖積平原的河階，土地既平坦又肥美，泰雅族就在上面建立了鎮西堡、泰亞岡、養老、錦路灣、栗園、白石等部落，而塔克金溪與薩克亞金溪也因著部落的命名而改稱泰亞岡溪及白石溪。

很多人知道泰雅族人把大霸尖山視為聖山，並且相信自己的祖先是由大霸尖山上一塊長滿苔蘚的巨石中迸裂出來的。然而，祖先源自於大霸尖山只是新竹頭前溪、鳳山溪流域泰雅族的傳說。居住在淡水河流域的泰雅族，則有明確的口傳史，說明他們的祖先是來自濁水溪上游，北港溪畔的賓斯布干（Pinsabukan）。

賓斯布干所指的是一塊高約五公尺的巨大岩石，它的旁邊還有一塊較小的岩石合稱夫婦岩。坐落在瑞岩社（Mashitobaon）下方靠近溪邊的田間，瑞岩社隸屬南投縣仁愛鄉發祥村，著名的紅香溫泉就在它的上游五公里處。

這一帶的泰雅族相信：賓斯布干巨岩在太古時裂開而誕生一男一女，他們後來結為夫婦，生下的子女繁衍興旺，土地漸漸不夠供養這麼多族人。

於是一部分子孫向北方探險，越過大霸尖山到北麓，發現其地岩石之間湧出清泉，陸續招徠更多族人，在此建立廣大的部落群。

這原本是極為美好的民族遷移拓荒史話，問題是：這一片泰雅族認為美麗新世界的淡水河中上游一帶的河階，原本就有賽夏族在此居住。住在白石溪流域的泰雅部落輕描淡寫地說：「我們的祖先和賽夏族發生了幾次的戰鬥，最後，把他們向西方趕過稜線，這一帶就全部成為我們Makanaji人的天下了。」他們自稱為Makanaji，因為他們的祖先是來自北港溪的Makanaji社（紅香社）。

然而在泰亞岡溪流域，以及其下游大嵙崁溪的部落。諸如泰亞岡、秀巒、色霧鬧、小烏來、角板山、水流東等等部落，對於泰雅英雄「武塔」的智勇雙全，戲劇性的以小搏大，殺滅賽夏族的故事，始終津津樂道而發展出許多異曲同工的版本。

傳奇英雄武塔的故事

由賓斯布干巨岩誕生的泰雅族始祖，經過數十代的繁衍，子孫眾多，耕地和獵場漸漸不敷使用了。尤其是實行火耕輪作的旱田，每隔三四年，地力耗盡時，就要換塊山坡地重新開墾再耕作，因此耕地的需求是定耕的好幾倍。

泰雅族的男人，自古就有「遊獵」的習慣，通常婦女在家耕種織布，男人就成群帶著獵槍，在山上追逐野獸，遨遊山林，三五天甚至半個多月才回家。遊獵，不只是為了食物，也是尋找新耕地的一種經濟行為。

賓斯布干附近的獵場和耕地，既然已經使用到飽和了。智勇過人的武塔（Buta）決心要到更遠的北方去開拓另一個新天地。他率領親族，循北港溪上溯，越過松嶺稜線，到達大甲溪流域撒拉矛（梨山）一帶。由於此地氣候寒冷不適居住，他們繼續溯大甲溪，到達思源埡口。然後翻過桃山、喀拉業山之間的稜線，進入淡水河流域的源頭，再順著大霸尖山北稜而下，到達我們前面所提到的，泰亞岡溪與白石溪兩岸，那些氣候溫和、土地肥沃而平坦的河階群。

這麼美好的土地，原本當然不會沒有人居住。武塔這一個拓荒深險隊到達時，這裡已經是斯卡馬雲族（Skamajun，賽夏族的一支）的天下了。所幸這一帶耕地充裕，斯卡馬雲族並不介意武塔一行人的和平入侵。武塔和族人就在塔克金溪下游的一個小河階，建立了淡水河系的第一個泰雅部落鎮西堡（Tsinsibo）。

斯卡馬雲族和泰雅族和平相處了一段時日，武塔的大兒子也與一位斯卡馬雲少女相愛，這原本是很好的民族融和契機，無奈斯卡馬雲父老不願少女嫁給外族，就對前來求親的武塔之子刁難說，他太年輕了，還沒有任何證明勇氣的事蹟。

要成為一個泰雅族勇士，唯一的辦法就是出草獵首，每獲取一個首級，胸前就可以掛上一片珠貝，如能掛滿三個珠貝，那就是人人尊敬的大勇士了。

武塔之子年輕氣盛，當即出草去獵了一個人頭回來，要求立即娶回愛人。斯卡馬雲族父老想不到他這樣英勇而一時難以接受這個事實，又出言推托，不肯答應婚事。

失望又憤怒的青年口無遮攔的痛罵了原本該是親家的父老輩，既然求親不成就只好快然地回家了。

沒想到被辱罵的斯卡馬雲族人老羞成怒，竟在武塔之子返家的途中把他殺了。

武塔在震怒和悲傷中決心為愛子復仇，但是武塔絕不是衝動的莽夫，他估量在淡水河流域這一帶，泰雅族人寡勢單，絕不是斯卡馬雲族的對手，於是派遣族人回北港溪賓斯布干討救兵，自己則日夜潛伏在斯卡馬雲族部落附近，思考克敵制勝的方法。

當來自故鄉的生力軍到達時，武塔已經因飢餓和勞累而奄奄一息了。族人立刻為他煮了一鍋濃濃的熱湯，吃過後，精力恢復的武塔立刻對大家宣布他這一段日子，經過觀察和思考，所想出來的獨特戰術。

原來，斯卡馬雲族所居住的房子是所謂的「干欄式」住屋，就像我們在東南亞看到的，由地面架高的房子。由於地板都有縫隙，當睡覺時，披散的長髮就會由這些縫隙中懸垂下來。

武塔的絕妙戰術，就是下令族人於夜半潛入干欄式住屋的下面，輕手輕腳地把垂下來的頭髮互相糾結在一起。到黎明結髮工作全部完成時，眾人就一齊拔出番刀，大聲呼喝衝進斯卡馬雲部落的每一戶人家。

被驚醒的斯卡馬雲人急忙要起身應戰時，才發現自己的頭顱已被縛綁於地板上，就這樣束手被斬殺了六十多人，殘餘部眾急急翻過石鹿大山，更遠逃到苗栗南庄一帶。淡水河流域中上游的這廣大天地，就完全讓給泰雅族了。

爺亨的梯田

泰亞岡溪和白石溪在大霸尖山北稜基納吉山稜尾匯流在一起，繼續迴山繞谷、彎彎曲曲地向北流下去。

兩溪會流之處，就是英雄武塔後來招徠移民所建的秀巒社。秀巒堪稱得天獨厚，除了有兩溪會流所形成的肥沃沖積地外，山稜在此已經平緩而適宜居住及耕作，因離溪流更近取水方便，而更讓其他部落羨慕的是，秀巒還擁有一處山水豐沛的溪底溫泉。

下午時光，部落裡的孩童成群來到溪邊浸泡溫泉，喧嘩笑語與溪聲一齊迴盪在山谷。黃昏時，少女與少婦帶著嬰兒，共享一天最舒適的片刻。星光下，還有勞累一天的人們，靜靜地享受溫熱的泉水與清爽的谷風，就像他們當年在紅香泡溫泉的祖先一樣。

相傳武塔有六個孩子，他們在秀巒建立了最大的部落之後，子孫就隨著溪水的流向，往下游不斷推進，建立色霧鬧、角板山（復興）、水流東（三民）、大豹（三峽溪上游）等部落，甚至翻越稜線，進入新店溪及其上游南勢溪流域林茂岸（福山）、拉號（信賢）、烏來、屈尺一帶，使泰雅族與淡水河流域的中、上游，結合成密不可分的生命共同體。

從秀巒往下游兩岸看過去，依舊是一個個豐饒的高位河階，高臺、巫拉、玉峯、泰平、三光、爺亨等部落，分別坐落在這一串河階群上，溪流也因為玉峯的古名馬里闊丸（Marikowan）而改稱馬里闊丸溪了。

馬里闊丸溪在玉峰附近折向東行，脫離新竹縣管轄，進入桃園縣境內。這一段溪谷，河岸非常逼近，兩岸部落隔溪呼喊，雞犬相聞，但因溪谷非常深邃，是標準的穿入曲流（In closed Meander）所形成的峽谷地形，部落間必須仰仗吊橋交通。

從前，在產業道路及水泥橋尚未興建之前，三光到爺亨之間的峽谷吊橋風光是很有名的。站在吊橋上，仰望蔚藍如洗的天空和棉白的浮雲，俯瞰碧藍澄澈的溪水和雪白的飛瀨，峽谷泠泠生風，遊人也飄飄欲仙……。過吊橋後就是令人嘆為觀止的爺亨梯田風光。

梯田臺灣處處有，卻沒有一處像爺亨梯田那樣壯觀，由於在爺亨部落西南方，有一道小支流，形成沖積扇，同時也把原有的三段河階的界限模糊成連續的斜坡。

日治時代，日本人最初引進溫帶水稻，需要栽種於冷涼之地，看中了爺亨的氣候和地形，就築水圳引小支流的水，並且命令部落全體動員，從接近山頂之處開闢梯田直到溪底。

長達一千公尺、層數超過一千二百層的梯田，改變了爺亨部落的生活及飲食習慣，把一個吃小米的遊獵民族，變成一個種水稻的農業民族，爺亨的泰雅族不抱怨嗎？

「剛開始的確吃不慣稻米，不好消化啊，而且種了水稻後，蚊子就多了。不過開了梯田有個好處，就是我們可以很容易的走到溪邊去捕魚。

「從前我們白天種田，到了晚上就到溪裡捕魚，乘著小船用火把照明，一個晚上可以捕到二百多斤魚呢！

「最多的是一種叫做生蕃鯉的魚，一條大約一斤重，香魚也很多。從前溪水很深，小船可以划到馬里闊丸（玉峰）下面。有一件事情很奇怪，從馬里闊丸以下香魚還很多，但是過了馬里闊丸，連一條香魚也沒有！」

出生於民國十六年的塔洛夫拉（Tarofura，漢名林長福）當年在部落有「捕魚大王」之稱，現在呢，溪水淺了，魚也小了、少了，著名的爺亨梯田也因為經濟效益全部改種水蜜桃及蔬菜。

馬里闊丸溪流過爺亨不遠，就與來自東方的高干溪（Gaogan，又名三光溪）在巴陵附近會合，從這裡以下的溪流，就是原名大科崁溪的大漢溪了。

隱形水庫

巴陵（Baron），是北部橫貫公路的中點，它的地位和中部橫貫公路的梨山一樣，既是交通要衝、又是溫帶水果集散地，也是著名的觀光區。

每到假日，經由巴陵到拉拉山看神木的車陣經常塞成一條長龍，這種情形在六七月間水蜜桃採收季節更形嚴重。香甜多汁的水蜜桃、酥脆可口的高山溪魚、直入雲霄的千年神木、展望溪谷雲海的豪華飯店……都是吸引觀光客的要素。他們看到光禿禿的巴陵，絕對想不到巴陵的原意是「倒下的檜木」，從前巨木像拉拉山一樣多！

七十年代初，某大學園藝系教授在巴福越嶺道旁「發現」一個檜木巨大群落，其中一棵更「超過六千歲」，消息見報之後，大大轟動社會，一時遊客集巴陵，神木附近千頭鑽動，不幸的是因此造成這棵「六千歲」神木的失火，而不久也由臺大森林系教授證實，其實這棵神木是由兩株樹齡一千七百歲的巨木合生的。

雖然六千歲——世界最高齡的神木之夢已破滅，但是拉拉山、塔曼山一帶神木成群，倒是一點也不假。事實上，淡水河流域的大漢溪、高干溪、馬里闊丸溪、薩克亞金溪、塔克金溪、宇內溪、拉拉溪……還有南勢溪上游的各支流，原本就是「神木的故鄉」！

距離拉拉山神木群不遠，小烏來宇內溪的上游，就是有名的赫威神木群；從鴛鴦湖走司馬庫斯古道到秀巒的人，發現自己根本就是在走一條神木之路；在霞喀羅古道健行的人，也感覺到薩克亞金溪的支流，幾乎都穿越神木的腳下；南勢溪上游兩大支流札孔溪與大羅南溪的分水嶺，就是巨木林立的「檜山」；而南勢溪本流源頭的松蘿湖，附近更是處處矗立著神木級的參天巨檜。「松蘿」，原就是檜木的別稱啊。

淡水河流域豐沛的水資源，就靠這些拔地擎天的巨檜，為我們做最好的調度：當豪雨季節甚或是颱風暴雨，檜木以廣袤的根系，連結鬆軟的土層，形成一塊巨大的海綿，儘量地留住水分。

在往後的日子裡，這些珍貴的水資源，就經由一個管道，緩慢而穩定的釋出來：當晴朗的夏日，根部吸收水分，由葉面蒸散成水氣，凝結成雲霧，成為午後陣雨的來源；另一方面，在乾旱的季節，唯有巨木林下，還能夠找得到滋養大地、豐潤河流的甘泉。

檜木森林，是一座龐大的隱形水庫，檜木森林，正是淡水河的守護神啊！

檜木是臺灣壽命最長的生物，它們成長緩慢，百年才成材，五百年才初具巨木之姿，而生長在大漢溪、南勢溪流域的檜木群落，多是已在深山歷經二千年以上的歲月，夠資格被稱為神木的老樹們。

臺灣的檜木，有紅檜與扁柏二種，紅檜除了在心村、樹皮、嫩枝葉柄上，略帶一點微紅之外，其餘的特質都與扁柏類似，都是防蟲耐腐、紋理細緻、不易龜裂變形的高級木材。

因為珍貴價昂，原本遍生於臺灣中高海拔地區的檜木群落，曾經被大量砍伐以換取外匯。逃過斧鋸之災，而成為現代休閒旅遊資源的神木群，只不過是當年林道尚未開到，而浩劫餘生的少數幸運者罷了。檜木森林砍了，隱形水庫的壩隄崩毀了，大漢溪和它的支流的水量也少了。爺亨部落的「捕魚大王」塔洛夫拉曾經感嘆水淺魚少。對此現象，住在中巴陵，現年八十二歲的哈高諾肯（Hagau Nokan，漢名黃生憲）有了更精確的描述：

「我年輕的時候，常和我弟弟到部落下方的溪裡捕魚，當時溪水很深，深處大約有二十臺尺，夏天的香魚用釣的，冬天我們有時乘船到深潭用魚網，有時潛水下去找鱸鰻，漁獲很多，一個晚上捕到一、二百斤是常有的事。……

「從前的魚有手臂那麼大，現在的魚只有手指這樣小。」說到這裡，這位篤信基督教的泰雅老人，用日語疑惑的說：「奇怪呀，溪水都到那裡去了？現在的水深只到我的大腿！等我死了，我要去問上帝：為什麼要把我們的溪水都拿走呢？」溪水為什麼變少了？其實不必去問上帝，問問巴陵一帶植滿山坡的水蜜桃樹吧。

高干溪

全程走過北部橫貫公路的人，一定對高干溪很熟悉。北部橫貫公路從三光到池端，就是沿著高干溪北岸而開的。

高干溪發源於桃園與宜蘭交界的池端，它的源流區河床寬而淺，溪谷中有幽邃的湖沼，是尚未受到新循環侵蝕的老年期地形。

從池端往巴陵健行的人，看到清淺的溪流在陽光下閃爍，幾乎難以克制自己走進溪床的衝動。但是，這樣的景觀並不長久，過了西村之後，高干溪忽然發揮它掘鑿的本事，深深地切蝕溪床，形成比馬里闊丸溪更深邃的峽谷。

兩岸的四稜、卡拉賀、萓原、哈咯丸，都是落差急遽的高位河階。河蝕的演出，在塔曼溪匯入高干溪的大漢橋下，達到極致。站在橋頭，立刻可以感受到兩個鬼斧神工的峭壁峽谷，與高跨峽谷上朱紅色的橋架，所構成的懾人心魄的美感。

高干溪過巴陵不久後與馬里闊丸溪會流，正式改名為大漢溪。似乎是兩溪都不甘示弱的各以陡峻的峽谷面貌相見。然而，畢竟是大溪之會，兩溪從上游各自帶來的石塊，就在這裡互相切磋琢磨，形成一片廣大的卵石灘。一年四季，夏日尤甚，卵石河灘上總是聚滿了露營、嬉水的人潮，吉普車或大膽的轎車，一輛一輛地開下溪底，大漢溪變成消費品的命運就從這裡開始了。

大漢溪起初是朝北流的，從三光到蘇樂，它仍延續傳統地維持峽谷的面貌，峽底是那樣地深，使所有要匯入它的無名小支流，都必須以瀑布溪的型態，半飛半流地衝下來。

這樣的峽谷地形，加上上游豐沛又潔淨的溪水，給了喜歡築壩儲水的人類，非常大的誘惑。淡水河系中最高的「榮華壩」就這樣誕生了，壩成後，榮華以上的香魚也絕跡了。

榮華壩是一個戰備水庫，就是說它所儲存的水，經常都維持在滿水位，非到最後關頭絕不輕言放水。民國八十三年，北臺灣出現前所未見的異常乾旱，石門水庫蓄水三十多年來首次以乾涸的淤泥面天，養兵多年的榮華水壩總算用到一時了。

大漢溪過榮華壩後，雖然一時溪流被截而水量暫少，但是由於兩岸支流眾多，很快地又恢復大溪的面貌，這些小支流來自完全無人汙染的山區，水質清澄，竟被養鱒商人看上了，一個個沿溪谷而築的養鱒池，如八爪魚一樣地向一道道小溪伸出魔爪，秀麗的小支流就變樣了。

溪水繼續朝北流，在色霧鬧附近形成一個ㄇ型的大曲折，ㄇ型的底部，也就是大漢溪的右岸，有西布喬溪來會。

色霧鬧（Shibonao，或者譯成雪霧鬧）在地理和歷史上，都有很重要的地位。大約二百年前，大漢溪流域的大嵙崁群，也就是泰雅英雄武塔的子孫，繼承祖先遊獵以開拓新天地的傳統，由色霧鬧溯西布喬溪，翻過拉拉山稜脈到達南勢溪上游，建立了大南社、林茂岸（福山）、屯鹿、拉號（信賢）、烏來等部落，部落最遠建立到新店溪的屈尺一帶，成為日治時代一度勢力龐大的「屈尺蕃」。

大漢溪在色霧鬧所形成的ㄇ型曲折，主要是來自溪左岸的一道陡峻的凸稜，在北橫公路以隧道貫通凸稜之前，這一個臨溪的險峻地形，不止在陸路上，也在水路形成一個交通上的阻隔，泰雅族大嵙崁群，也以色霧鬧這一個凸稜，分為外大嵙崁群與內大嵙崁群（又稱卡奧灣群）。

外大嵙崁有水利之便，早年甚至可乘小舟到大溪，內大嵙崁則因色霧鬧險灘，連「放竹把」下大溪，都要在這裡大費周章呢。

大漢溪放竹把

早年，淡水河系的航運之便是臺灣首屈一指的。除了本流可讓江輪暢行無阻，主要支流的船運都能深入內陸，像基隆河可以行船到八堵，再換小舟到暖暖；新店溪可到新店，再換小舟到屈尺。

至於大漢溪，眾所周知的大溪鎮，原本就是有名的河港，大型的戎克船往來如織，莫說山產、日用品，就算是家具櫥櫃照樣載運不誤。

從大溪以上，雖然河道較窄，換乘小舟，甚至可以遠達角板山以上的霞雲坪、羅浮一帶。在昔時陸路交通尚未發達之前，淡水河系的水運可說是北臺灣的經濟大動脈。

說到水運，如果不限定船運的話，那溪水所提供的便利又可往上游推展二十幾公里了。原來大漢溪中上游一帶，兩岸向陽的陡坡，經常栽植大片的桂竹林，桂竹是泰雅族住屋的主要建材，也是漢民族日常生活用品的重要素材。

桂竹生長快速，春雨後不數日，就由新筍長到十幾尺高，但新竹竹身太嫩而易折。過了三年竹子成熟了，這時正是硬度和彈性最好的時候，處理得好，大概可以耐用五年以上。

桂竹雖然用途廣，但物多價廉，大老遠從三光、巴陵搬下山來，絕對不划算，幸虧有了大漢溪，千萬根竹竿才能靠著溪水，從深山放流到市鎮。

巴陵人現年八十二歲的哈高諾肯和七十歲的提莫諾肯兄弟，四、五十年前曾經擔任過放竹把的副手，說起往事，仍然掩不住的興奮，想來是跟現代人到秀姑巒溪泛舟一樣，是一種令人難忘的刺激和樂趣。

「北部橫貫公路還沒開的時候，我們山上的竹子都是靠溪水運到大溪的。那時我們泰雅族賣竹子，都要自己砍好，再扛到現在巴陵橋下的石頭河灘交貨。

「我們常在那裡看漢人的苦力，用削薄的竹子皮把竹竿捆成一大把一大把的，五十根頭在這邊、五十根頭在那邊，就這樣一捆有一百根竹竿，而且頭尾都一樣粗。用竹皮捆綁竹子而不用麻繩，因為這樣才可以絞得很緊，即使在半路上撞到岩石也不容易散開。

「捆好的竹把，再用麻繩連接起來變成一大串，平常一大串大概有十三把或二十一把。然後老闆就叫我們幫忙把這一串竹把推到溪裡，漢人苦力就跳上竹把，頭一個、尾一個，有時中間再加一個助手，他們手裡拿著大竹篙，靠近淺灘或大石頭時就用力撐開，順利的話大概半天就可以到大溪交貨了。

「後來漢人苦力越來越難請，老闆就問我們要不要幫忙放竹子？我們雖然沒有經驗，但是從小常在溪裡潛水捉魚，水性很好，覺得放竹子很有趣又可以順便到大溪買東西，就很高興的跟著龍頭去放了好幾次竹子。

「竹龍雖然很長，但是因為竹子是空心的，浮力很大，所以能夠很輕巧地跟著溪水流下去。最怕的就是大轉彎和瀑布，像色霧鬧那裡，就是我們最害怕的地方。

「大嵙崁溪在色霧鬧附近有二個大轉彎，在兩個彎之間河流落差很大，到處都是像小瀑布一樣的急流，龍頭稍微不注意，讓竹把卡到石縫就慘了，前面的竹把動不了，後面的又往前衝，力量大的常把整綑竹子都撞散了，這時就要趕緊逃命，到色霧鬧叫人幫忙撿竹子，不然滿溪亂七八糟的竹子像標槍一樣，後面的竹龍就要遭殃了。

「五、六月是放竹把最好的時候，溪水水量剛剛好，不像夏天水急危險，也不像冬天水少石灘多，早上從巴陵出發，下午就到大溪了，在那裡把竹把交給大溪的老闆，部分留在大溪用，大部分的竹把都連接成更長的竹龍，一串可能有好幾十綑，因為從大溪到臺北，河水很平靜，所以竹龍再長也沒有危險了。

「我最難忘的事，就是在放竹把的時候，抬頭看兩岸的懸崖峭壁，低頭就可以看到成群的香魚溯大漢溪往巴陵游，有的時候我們把竹子削尖，跳下水去叉幾條香魚烤來吃，真是好快樂呀！」

兩位泰雅老人家用日語你一言我一語地回憶當年大漢溪放竹把的盛況，一輛滿載桂竹的大卡車恰好轟轟開過。「有公路以後就沒有人再放竹把了。」老人感傷又懷念的說：「現在溪水這麼淺，又建了石門水庫和榮華水庫，想放竹子都沒辦法囉。」

何止是放竹把呢？屬於淡水河和大漢溪的忙碌、繁華、冒險、浪漫、悠閒……不也都一去不回了嗎？

宇內溪

大漢溪過了色霧鬧之後，繼續朝北流，一路上仍舊在懸崖峭壁夾峙的峽谷中奔騰，這一段峽谷稱之為高坡（Kaubow）峽谷部，由大漢溪的起點，巴陵附近的會流處，到角板山附近的霞雲坪，全長約二十公里，色霧鬧的位置大約就在峽谷部的中點。

由於這一帶的地質是屬於堅硬的砂岩層，對河蝕的抵抗力強大，阻礙河流側切的進行，於是形成了標準的掘鑿曲流。可以這麼說：大漢溪從誕生之初，就必須艱苦地為自己闖開一條出路，這樣奮戰的結果，造成了今日壯麗的峽谷景觀。而這景觀，在宇內溪注入口附近，達到最高潮。

宇內溪發源於北插天山西側，它的源流區就是有名的北插天山神木群的家鄉。宇內溪雖然不長，但由於源流集水力量的強大，水量顯得十分豐沛，短短三公里內，它就由可以輕易躍過的森林小溪，發展成小烏來瀑布那樣氣勢磅礡的場面。

宇內溪用臺語發音，其實就是烏來溪，烏來（Urai）是泰雅語溫泉之意，因為此地有溫泉，武塔的後裔在這裏所建的部落就以烏來為名。這個烏來部落，建社的年代遠早於大家所熟知的南勢溪畔的烏來，只是時運不濟，知名度不及烏來高，因此被降格稱之為小烏來。連帶的，氣勢遠勝過烏來瀑布的小烏來瀑布，也受委屈了。

因為插天山系的迫近與大漢溪的切蝕，逼得宇內溪不得不全速衝刺，結果造成豪壯的瀑布溪，還形成了一個有趣的景觀「風動石」。

風動石又稱為平衡石，最早是遠古時代一塊崩落在宇內溪裏的大岩石。宇內溪以強勁的水流速度，推動溪底的小礫石去研磨它，直到變成一個超大的卵形石。另一方面，宇內溪也不忘向下切蝕的任務，久而久之，原本的溪底就變成河岸了。而這一塊大卵石則顫危危地擱往岸邊的岩床上，以一個極不相稱的小支點承受全部的重量，好像因風而動，隨時都可能滾下溪的樣子。

遊客來到風動石下拍照，總是又愛又怕又擔心，深恐石塊就那麼湊巧地滾下來。其實，風動石的重心，完全落往那一個小支點上，使它得以微妙的、全方位的平衡，存在了數萬年。

「唯有平衡才能長久！」大自然的主張似乎並沒有讓人們得到多少啟示。

宇內溪下游，就在它注入大漢溪的會流點，這個昔日令人驚艷的、公認是大漢溪最美的景點，現在被一個巨大醜陋的砂石場所盤踞。採砂石的卡車道、怪手濫掘的大水坑，使一路穿越高坡峽谷而來的大漢溪和全速衝刺到終點的宇內溪雙雙被打敗了。

如果破壞大漢溪的平衡，像破壞風動石的平衡那樣令人戒懼，是否還有人敢在這裏肆無忌憚地挖掘溪床、擅改河道？

大自然以宇內溪的風動石，讓人類見識了高難度的平衡技巧。而人類則以極端拙劣的手法，粗暴地破壞了一個溪口的平衡，就在高坡峽谷的終點，留下大漢溪第一個潰爛的傷口。

無論如何，大漢溪還是要繼續流，離開這個傷心地，溪水做了一個九十度的左轉彎，首度地向西方流去。

水面下的家園

大漢溪出了高坡峽谷部，流路由北向轉成西向，兩岸的景觀也從懸崖峭壁的封閉態勢，豁然地轉變成開朗的丘陵地形。

因為地形開闊，低位河階發達，耕地面積較大，沿溪兩岸的部落也跟著興盛起來，拉號社（今名羅浮）、奎輝社、卡拉社、高遶社、新柑坪分布在溪南，霞雲坪、角板山、阿姆坪、舊柑坪、大灣坪錯落在溪北。

這些部落都有一個共同點，就是它們都有部分或全部的田地和家園，是在石門水庫的淹沒區之內。

民國四十八年，石門水庫開始動工築壩，龐大的遷村計畫就開始了，有的部落，像卡拉社、新柑坪、石秀坪，是整個村落都遷走的；有的部落，不得不放棄濱溪肥沃平坦的沖積地，隨著水庫蓄水線的上升，一吋一吋地退往竹頭角山麓，然後眼睜睜地看著熟悉的水田、竹林、房屋，一一沉浸在水面下……

「看到石門水庫的仙島嗎？那裡就是新柑坪，再過來是石秀坪，上面有沙卡納卡（**Saknaka**）、西納迦（**Sinaja**）、卡拉（**Kala**）三個部落，從仙島到我們這裡，整片都是肥沃的田地。對，就是你現在看到的整片的水面，底下都是我們的家園。

「你知道嗎？剛開始時，我們年輕人沒事就把船划到老家的上方，看看水面下的竹林、果樹和房子，好像都還活生生的，每次看了都忍不住地流眼淚，回家以後難過了半天，都不想上山去墾新園。

「我父親知道了以後很生氣，不准我們再去看從前的家。都淹在水裡了，還有什麼好看的？」

「那時候羅馬公路（羅浮——馬武督）還沒有開，水庫蓄水後我們就像住在海島一樣，出門就要搭舢舨船到阿姆坪，再轉車到大溪。

「印象非常深的是有一次和我父親到大溪買農具，那時候離我們搬家已經有一年多了，中間經過一次葛樂禮颱風，把我們新開好的田地和新家吹得一塌糊塗。我父親上船後，竟然請求船老闆把船開到舊部落的上方去看看。

「一年多不見了，竹林和果樹都淹死了，白森森的像屍骨一樣，因為颱風沖下來的泥土，把水底的家埋了一大半，飄流的竹木橫七豎八的插進屋頂裡，好悽慘啊。我第一次看到父親像瘋了一樣號啕大哭，你知道，我們泰雅族對於祖先流傳下來的土地和家園，是看得像生命一樣重的。」

坐在竹頭角長興村的雜貨舖前，一名薄有酒意的中年泰雅人，以越來越激動的語氣訴說當年失樂園的一幕。

我了解他的不滿與悲憤，因為不久之前，我才訪問過一再毀村遷村，終於一無所有的卡拉社人，他們的處境，比現居在長興村的族人，是數倍的不堪哪。那一種連根拔起、遠離故土，茫茫然失卻生活重心的空虛，對於自古與土地相依為命的原住民來說，是世上最深沉的痛苦吧。

作者簡介：

徐如林，女，本名王素娥，臺北人，一九五四年十二月二十五日生。臺大化工系畢業。曾任臺灣鋁業公司工程師、聯廣公司創意指導、爾法廣告創意總監。曾獲得時報廣告金像獎數十座、入圍Clio國際廣告獎數次，現為行銷企劃工作室負責人，並與楊南郡共同進行古道及人文史蹟調查研究工作。受國家公園與林務局委託，完成八通關古道、阿里山鄒族步道等十餘條古道的調查報告，協助古道之整修規劃。一九七六至一九八一年間在《中國時報》撰寫「浮生X日遊」專欄，介紹當時尚不為人知的臺灣風景。徐如林的寫作文類以散文和報導文學為主，偏向自然寫作，多描述自我的登山經歷，曾獲得金獅獎徵文第一名、教育部散文創作獎第一名。與楊南郡合著有《與子偕行》，《最後的拉比勇》入圍二〇〇七年國立臺灣文學館之「臺灣文學金典獎圖書類長篇小說」。並出版有《孤鷹行》、《臺灣風景線》等書。

〈源自聖稜線〉評析：

徐如林的報導文學作品並不多見，或許長期投身生態書寫的她，也未必把作品歸納入報導文學的「文類」中。但是無論如何，《在臺灣，一條生命之河的故事》確實是一篇讓人眼界大開，資料詳盡，又兼得敘事之美的報導文學佳作，超越了許多名家樹立的經典標準。

在資料蒐集的功夫上，徐如林向來以勤奮著稱，為了踏勘古道，她與夫婿楊南郡經常進出國家圖書館、博物館，遍讀清末的「月奏摺」相關文獻，再查證日人有關臺灣古道的資料、著作。而她的田野工作更是徹底，經常冒險挑戰人煙罕至的山區。本文所描寫的聖稜線，正是一段長達十五公里的長稜，文中是這麼寫道：「其間有十二座海拔超過三千公尺的著名高山，稜上的崩崖與滑動的岩壁，往往令登山者躊躇難行。」她能克服險阻，細心觀察與採訪，自是一般報導寫手望塵莫及的。

政大新聞系林元輝教授認為：「本文焦點集中，頗得報導分寸，且再現了《水經注》的味道，可貴的是緊扣住北臺灣的重要環境議題和人文變遷，是難得一見的作品。」可謂一語中的，道盡這篇報導的好處。

就結構分析，徐如林以淡水河、大安溪、大甲溪的共同發源地——聖稜線為書寫對象，配合河川兩岸存在過的人文歷史，如果不妥善安排題旨與結構，放任筆隨意走，極有可能焦點渙散，成為一般的遊記或雜感。徐如林採用酈道元注水經的書寫模式，不僅僅書寫水文流向，更注重「因水以證地，即地以存古」的精神，對河川的自然地理、人文生態、山川景物、神話傳說、歷史沿革、風俗習慣等，一一記述。她將繁複的資料梳理成兩條軸線：在空間上，讓讀者沿著稜線與山谷順流而下；在時間上，也教讀者從天地洪荒一路漂過時光的河流，抵達現代。在井然的結構中，可讀到作者清明的思緒，與深厚的人道關懷。

細部閱讀這篇文章，作者的文字充滿魅力，特別在寫景上妍麗絕倫，細細模擬山中的聲響、溫度與景色，帶給讀者身歷其境的感受。又因為作者壯遊山野的氣魄不讓鬚眉，作品中壯繪山川的氣度，配合歷史、地理與生態科學的理性思維，更讓作品具有強大的說服力。

——須文蔚

延伸閱讀：

【理論部分】寫作結構與鋪排

1游梓翔（1989）：《演講學入門》。臺北：正中。第八章。

2王洪鈞（2000）：《新聞報導學》。臺北：正中。第六章。

【創作部分】

1馬以工（1988）：〈一條河流的故事——基隆河滄桑五百年〉，《尋找老臺灣》，臺北：時報文化。

2黃文博（1992）：〈瘟神傳奇——曾文溪流域王船祭巡禮〉，《小說潮——聯合報第十三屆小說獎作品集》，頁225-283，臺北：聯經。

那是個愛唱歌的地方

廖嘉展

一九九五年六月二日，這年第一個颱風荻安娜掠過臺灣南海的前夕，幾乎靜止的空氣，燠熱沈悶得令人難挨。晚上八點鐘不到，四十七歲的葉映綿，就梳扮整齊，穿著一襲紅綠相間的洋裝，提著一袋冰冷飲料，來到新港公園民俗表演場，準備參加每星期六，由新港歌唱聯誼會所舉行的KTV 歌唱聯誼。

大家做夥來唱歌

場內，聯誼會的副總幹事李明謀正在擺設裝備、試音。每個月的第一個星期六，是九十二位會員慶生的日子，每次都提早到的葉映綿忙著幫忙搬桌椅、掃地，就像在忙自己的家務一樣。

八點鐘一過，人慢慢多了起來。他們有的是鐵工廠老闆，有的是年輕的夥計，有的是家庭主婦，有的是退休的阿公、有的是小店的老闆，有的是土水師，有的是木匠……，不分職業，大家做夥來唱歌，歌曲一首又一首被唱過去。

「阿綿仔，換你啦！」跟大夥都很熟的DJ陳哲宗請葉映綿出場。不識字的阿綿仔看著電視螢幕唱著〈風飛沙〉，無論節奏和音準，都差那麼一截，但她依然那麼自在。唱完，三十多位聽眾也不吝給她熱烈的掌聲，「我不是歌星，在這裡唱歌也沒人會『抓我的包』，」話中帶著幾分的自信與興奮。

自從二年前新港鄉成立KTV歌唱聯誼會之後，團結了一批愛好歌唱的朋友，他們不分階級、年齡、性別和智識的高低，為共同的喜好在一起同樂。

電子琴花車不是只能跳脫衣舞

八〇年代，大家樂賭風開始席捲全島，連荒郊野外的有應公、石頭公、樹王公……，都成為膜拜、問牌支號碼的對象。中獎者為了謝神，「特別是陰鬼，聽說最喜歡看脫衣舞」民間都這麼傳說。於是，一種方便移動的汽車行動舞臺，加上霓虹閃爍的燈光與隆隆的音響，與一絲不掛的艷舞，如荼如火風行的「電子琴花車脫衣秀」，崩潰了整個家園的風俗體系。不管是廟會，或婚喪喜慶，到處充斥著電子琴花車的色情表演。

「能不能透過鄉民主動參與的方式，提供另外一種娛樂的時空？」一九九〇年，在義工幹部會議上，義工們認為長期以來基金會所承辦的藝文表演，大多是邀請外來的高水準團體，較缺少大眾化和與更偏遠鄉村的互動關係，「電子琴花車不是只能跳脫衣舞吧！」義工黃尚文主張請來電子琴花車，到各村落去，讓鄉民唱著卡拉OK。

一九九一年，當基金會的義工幹部們決定要開始辦KTV歌唱比賽時，便邀請喜愛唱歌的施平郎擔任總幹事。遇到報名情況不佳時，他就邀著陳醫師，利用中午或晚上休息時間，一村村地去拜託村長鼓勵村民參加。

KTV歌唱賽

「不要啦，不要啦，我們這裡沒有人喜歡唱歌，」有的村長這麼說；有的村長認為，如果有人懷疑評審的公正性，可能會讓原本平靜的鄉間頓生風波，「大家相安無事不是很好嗎？」有的村長則說，鄉下僅存一些年紀較大的「老牛」，工作忙碌，對歌唱比賽提不起興趣，因此對舉辦歌唱比賽反應冷淡。「只差沒有跪下請人家來唱歌而已，」陳錦煌回想剛開始推廣歌唱比賽的困境說。

一九九一年，「新港鄉KTV歌唱比賽村對抗賽」首次舉行，開啟了新港KTV歌唱比賽的歷史。

一九九三年八月，颱風剛過後帶來的強烈豪雨稍歇。下著毛毛細雨的向晚時分，新港安和村安和宮廟前廣場，駛來一部大卡車所改裝的電子琴花車，車斗兩旁的廂板畫著曼妙少女手持麥克風的舞姿。車停定位後，這兩塊廂板緩緩被放下，霎時間，一個二十呎寬的舞臺呈現在眼前。霓虹燈光在剛入晚的天空閃爍，吸引著晚歸的農人側目。基金會執行祕書葉玲伶和負責此次比賽的KTV義工總幹事施平郎把「新港鄉八十二年KTV歌唱村對抗比賽初賽」的紅布條高掛在舞臺上方，為電子琴花車換上不同的氣質。

臺下的廟前廣場，文教小天使們在排好座椅後，一撮撮如小鳥般在那裡聒噪著。此時黑夜已悄悄地籠罩著大地，在地的基金會資深義工幹部郭清田忙著布置電風扇，用來降溫，也來驅蚊。

宮前村、潭大村村長所「鬥鬧熱」的兩對花圈，已豎立在廟的兩旁；安和村長吳灑泓送來兩箱舒跑、村民陳良織送來三箱的紅茶、楊桃汁；新高山有線電視臺的轉播工程也架設完畢。

「各位村民大家晚安，今晚七點半在大廟口，有一場精采的 KTV 歌唱比賽……」熱心的村幹事陳博文透過廣播系統，邀請村民們在飯後出來聽歌。平郎和工作人員一起到廟中參拜，祈求今晚的比賽過程順利、圓滿。

以雲林褒忠國小校長許平常為首的三位評審，於七點半準時到達。參加比賽的鄉親從十多歲到七十多歲，紛紛在臺前報到，負責催場安排順序的文教小天使開始忙碌起來，四處走動找人。

「鐘聲若響亮，日頭已經暗，鳥隻歸群飛向東，給阮看著心茫茫，啊……心茫茫，人生誰人親像我，這款的悽慘……」十六歲的莊志吉首先出場，他緊皺著眉頭，唱著低沉悲調的〈斷魂嶺鐘聲淚〉。來自太保和六腳的朋友趙世宏和陳振平買來一箱蜂炮，為他壯膽助陣加油，這時觀眾慢慢多了起來。

長青組的莊泰男，這位種苗花粉的交配專家，唱著「愛情的力量，小卒仔也會變英雄……」意氣風發，偏遠的鄉下地區，因為缺少娛樂，他白天種田，晚上推銷村人唱卡拉 OK 自娛。

長青組七號的郭施盆，邊唱邊規則地扭踏著小腳尖，五十一歲的她一唱出口就讓人看見滿嘴的銀牙。「踏出社會為著將來，離開故鄉走天涯，那知命運這呢壞，前途茫茫像大海……」她雖然不識字，數十年來，下田工作，腰間總揹著收音機，邊工作邊哼著歌，奠下她愛唱歌的基礎，「別人敢聽，我就敢唱，」笑聲高八度的郭施盆自信地說。

那是個愛唱歌的村庄

在進入公開組的比賽時，雨已完全停了。看見超過兩百人的觀眾，擁擠在廟前小小的廣場，連過馬路的榕樹下，都站滿人潮。「做脫衣舞也沒這麼多人，」村長吳灑泓說。他並盛讚陳醫師不只能醫人，「還會醫病態的社會。」受到這次比賽熱絡的氣氛和感動，他決定，農曆九月初八的村廟中壇元帥誕辰，取消帶色情的電子琴花車表演，參照 KTV 歌唱聯誼的方式慶祝，參加者通通有獎，以共襄盛舉。

喜愛歌唱、挺個圓滾滾的大啤酒肚，人稱「落破王仔」的王水山，是新港歌唱聯誼會的副會長。二十五年前，正當他三十四歲那年，從六腳鄉的蘇厝寮來到新港，頂下朋友經營不善的一家鐵工廠，開始他在新港異地的生活。

「剛開始八個月沒有人相借問。」他把太太的金飾全部拿去當掉，頭一年都做相送的生意，「後來人家不好意思，有鐵工要做，自然就想到我。」賺了錢，再拿去交陪土水師父，生意好起來後就做不完了。廣交的王水山朋友滿新港，獨子在華盛頓大學修博士學位，「我賺的錢不會留給兒子，要做有意義的事。」

「基金會說要組歌唱大隊，陳醫師請我當隊長。」被陳醫師拜託的王水山，每年暑假總要忙上半個月的時間。在鄉下的四場初賽，他除了花錢贊助電子琴花車舞臺外，更風塵僕僕地開著貨車，和文教小天使們搬運器材。

「那個是阮媳婦。」十點半，名次揭曉，看著自己的媳婦入圍，一位歐巴桑高興的向周圍的人介紹。入圍者在等其它村庄初賽完成後，還得在新港街上進行總決賽。在全體入圍者合影留念後，工作人員在地方人士合力的幫忙下，把場地收拾乾淨。別墅會長郭清田端來一大鍋熱騰騰的什錦麵，「那是個愛唱歌的村庄，」吃著金德堂李太太煮的消夜，當中有人提起外人對安和村的評價。

根據日本文部省所發表的教育白皮書指出，一項在一九九三年二、三月間對約一千名十九歲以上社會人士的調查顯示，百分之四十三點三的受訪者在一九九二年一年的活動中有參加卡拉OK的經驗，這是參加人數最多的一項活動。尤其是十九歲至二十九歲的年輕人有此經驗者更高達百分之七十四。因此，已成為日本人文化活動中心的卡拉OK，經內閣會議通過，日本文部省首次承認卡拉OK是日本的文化活動。

然而在臺灣，誰會在意這個早已大眾化的休閒娛樂的發展？到處林立的KTV店，其消費並非一般勞苦大眾所能負擔，且大多數是無照營業。有的又已淪為聲色場所，深具公共危險的風險。因此，如何推廣成家庭式的，或是可以看著電視螢幕唱歌的小型聚會，進而達到聯誼、同樂的目的，是提升鄉民生活品質的一項重要工作。

剛下完傾盆大雨，天空的烏雲未散，這一年的KTV歌唱比賽村對抗賽的第二場預賽，來到後庄的廣福宮前舉行。會前，陳醫師向廟裡的三山國王諸神明上香，祈求福祐比賽的順利進行。他講起早期的困難，並向老天開玩笑地說，「做田人那麼辛苦，唱一首歌也要下雨來捉弄！」

雨，可說是這個選在暑假辦的活動的天然挑戰。早在一個小時前，當文教小天使和王水山剛把電視、錄放影器材搬上貨車時，突然下起傾盆大雨，小天使們濕著身體再把器材搬進會館。

「八十一年的決賽，可說在暴風雨中完成，」忙著和也是參賽選手的郭石梗村長打招呼的陳醫師說。驟雨過後，平原上的小村分外的寧靜，烏雲突然間失去了蹤跡，天邊換上蔚藍的霞光，伴著晚歸的農民。

雨後清淨的空氣，特別舒爽，蒼穹中眨著比平時更明亮的繁星，晚會就在滿天的星光下進行。

做戲也沒有這麼多人看

一九九二年得到青少年組冠軍的李冠澐，這次代表福德村來參加團體賽，媽媽戴秋寶老師是基金會會訊戴姐姐信箱的專欄作家。唱完〈舞池〉後，長得清秀酷似媽媽的李冠澐說，參加歌唱比賽對她有很大的好處，一次一次上臺，膽量越來越大，連考試都不怯場了。在一旁的李媽媽補充說，家中有四千金，在就讀於嘉中美術資優班的大姊李冠澐的帶領下，個個會唱歌跳舞，她覺得家長的觀念和鼓勵很重要，會唱歌的小孩更健康、開朗。

戴秋寶也覺得很多朋友在這場合碰面，有另一種情趣，「到什麼季節，有什麼節目，就成為自然的期待。」

一九九三年八月二十八，決賽在基金會門口的新港大街上舉行。青少年組的六號唱著〈酒後的心聲〉，「山盟海誓，咱兩人有發誓，為怎樣你偏偏來變卦，我想曉，你哪會這虛華，欺騙著我，……我沒醉沒醉，請你不用同情我，酒那落喉……」穿著鮮紅的短裙，伴著超乎年齡成熟的神情，唱著迥異於六、七歲小孩經驗世界的歌詞，「實在社會化得太早了，」有人這麼批評。

競爭最激烈的是公開組，基金會的攝影義工李明謀，白襯衫上掛著一條鮮紅的領帶，握著拳頭，唱著「春夏秋冬，一冬過一冬……」；也是基金會義工的郭介民，穿上土水師平常少見的光鮮衣服，微閉著隻眼，唱著〈誰人甲我比〉，「目睭紅紅，心情沈重，不敢來相信，你要甲我拆分開，是什原因，你意志這堅定，敢說你心內有別人……」一句句真情地流露，臺下原本嚷著要上臺的五歲兒子郭建興，也在一旁跟著哼唱。未經訓練過的啦啦隊，沒來得及等他唱完就猛鼓掌、叫好。「做戲也沒這麼多人看。」四、五百位老老少少把基金會前的中山路擠得水洩不通。連勝成洗衣店的蒸氣筒上都坐了二母子；一位老太太被擋住視線，索性站上籐椅觀看。

用歌聲代替對抗

戰後臺灣五十年來的社會發展，因為數不清的對抗造成社會的分崩離析：不同族群的對抗，不同派系的對抗，不同學校畢業生的對抗，不同利益團體的對抗，老中青的對抗，媒體與媒體的對抗，不同地方媽祖的對抗，不同姓氏，不同陣頭，不同軒社的對抗……，人人在對抗聲中長大。

十一點一刻，比賽結束後，人潮剛散去，陳錦煌和義工們一起掃著地，喘了口氣說：「臺灣四百年史就是一部對抗史的總合。」

多愁善感的小鎮醫師苦思，移民組成的臺灣社會，難道只能在對抗中求生存嗎？除了「物競天擇，適者生存」冷酷的生物定律，難道沒有屬於人較溫情崇高的情操，以推動臺灣的進步嗎？如何在全島誰也不服誰的對抗聲中，用容忍與慈愛，建立起一地特有的尊敬與自信。然後放開心胸，異中求同，讓對抗變成激勵，讓互相抵消轉成互相加成，「臺灣才有可能在國際列強虎視眈眈地環伺中，謀得一條生路。」能夠以歌聲化解對抗，是小鎮醫師的夢想。

成立新港歌唱聯誼會

連續三年的比賽下來，在全鄉已培養出一批愛唱歌的家園子弟，一九九三年十月二十三日新港鄉歌唱聯誼會成立了。鄉長鄭友信有感而發地說：「藉著歌聲唱出歡喜，唱出憂悶，這對新港來說是很重要的。」

歌唱聯誼會總幹事施平郎表示，自從創會至一九九五年五月底，遇到喜慶鄉民應邀出場主持，表演共六十一場，最近的速度正快速增加中，「有時做不完，就介紹給其他花車業者。」

由於KTV歌唱聯誼會清新的形象，深獲鄉民的認同，使得電子琴花車業者，得適應鄉民新的潮流和需求，減少職業歌手的演唱和色情表演。一位電子琴花車業者說：「在新港，我們開始向歌唱聯誼會學習，開放出給觀眾演唱、同樂的時間。」

揹著屎袋在唱歌

「……三聲無奈哭悲哀，月娘敢知阮心內，失戀傷心流目屎，好花變成相思栽……」一位初看起來滿臉憂思的歐巴桑，瞇著雙眼，緊皺的額頭，將雙眉連成一片，連笑都含悲，深富情感的音韻，使人動容。在民俗表演場KTV聯誼晚會上，剛唱完〈三聲無奈〉，走回座位，開朗地笑著說：「我是個很快就要死的人了。」

原來她十七年前就患大腸癌，先後已經手術過四次，能活到現在，連她的主治大夫高雄長庚醫院范宏二院長都很驚訝。「我是揹著屎袋在唱歌，」五十八歲，經過手術，已沒有肛門的蕭麗子，從小酷愛唱歌，而且聽過就會。年輕時滿肚子小時候學會的日本歌、光復後的臺語老歌、四句連，甚至整本的〈梁山伯與祝英臺〉，「可是嫁給窮丈夫，做田做工，做得都忘光光。」

「我最喜歡來唱別人沒聽過的歌給人聽。」蕭麗子曾以一首〈走馬燈〉奪得一項歌唱比賽的第三名，連帶地她也鼓勵著一家大小愛唱歌。現在，她白天在做老人看護，有不錯的收入。閒時也幫人在問神收驚，兼做媒婆的善事。新港KTV歌唱聯誼會一成立她就參加，提著冰涼的飲料來請大家喝的葉映綿是她的甥女，也是她介紹來的。

無論是鬱卒或歡喜都在歌聲中昇華

每星期六、日都有三、四十位朋友弟兄出來捧場，看在王水山、施平郎、李明謀、劉金生等義務工作人員的眼中，最是高興。「鼓舞這些朋友出來唱歌，避免以後得到老人癡呆症。」自從有了簡易舞臺後，王水山就更加的辛苦了。除了運輸之外，他還得和副總幹事李明謀負責搭臺。劉金生是主要的ＤＪ，幾乎每一場都來幫忙。最近出場的次數越來越多，有連續四天出場五次的紀錄，別人看他義工做得那麼辛苦，好笑神的劉金生，長得酷似史艷文布袋戲中的劉三，是聯誼會的小甘草的他說：「辛苦，卻讓我體會人生的重要性。」

「……稻仔大肚驚風颱，阿娘仔大肚驚人知……」在蕭麗子唱完〈臺東人〉之後，李明謀讀國小的小女兒李佳芳招請施平郎的小女兒施佳玲一起合唱。輕度弱智的施佳玲，平時就是爸爸的好幫手，開會時，幫著向叔叔伯伯一一倒茶，會後幫忙收拾場地。「火車已經到車站，阮的目眶已經紅，車窗內心愛的人……」兩位不計代價，支持夫婿參與公共事務的媽媽，聽著孩子們有一搭、沒一搭的合唱，會心地微笑著。

以前不愛唱歌的施太太張秋月，現在也是施家歌唱團的一員，常和先生對唱，老大施孟君還得到過青少年組的冠軍。勇奪一九九三年公開組冠軍的郭介民，五歲的兒子郭建興，終於在一九九四年上臺，唱著父親的冠軍歌曲：〈誰人甲我比〉；中洋村一位雙腿不良於行的中年婦人李金連，連續三年參加比賽，在臺北工作的女兒專程趕回來為媽媽打氣；八十四歲的陳燦老先生，是施平郎的房東，除了平常喜歡唱外，在施平郎的鼓勵下也勇於上臺比賽。像這樣敢上臺看看世面的大大小小鄉親，每年總在一百二十位左右。

一九九三年農曆九月八日晚上，安和村慶祝中壇元帥聖誕千秋的 KTV 歌唱聯歡會上，「……誰人無想誰人無想好好過一生，誰人沒愛透尾的愛情，想著過去看眼前，阮的一生何日見光明……」三十八歲的少婦唱著〈一世情〉，一面怨嗟著三年前，因在溪底打撈紅蟲，棄她而淪為波臣的夫婿，一面像似在吐露自己的處境，臺下一位彷如國中生的少女，下顎因長著腫瘤連嘴唇都異常的腫大。少女在媽媽的陪伴下，下巴綁著頭巾，將腫瘤撐起，她手拿著相機，神情愉快地聽著村中親朋好友的歌唱。家園子民卑微的生命，無論是鬱卒或歡喜，都在歌聲中昇華開來。

作者簡介：

廖嘉展，男，雲林人，一九六二年三月二十九日生。中國文化大學新聞系畢業，暨南國際大學公共行政與政策所碩士。曾任《人間》雜誌攝影編輯、採訪主任及《天下》雜誌駐省府資深編輯、新港文教基金會執行長、《新故鄉》雜誌總編輯，現任新故鄉文教基金會董事長、中華民國社區營造學會理事。廖嘉展作品以報導文學為主，著有《月亮的小孩》、《老鎮新生》、《水產養殖先鋒》等書。曾獲時報文學獎推薦獎，以及一九九二年及一九九四年時報開卷週報年度十大好書。

〈那是個愛唱歌的地方〉評析：

在九〇年代，當副刊與文學獎不再青睞報導文學時，廖嘉展仍然屹立在田野之間，一方面從事社區營造工作，一方面繼續從事報導。近年來他所開創有關社區營造的題材，十分具有新意，也啟發了社會運動工作者，從更務實的方法切入社會基層。

一九九二年廖嘉展應邀到新港，紀錄「新港文教基金會」的社區運動，並於一九九三年到一九九五年之間，擔任基金會的執行長，實際推動這個小鎮的文化運動。他在一九九五年出版的《老鎮新生》一書，完整記載由陳錦煌醫師領導的「新港文教基金會」的成功經驗。由於基金會的成立，凝聚了新港居民，把原本即將步向粗俗、拜金與輕忽鄉土文化的小鎮，藉由藝文活動走進社區，開創了嶄新的人際關係，也提升了鎮民的社區參與和社區意識。當一群質樸的鄉民擔負起基金會義工的任務之後，在地人開始共同為家鄉的未來奔走，也就重新打造了一個具有文化氣息的小鎮文化，更成就了臺灣社區營造運動的一個典範。

做為社區總體營造的典範，新港的文化運動卑之無甚高論，把正當與高尚、健康的休閒活動帶入住民的生活中而已。其中最具有創意的點子，莫過於把電子花車改造成ＫＴＶ歌唱大賽的擂臺。廖嘉展的〈那個愛唱歌的地方〉把如是巧妙的變化過程寫了下來，當霓虹閃爍，電子琴響起，花車上不再是一絲不掛的豔舞，花車下也不復見行將頹敗的風俗體系，而是充滿和諧與精神昇華的歌唱活動，新港經驗確實充滿創造力與務實性。

廖嘉展的文字十分質樸，他比較擅長讓消息來源說話，讓事件本身的趣味去感染讀者。他並不重視氣氛的渲染，讀者比較不容易從文字中獲得情感的衝擊。另一方面，〈那個愛唱歌的地方〉在結構的安排上雖然井然有序，但是大段落間的轉接並未精心處理，無法帶給讀者一氣呵成的感覺。

固然本文有些寫作技巧尚待斟酌之處，瑕不掩瑜，廖嘉展生動地把一個愛唱歌的所在描繪出來，用樂觀與積極的精神寫出臺灣報導文學的新篇章。

延伸閱讀：

【理論部分】採訪

1 Ritchie, D. A.(1995）.Doing oral history. Twayne Publishers.／王芝芝譯（1997）：《大家來作口述歷史》。臺北：遠流。第三章。

2 Lanson, J. & Fought, B. C.(2001）. Reporters and reporting: News in a new century reporting in an age of converging media.／林嘉玫、張廣怡、鄭佳瑜、鄴芳芳合譯（2001）：《跨世紀新聞學》。臺北：韋伯文化。第六章。

【創作部分】

1 廖嘉展（1995）：《老鎮新生》。臺北：遠流。

2 鍾　喬（1990）：《回到人間的現場》。臺北：時報文化。

——須文蔚

被遺忘的兩岸邊緣人

楊樹清

唐朝詩人賀知章說少小離家老大回，我是少小離家老大還不能回……

（洪絲絲．滯閩廈老人）

廈門和平碼頭出港。船隨著一波一波的海水往前滑動。繞經黃厝、大嶝、小嶝，逼臨古寧頭五沙水道。島鄉的形影收入視境內了，串串鞭炮聲爆開來，「還是回不去！」六十五歲的陳毅中，只能在甲板上留下如是輕嘆。再一次用力蒐尋眼眸深處的兒時鄉景。

一九九五年中秋節。由金門愛心慈善基金會所號召五百位滯居閩廈六十五歲以上的金門籍老人，登上華灣輪「海上探親船」，貼近金門東北草嶼三百公尺處，以燃放鞭炮的方式「返鄉」。

挨近國府屬地三百公尺已屬最底線。再推一尺，金門的守軍將打破「默契」鳴槍示警，軍用快艇迅即驅趕而來。

「能坐這艘船回金門該多好！」分居漳州、廈門的唐友平和唐敏澤，慨嘆一水分兩岸，隔絕四十餘載，換來的，三百公尺臨界點的不能久駐、不能凝眸，「唉，咫尺天涯，依然祇能望鄉！」

一九四九，返鄉的最後一班船

金門與廈門，兩塊遙不逾十二海浬的中國福建邊界島嶼。古人周凱論方域，曰：「金門與廈門相唇齒，雖富庶不及，而地之險要尤甚，為商賈所停泊，渡臺販洋之所自」。明洪武二十年，朱元璋令江夏侯周德興在閩南沿海設置前、後、左、右、中五個哨所，分建廈門所城與金門所城。明中葉以後，金廈同作為鄭成功抗清復臺基地。鄭曰「兩島本吾家之地」。歷史上稱鄭氏「據金廈兩島，抗天下全師」。名不見經傳的金門和廈門，因鄭氏抗清出了名。

金廈兄弟島的關係，表現在過去均由泉州府同安縣轄。一九一二年廈門設思明縣，金門隸屬。一九一五年，金門始單獨設縣。

金門自宋淳化陳綱登科第之始，歷代出進士四十三，舉人百餘，彈丸之島無地不開花，獨享「貴島」美名；廈門自清道光五口通商，闢為閩南對外港埠，繁華似錦，而有「富島」之譽。金廈建城六百年，閩人習以「三百年興金、三百年興廈」風水輪流轉相論。

舊稱「浯江」的金門與「鷺江」的廈門，及至延伸到同安、大小嶝、漳州、泉州、圍頭、南安、惠安等內地的親密關係，一九四九年產生結構性的劇變。

國共內戰緊繃的動盪政潮下，浯嶼為中線，金廈水域分界的兩岸人民，已無可避免一場戰事席捲而來。金廈總司令部陷入高度戒嚴狀態。一九四九年十月十七日，廈門「解放」。仇恨的占領。

川行於金門縣城同安渡頭至廈門第五碼頭、金門水頭至同安劉五店碼頭的輪渡完全關閉。

「來不及坐上返回金門的最後一班船！」十九歲的吳采桑，早上才被母親吩咐過海去鼓浪嶼買幾瓶保心安膏，順便帶兩公斤花生油回來。但是，下午就回不來了。

吳采桑不是個案。沒能及時搭船返鄉，或因其他因素被迫留在彼岸的金門人就多達四千餘人。屬金門縣轄，大嶝島與小嶝島上的七千四百多位縣民，也眼睜睜看著相依為命六個世紀的「母島」金門離他們而去。

廈門市的「福建省金門同胞聯誼會」一九九六年普查資料顯示，散居閩廈內地各城原籍金門的同胞原有七千多，已逐漸凋零至現有四千三百餘人。如加上第二代、大小嶝人，祖籍金門的人口超過兩萬人以上。

一九八七年兩岸開放探親以來，即使進入一九九七年四月十九日，第一艘直航兩岸的大陸船隻「盛達輪」都已從他們的客居地廈門航向高雄了。滯居閩廈的金門族依然回不去。單純的探親也不可得。在戒嚴、軍管、威權年代，陷入大陸人就是「共匪」的格局，人人自危。他們在金門的戶籍多被親友報為「失蹤」或「死亡」人口。及至註銷除籍。

心情別於少數一九四九年前留在大陸的臺灣人，境遇也不同於臺灣的外省老兵返鄉探親。角嶼到馬山，家鄉最近處不及一千六百公尺，卻是度了半世紀還回不到家。他們不是作了古人，就是垂暮之年的老人了。依然只能被動地等待海那邊的親友故人來相認。

他們的故事。必須從一九三七年開始。

一九三七，日據掀起第一波兩岸人

一九三七年七月七日。盧溝橋事起。大東亞戰爭爆發。十月二十六日，日本海軍陸戰隊德本光信聯隊兩千多兵士，在聯隊長友重丙帶領下，兵分三路，自水頭、金門城、古崗臨海處，強行登陸金門。土地含大小嶝一七八平方公里，只占福建全省面積千分之一的邊陲島金門，距七七事變才三個月，就已是省境第一個被日軍占領之地。

日軍攻占金門首日，即行大開殺戒。進入金門城，刺死躲在廁所的村民洪水俊。來到古崗村，開槍射殺拔腿駭逃的耳聾青年董騰。行經泗湖社，砍斷浯江小學校長張維熊養女的雙手雙腳。轉進縣城后浦，姦殺十九歲的陳姓少女。頃刻間，硝煙彌漫、草木皆兵。縣長鄺漢見苗頭不對，連夜乘搭金星輪潛逃至大嶝島，後遭福建省政府處決。金門陷入無政府狀態。

金門「原住民」，多係歷經東晉、南宋中原離亂，自內陸蹈海避秦於斯，繁衍成族。期間，迭經清康熙二年，靖南王耿繼茂攻陷金門，明延平郡王鄭成功之子鄭經退保臺灣。清兵入金門。毀城焚屋。島民攜手逃往內界。金門一度化為廢墟。康熙二十二年（一六八三）以後，島民才又逐漸回返重建家園。

距金門首次廢城已二七四年。這一次，一九三七年十月，為了「跑日本」，五萬多人的島嶼，一夕間，跑了三萬多人。潮水般湧入就近的大嶝、同安、廈門等內地。金門縣政府亦被迫遷往大嶝辦公。困守本島者，不及五分之二人口。多為跑不動的老弱婦孺。

不甘為日軍所治，紛浮海泛舟逃居內地的島民，更多是從廈門太沽碼頭轉搭船舶取道轉往新加坡、印尼等南洋群島投靠族人。新加坡金門會館副主席陳國民追述道，七歲的他，一路跟鄉人從金門、廈門、同安馬巷，然後坐船到印尼加浪岸找到從事土產買賣生意的父親陳永福。新加坡麗的呼聲華文電臺方言節目主持人王裕煌依稀記得，九歲時與祖母、母親，一個小他五歲的妹妹，從后浦同安渡頭航向廈門，轉搭「安順號」南渡星洲。

逃出金門，臺灣路遙迢，又不能也不願前往南洋者，只好順著三百年前祖先的來時路，回到祖籍地依附宗親。更多是在陌生的內地另起爐灶。

廈門島東南方沿海的小小村落黃厝及思明區的何厝，兩村分別正對小金門的黃厝與金沙鎮的何厝。共同的地名和過去聯姻的血親關係，一時間都成了鄉親的收容所。

同安蔡厝和金門蔡厝、瓊林村，同為六氏祖蔡大田所拓墾而來。同安蔡厝族人發揮了鄉誼，接濟搭船逃離而來的百餘族親。

同安東園村、後塘村也湧入了金門青嶼、賢厝村的張氏、顏氏族人。日軍未切斷金門水域前，兩地家廟都保持清明祭祖、收村丁款的習俗。戰火下的竹筏渡。失落的神壇。

南安，鄭成功故鄉，和金門也發生了聯帶關係。一九三九年四月，王觀漁、許順煌、何克熙、張榮強等金門讀書人，在南安組織「金門復土救鄉團」。當時，日軍在金門設置警察本部出張所。時任南安縣立國小校長的張榮強回憶，復土救鄉團多次翻渡回金門展開襲擊行動，其中一次是一九四〇年二月五日，擒殺日軍派任的沙美區公所警察科長郎壽臣。復土救鄉團，內地金門人收復

「失土」的希望所託。

永春，金門人另一抗日據點。現任福建省政府新聞顧問的許少昆回想，日據時，他年僅四歲，因父親許長昆任職於金門縣保安連第二連連長及后浦聯保主任的特殊身分，是日軍亟思逮捕的黑名單。許長昆乃帶著妻子避居永春。

從永春到德化、寧洋等地，也都設有金門難民救濟會。

溯自明洪武二十年（一三八七年）即被納入金門縣轄的大小嶝島，距金門最近處不到三公里。地理上，大小金與大小嶝構成了完整的金門縣；歷史上，金門是大小嶝人的母島與母縣。大東亞戰爭下，大嶝是福建少數未被日軍占領之地。金門縣政府快速地搬遷來大嶝田墘村辦公，一批金門原鄉人追隨而來，與大小嶝人共同成立抗敵後援會。大嶝小學校長鄭曼如，銜命接下後援會大嶝島宣傳隊隊長一職。

日本據金八年，切斷了過去與大陸的臍帶，出現第一時期的「兩岸人」。留在島鄉之人，日本行政公署命種植鴉片，砍伐林木防禦工事，強徵民工築安岐機場。

一九四五年五月，軍國主義所發動的大東亞戰爭已瀕臨失敗。駐守金門的日本海軍第九師團的殘部德本光信聯隊一千多人，在德本少佐帶領下，五月十五日起，竟又強徵金門島上五百名馬伕與騾馬。三天內分三批乘三桅杆帆船，在海澄縣南太武山麓的港尾鄉白坑村靠岸。歷十四天，經閩南沿海五縣開拔二九六公里一路流竄到廣東汕頭與日軍第九師團會合。抗日末期，強徵馬伕事件，又無端為金門在大陸製造了五百個生死未明的故事。

一九四六，國軍七十師的金門兵

一九四五年八月十四日，日本接受波茨坦宣言。翌日宣布無條件投降。消息從內地隔海傳到金門，島民情緒為之沸騰。紛湧向日本行政公署掀桌椅、搗毀文件、釋放監犯。金門仍在無政府狀態。地方仕紳乃公推女兒遭日軍砍傷成疾的浯江小學校長張維熊（張夢我）出面暫維持島鄉秩序。

十月四日上午九時，福建省保安縱隊第九團上校團長朱鏡波接受日本第二艦隊所屬廈門海軍部駐金門派遣中尉加藤行雄的受降儀式。日軍撤至廈門集中。光復後官派縣長葉維奏偕流亡大嶝的縣府人員及國軍部隊重返金門。

客居內地八載，流離失所的島民，兩萬人去了南洋或暫留內地討生活。再伴隨縣政府回鄉者，寥落不及萬人。

太平的歲月只做了短暫的停留。走了日本鬼，生靈塗炭的時局，卻又出現了大批來自同安的海盜，無分日夜洗劫金門。一日之內，金沙鎮公所為盜匪包圍、參議員蔡乘源遭槍殺、川行金廈的金興輪在烈嶼海面遭股匪劫持。島地出現了新的混亂局面。驚悸之心，嚇阻了內地鄉親返鄉的意願。

緊接上演的戲碼，抗日勝利的第二年。中央政府基於全民剿共，竟不放過已成稀有動物的金門男丁。

一九四六年，國共戰爭燃燒到大陸東北。國軍亟需兵源，遠離戰區數百海里外的臺灣人無可倖免。陳頤鼎少將奉命赴臺募兵成立第七十師。斯年十二月底，載滿臺灣少年兵的運兵船駛離基隆港，開赴中國東北。

同一時刻，福建省金門縣也有第一期兩百名壯丁被徵召入伍。全部被關在后浦城的許祖厝待命。潮漲時分，由縣城南門的同安渡頭，上了開往廈門鼓浪嶼的輪渡。繞轉上海，奔赴山東與臺灣兵會合。他們多被編入國軍第七十師一三九旅、一四〇旅。

金門有句俗話說「街路人驚吃，鄉下人驚抓」。林永輝、董清南、蔡廷策、李金獅、陳榮發等七十師的金門兵，二十開外的年紀，家窮付不出三十擔花生油僱傭充當。躲不過「驚抓」，不是告別了老家的父母，就是別離了閨中妻兒。

一九四七年初，第七十師一四〇旅在東北與鄧小平所率領的二野部隊遭遇戰。一天之內就潰不成軍。

一九四七年五月二十三日，林永輝所屬七十師一支殘旅在山東的雪地裡突圍不成，官兵死亡逾半。餘眾為七十八師收編，轉戰西南的貴州、雲南，主將盧漢變節，七十師瓦解。

後來被改編入四十七軍七十九師二三五團工兵連的董火煉和董清南，同來自金門大古崗村。一九四六年入伍時，在廈門鼓浪嶼接受簡單的軍訓，即坐了七晝夜的船開拔至葫蘆島，歸入錦州北大營。一年多的會戰打下來，董清南陣亡。一九四八年，董火煉也淪入解放軍之手。「新中國」成立，又被迫打韓戰。

林永輝和董火煉這一類出征大陸參與剿共未歸的金門兵，一九四六年至一九四九年的四年間，共計一千多人。一九四九年的四百八十七名兵役配額最多，不是戰亡，就是被俘，無一人能在一九四九年隨國軍自大陸撤守臺海。

一九四九年。兩岸政局產生。金門兵故事持續上演。以後的閩海突擊、湄洲島、南日島、東山島諸役，不乏就近自金門徵兵參戰，卻多下落不明。一九五一年，國民黨軍隊從東山島撤出時，臨時抓走了林成吉、林進來等五百多男丁，使銅陵一村成了「寡婦村」。這些男丁多被帶到了金門，化身「金門人」。一九五三年的突擊東山島失利，不少金門兵被俘。當時二十四歲的駱鳳松，就是在金門受命突擊東山島，結果成了「東山人」。

籍設金門城十四號的邵豬，一九五〇年僅十五之齡，和一群少年徵召入伍。被家人懷疑是參與閩海突擊身陷大陸，迄今生死未明。逾半世紀，和大多數未歸征人一般，邵豬的原始戶籍仍載「入伍」二字，有戶籍但無人。

一九四九，徘徊不去的邊緣人

一九四九。國共戰爭臨界點。

戡亂形勢逆轉，一九四八年的金門，最能察覺一股詭異之氣。國府在未撤離大陸前，即已祕密指示中央撥款預建金廈沿海內陸線之「袋形陣地」二道永久碉堡。一九四九年四月間又指示在金門島東動工興建五里埔機場。同年九月下旬，總司令湯恩伯二度派員檢驗五里埔機場均不合格，下令空工三營營指導員張偉十天完成。張偉十萬火急找上從南安回來的金沙鄉長張榮強召開各保長臨時會議做出決定，動員十一保五千餘民防隊員。不出十日竣工。

因著「袋形陣地」、「五里埔機場」等軍事構築，金門人逐漸意識到，明隆武二年（一六四六年）鄭軍將金廈作為作戰後勤基地之後的三百年，隱隱然又將出現一次大規模戰火。

一九四九年五月十七日，金廈總司令部宣布宵禁，登記民間槍械。九月三日，國民黨軍隊二十二兵團由原任福建省主席的李良榮以兵團司令來金佈防。十月九日，胡璉領軍的十二兵團增防金門。

金廈風雲變，小兩岸人民都觸覺到了。因各種因素留在內地的鄉人，卻又無法精算出，或說是，從未想過金廈水域會在抗戰勝利僅四年光景下，十月十七日瞬間再一次抽離。況且，這止於國民黨和共產黨兄弟的戰爭。「應不至於回不了家吧！」到廈門市古營路探親的陳翠碧就是這種想法。

二十九歲的李任水和三十三歲的董福燕是對夫婦。分別來自金門后浦和古崗村。抗戰前即在廈門開元路頭七號開了家泉三肉粽店營生。透早，丈夫說去金門辦點貨，傍晚前趕回。事實卻是，回不來了。

二十七歲的楊惠容與丈夫黃炳炎都在后浦城長大，婚後定居廈門市土堆巷十五號。黃炳炎也是，「回家一趟」，換來與妻生死別。

土名「方豬」的方明茨，小金門后頭村人，每天就近到廈門黃厝村「走水」（幹活）。沒趕上回鄉的那一班船。二十三歲的青年，再見到母親、妻子、女兒，六十三歲以後的事了。

一九四九年農曆七月二十五日，三十二歲的古寧頭人李永昌，只為到廈門與親人過中元普渡，從此「海峽一水隔，歲月四十迴」，連名字都改作李杰民了。

浯江小學校長張維熊與兒子張亦熊，原住后浦東門，日據時，兒子避居廈門鼓浪嶼三一堂旁至一九四九年未歸。父子再也無緣相會。

日據前一年，二十一歲的楊秀英別離父母，嫁到廈門。新婚才年餘，和丈夫在戰亂中失散。她搬遷至龍海市郭坑鎮東溪農場定居。局勢混沌之際，楊秀英原打算回金門娘家，又給要留下來盼夫君歸的意念絆住。

因父親王長經赴菲律賓謀生，一九四七年，三歲的王海星被叔父從金門青岐村帶到廈門，母親和弟弟均留在金門。目前在同安縣歐厝小學任教的王海星，一場襁褓時期被安排的命運，怎麼也沒料到，一九四九年一家人不及團圓：父親變作菲律賓籍，母親不變的中華民國籍，自己則成了中華人民共和國籍。

現任職大嶝鎮「統戰委員」的邱群英也是。來自金門本島的父母在小嶝島生下了他。一九四九年，才一歲多，就面臨中華民國大小金門與中華人民共和國大小嶝的三千公尺之隔。

廈門市人大常委兼金門同胞聯誼會祕書長洪菊井，金廈未斷航前兩年，僅有一段在小金門青岐家鄉的童年記憶。往後近半世紀，始終踩不回那段記憶中的土地。

十六歲的許文辛負笈永安的福建音專就讀。抗戰勝利後，僅回金門奎星閣下的老家住了三天，又匆匆赴大陸。一九四九年，在許家十四個兄弟姐妹中排行第五的許文辛和排行老四的許麗娟滯留大陸福建未歸。

十五歲的林經濟在父親雇了葉扁舟相送下，一九三六年由小金門雙口老家渡向廈門，轉搭海利輪到上海求學。之後祕密加入共產黨。延安的組織將之改名「許翰如」，新中國成立後，擔任中共中央文化部教育局長。一九八五年，林經濟自北京重返廈門時，少年已入白髮之年，一時思鄉情怯，對臺辦人員就近為他向已遭抹黑為「匪諜村」的金門雙口老家的父母兄妹廣播喊話尋親。連續三回合。肉眼可及的「那邊」卻遲遲沒有回音。

曾任教金門公學，赴印尼謀生再歸返廈門的謝家欽，常到鼓浪嶼海邊游泳，「要是能游回去該多好！」

與母親離散金廈兩地的楊忠海，千里尋親四十六載。一九九五年八月二十三日才在廈門找到九十歲的老母親。自金徙臺，在臺中縣成功國中任教的楊忠海，四公里水路，他歷經千里，走了四十多年，才又「金廈再生緣」。

一九三四年秋，不滿兩歲的謝金廈，其父謝世，廈門生母春嘉將他交給謝的元配帶到金門撫養。一九四九年以後母子音訊全無。擔任過臺中縣金門同鄉會理事長的謝金廈，每想到自己的「金廈」之名，有淚。

是的。一九四九。年華無聲。大兩岸下的小兩岸。不確定的海峽造就多少徘徊不去的兩岸邊緣人。

一九六六，金門的黑五類名單

被迫加入解放軍；出自政治信仰選擇加入共產黨；捨不得結束在內地的生意；單純得只因趕不上返鄉的末班船；或如金門縣的大小嶝人別無退路，偶發的、或自我設定的因素，都隨著國民黨戰敗，一九四九年十月一日中華人民共和國在北京成立，四千多名金門原鄉人，七千多名大小嶝人，及他們留下來所育的子女，注定半世紀海角猶有未歸人。

兩岸兩個政權。一連串的軍事行動：古寧頭戰役、大二膽戰役、南日島、東山島突擊戰、大陳島事件、九三砲戰，及至八二三砲戰後的冷戰對峙，福建省政府被迫二度流放由金遷臺，內地與留在原鄉自喻「未淪陷的大陸人，講閩南話的外省人」的金門人，均無可避免在兩岸政治角力冷戰砲擊下首當其衝。

一九一九年五四運動期間，十二歲的陳村牧即與洪絲絲、顏西岳幾位同鄉少年在金門后浦街頭參加愛國反日運動，再集體報考廈門集美中學，不願歸去。新中國成立後加入共產黨。

廈門「解放」還不到一個月。一九四九年十一月十一日，下午二時，金門方向飛來八架國民黨飛機轟炸集美。集美中學校長黃宗翔等八名師生罹難。老校長陳村牧在「雙十一慘案」追悼會上控訴曰「本校竟遭蔣軍這樣毒辣的殘酷摧殘，我們相信，蔣幫欠下的全部血債，終有一天要償還！」陳村牧說得義憤填膺。怎又能料想到，幾年後，金門后浦城其父陳達三所經營的寶益珠寶店一帶，反過來遭到共產黨軍隊自廈門胡里山砲臺的砲轟。

一九五八年八二三砲戰，中共集結了三十六個砲兵營，綿延三十公里的四五九門巨砲，在四十四天之內對金門射出五六一五九八發巨量。國府守軍不甘示弱，八吋榴砲還擊。廈門與何厝火車站夷為平地。

土地面積二十二平方公里的大嶝及零點六平方公里的小嶝，幾被灼熱的砲火犁平。一九五九年元月七日，大嶝島解放軍對金門狂射三萬三千發砲彈。兩個月後，金門砲兵還擊回去，洋塘、桑滬、田墘等村傷亡慘重，其中一個村莊就有三十一人被擊斃。兩岸互報戰果輝煌，死的卻都是金門縣人。

八二三砲戰時，國軍七十師被解放軍收編後已解甲下放的金門兵林永輝、李金獅和陳榮發，三人每天都偷偷各自在同安洪厝村、廈門鼓浪嶼的高點處回望金門洋山、雙乳山、碧山下的老家，懸念著父母大人、妻兒是否躲過砲劫？

那年僅九歲的邱群英，至今仍清晰記得，八二三砲戰時，身處在小嶝島上的父親，常拉著他往金門后浦老家的方向看呀看的。

父子、母女分隔兩岸不能相逢已是人間至苦。再因兩岸烽火增添了生死兩茫茫的無助的畫面也常出現。住廈門市湖濱北路的潘坤祥，每天都掛念著金門的兒子潘清標。居廈門市中山路的許雪緣，晨昏各燃一炷香，祈求菩薩保佑金門的十六歲女兒張惠仁。

砲火呼嘯來去，打出兩岸金門人對土地與未來更深一層的不確定感。

一九五八年十月，中共中央軍委確定對金馬採取「打而不登、封而不死」。十月二十六日中共發出「單日射擊、雙日停火」等有意緩和兩岸情勢的宣示。內地的金門人，猶等待著回鄉夢的實現。殊不知一場砲火下來，金門全面軍管，留在島鄉之人又一次大量流失。單是一九五八年十月十一日，被疏遷至臺灣的金門人就多達六一五四人。

兩岸密集砲擊告一段落。繼一九五七年「反右」運動後，一九六六年六月十六日，中共發動「文化大革命」。凡「金門縣籍」的大陸人，無可避免全都是「黑五類」。下場之悽慘，幾粉碎了埋在心頭的歸根大夢。

金門縣城后浦北門人，早年當過金沙鎮長的林廷爵，一九四九年九月任職於福建省政府泉州地區經濟檢查組長，遲未收到撤退令，不敢擅離職守，被迫留了下來，落戶惠安縣東園鄉溪頭村。文革時，他的國民黨員與金門人雙重身分，雖已易名林定足，仍被歸為黑五類、死不悔改分子，中共專案組將之發配閩北浦城縣勞動改造十年。

金門兵董火煉，一九四八年剿共失利被解放軍收編，又打了場韓戰。文革，被指為國特，打入反革命分子。關入牛棚時，因受紅衛兵五花大綁及毒打，便溺失禁迄今未癒。

另一位國軍七十師金門兵林永輝，過去剿共的身分已構成國特，文革之初又被查出金門的兒子林必生在臺灣士林蔣介石官邸擔任衛士隊衛士。這些要件，不識幾個大字的林永輝成了另類黑五類，任憑紅衛兵逼著戴高帽遊街。

受過教育的金門籍菁英，也多成了文革的受害者。生於后浦城，一九三六年到東京日本大學研究社會學，後轉往印尼、新加坡新聞界工作的洪絲絲（洪永安），一九五〇年應陳嘉庚邀請創辦的《南僑日報》遭英殖民政府查封，他遭監禁、驅逐出境。無路可走下，帶著妻子陳雙妍、女兒洪如詩於一九五一年到北京，也擔任中共中央華僑事務委員兼文教司副司長。因一九二五年到一九二七年，洪絲絲擔任國民黨金門縣黨部青年部長的身分遭掀底，成了文革被徹底整肅批鬥的對象。洪絲絲慨嘆大半輩子做了二十四年「金門人」、十九年「南洋人」、三十七年「大陸人」，最後是，少小離家老大還不能回鄉的「兩岸人」。

廈門集美中學校長陳村牧，中國科學院上海分院院長王應睞，廈門市人民政府副市長顏西岳，福建農學院教授蔡俊邁，福建師範大學外語系教授王家驊，以及一九四六年出任臺灣行政公署教育處國語推行員的許文辛等，受「祖國」感召而駐足下來的金門知識分子，為了「聽毛主席話」、「跟共產黨走」，在「掃四舊」下，個個被勞改、下放。他們中有人開始懷疑留在「新中國」究竟是幸，抑或不幸？被逼著用火炭在牆上寫自白書的陳村牧，幾度怨嘆不如歸去。但已不知鄉關何處？

遭遇最離奇、坎坷的，莫過於一九五〇至一九七〇年代，國府與美國西方公司（CIA在臺組織）合作代號為「海威計畫」的對大陸沿海島嶼進行情報偵查及突擊任務，金門有近千位百姓、漁民被吸收。歸入國防部情報局閩南工作處的洪清德與韓學生、金防部特報隊的林進生與歐陽質、海運巡防組的余國，以及國防部第二廳金門情報組化名吳居奇的洪水保等人，均因在大陸事發被捕。正值中共「三反」、「五反」沸沸揚揚，這些難脫罪嫌的金門國特受盡折磨。洪水保吃了十五年牢飯。小金門中墩人林進生選擇了舉槍自盡！三進閩廈一度被捕，終又成功逃出鐵幕的洪清德反被國民黨以洩漏軍機罪判處三年六個月徒刑。因漁船迷航漂至大陸的古崗漁民董群逑，共產黨咬定他是「國特」將之逮捕入獄兩年，回來時國民黨視他為「匪諜」又將之關了三年，使他莫名其妙成為徘徊兩岸的「人球」。

在那個黑色的年代，成為「大陸人」已夠背，再形成「國民黨人」與「金門人」雙黑身分，下場更是慘。一九四〇年生於金門后浦南門，住在廈門市湖濱南路一里的「許金門」，連忙改名為「許金山」。隱名埋姓者，老兵「林永輝」一度化身「楊炳輝」。金門后湖村嫁來廈門市圖強路的「許白糖」變成「程月琴」。

一九七八，結束冷戰砲擊的年代

一九七六年，毛澤東死亡，四人幫下臺，文革結束，中共重提「四個現代化」。一九七八年，美國政府宣布與中共建交，中共召開十一屆三中全會決定「對外開放，對內搞活」。

恩怨情仇的金廈水域，一九七八年起了新的變化。十二月一日，中共利用這道水域將十八名獲特赦之國特、老兵送回金門。隨後發表〈告臺灣同胞書〉，一九七九年元月一日起正式停止砲擊金門，結束長達進行二十年之久的「單打雙不打」冷戰砲擊歲月，並依此作為「三通、四流」向國府示好的初步。緊接而來又成立各級「臺灣工作辦公室」。

中共突如其來的動作，一九七九年四月四日，國府蔣經國總統雖然回應「不妥協、不接觸、不談判」的立場，然而，時代在變、潮流在變，環境也在變，一九八一年三月二十九日國民黨十二全大會通過「貫徹以三民主義統一中國案」已然替代了喊了二十年的「反攻復國」。

彈雨劃過了二十年長空之後，中共停止砲擊金門。一九八〇年元月十六日鄧小平發表對內外統戰總方針的八〇年代三大任務「反霸、統一、四化」。一九八一年九月三十日葉劍英發表「九點和議」，要求國共「對等談判」，臺灣作為「特別行政區」主張。此際，曾被毛澤東指出「留住它來拉住臺灣」兩岸之間的金門島，以及身處福建內陸原籍金門的同胞，轉而形成「小兩岸推大兩岸」政治角色扮演。

一九八〇年以後，一批在金門出生，飽受文革迫害的菁英，翻身成了市級、省級、全國性的人大代表、政協委員。全國人大代表：洪絲絲（兼常委）、王應睞。全國政協委員：顏西岳、蔡俊邁、許乃波、許東亮。福建省人大代表：王家驊、林應望、許扶福、曾慶緒、陳毅中、王淑清。福建省政協委員：陳村牧（兼常委）、陳國華、洪如詩。市級人大代表：廈門市洪菊井（兼常委）、泉州市李添吉、蔡祺榮。市級政協委員：廈門市許文辛（兼專職常委）、謝家欽（兼常委）、蔡維暹、楊誠塔、福州市洪汝寧、漳州市許三民、廣州市鄭曼如。

這份令國府當局咋舌的共產黨「金門名單」，著實隱含了難以析解的鄉情與政治濃度。從地方到中央，涵蓋整個福建沿岸。

一九八五年十二月十八日，中共對臺統戰部指示在福州召開福建省金門同胞第一次代表會，臺籍的省委統戰部部長張克輝列席指導，通過成立「福建省金門同胞聯誼會」。會址設在與金門毗鄰的廈門。現任會長林幼芳是金門人，她的夫婿就是曾任福建省長，現任北京市長的賈慶林。廈門市、福州市、泉州市、漳州市、永春縣、同安縣等地的金門同胞聯誼會相繼成立，對臺辦隨後又在廈門設官方性質的「金門事務處」。各同鄉團體工作重點有戶口普查、兩岸尋親服務、協助金臺港「三胞」前來探親投資、提供中央金門情況參考消息，並定期舉辦大陸金門籍青年夏令營尋根活動，以拉近新生代對金門的土地認同。父母來自金門現居廈門的李淑萍和二十二歲當上大陸最年輕女律師的郭偉紅，因參加了「遊浯嶼望浯江」夏令營，而有「我要回金門看外婆」的鄉情衝動。

又為宣示金門縣和大陸的聯結意義，一九八〇年，中華人民共和國國務院公布，金門縣屬福建省泉州市轄。

原屬金門縣轄，後劃歸南安與同安「託管」的大小嶝人，也發出另類回歸金門母縣屬性的聲音。金門籍的大嶝「統戰委員」邱群英強調，基於歷史，大嶝不應抽離於母島金門。他另表示，大小嶝人也應有回金門探親的權利。

作者簡介：

楊樹清，男，湖南省武岡縣人，一九六二年十二月十日生於福建省金門縣。金門高職肄業。曾任《臺中一周》、《書櫃雜誌》主編，澎湖《建國日報》記者，洪建全教育文化基金會出版部企劃，《未來》、《新未來》雜誌總編輯，文殊機構綜合企劃經理、總編輯，《金門報導》社長，《金門日報》鄉訊版主編、耕莘報導文學創作班班導師，二〇〇二年佛光大學駐校作家，螢火蟲電影公司文學指導，《金門學叢刊》總編輯、草山行館顧問、林語堂故居諮詢委員、中廣資訊網楊樹清時間主持、香港《明報》加拿大版專欄作家、財團法人龔立述教育文化基金會董事。曾獲金鼎獎圖書主編獎、梁實秋文學獎散文獎首獎、時報文學獎報導文學評審獎、聯合報文學獎報導文學首獎、中國文藝協會文藝獎章報導文學獎等十二座文學獎。著有小說《小記者獨白》、《愛情實驗》等，散文《少年組曲》、《渡》、《上班族筆記》、《字囊》、《演出自己》、《給想法年輕的人》等，以及報導文學《天堂之路》、《金門田野檔案》與《金門島嶼邊緣》等二十二種書。

〈被遺忘的兩岸邊緣人〉評析：

楊樹清屢獲兩大報的報導文學大獎，主要的兩個場景——金門與加拿大，都取自自身的生活經驗，和大多數作者隻身走入原住民部落、礦坑、災區、森林、海濱等遙遠的田野不同，他從最近的田野找到題目，發現了新穎的報導題目。

許多有志於報導文學的寫手都受到經典作品的啟迪，誤以為報導文學的田野遠在天邊。事實上，田野往往近在眼前，和人類學家善用的民族誌法一樣，報導文學是一種描述群體或文化的藝術與方法，異鄉、異族或異國的文化固然值得調查，日常生活周邊往往也是議題密佈的豐饒土壤。

同樣的，新聞報導寫作訓練上，不少教科書都強調從自身的經驗開始尋找新聞題材。好的記者經常在回家和工作的路上找線索，他們注意身邊發生的新鮮事，並趕在其他記者之前問問題、找答案，寫出具有生命力的新聞。這類源於生活經驗的報導材料，往往和讀者生活關係最密切，因為每個人都可能會經歷。縱令像楊樹清選擇的兩岸邊緣人、小留學生或海外移民，未必是讀者直接的經驗，但人們生活中或多或少會發現遭遇類似挫折情境的親人或朋友，因此整篇報導就饒富吸引力了。

除了事件本身吸引人外，楊樹清並不僅止於敘說軼事掌故，他從一九九五年的「海上探親船」入手，回溯金門的歷史，國共對峙的僵局，進而把事件定位在「三通政策」這樣一個具有高度敏感性的「新聞栓」（news peg）上，積極地為這些兩岸邊緣人爭取權益，期望能衝破法令的限制，教政治驅趕離家的遊子能重返家園。

楊樹清請命下的金門人，終於在二○○一年一月二日，在「小三通」政策開放下，可以直航廈門。羈留大陸的老人，也隨著兩岸關係正常化，可以光明正大地踏上故鄉的土地。作為社會運動代言者的楊樹清，贏得了一場勝利，也為歷史留下了見證。

——須文蔚

延伸閱讀：

【理論部分】報導題旨的發現與建構

1 李瑞騰（1984）：〈從愛出發——近十年來臺灣的報導文學〉，《文藝復興月刊》158期，頁50-58。

2 Adoni &M ane（1984）. Media and the social construction of reality: Toward an integration of the oryan research, Communication Research, 11（3）:323-340.

3 Lanson, J. & Fought, B. C.（2001）. Reporters and reporting: News in a new century reporting in an age of converging media.／林嘉玫、張廣怡、鄭佳瑜、鄴芳芳合譯（2001）：《跨世紀新聞學》。臺北：韋伯文化。第二章。

【創作部分】

1 楊艾俐（2000）：〈華夏哀歌〉，《人間副刊》，2000.11.17。

2 楊樹清（1998）：〈天堂之路〉，《聯合報》副刊，10月11-13日。

五個女子和一份報紙

須文蔚

一九九九年九月廿七日，集集大地震過後不到一週，「果然工作室」的王亞力為了拍攝地震造成中部城鎮街景的變貌，一名女子，隻身騎著摩托車，看著地圖，對照著東倒西歪的路標，踏進了從未來到過的中寮。

走過像遭到戰火摧殘過的中寮村、永和村、永芳村，目睹了一條一條傾倒的街道，王亞力冷靜地用照相機記錄那些從三層樓跌落成二層甚至一層的樓房，她有些焦慮，因為許多地方已經出現了重機械在拆除全倒的房屋，這將使得地震影像記錄工作難以為繼。傍晚時分，來到了校舍悉數倒塌的中寮國小，鄉民倉皇在操場搭起的帳篷後方，孩子的教室已經變成一座扭曲的假山，水泥塊交疊著水泥塊，無名火居然還在其中悶燒著，國軍救援部隊已經派遣挖土機蠕動在廢墟上，大量的灰與沙穿過細雨飄來，空氣中夾雜著更遠處散出消毒藥水包裹著的屍臭，一起撲向整個操場上的老老小小，在秋天微涼的風中，王亞力對著夕陽忍不住掉下眼淚。

五天後，「果然」的馮小非和洪慈宜也來到中寮繼續影像記錄，在一向是全鄉最繁華熱鬧的永平路上，馮小非經過一戶倖免於難的人家，一個小學生正凝神看著卡通，她趨前和他攀談，得知小朋友第二天就要搬到臺中親戚家。馮小非腦中突然閃過一個意念，如果中寮鄉要面臨一場住民大遷徙，那麼有什麼方法可以聯繫在地奮鬥和離鄉背井者？

「為中寮鄉辦一份社區報！」馮小非在當天回到工作室後，告知王亞力和洪慈宜她的想法，一份社區報就此誕生。

地震下的果然工作室

辦一份報紙對成立不到兩年的「果然工作室」而言，可以說是一件新鮮事。這個位於臺中市寧夏東七街的工作室，在九二一地震時有三個年輕女子常駐，她們在加入工作室前，馮小非擔任臺灣日報婦女家庭版的編輯，王亞力是臺中攝影藝廊的執行祕書，外號小牛的洪慈宜則是專業的美術編輯，儼然具備輯編報紙所需的記者、攝影和美編這樣的組合，一直投身在中部的文化與藝術活動規劃中，倒從來沒有編過一份報紙。

王亞力在一九九九年六月籌辦「臺中望想記」系列活動時，負責臺中十大公共空間之文史資料蒐集、攝影及錄影採訪的工作。大學主修觀光，主業是攝影的她，發現五十年前，日本人為了炫耀殖民地建設，就曾經有系統地以影像記錄了臺中的城市風貌，所以當人們要追溯城市的變貌時，一切有跡可尋，加深了她投身於本土影像記錄工作的動力。所以當八月份活動結束後，她又開始籌備山線鐵路停駛一週年紀錄片巡迴放映會，而且打算把一年來山線運動成果彙編為《山線散佈》刊物，持續集結民間力量搶救舊山線，由於她的熱情，把正在臺南藝術學院音像記錄研究所修業的小牛給拉來工作室。

小牛本來在臺中和臺南兩頭跑，臺中有賴以維生的美工設計工作機會，臺南則是心嚮往之的學業，當王亞力用影像記錄的神聖使命勸說時，小牛在所上老師支持下，九月十四日辦好休學，和王亞力、馮小非並肩準備九月二十三日舉辦的「舊山線停駛」活動。

一場地震，迫使果然工作室所有的工作都必須暫停，展覽無法舉辦，原訂為紀實攝影者陳樂人先生編輯出版《山線散佈》的計畫也延期。馮小非突發奇想的辦報提議，把她們帶進一個陌生的鄉鎮中，面對這個突如其來的想法，在「果然」位於七樓違章建築的工作室中，引起一番不亞於地震的震動。

在「果然」中唯一有過大眾傳播媒體工作經驗的馮小非，結束接近十天馬不停蹄的災難影像記錄後，回想起前幾天在東勢林管處，簡易的塑膠帆布帳篷下，停放著一具一具罹難者的屍體，少數幸運的家屬找到冰櫃，其他緊張不已的民眾得知她是記者，懇求她報導，堅持只拍建築物，不觸及災民表情的馮小非，第一次在災後用攝影機對準人，她深深吸了一口氣，全身用力抵擋莫名的情緒，按下快門的同時，她想著：「我一定會報導出來，一定為你們做一些事情。」究竟能做些什麼？當時她並不清楚，從中寮回來後，她開始相信編報紙或許真能做些什麼，可是面對工作室同仁不太熱中的回應，她有些沮喪。

辦報或是繼續作影像記錄，大家沒定見。

在中寮或是東勢辦報，大家也沒有定論。

那天和她們做伴的黃淑梅，以在「全景工作室」長期從事紀錄片拍攝的經驗，嗅出了一群異鄉人在中寮政經體系下辦報，將會是充滿不確定，甚至可能受到本地與外來重建團體的排擠。當聽到這樣的勸告，住在霧峰丁臺村的王亞力提出了一個想法：「我們做了那麼久外地的記錄，又是苗栗的山線火車，又是臺中，為什麼不選霧峰，好歹我是在地人。」

馮小非答道：「霧峰那麼大，又是商業區，區域這麼廣，你有把握掌握嗎？」

王亞力囁嚅地說道：「可是我想拍林家花園。」

「除了古蹟、街景之外，我們辦報紙是要為居民做一些事。」馮小非有點生氣的說：「中寮比較小，比較容易處理，就在中寮辦鄉親報，不要三心兩意了。」

中寮的大或小？

開始深入中寮採訪，沒多久，馮小非就發現太「小看」了中寮。

中寮在清代隸屬彰化縣，日據時期稱為「中寮庄」，改隸臺中州南投郡，直至光復後才改為中寮鄉，全鄉就有十八個村，沿著山脊星羅散布在約一萬四千公頃的山坡地上。由於丘陵阻隔，南北交通不便，居民習慣上南北分隔，北邊永平十一村，是行政商業輻輳之地，地處南邊的爽文七村，就顯得較為落後，成為山城中的「後山」。

中寮不但地理區遼闊，地方政經關係複雜，在九二一地震中受創極深，災情可謂十分慘重。由於中寮鄉土地以砂質壤土為多，屬順向坡的老崩塌區，構成區內的主要地質材料為崩積土層，加上農業利用加速風化及下游河道彎曲侵擾坡面，導致中寮成為環境地質的災害敏感區。驗證在這次地震中，全鄉一七九二八居民中共有一七九人死亡，幾乎每一百位住民就有一位死亡，是本次震災中罹難比例最高的一個鄉鎮。根據「全國民間災後重建聯盟」的統計資料顯示，全鄉總戶數四七八〇戶，全倒、半倒房屋合計三九六六，佔總戶數的八三％，也是屋倒比例最高的一個鄉。面對十八個村莊無一倖免的慘狀，《中寮鄉親報》要處理的地方議題，顯然經緯萬端，相當棘手。

同時，馮小非也發現，根本無所謂的大遷徙，中寮鄉民雖然像遭到連根拔起的農作物，但是都認分地留在殘破的土地上。

中寮本來就窮，鄉長吳朝豐不止一次對媒體表示，中寮鄉是南投最窮的一鄉，連省道都沒有經過，農業又不斷敗落。特別在災後，鄉民都沒動，鄉公所也沒變，整個既有落後的結構加上天災，更讓中寮鄉顯得一片亂。

讓鄉親報的編輯們稱作「教練」的馮小非，畢業於東海大學社會研究所，在學生時代就熱中學運，對阿圖塞（Althusser）的意識型態理論有些著迷，長期抗爭和閱讀的經驗告訴她，要讓社會、經濟、政治結構立即改變，比登天還難，既然這些結構加上意識型態控制的影響力無所不在，那麼不如先承認現狀的混亂與不公平是既定條件，從觀察到社會結構中惡的存在，找到著力點，透過不斷反省個人可以做什麼？所以當她思索可以為中寮做些什麼的時候，馮小非就用特有的「動態搏擊」的觀念，不斷貼近中寮人的生活，試圖用筆、攝影機和不斷的報導，幫他們找一條出路。

馮小非務實的批判觀點，很快地感染了隨後加入鄉親報採訪陣容的陳卉怡和陳雅芬，十月十九日出刊的《中寮鄉親報》，無疑為這一群有志於社區服務工作的女子，打造了一張暢通於中寮的通行證。

五個女子全數到位

地震發生後「果然」動員了所有的朋友，一起努力記錄全災區街景的變化，還在東海大學哲學研究所修課的陳卉怡只會用傻瓜相機，也一頭栽進這個忙碌的工作中，藏在底片中沒沖洗的影像還等著整理，馮小非在十月五日帶著她進入中寮時，告知辦社區報的計畫後，陳卉怡又開始展開一連串的採訪與紀錄工作。

第三期的鄉親報上封給陳卉怡「鄉親報最猛的記者」稱號，也在中寮當義工的東海大學研究生林逢展就形容她：「打字快，寫文章快，騎車快，總之效率高透了。」

當然飛車就難免出差錯，陳卉怡半年內就摔過三次車，卻沒有掉一滴眼淚。地震後不斷忙碌，讓她幾乎沒有情緒傷感，經常疲倦地沉睡後，會反覆做同一個夢，夢見自己飛在半空中，用蛙式在雲中泅泳，但是不斷有人拉她的腳。在網路上暱稱是爽妹的她笑笑著解釋說：「事情多得處理不完，真的沒空反應情緒，或許夢是很真實的，我一直沒有腳踏實地的感覺。」

相較於每天以摩托車往返於臺中與中寮，號稱「日行百里」的陳卉怡，從花蓮飛來協助的陳雅芬，才真的算是「長途跋涉」。

在花蓮「黑潮海洋文教基金會」兼職的陳雅芬是馮小非在東海搞「女研社」時的戰友，九二一大地震以後，大學學社會學的她，連續幾天在花蓮家裡踱方步，猶豫要不要到中部去幫忙，她笑稱：「血管裡社會系的蟲發作了！」所以一當得知《中寮鄉親報》創刊後，十一月一日她就搭飛機到中部，飛車上中寮，配合鄉親報口述歷史的採訪與記錄工作，同時還身兼派報工人，和陳卉怡兩人充當送報生，跑遍了中寮的十八個村落。

大學時搭上學運末班車的陳雅芬，喜歡用耍勇鬥狠形容自己過去的模樣，到了中寮這樣一個純樸的農村，每天和歐吉桑、歐巴桑、阿公和阿媽訪談，她自然而然收斂起搞社會運動的架式，一些老人家戲稱為「腸仔芬」的她，對於能用「撒嬌」的方式和消息來源互動，連她自己都感到意外。

於是，五個女子騎著機車，穿越在中寮鄉的產業道路上，就成為一道溫柔而又堅韌的風景。

溫柔中透著堅韌

雖然中寮鄉民特別憐惜這五個女子，覺得女孩子翻山越嶺比較辛苦，陳雅芬回想起半年多的努力，確實比許多其他外來工作者較為吃香，也獲得較多回饋。但是周旋在鄉長、公所人員和各重建團體間的馮小非，則歷經多次的冷落甚至是奚落，靠著堅持，才換得各界的肯定。

「果然」在十月初進入中寮時，已經有不少專業組織和政府機構，像是慈濟醫學院公共衛生系、國際佛光會、東海大學建築系、東吳大學法律系、中原大學建築系、社區資源交流協會、全景工作室、鳳邑赤山文史工作室、臺北市政府和臺南市政府等已經先一步進駐，而且積極參與各項重建規劃工作，不斷在各地村召開社區論壇，馮小非就曾經遭到一個民間社團的負責人奚落，並不邀她參與論壇。

最讓馮小非挫敗的經驗，莫過於讓吳朝豐鄉長給趕出會議室的經驗。

事發的前一天，由於鄉公所發放賑災物資的過程，在災民間起了爭議，中寮國小避難的民眾表示要發動抗爭，馮小非為了這個事件跑去詢問鄉長的意見，當採訪結束，要回到中寮國小現場繼續調查民眾意見時，引起鄉長的不滿，他覺得既然鄉公所處理並無不當，發起抗爭的民眾就是錯的，記者不應再去採訪。吳朝豐在次日主持一項會議時，看見馮小非列席旁聽，就勃然大怒道：「妳沒有權利聽，記者都亂說話，妳出去。」

面紅耳赤的馮小非收拾起紙筆，就悄然走出會場，但是她沒有離開鄉公所，而是在會場外枯等，等到會議結束後，鼓起勇氣向鄉長解釋，記者有平衡報導的責任，縱使某一方有錯，他們的意見還是有揭露的必要，鄉長態度稍微和緩，但並沒有完全接受這樣的想法。

吳朝豐開始對鄉親報另眼對待，要到十一月十四日「全國民間災後重建聯盟」總召集人李遠哲下鄉，在中寮永平村義民廟前面廣場召開座談會，各個參與重建工作的團隊都與會討論，「果然」和「全景」在現場設攤搭看板，把不到一個月內蒐集到的土石流資料，在會場發出警告，詳實的文字、圖片和影片資料，讓所有與會者都為之動容，鄉長也因而留下深刻的印象。

隨著《中寮鄉親報》不斷出刊，廣獲鄉民好評，新新聞記者尚道明在一篇報導中這樣形容：「中寮鄉民在該報未出刊前，有些人即會前往放置的地點詢問，而在外的中寮鄉民，也有人囑咐父母出刊一定要拿。」馮小非開始受到鄉公所的認同，鄉長還延攬她進入「中寮鄉重建推動委員會」。

用文字擋不住的土石流

《中寮鄉親報》在地方的人緣與日俱增，但是災民安頓的狀況卻未見改善，特別是中寮山區土石流的問題，任憑這五個女子聲嘶力竭，高呼危機重重，也只能眼睜睜看著山繼續行走，民宅接連壓垮，甚至傳出人命。

王亞力是最早深入採訪土石流的媒體記者，早在地震後不到一個月，她就騎著摩托車，在和興村葉萬年村長帶路下，勇闖遍體鱗傷的山區，道路兩旁處處可見地震抖落的巨石，更嚇人的是大規模的走山，產業道路路基流失，機車必須走走停停，許多高低不平的路段，還非得推車方能勉強經過。

王亞力回到臺中後，立即把所見寫成報導，其中永樂路附近幾戶人家的險狀，只能用「令人驚嚇」四個形容。像一七七之二號的張金鮮住宅，屋前靠近山坡邊地的埕已塌陷，若再坍塌，下方散居在崁寮地的住戶恐將無一倖免。位於張宅上方的六〇〇公尺的藍家三合院祖厝像散落的積木撒落一地，磚造房舍位於裂開大縫的埕地，顯得搖搖欲墜。她問道：「由高處往下俯瞰，驚知土石威脅的和興村，處處走山，何處是村民安全的家鄉？」

不單和興村村民不知道何處安身，中寮鄉震後共有三百多個崩塌點，舉凡清水、福盛、復興等村莊，也同樣面對一場乾坤大挪移式的環境變遷，洪慈宜、陳卉怡和馮小非相繼投入山區，逐戶探訪，用相機和筆詳實記錄每一處將來土石流可能「發作」的區域。《天下》雜誌編輯夏傳位半年後走訪中寮山區，大量參考《中寮鄉親報》的紀錄，他說：「許多社區報多半是意見性或批判性的文章，《中寮鄉親報》就顯得十分難得，特別在土石流記錄部分，十分詳實而專業。」

不過《中寮鄉親報》專業的報導像在戰場迷途的傳令兵，訊息帶到後，敵軍已經大舉入侵，傷亡已經無從避免，所有的先見之明顯得更加真切與殘酷。

大眾傳播媒體開始重視中寮的土石流問題，一直要到春天的第一場大雨過後，二月二十二日凌晨二時，二尖山的一塊巨石滾進福盛村福山巷五十五之三號張國寶的家中，碾碎了一臺小小的嬰兒車，也壓死了睡在車上的小女嬰張淑惠。馮小非趕到現場，看見張淑惠的母親因傷心與驚嚇過度，呆坐在震壞的駁坎上，而張國寶生起火堆，將孩子的用品和才剛修好又毀損的隔間一片片燒掉，彷彿要燒去所有的厄運。

馮小非深知，中寮人真正要面對的厄運還沒到來，接踵來到的梅雨和颱風季節，才是土石流肆虐的時刻，所以每逢大雨，她們就結合當地巡山員李慶忠、張燕甲和中寮鄉公所民政科幹事廖學堂堂等人往山上跑，像是中寮的另一支急難救助部隊。

而這支靠筆和照相機當武器的部隊，短短幾個月間，她們共寫了將近二十篇報導，有需要向外界求援的民眾，也會找上門來。

像和興村的呂春寶一家人，始終相信屋後危殆的山坡只要做好排水工程，就可以躲過一劫，因此從過年前開始，他們四處陳情，終於在六月初獲得水利處官員的首肯，願意撥款支應這個小計畫。馮小非和小牛都覺得這個案例應當廣為披露，一方面可做為其他民眾爭取權利的參考；二方面，透過媒體報導也可督促政府兌現政策支票。

六月中旬的一場梅雨過後，她們由呂春寶帶領著，一同去勘查元宵節時遭到土石流侵害過的香蕉園。

同行的呂春寶的弟媳翁玉秀扛著一包米，愉悅地聽著呂春寶和馮小非討論著一拿到工程款後，要如何進行重建家園的計畫。天空剛放晴，對於大雨一來就成了「難民」的他們，能夠回家，所有的對話似乎也因為充滿希望，而帶著笑意。

繞過一個山坳，翁秀玉遠眺到祖宅了，她定神一望，把米拋在地上，失了神似地望前跑，一邊跑一邊哭喊著：「害啊！我的厝倒去了。」

呂春寶和馮小非跟著往前跑，追趕著翁秀玉。到了目的地，只見到房屋浸泡夾帶著岩石的爛泥裡。翁秀玉嚎啕大哭，她的哭聲中，還伴隨著狗的哀嚎聲，原來是叫做「梅子」的狗兒守著殘破的家園，半埋在泥漿內，見到主人回來，忍不住疼痛與想念，彷彿哭泣一般地吠著。

當呂春寶找繩索，把「梅子」拉出來的同時，馮小非只能對著翁秀玉拍照，見證這一家人因為工程款撥不下來，只能眼睜睜看著家當一步步遭到土石流摧毀，受著凌遲般的痛苦。

馮小非也好，洪慈宜也好，她們僅能用文字和圖像來抵檔不曾停歇的土石流。雖然看來徒勞無功，但她們還是不斷努力記錄。

衝撞或嘲笑

如果能用五個字說明《中寮鄉親報》的辦報哲學，陳卉怡覺得「衝撞或嘲笑」是十分貼切的形容。

《中寮鄉親報》記者之所以能不灰心地紀錄著，和她們自許為社區工作者的身分不無關係，因此一逮住不合理的狀況，當下的思考就是：「如何去衡量？如何幫民眾解決這個問題？」

「和西方許多社區媒體經營者一樣，她們同時折衝協調各種社區爭議，又是社區工作者」鑽研社區傳播的林福岳指出：「說得更明白些，辦報的目的就是為了從事社會運動。」

全盟前任副執行長謝志誠就一直很欣賞《中寮鄉親報》協助鄉民的能力，讓大家了解政府艱澀難懂的重建法令，甚至用行動迫使政府修改不切實際者。在二○○○年一月二十一日的鄉親報上，就以斗大的標題寫著「緊來喔，起厝設計免錢喔！」介紹營建署訂定的「九二一大地震災後個別建築物重建獎勵要點」，讓民眾知道只要依照政府的規定起厝，就能獲得重建的設計費用補助，每平方公尺四〇〇元，每戶最多補助五萬元。

謝志誠指出，這顯然是為了總統大選開出的選舉支票，有關部門做個業績向上級交代罷了，也不期待會有多少民眾會知道，不料透過鄉親報一報導，數以百計的詢問電話湧進中寮鄉重建推動委員會，內政部一發現申請案件數量之多，根本沒有預算可支應，營建署建管組就以預算不足，將縮減補助名額為由，緊急喊停。

一個案件緊急打住沒有關係，《中寮鄉親報》不斷為民眾「翻譯」重建法規，在中寮觀察社區發展的林逢展就表示，這五個女子念茲在茲的就是提醒地方民眾爭取權益，雖然有很多人不管透過任何社會運動都喚不醒，但是能改變現狀，她們都不會放鬆。和許多高學各種專業術語來中寮的團隊相較，林逢展說：「鄉親報沒有羅曼蒂克的口號，滿實際的！」

當然越實際貼近問題，越會發現許多問題盤根錯節，難以一時之間加以改變，陳卉怡就表示：「當問題解決不了的時候，那就記錄下來，然後嘲笑它！」

《中寮鄉親報》的網站（http:\\voice.abbeyroad.com.tw\forum\list.html）上，收錄了從地震以後，各鄉鎮召開各種說明會、社區論壇、座談會或是聚落重建委員會的會議紀錄，陳卉怡一一旁聽，詳實記錄，鄉民在十個月前提出的許多問題，像是共業地分割、公地買賣租用、祭祀公業乃至於繼承土地產權資料不清楚等爭議，一直未獲解決，這麼多的會議紀錄，她說：「那麼就當做證據。」

在第八期的鄉親報，她進一步以：「九二一彼暗，驚天動地，土地公走去，阮厝嘛倒去。現在阮要重起，要請土地公來幫忙協調、處理阮土地的問題。」這樣俏皮的筆調，加上一幅漫畫，讓土地公背著裝滿沉重「民怨」的包袱，無非提醒政府重新重視這些問題，縮減行政程序，加快重建的腳步。

不過像「果然」這樣對從事社會運動直言不諱的性格，也引發了一些疑慮。政大新聞系教授孫曼蘋就在一場討論災後社區傳播的研討會上，以《中寮鄉親報》為例，擔心一群社區工作者旗幟鮮明地走進社區，又同時辦報紙，勢必難以兼顧各種地方勢力的意見，既然無平衡報導的可能，她提出疑問：「這樣的社區報會有客觀報導的空間嗎？」

繼續陪伴

馮小非在接受《新臺灣周刊》記者汪碧治訪問的時候，承認在複雜的政經環境下，《中寮鄉親報》仍然處於一個極脆弱的狀態，對於當地行政機關有所疏失，重建團體間的扞格，她們會和絕大多數地方記者一樣，在講究交情與人情的鄉鎮中，有技巧地迴避這些衝突。

馮小非在面對衝突時的柔軟，讓《中寮鄉親報》和絕大多數充滿火藥味的災區社區報大不相同。她們只是不斷把鄉民悲苦的處境點出，尋求外界支援，實用取向的報導目的，高過於一般媒體監督的角色，平衡報導這樣的壓力，似乎很少困惑這五個女子。

王亞力則認為《中寮鄉親報》不只是到重要的政治場合挖掘新聞，她們是透過陪伴老阿公和阿媽，去體會鄉民的問題，發現真實的問題，因此當這些紀錄出版了，中寮人會發現，這不是個人的苦楚，而是一種共通的病。

正因為「果然」的成員深入了中寮的各個階層，確實也感動了許許多多的中寮子弟，陸陸續續在南、北兩地成立了兩個工作站，落實社區學園、媽媽教室、巡山以及清圳等計畫。

放棄了一個月超過新臺幣四萬元的高薪，回到南中寮工作的馬麗芬就給予《中寮鄉親報》相當高的評價，因為負擔協調、幫助甚至輔導角色的這五個女子給予在地民眾最大的尊重，也讓在地居民找到自己的工作位置。

當中寮鄉的民眾站了起來，王亞力期待著：「把我們的報紙，變成鄉民的報紙。」等到那一天到來，在臺灣其他的鄉鎮，你或許會看見這五個女子其中一員，騎著摩托車，背著相機，繼續用影像和筆為這塊土地把脈。

作者簡介：

須文蔚，男，江蘇省武進縣人，一九六六年九月二十三日生於臺灣臺北。東吳大學法律系比較法學組學士，國立政治大學新聞研究所碩士、博士。現任國立東華大學華文文學系教授，兼任系主任，數位文化中心主任、花蓮縣數位機會中心（DOC）主任、財團法人公共電視基金會董事、行政院青年輔導委員會委員、《詩路：臺灣現代詩網路聯盟》主持人。曾為《曼陀羅》詩刊同仁、《創世紀》詩雜誌社主編、九二一民間災後重建聯盟執行秘書兼發言人，二〇〇二年臺北詩歌節：新詩電電看策展人；二〇〇三年臺北國際詩歌節：電紙詩歌策展人；二〇〇四年漢字文化節：數位漢字策展人。曾獲得東吳大學雙溪現代文學獎現代詩組首獎、中華民國新詩學會「優秀青年詩人」、創世紀四十週年詩創作獎優選獎、八十六年度「詩運獎」、創世紀四十五週年詩創作獎推薦獎、五四文學獎、九十四年度中國文藝協會文藝獎章（文學評論）以及國科會甲等研究獎。著有詩集《旅次》，文學研究《臺灣數位文學論》、《臺灣文學傳播論》（二魚文化）、編有《傳播法規》、《網路新詩紀》（與代橘合編）、《詩次元》（與林德俊合編）、《文學@臺灣》（相映文化）等書，網路詩實驗及理論網站《觸電新詩網》（http://fly.to/eleverse）。

〈五個女子和一份報紙〉評析：

一九九九年的九二一大地震重創臺灣，中部地區災情尤其慘重。須文蔚的這篇〈五個女子和一份報紙〉，透過對當時投入災區重建的五個女子和她們辦的社區報《中寮鄉親報》的報導，呈現了一群社區運動工作者投入九二一災後重建的圖像，也留下臺灣九二一地震之後災區重建課題的見證。

用五個女子到災區辦報做為題材，傳播學院出身的須文蔚的確具有敏銳的新聞鼻。這五位女子都非在地居民，她們從臺中、花蓮來到中寮，在地震災情最慘重的災區辦社區報紙，出於社會實踐的理念，也是出於為災民作一些事的量力之舉，這份報紙後來因為發揮了社區整合和運動的力量而備受矚目，並獲得在地居民的尊敬。這樣的題材，如果採取一般新聞的報導方式寫出，不過就是人物專訪，只能達到告知的功能，啟示作用或感染功能相對欠缺。

須文蔚採取略近於西方「新新聞」的寫作模式進行這篇報導。七〇年代美國報界掀起「新新聞」（New Journalism）的報導方式，強調以稍長的篇幅，挖掘並了解社會問題，呈現事件的影響與意義，而不止於單純報導；同時，新新聞在報導理念上也採取異於客觀性報導的主觀主義（subjectivity）來區隔傳統新聞寫作，這使得新新聞的報導寫作更具實踐、參與與批判性。就技巧上來說，這類寫作者往往使用小說家及其他文學文類的技巧，如伍爾夫（Tom Wolfe）就具體指出四個功夫：場景結構、對話實錄、第三者觀點，以及人物、瑣事的仔細點描（參彭家發，1988:16-24）。〈五個女子和一份報紙〉的寫作，基本上都運用了這些技巧，尤其在第三者觀點的處理上，全文不見「我」字，結構處理也以不同場景換幕方式展開，稍嫌不足之處是人物細描部分較弱，五個女子的臉顏、個性不夠鮮明突出。

這樣的寫作方式，在臺灣報導文學書寫中向少有人嘗試，須文蔚「去我就他」，展現了新的報導方法，是值得鼓勵的方向，也是一條新的道路。報導文學也有「有我之境」和「無我之境」之分，有我之境，處處著我感情，容易流於感傷濫情，寫作方法多借散文之筆為之；無我之境則報導者隱身幕後，由被報導之角色上臺演出，更具可讀性和可信度，不過這需要更高、更繁複的寫作技巧，特別是小說的情節與場景變化、詩的象徵借喻技巧，須文蔚已經開了一個頭，只要繼續創作下去，必有可觀。

延伸閱讀：

【理論部分】報導文學的前景

1 林燿德（1987）：〈臺灣報導文學的成長與危機〉，《文訊月刊》第廿九期，頁153-164。

2 須文蔚（1995）：〈報導文學在臺灣：1949-1994〉，《新聞學研究》，第五十一集，頁121-142。

【創作部分】

1 楊蔚齡（1999）：〈歸無家〉，收錄於《希望的河水》。臺北：正中。

2 方梓（2000）：〈廣場上的日子〉，收錄於林黛嫚主編《921文化祈福》。臺北：人與書的對話。

——向陽

二魚文化　人文工程 E044

【臺灣現代文學教程】

報導文學讀本 增訂版

主　　編／向陽、須文蔚
策　　劃／葉振富、梅家玲
編輯委員／朱嘉雯、李翠瑛、林元輝、范宜如、洪珊慧、陳信元、許秦蓁、黃文成、
焦桐、楊清惠、楊馥菱、蒯亮、鄭明娳、蔡雅薰、鄭瑞城
責任編輯／劉晏瑜
美術設計／蔡文錦
校　　對／張君豪
副總編輯／黃秀慧

出 版 者／二魚文化事業有限公司
地　　址／116台北市文山區興隆路四段165巷61號6樓
網址　www.2-fishes.com
電話　(02) 29373288
傳真　(02) 22341388
郵政劃撥帳號　19625599
劃撥戶名　二魚文化事業有限公司

法律顧問／林鈺雄律師事務所
總 經 銷／大和書報圖書股份有限公司
電話 (02) 89902588
傳真 (02) 22901658

製版印刷／彩峰造藝印像股份有限公司
初版一刷／二〇〇二年八月
二版五刷／二〇二二年三月
定　　價／四四〇元
ISBN　978-986-6490-69-9

題字篆印　李蕭錕

國家圖書館出版品預行編目(CIP)資料

臺灣現代文學教程. 報導文學讀本 / 向陽, 須文蔚主編. -- 二版. -- 臺北市 : 二魚文化, 2012.05
480面 ; 21*14.8公分. -- (人文工程 ; E044)
ISBN 978-986-6490-69-9(平裝)

857.85　　101009270

二魚文化